大地의 상상력

大地의 상상력

삶-생명의 옹호자들에 관한 에세이

김종철 문학론집

녹색평론사

책머리에

1965년 대학 신입생 때부터 2004년에 대학에서 나오기까지 근 40년간 나는 영문과 학생으로 공부를 하고, 또 영문과 교원으로 일한 대가로 밥을 얻어먹고 지냈다. 그러나 그 긴 세월 동안 대학의 영문과에 적을 두고 살았으면서도, 나는 한 번도 자신을 영문학도나 영문학자라고 생각해본 적이 없었다. 애초에 나이 열아홉에 대학에 진학을 하면서 영문과를 택한 것도 뚜렷한 동기가 있어서가 아니었다. 하기는 그 무렵의 평범한 시골 고등학생이 무엇을 알았겠는가. 필시 지금이나 그때나 한국 사회에서 압도적인 위세를 누리고 있는 미국적인 것 혹은 서양적인 것에 대한 막연한 동경심, 그리고 무엇보다도 영어를 익히면 '큰 자유'를 누릴 수 있을 것이라는 맹목적인 믿음이 무지한 시골 고등학생의 심리의 저변에 있었는지도 모른다. 그와 동시에 아마도 내게는 중·고등학교를 다니는 동안 그 일부를 접했던 서양문학의 고전을 원문으로, 아니면 적어도 영어로 읽고 싶다는 허영심이 있었고, 그러자면 영문과에 들어가는 게 좋겠다는 어설픈 계산이 있었는지도 모른다.

어쨌든 행인지 불운인지는 몰라도 나는 영문과 학생이 되었고, 한번 정해진 틀 속에 들어가면 빠져나오기가 쉽지 않은 관성에 지배되는 바람에 그 이후는 쭉 영어로 인쇄된 책을 읽고, 마침내는 영국이나 미국의 작가·시인들이 쓴 작품들에 대해서 학생들을 상대로 뭔가를 이야기하지 않으면 안되는 인생의 궤도를 타고 말았다. 그러나 그런 인생행로에서 마음이 편할 때는 별로 없었다. 다른 사람은 몰라도 적어도 내게는 영문과 교원이라는 신분이 늘 거북하고 불편했다. 하기는 원래 나는 문학을 학문적으로 연구하는 사람이 되고 싶은 생각은 조금도 없었고, 그냥 시를 쓰거나 문학에 관한 에세이를 쓰면서 살아가고 싶었을 뿐이다. 대학에 취직을 하게 된 것도 기본적으로는 생활문제를 해결하기 위해서였다. 그런 까닭에, 예를 들어, 한국의 대학에서 영문학이라는 학문이 과연 성립할 수 있느냐 하는 매우 까다롭고 근본적인 문제는, 엄밀히 말해서, 내가 붙들고 고민해야 할 필요는 없었다.

그러나 영문과의 교원으로 지내는 이상, 영문학 공부를 계속하지 않을 수 없었고, 공부한 것을 학생들과 공유하려고 노력하지 않으면 안되었다. 하지만 어차피 몸이 아니라 머리로 익힌 극히 부자연스러운 외국어 실력으로 그 문학을 공부하고 이해한다는 것은 처음부터 한계가 뚜렷했다. 더욱이 역사가 오랜 영문학이라는 산맥은 나와 같은 재능도 인내심도 없는 인간으로서는 작은 능선 하나 넘기에도 너무도 벅찬 대상이었다. 세월이 갈수록 내게 주어지는 산맥의 지도는 더 복잡해지고 세밀해지는데, 그 지도가 가리키는 현장으로 험한 길을 뚫고 갈 강인한 체력이 내게는 없었다. 그리고 그보다 더 큰 장애물은 그러한 힘든 탐사의 여정이 과연 내게 무슨 가치가 있고, 어떤 의미가 있느냐 하는 근원적인 의구심이었다. 요컨대 한국인으로 태어나 살아가는 인간이 자신의 절박한 현실에서 비켜나 영문학 연구라는 '한가로운' 지적 유희에 몰입해 있는 게 과연 정당한 일인가 하는 생각이 빈번히 뇌리를 사로잡았던 것이다(영문학이라는 학문 분과가 실제로 최초로 개설된 곳이 영국의 대학이 아니라, 영국의 해외 식민지 교육기관이었다는 중요한 역사적 사실이 있다. 이는 영국의 지배층이 식민지 엘리트들의 정신을 혼란·마비시키기 위한 효과적인 수단으로 영문학 교육을 활용했다는 뜻이다. 그런데 이것은 해방 후 지금까지 한국의 대학 어디서나 영문과가 흔히 과도한 지위를 차지해온 현실과 전혀 무관하다고 할 수 있을까).

게다가 1990년을 즈음해서 소비에트사회주의가 붕괴하자 세계적으로 확산되기 시작한 포스트모더니즘이라는 유행 사조는 한국의 지식사회, 특히 미국 대학의 동향에 민감한 한국의 영문학계—그리고 대부분의 주요 인문사회 분야—를 압도적으로 지배하기에 이르렀다. 무엇보다 포스트모더니즘은 진리와 진리 아닌 것의 경계를 인정하지 않으려 했다. 사물의 의미는 해석하기 나름이고, 따라서 진리란 단지 '힘'이 만들어낸 허상일 뿐이라는 것이다. 그리하여 오랫동안 인간의 정신활동의 핵을 구성해왔던 가치라는 개념과 가치평가 기준이라는 것 자체가 무의미하다는 주장이 문학연구와 문학비평에서도 압도적인 흐름을 형성하였다.

그러나 포스트모더니즘이라는 것은, 따져보면, 맑스주의의 현실적 '실패'를 보고 충격과 좌절을 경험한 서구의 진보적 지식인들의 환멸감에서 비롯된 역사적 허무주의라고 할 수 있다. 그럼에도 그 포스트모더니즘은 한동안 한국 대학의 젊은 연구자들의 정신을 사로잡고, 마비시키는 강력한 최면제로 기능했다. 그 상황에서 1970~80년대 동안 한국에서도 어느 정도 뿌리를 내리고 있던, 역사적 실천 행동으로서 문학적 활동을 이해하고 평가하는 사고습관이 점차로 약화되거나 무시를 당하고, 개인적 내면공간으로 거의 병적으로 파고드는 내향적 시선, 심히 사적이고 일상적인 것, 미시적인 것에 집중하거나 집착하는 새로운 지적 사조가 대유행이 되어버렸다. 아마도 내가 미온적이나마 계속하던 영문학 공부, 그리고 나아가서는 일반적인 문학연구 내지 문학비평에 큰 회의를 품고 흥미를 잃게 된 것은 이와 같은 포스트모더니즘 사조가 기승을 부리기 시작하던 와중에서였을 것이다.

그러나, 돌이켜보면, 결정적으로 내 관심이 다른 데로 옮겨 간 계기는 1983년 가을부터 이듬해 여름까지 뉴욕주립대학(버펄로)에 체류하면서 얻은 경험이었다. 나는 한국에서 혼자 어설프게 읽고 있던 맑스주의 문학비평에 관해서 좀 심화된 학습을 해볼 요량으로 미국으로 떠났으나, 난생 처음 보는 그곳의 우수한 대학 도서관에 매료된 나는 애초의 계획 같은 것은 완전히 잊어버리고, 내 호기심을 강렬히 자극하는 수많은 낯선 잡지와 책들이 비치된 열람실에서 눈떠 있는 시간의 대부분을 보냈다. 그리고 거기서 나도 모르게 가장 흥미를 느끼고 몰입하게 된 것은 당시 세계의 지식사회의 새로운 테마로 대두하고 있던 '에콜로지'에 관한 자료들이었다. 나는 그런 글들을 읽으며, 우리가 사는 세계가 이대로 가면 조만간 멸망을 면치 못한다는 것을 확실히 느끼고, 전율을 금치 못했다. 핵전쟁 때문에도 세계는 멸망할 수 있지만, 그러나 핵전쟁은 어차피 비상한 위기상황에서나 일어날 수 있는 예외적인 사변이다. 하지만 선구적인 에콜로지 사상가들의 메시지는, 우리가 익숙해져 있는 현대문명의 관행이 이대로 계속되기만 하는 것으로도 파국은 필연적이라는 것이었다.

물론 내가 에콜로지에 관한 자료를 접한 것은 그때가 처음은 아니었다. 미국에 가기 전 여러 해 동안 나는 이미 여러 경로를 통해서 유럽에서 녹색사상·운동이 새로운 정치세력으로서 발흥·전개되고 있다는 것을 단편적으로나마 알고 있었다. 하지만 군사독재 정권에 의해 해외로부터의 정보 유입이 철저히 차단되어 있던 당시의 한국에서 유럽의 새로운 사상운동에 관한 자료에 접근하는 통로는 극도로 제한되어 있었다. 그런 점에서 버펄로의 대학 도서관에서 보낸 시간은 내게 새로운 세계로 시야를 열어준 소중한 경험이 되었다. 물론 그것은 충격적이고 우울한 메시지에 접하는 경험이었다. 그러나 내가 그 메시지에 강렬하게 반응한 것은 어쩌면 그것이 내 몸과 정신 속에 오랫동안 잠들어 있던 어떤 근본적인 의문을 다시 일깨우고, 그 의미를 포착할 수 있게 해준 것이었기 때문인지도 모른다.

그 의문이란, 내가 고등학교를 졸업할 때까지 맑고 푸르기만 하던 고향의 바다가 언젠가부터 독하고 역겨운 냄새를 풍기면서 시커먼 죽음의 바다로 변하기 시작하는 것을 봤을 때, 그리고 소위 새마을운동이라는 바람이 불기 시작한 지 불과 몇 해 사이에 내 외할머니와 그 가족이 이웃들과 함께 오랫동안 소박하고 평화롭게 살았던 마을의 정겨운 길들이 살벌한 시멘트 길로, 초가지붕이 양철지붕으로 흉물스럽게 변하고, 시골 사람들의 인심마저 점점 사나워지고 있음을 발견하였을 때, 어쩔 수 없이 내가 느낀 슬픔과 분노, 절망감에서 비롯된 것이었다. 즉, 발전이니 개발이니 하는 이름 밑에서 급속히 진행되고 있는 이 근대화·산업화라는 것은 기실 민중의 삶에 가해지는 난폭한 폭력이 아닌가, 그리고 무엇보다도 서구식 근대문명이란 처음부터 생명파괴적 원리를 내포한 채 출발한 문명이 아닌가 하는 의문이었다. 나는 에콜로지에 관한 자료들을 읽어갈수록 내가 오래전부터 품어온 이러한 의문이 틀린 게 아니라는 확신을 갖지 않을 수 없었다.

그러나 나로서는 절실한 문제였으나, 군사정권의 억압통치에서 벗어나는 것이 최대의 현안이었던 당시의 한국의 대학이나 지식사회에서 이러한 문제를 거론한다는 것은 현실적으로 불가능했다. 실제로 1986년 구소련의 체르노빌 원전에서 미증유의 대규모 방사능 유출 사고가 터졌을 때도 한국은 그 사고의 심각성을 인식하고 적절한 대응책을 강구할 수 있는 정신적 여유가 전혀 없는 사회였다. 그럼에도 불구하고, 나는 군사독재는 조만간 종식될 것이며, 정작 중요한 것은 그 이후에 전개될 상황이라고 생각하고 있었다. 한국은 이미 수십 년에 걸친 급속한 경제 성장 시대를 거쳐 산업사회의 전형적인 모순과 숱한 골치 아픈 난제들을 껴안고 있었기 때문이다.

내 예상대로 몇 년 뒤 결국 군사정권은 끝났다. 그러나 한국의 '진보파' 지식인들은 소비에트사회주의의 붕괴라는 뜻밖의 사태에 직면하여 침로를 잃은 채 극심한 사상적 혼돈상태를 드러내고 있었다. 한국 지식사회의 이런 모습은 나로서는 좀 이해하기 어려운 것이었다. 나는 적지 않은 한국의 지식인들이 그동안 소련식 사회주의 혹은 정통적 맑스주의에 큰 희망과 기대를 걸고 있었다는 사실이 얼른 믿어지지 않았다. 내가 이해하는 한, 소비에트사회주의는 말할 것도 없고, 생산력의 증대와 고도의 산업화를 사회발전의 불가결한 전제로 상정하는 정통 맑스주의도 서구식 근대문명이 직면한 최대의 난제, 즉 생태적 지속불가능성이라는 문제에 대한 어떤 합리적인 해법도 갖고 있지 않은 사상이었다. 그런데도 그러한 사상을 지침으로 삼아 좋은 사회를 꿈꾸어왔다면, 한국의 지식사회에는 무엇인가 근본적인 문제가 있는 게 틀림없다, 라고 나는 생각했다.

그리하여 내가 구상한 것이 《녹색평론》의 창간이었다. 나는 누군가가 한국의 지식사회의 사상적 혼미에 대해서 강한 문제제기를 하고, 우리들의 공동의 미래를 위해서 왜 생태주의적 세계관과 비전이 필요한지, 그 이유를 설명하면서 활발한 토론의 장을 열어주기를 기다렸으나, 군사정권이 끝나고도 몇 해가 지날 때까지도 그러한 움직임은 어디서도 보이지 않았다. 그래서 그동안 한 번도 학교의 연구실과 강의실을 벗어난 생활을 해본 적이 없었던 자신의 처지를 생각하면 엄두가 나지 않는 일이었음에도, 1991년 가을에 몇몇 학생들의 도움을 받아서 《녹색평론》이라는 제목을 붙여 격월간 잡지를 발간하는 일을 시작하였던 것이다.

내가 학술지 형태를 택하지 않고, 대뜸 일반 잡지를 만들게 된 것은—그리하여 뜻하지 않게, 부조리하고 열악하기 짝이 없는 한국의 출판시장에 뛰어드는 결과가 된 것은—이 잡지가 대학의 연구자들뿐만 아니라 지식대중 일반이 참여하는 폭넓은 공론의 장이 되기를 바랐기 때문이다.

그 이후 27년의 세월이 흘렀다. 이제 《녹색평론》은 웬만큼 알려진 잡지가 되었지만, 그러나 아직도 내용을 잘 들여다보지도 않고 잡지의 제목이 주는 피상적인 인상에 근거하여 《녹색평론》을 단순한 환경운동 잡지로 오인하고 있는 사람들이 적지 않은 것으로 보인다. 물론 환경운동은 중요하다. 하지만 환경운동의 형태도 여러 가지이고, 그러한 운동들을 뒷받침하는 사상과 철학도 다양한 것이 현실이다. 그리고 《녹색평론》은 처음부터 지금까지 그러한 다양한 사상·철학 중에서 어떤 것이 유일하게 옳다고 섣불리 규정짓는 일은 피하려고 노력해왔다. 그러나 《녹색평론》은 이른바 '발전' 혹은 '진보'의 이름 밑에서 인간생존의 사회적·자연적 토대를 끊임없이 훼손하는 일체의 움직임, 논리, 사고, 제도, 관행을 비판하는 데 있어서는 늘 비타협적인 자세를 취했고, 동시에 어떻게 하면 생태적으로 지속 가능하고 공정하고 평화로운 사회를 구축할 것인가, 그러기 위해서 왜 우리가 민주주의의 심화라는 문제에 관심을 가져야 할지를 끊임없이 이야기해왔다. 이러한 이야기가 결과적으로 얼마나 한국 사회에 생산적인 영향을 끼쳤는지는 이 시점에서 내가 판단할 일은 아니다.

물론 《녹색평론》이 지난 수십 년 동안 '녹색담론'을 확대하는 데 기여하는 바는 분명히 있었을 것이다. 그러나 그보다 더 중요한 것은 그동안 한국 사회는 물론, 세계적으로도 생태적 상황이 조금이라도 나아지기는 커녕 오히려 악화일로를 걸어왔고, 그 결과 이제는 인류 문명의 존속 자체가 불가능해질지도 모르는 실로 심각한 위기상황에 직면하게 되었다는 점이다. 이 상황을 예견하고 선구적인 에콜로지 사상가들은 일찍부터 우리의 삶과 세계의 근본적인 녹색화를 위해서 "나무를 심자"고 절규해왔으나, 나무심기는 늘 뒤로 미루어져왔다. 이것은 아마도 지난 수십 년 동안 포스트모더니즘이라는 허무주의적 문화이념과 함께 신자유주의라는 가장 잔인하고 야만적인 형태의 자본주의 이데올로기가 세계의 정치, 경제, 문화를 전면적으로 지배·왜곡해왔기 때문일지도 모른다.

신자유주의란 간단히 말하면 자유경제라는 미명하에서 소수의 사적 이익을 위하여 공공의 이익을 희생시키는 것을 당연시할 뿐만 아니라, 그것을 적극적으로 권장하는 너무도 난폭한 이데올로기라고 할 수 있다. 그리하여 그 이데올로기는 비단 경제활동의 영역뿐만 아니라 사회적 삶의 거의 전 부문에 악영향을 미치는 강력한 문화적 헤게모니가 되었고, 그럼으로써 세계 전역에 걸쳐 자연 생태계는 물론, 풀뿌리 민중의 삶터와 자급능력이 돌이킬 수 없이 붕괴되거나 심각히 훼손돼버렸다. 그런 점에서 신자유주의는 19세기와 20세기 전반기의 제국주의·식민주의의 최신판이라고 해도 되겠지만, 보는 각도에 따라서는 노골적인 군사적·정치적 지배와 침탈을 자행해온 제국주의·식민주의보다도 훨씬 더 극악한 형태의 폭력적 이데올로기로 간주될 수 있다.

그러나 그 신자유주의의 근본적인 부조리와 반생명성 및 반민중성은 특히 2008년의 세계적인 금융파산 사태와 그 이후 계속되고 있는 장기불황, 그리고 무엇보다 갈수록 극심해지는 경제적 불평등 현상을 통해서 이미 확연히 폭로되었다. 그럼에도 불구하고 여전히 신자유주의 논리가 지배력을 잃지 않고 있는 것은, 말할 것도 없이, 강력한 대항세력과 그것을 뒷받침하는 새로운 논리가 구축되지 못한 데 따른 현상이다. 이 점에 대해서는 지금 세계의 양식 있는 지식인들이 대체로 공감하고 있는 것으로 보인다. 최근 몇 해 사이에 세계 각처에서 "맑스를 다시 보자" 등과 같은 슬로건 밑에서 사회변혁 사상을 새롭게 탐구하려는 움직임이 확대되어가고 있는 것도 그 때문일 것이다.

설명이 장황해졌지만, 이 책은 말하자면 "맑스를 다시 보자"와 같은 최근의 지식사회의 새로운 움직임에, 비록 우회적인 방식이지만, 내 나름으로 동참하고자 하는 의도로 만들어졌다고 할 수 있다. 이 책에 실린 글들은 《녹색평론》을 창간하기 이전, 젊은 시절에 여러 기회에 내가 썼던 것들 중 외국문학에 관한 에세이들을 엮은 것이다. 이처럼 오래된 글들을 지금에 와서 새삼스럽게 들춰내서 (얼마간의 수정·가필을 거쳐) 한 권의 책으로 묶어보겠다는 결심을 하게 된 것은 이것이 단지 개인적인 회고(懷古) 이상의 의미가 있을 수 있겠다는 생각(혹은 착각) 때문이었다.

즉, 어떤 사람들에게는 맑스의 사상이나 그 밖의 다른 사상가·철학자에 대한 학습의 경험이 그들의 세계에 대한 이해와 판단의 기초를 형성하는 힘이 되었다고 한다면, 내 경우에는 내가 지난 30년 남짓 동안 생태주의적 세계관에 의지하여 작업을 해온 것은 단지 미국의 대학 도서관에서의 독서경험만이 아니라 그 이전에 열중했던 문학공부를 통해서 자신도 모르게 형성된 일정한 사고습관과 감수성 덕분이었다고 할 수 있다. 이것은 물론 예외적인 경우가 아닐 것이지만, 실제로 나는 맑스나 그 밖의 중요한 변혁사상가들의 글을 읽기 훨씬 이전에, 예컨대 블레이크와 같은 시인을 통해서 자본주의적 근대문명이 근본적으로 얼마나 부조리하고 야만적인 것인가를 충분히 감지하고 있었다.

블레이크는 산업혁명 초기의 사회적 격변기를 누구보다 예민하게 온몸으로 체험했고, 그 체험에 의거하여 후세의 어떠한 변혁사상가들보다 더 일찍 그러한 시대변화의 심층적 의미를 가장 통렬하게 투시하고 포착했던 시인이자 예술가, 민중사상가였다. 그 점에서 그는 산업문명의 발흥 이후 오늘에 이르기까지 근대문명의 의미를 천착해온 숱한 급진적 사상가들에게 길을 열어준 선구자였다고도 할 수 있다.

생각해보니, 내가 블레이크를 처음 만난 것은 대학에 들어가 얼마 되지 않아서였다. 그때 우리가 다니던 학교에는 중앙도서관 외에 학부의 학생들도 자유롭게 드나들 수 있는 합동연구실이라는 것이 학과마다 딸려 있었는데, 어느 날 그 연구실의 서가에 비치되어 있던 고풍스러운 시집 한 권을 별생각 없이 꺼내 뒤적거리다가 나는 다음과 같은 구절에 마주쳤다.

> 새장에 갇힌 한 마리 로빈 새는
> 온 하늘을 분노로 떨게 한다.
> 주인집 대문 앞에 굶주려 쓰러진 한 마리 개는
> 제국의 멸망을 예고한다.

이 강렬한 언어가 내게 준 충격은 컸다. 소년시절 이후 시를 읽어왔지만, 시가 이토록 격렬히 세상의 어둠에 부딪칠 수 있다는 것을 미처 몰랐기에 나는 너무나 놀랐다. 그리고 그날 우연히 접한 블레이크라는 시인의 '벌거벗은' 정신에 완전히 사로잡혀버린 나는 그 이후 많은 시간을 블레이크를 읽고 이해하려는 노력에 바쳤다. (그러나 블레이크를 읽는 것은 쉬운 일이 아니었다. 게다가 당시 한국의 영문학계에는 블레이크에 관한 믿을 만한 연구자가, 내가 기억하는 한, 단 한 사람도 없었다. 그뿐만 아니라 블레이크에 관한 기초적인 참고서도 어디서 구해야 할지 막막했다. 그래서 왕왕 나는 내 재정형편도 돌아보지 않고, 복잡하고 번거로운 절차를 거쳐서 해외에 직접 책을 주문하지 않을 수 없었다. 훨씬 나중에 안 사실이지만, 일본에는 이미 1910년대에 블레이크에 관한 중요한 연구업적을 내놓은 사람이 있었다. 한국에도 잘 알려진 민예사상가 야나기 무네요시(柳宗悅)가 그 사람인데, 그는 시라카바(白樺)파의 일원으로 문예운동에 참여하고 있던 20대 청년시절에 이미 블레이크에 심취해 있었고, 그 결과 도쿄제국대학 철학과를 졸업한 직후인 1915년에는 아직 영국에서도 블레이크에 관한 본격적인 연구가 이루어지지 않은 때였음에도 매우 두꺼운 블레이크 연구서를 출판했다. 현재 그의 전집 중의 한 권을 구성하고 있는 이 연구서는 기독교 신비사상에 뿌리를 둔 블레이크의 반계율주의적 종교사상을 중심적으로 거론하면서 급진적 정치·사회사상가로서 블레이크의 중요성은 거의 간과하고 있는 것으로 보인다. 하지만 그러한 한계에도 불구하고, 이 논문은 지금 읽어도 매우 중요한 저술임을 느낄 수 있다. 이런 이야기를 여기서 내가 하는 것은, 일본에서는 이처럼 이른 시기에 블레이크에 관한 중요한 저술이 나왔는데, 한국에서는 일본 지식계의 강한 영향을 줄곧 받아왔음에도 왜 블레이크에 관한 관심이 희박했을까 하는 궁금증 때문이다. 혹시 그것은 식민지 시대는 물론, 해방 후에도 오랫동안 체제비판적이거나 이단적인 지적 작업은 좀처럼 허용하지 않던 우리나라 지식사회의 폐쇄적인 분위기와 부분적으로나마 연관된 현상이 아니었을까.)

어쨌든 한번 블레이크의 문학에 경도되기 시작한 나는 그 이후에도 그의 정신을 계승하는 것으로 보이는 시인, 작가, 평론가들을 차례로 발견하는 행운을 누릴 수 있었다. 이들은 한마디로 '근대'의 어둠에 맞서서 '삶-생명'을 근원적으로 옹호하는 일에 일생을 바친 사람들이었다. 그리하여 그들의 작품을 조금이라도 더 읽고 싶다는 욕망 때문에 영문학에 대한 나의 흥미는 상당 기간 유지될 수 있었다. 그뿐만 아니라, 그러한 문학을 읽고 생각함으로써 나는 이른바 압축적인 산업화로 인해 온갖 인간적인 비극과 재난을 겪고 있는 한국 사회의 문제를 인류사회 전체가 공통적으로 경험해온 곤경의 일부로 보는 사고습관에 다소간 익숙해질 수 있었다. 지금에 와서 생각해보면, 그와 같은 사고습관이 길러지지 않았더라면 내가 에콜로지사상에 민감하게 반응하고, 그 결과 《녹색평론》의 발간작업에 열중하는 일도 없었을 것임은 거의 틀림없다고 할 수 있다.

그런데 막상 이 책을 세상에 내놓으려니 몹시 부끄러운 기분이 든다. 오랫동안 대학에서 밥을 얻어먹고 살아온 인간의 것치고는 내가 쓴 글들이 너무 빈약해 보이기 때문이다. 이는 나의 타고난 게으름과 둔재 탓임은 말할 것도 없다.

그러나 조금 다른 이야기이기는 하지만, 장기간 대학에 재직하면서도 나는 학술논문이라는 것에는 늘 저항감을 느꼈다는 점을 여기서 밝혀두고 싶다. 다른 분야는 모르지만, 적어도 영문학을 포함한 서양문학에 관해서 말한다면, 한국인으로서 우리가 해야 하고, 할 수 있는 것은 해외의 저작물을 우리 자신의 필요와 가치관에 의거하여 (비평적인 언어로) 소개하거나 번역하는 것이지, 이른바 '오리지널한 논문'을 쓴다는 것은 가당치 않다는 생각이 언제나 나를 따라다녔다. 그리하여 나는 한국문학에 관한 글을 쓸 때와 마찬가지로 외국문학에 관한 글을 쓸 때도 기본적으로는 논문이 아닌 에세이를 쓴다는 기분으로 썼다. 에세이 형식을 통해서만, 무지와 편견에 찬 글일망정 안심하고 쓸 수 있는 자유를 누릴 수 있다고 생각했던 것이다. 그리고 그러한 자유 없이는, 문학이든 인생이든, 가치 있는 어떤 것도 나올 수 없다는 뿌리 깊은 믿음이 내게는 있었다.

외람된 말이지만, 오래된 글들이기는 하나 약간의 쓸모는 있을 것이라는 생각이 없었다면 나는 이 책을 엮어낼 엄두를 내지 못했을 것이다. 적어도 《녹색평론》이라는 잡지가 어떻게, 무엇 때문에 생겨났는지, 그

배경을 이해하고자 하는 독자들이 혹시 있다면, 그들에게는 이 책이 다소간 도움이 될지도 모르기 때문이다.

* * *

인간사가 항용 그렇듯이, 이 책에 실린 글들을 쓰는 과정에서 나는 여러 사람들로부터 많은 도움을 받았다. 그중에서 특별히 기억하지 않을 수 없는 것은 백낙청 선생님에게서 받은 지적 자극과 인간적 격려이다. 대학시절의 은사이기도 하신 선생님은 최초에는 나의 석사논문의 축약본을 《창작과비평》에 싣도록 주선해주셨고, 그 후 계속해서 내가 글을 쓸 수 있도록 기회를 제공하고, 때로는 따끔한 충고를 아끼지 않으셨다. 실제로 이 책에 실린 글들의 대부분은 선생님의 기획·편집으로 출판된 책들 속에 게재되었던 것이다.

그리고 특히 잊을 수 없는 것은, 1980년 5월 광주에서의 만행 이후 들어선 군사독재 정권에 의해 모든 양심적인 지적·비판적 활동이 일절 금지된 상황에서, 그 암흑기를 버텨내기 위한 방편의 하나로 백 선생님이 제안하여 얼마 동안 계속된 독서모임이다. 그때 우리—백낙청(영문학), 염무웅(독문학), 반성완(독문학), 최원식(국문학), 서정미(불문학), 김종철—는 한 달에 한 번 정기적으로 관악산의 선생님 연구실에서, 평소에는 좀처럼 틈을 내기 어려워 미뤄왔던 독서, 즉 서양의 고전소설들을 각자 읽고 와서는 자유롭게 이야기를 나누곤 했다. 창작과비평사에서 출판된 《서구 리얼리즘 소설 연구》(1982)라는 단행본은 그 모임의 한 결실이었다. 너무도 엄혹한 그 무렵의 정치(혹은 정치 부재의) 상황 속에서 독서모임은 그렇게 오래 지속되지는 못했지만, 지금 생각하면, 거의 모든 양심적인 지식인들이 비탄과 좌절감 속에서 괴로운 시간을 보내던 상황에서, 그 상황을 도리어 자기충실의 시간으로 활용해보자는 백 선생님의 제안이 없었더라면, 필시 나와 같은 심약한 인간은 젊은 시절의 소중한 시간을 무의미하게 허비했을 것이다.

여태까지 어디서도 말해본 적이 없지만, 그 독서모임에 대한 기억을 새삼스레 꺼내 이야기를 하고 보니, 왠지 약간 감상적인 기분이 된다. 어쩌면 정치적으로는 억압과 야만의 시대였지만 우리의 일상적 삶은 지금과는 비교가 안될 만큼 소박했던 시절에 대한 그리움 때문이거나 혹은 그 모임에서 늘 예리한 질문을 던지곤 하던 뛰어난 불문학도 서정미 씨에 대한 기억 때문인지도 모르겠다. 학과는 다르지만 대학의 후배였던 서정미는 종종 나를 너무 많은 것을 소유하고 있는 '속물'이라고 놀렸는데, 그것은 단순한 농담만은 아니었다. 그가 그렇게 말한 것은, 내게는 안정된 직장과 집과 가족과 아이들이 있을 뿐만 아니라 또한—그가 보기에는—내 곁에는 필요하면 나를 기꺼이 도와주는 친구들과 스승들까지 있다는 이유에서였다. 결국 그 말은 내가 얼마나 정직하게 살고, 진정성 있는 지적 작업을 하느냐는 매우 비판적인 질문이었다. 어쨌든 그 이후 수십 년이 흐른 뒤에 그 속물은 지금도 살아 있는데, 저 독서모임이 중지될 무렵 프랑스로 유학을 갔던 서정미는 지금 이 세상에 없다. 그가 프랑스에 체류하는 동안 우리는 두어 차례 서신 교환을 했고, 몇 년 후 나는 그가 귀국했다는 소문을 듣고 연락을 하려 했으나, 허사였다. 이 독신의 극히 예민한 불문학도가 무슨 연유인지 자신의 생을 스스로 마감한 뒤였던 것이다.

2019년 3월

김종철

목차

책머리에 · 5

블레이크의 급진적 상상력과 민중문화 · 21

디킨스의 민중성과 그 한계 · 85

인문적 상상력의 효용 · 137
매슈 아놀드의 교양 개념에 대하여

리비스의 비평과 공동체 이념 · 185

식민주의와 '대지의 저주받은 자들' · 227
프란츠 파농에 대하여

리처드 라이트와 제3세계 문학의 가능성 · 265

대지로 회귀하는 문학 · 315
미나마타의 작가 이시무레 미치코

주석 · 348

색인 · 364

블레이크의 급진적 상상력과 민중문화

1

흔히 '상상력의 시인' 혹은 '에너지의 시인'으로 일컬어져온 윌리엄 블레이크(1757-1827)에 대한 관심은 근년에 이르러 점점 더 증가하고 있는 것으로 보인다. 물론 아직은 블레이크의 작품을 읽고 따져보는 일에 적지 않은 시간과 노력을 들일 여유가 있는 독자들은 많지 않다. 그러나 비록 한정된 범위의 독자들이지만, 그 독자들이 느끼는 블레이크의 중요성은 이제 확고한 것으로 보인다. 아마도 이것은 억압과 비참을 제도화해온 산업문명의 위기와 모순이 갈수록 심화되고 있는 오늘날의 삶의 상황 때문인지도 모른다.

이것은 여타의 시인, 작가들에게서 흔히 볼 수 있는 현상이 아니다. 블레이크는 한 사람의 위대한 시인·예술가일 뿐만 아니라 탁월한 사상가이기도 했다. 그의 시와 산문에 개진된 사회적·정치적·철학적 발언들은 유럽 근대 지성사 전체의 맥락 속에서도 최고 수준의 심오한 사색의 흔적을 드러내고 있다. 이것은 기본적으로 그의 작품들이 삶의 다양한 국면들에 대한 이러저러한 부분적·파편적인 관심이 아니라, 근대 자본주의의 발흥으로 뿌리로부터 뒤틀려온 인간생존의 현실에 관한 가장 근원적이며 포괄적인 지적·도덕적·정신적 성찰에 토대를 둔 것이었기 때문이라고 할 수 있다. 그리고 그 성찰은 블레이크 자신의 평생에 걸친 '인간해방'에의 강력한 실천적 관심에 결부되어 있었다.

실제로, 블레이크의 시적 노력은 언제나 '억압받고 있는 자들의 해방'이라는 뚜렷한 목표를 겨냥하고 있었다. 그러므로 그는 어떤 다른 시인이나 작가들보다도 일반 대중 속에서 널리 살아 있어야 할 이유를 보다 많이 갖고 있는 시인이라고 할 수 있다. 그럼에도 불구하고 지금까지 그의 작품은 극히 소수의 독자들 사이에서만 그 존재가 알려져왔다. 물론 이런 현상은 블레이크라는 특정 시인에 국한된 문제는 아니다. 그것은 무엇보다 낭만주의시대 이후 서구의 예술에서 두드러진 현상이 된 대중과 예술 사이의 간극이라는, 보다 폭넓은 사회사적 요인에 따른 현상이라고 할 수 있다. 사실, 예술이 대중으로부터 고립되는 현상은 예술가들 개인으로는 어찌해볼 도리가 없는 역사적으로 불가피한 사태였다. 그러나 동시에 많은 경우, 예술가들 자신이 이 소외현상의 심화에 상당한 정도로 기여했다는 것도 틀림없는 사실이다. 왜냐하면 그들은 스스로 그러한 고립화의 경향을 합법화하고 이념화하는 개인주의적·엘리트주의적인 성향을 키워왔기 때문이다.

그러나 블레이크의 '고립'은 그러한 개인주의 혹은 엘리트주의적 논리로 설명하기는 어려운 점이 있다. 우선, 그는 실제 생활이나 작품활동에서 여하한 개인주의적·엘리트주의적 입장에 대해서도 늘 강한 거부감 내지는 적대감을 드러냈던 것이다.

블레이크의 시, 특히 후기 작품들이 극히 난해하고, 그 결과 일반 독자들의 접근을 쉽게 허용하지 않는다는 것은 사실이지만, 이것은 결코 블레이크의 엘리트주의 때문이라고 단정할 수는 없다. 물론 이 문제는 간단히 설명할 수 있는 게 아닐 것이다. 그러나 여기서 빠뜨릴 수 없는 것은, 후기 서사시들에 있어서의 블레이크의 난해성은 기본적으로 양심적인 사회적·정치적 발언이 극도로 봉쇄되어 있던 당대의 언론 상황에 연관되어 있었다는 사실이다.[1] 그는 자신의 시대를 "짐승과 매음부가 거리낌 없이 활개 치고 있는" 시대로 통매하였다. 블레이크 자신의 말을 빌리면, 불의와 불경(不敬)이 만연한 시대에 "바이블을 옹호한다는 것"은 "생명을 희생하는 일"이 될 정도로 매우 위험한 일이기도 했다(K. 388).[2] 그것은 당대의 지배체제를 근원적으로 부정하는 반역 행위였고, 따라서 거기에는 가혹한 징벌이 수반되기 일쑤였기 때문이다.

블레이크가 '바이블을 옹호'하지 않을 수 없었던 것은 인간 불평등을 합법화하고 지배와 억압의 구조를 종교의 이름으로 정당화하는 국가종교(State Religion)의 위선과 허위를 폭로하기 위해서였다. 블레이크 당대의 '국가종교'란 체제의 버팀목으로 기능하고 있는 기독교 교회였다. 블레이크가 이해하는 당대의 기독교 교회는, 간단히 말하면, '사탄'이었다. 블레이크가 생각하는 기독교의 진정한 가르침은 무엇보다 인간의 보편적 자유와 평등의 이상을 옹호하는 것이었지 결코 인간 차별을 정당화하고 사회적 약자에 대한 억압을 합리화하는 이데올로기가 아니었다.

블레이크에 의하면, '정치와 종교는 하나'이다. 따라서 국가종교에 대한 그의 격렬한 규탄은 민중 위에 군림하는 정치권력에 대한 강력한 도전이기도 했다. 그러므로 당연히 정치권력과 종교권력에 맞서는 그의 언설은 지배세력으로부터 늘 감시를 당하고, 때로는 혹독한 탄압의 대상이 되지 않을 수 없었다. 그 결과, 그의 작품과 발언에는 사상적 검열을 의식한 상당한 정도의 난해성이 포함되는 게 불가피했다고 말할 수 있다.

그러나 블레이크의 작품의 난해성에 관련해서는 또 다른 해석의 가능성도 있다는 점을 여기서 생각해볼 필요가 있다. 즉, 현대의 지식인 독자들이 아니라 블레이크의 다수 동시대인들에게도 과연 블레이크의 작품이 그렇게 난해한 것이었을까 하는 것이다. 이렇게 말하는 것은, 블레이크의 난해성은 기본적으로 그가 계승한 급진적 민중문화의 전통에 친숙하지 않거나 거기로부터 등을 돌려온 현대의 많은 지식인 독자들에게 어쩌면 더 큰 책임이 있는 문제일지도 모르기 때문이다.

생각해보면, 오늘날 이른바 주류의 비평가나 학자들이 블레이크를 불필요할 정도로 난해한 시인으로 부각시켜왔고, 그 결과로 블레이크에 대한 정당한 이해가 상당한 정도로 저지돼왔다는 것은 전적으로 부인하기 어려운 사실일 것이다. 그러나 조금 깊이 들여다보면, 이것은 비평가나 학자들의 개인적 자질 문제 이전에 그들의 의식을 지배하고 있는 보다 일반적인 지적·정신적 풍토에 연유하는 현상이라고 해석하는 게 타당한 것으로 보인다.

언제부터인가 자본주의체제 속에서 행해지는 문화적 활동 및 학문 연구는 일반적으로 급진적 민주주의의 전통에 입각하여 인간 현실을 묘사해온 '진보적'인 문학자와 예술가들의 업적을 폄하·왜곡하거나 과소평가하는 뿌리 깊은 경향을 드러내왔다. 이러한 경향은 아마도 현대적 문화나 학문 연구의 근저에 있는 '노예근성' 혹은 매판성에 그 궁극적인 원인이 있는지도 모른다.

여하간 오랫동안 블레이크와 같은 '급진적' 시인이 정당한 이해와 평가를 받지 못했던 것이 사실이라고 한다면, 거기에는 부르주아적 문화체제의 지배 밑에서 형성된 사고습관이나 편견이 크게 작용했다는 것은 거의 틀림없어 보인다.

그러한 사고습관 혹은 편견 중에서 블레이크에 관련하여 특히 언급할 만한 것은 전통에 대한 해석 문제이다. 일반적으로 지배적인 헤게모니를 장악한 문화체제는 단 하나의 공식적 전통을 유일한 전통으로 인정·옹호하려는 경향이 있다. 그 공식 문화의 전통과는 별개의 흐름이 있다는 것을 애써 무시한다기보다는 그것과는 다른 전통이 존재한다는 사실 자체가 그들에게는 처음부터 보이지 않는다고 하는 편이 더 정확할지 모른다. 사물은 누가 어떤 처지에서 보느냐에 따라 달라지게 마련이다. 이런 의미의 '인식의 이데올로기적 성격'에 관해서는 블레이크 자신이 일찍이 극히 인상적인 비유를 가지고 간파한 바 있다. 블레이크는 "바보들의 눈에는 아침에 떠오르는 태양이 한 닢의 금화로 보이겠지만 상상력의 눈으로 보면 천사들이 합창하는" 모습으로 보인다고 말했던 것이다.

그런데 여기서 '상상력'이라는 것은 어떤 비실재적인 환상을 보는 능력이 아니다. 블레이크가 말하는 '상상력'에는 물질적 이해관계의 차이 때문에 같은 사물을 다르게, 파당적으로 보는 것에 대한 문제의식뿐만 아니라, 그러한 파당적 인식과 사고의 한계를 보편적인 인간해방이라는 근본 목표에 비추어서 간파하는 능력이 포함되어 있다고 할 수 있다. 우리는 여기에서 블레이크의 '상상력'은 근본적으로 삶의 물질생활, 즉 경제적 차원을 중시하는 시선에 연결되어 있다는 점을 이해할 필요가 있다.

가난을 깔보는 사람과 대금업(貸金業)을 혐오하는 사람이 똑같은
감정을 갖거나 같은 식으로 마음이 움직이겠는가?
선물을 주는 사람이 어떻게 상인의 기쁨을 체험할 수 있겠으며,
장사꾼이 농부의 고생을 어떻게 알겠는가?
그들의 눈과 귀는 얼마나 다른가!
그들에게 세상은 얼마나 다른가!

Does he who contemns poverty, and he who turns with abhorrence
From usury, feel the same passion — or are they moved alike?
How can the giver of gifts experience the delights of the merchant,
How the industrious citizen the pains of the husbandman?
How different their eye and ear! How different the world to them!

(*VDA*, 121~7)

"그들의 눈과 귀는 얼마나 다른가"라고 블레이크는 말하고 있다. 그러나 종래의 주류 비평은 흔히 블레이크를 남다른 감수성과 지각력을

가진 괴짜 시인으로 보려고 했을 뿐, 그러한 감수성과 지각력이 실은 인간생존의 물질적 차원과 거기서 빚어지는 사고의 왜곡을 주목하는, 극히 정치적인 의미를 내포하고 있다는 점은 대체로 간과해왔다. 그리하여 블레이크의 독창성이나 천재성이 지나치게 강조되고, 그에 관한 비범한 일화들이 대개 그의 상궤를 벗어난 듯한 '과격한' 발언들의 동기를 짐작하는 근거로서 이야기돼왔다. 그러니까 남달리 괴팍한 인물이니만큼 그 발언 내용을 현실적인 무게를 가진 것으로 진지하게 받아들일 것까지는 없다는 암시가 거기에는 들어 있는 것이다. 우리는 광인의 말을 귀담아듣지 않는다. 마찬가지로 어떤 시인의 독창성과 일탈적인 행동에 과도하게 주목하는 것은 그의 메시지가 갖는 정치적·사회적 급진성을 희석화하려는 기도에 연결되어 있기가 쉽다.

그런데 흔히 블레이크의 독창성에 대한 언급은 그가 유럽의 정통적인 지적·예술적 전통으로부터 비켜서 있다는 관찰에 근거하여 행해져왔다. 이런 종류의 관찰로서 대표적인 것은 T. S. 엘리엇의 발언이라고 할 수 있다. 엘리엇은 블레이크를 논하는 유명한 에세이에서 블레이크의 가장 두드러진 특징으로 "벌거벗은 정직성"을 들고, 그 원인은 블레이크가 정규학교 교육을 받지 않은 데에 있다고 설명한다. 엘리엇은 공식적인 교육이 인간의 타고난 성품이나 자질을 억압·왜곡하는 파괴력으로 흔히 작용한다는 점을 빠뜨리지 않고 지적한다. 그런 점에서 정규교육의 결여는 시인이나 예술가에게는 도리어 유리한 점이 될 수 있다고 인정한다. 하지만 동시에 엘리엇은 정규 인문교육의 결여로 블레이크가 기율과 객관화가 요구되는 고전적 예술의 높이에 도달하는 것이 불가능해졌다고 최종적인 진단을 내린다. 즉, 블레이크는 유럽문화의 정통적인 인문전통 바깥에 섰던 결과로, 예컨대 단테와 같은 고전적인 높이에 도달할 수 없었다는 것이다.[3] 실제로 엘리엇의 이러한 진단은 블레이크에 관해서 무엇인가를 말해주는 것에 못지않게 엘리엇 자신의 보수주의에 관해 말하는 바가 많다고 할 수 있다. 따지고 보면, 엘리엇과 같은 보수적 사상가에게는 민중의 해방을 말하는 블레이크가 처음부터 친근한 대상이었을 리는 만무하다. 게다가 엘리엇이 자신은 단테의 전통 속에서 있다고 생각했을 때, 그것은 그 자신이 단테와 함께 정통 기독교문화 전통을 계승하고 있다는 자의식에 따른 것이었다. 그러므로 그러한 전통과 근원적으로 세계관을 달리하는 급진적 민중문화의 전통에 그가 시선을 돌린다는 것은 애초에 기대하기 어려운 일이었음이 분명하다.

엘리엇류의 엘리트주의적 전통관에 근거해서 블레이크를 바라보는 시각에 반대하면서, 블레이크가 결코 유럽문화의 전통에서 벗어난 일탈적인 존재가 아니라는 점을 강조하고, 엘리엇이 염두에 둔 정통 기독교문화 전통보다도 더 오래된 전통, 즉 신플라톤주의와 같은 신비주의적 전통을 계승한 시인으로서 블레이크의 업적을 높이 평가하는 비평적 관점도 있다.[4] 이러한 관점에서 본다면, 블레이크의 독창적 면모라는 것은 지금은 효력이 상실된 신비주의 전통에 블레이크가 뿌리를 내리고 있었다는 데에 연유한다. 그리하여 블레이크는 '전통으로부터 떨어져 나온 전통주의자'로 해석되고 있다. 이러한 해석은 엘리엇이 생각하는 것과는 별개의 정신적·문화적 흐름 속에 존재하는 유럽의 중요한 정신적 유산을 언급하고 있다는 점에서 경청할 만하다. 그러나 따지고 보면 이것 역시 이른바 주류 비평의 하나라고 할 수밖에 없다. 왜냐하면 '신비주의적' 전통이라는 것도 기본적으로는 엘리트문화를 보완하는 정신적 기술에 속하는 것으로 볼 수 있기 때문이다. 따라서 그러한 비평은 다만 기존의 레퍼토리에 약간의 변용을 가한 것에 지나지 않은 또 하나의 엘리트주의적 비평이라고 해도 무방할 것이다.

요컨대, 유럽의 정통 기독교문화 전통을 중시하는 엘리엇의 비평과

'신비주의 전통'에 대한 애착을 표시하는 캐슬린 레인식의 비평은 결국은 공통한 세계관적 토대 위에 서 있다고 할 수 있다. 표면적인 차이에도 불구하고, 그들은 모두 철저히 비정치적인 문화주의에 입각해 있는 것으로 볼 수 있기 때문이다.

그러나 그렇다고 해서 그들이 정치에 대해서 무관심한 사상가들이라고는 결코 말할 수 없다. 아니, 어쩌면 그들만큼 철저한 정치적 당파성에 묶여 있었던 사람들도 없다고 해야 옳을지 모른다. 그들이 표방한 비정치적 문화주의란 오히려 극히 배타적인 엘리트주의에 연계된 문화주의일 가능성이 높기 때문이다. 사실, 문화주의란 현실적으로 물질적 권력을 지배할 수 있었던 탓으로 문화적인 패권을 누릴 수 있는 소수 지배층이 향유하는 특권의 다른 이름이기 쉽다. 그런 까닭에 엘리엇의 경우처럼 서구의 정통적인 기독교 주류문화만이 유일한 전통으로 떠받들어지거나, 캐슬린 레인의 경우처럼 어떤 점에서 그 주류문화에 대하여 '충성스러운 야당'의 지위를 지켰다고 할 수 있는 신비주의적 전통이 무엇보다 중요한 것이었는지 모른다. 그 결과, 이러한 엘리트 중심의 전통관에서는 블레이크의 급진적·혁명적 메시지는 처음부터 무시되거나 혹은 '정신화'됨으로써 사실상 무력화될 수밖에 없었을 것이다.

실제로, 그동안 블레이크에 관한 허다한 연구와 비평은 그 압도적인 경향에 있어서 블레이크를 '인간 영혼'의 관찰자로서 파악하여 자유, 노예, 해방, 폭군, 전쟁, 평화와 같은 명백히 정치적이며 역사적인 함의를 갖는 그의 핵심적 표현들을 인간 영혼의 내부에서 일어나는 온갖 심리적·형이상학적 갈등과 모순 혹은 그 해소를 가리키는 표현으로 해석해왔다.[5] 물론 이러한 극히 관념적인 접근방법도 블레이크의 복잡한 상징체계를 해독하는 데에 얼마간 이바지한 바가 있다는 것은 부정할 수 없는 사실이다. 특히 이 방면의 선구적인 업적이라 할 만한 노스럽 프라이의 블레이크에 관한 저술은 지금까지도 매우 유용한 지식을 제공하는 중요한 연구업적임이 분명하다.

그런데 허다한 연구와 비평 속에서, 왜 블레이크가 이처럼 빈번히 관념화되고, 그의 예술적 노력이 살아 있는 실천적 해방사상이 아니라 흔히 다만 하나의 '교양'으로서 수용되어온 것일까? 이 문제는 위에서 말했듯이 현대적 주류문화의 근본 성격에 연관되어 있음이 틀림없지만, 이 맥락에서 문학비평의 일반적인 의의를 설명하는 프라이의 다음과 같은 진술(1957)은 하나의 좋은 참고가 될 만하다.

> 어떠한 종류이든 혁명적인 행동은 한 계급의 독재를 유도하며, 문화적 혜택을 파괴하는 데 이보다 더 재빠른 방법이 없다는 것을 역사의 기록이 명확하게 나타내준다고 생각한다. 만일 우리가 우리의 문화관을 지배자의 도덕관념에 결부시키면 우리는 야만적인 문화를 얻는다. 프롤레타리아의 관념에 결부시키면 우리는 어리석은 민중의 문화를 얻는다. 또 어떠한 종류의 부르주아적 유토피아에 결부시키면 우리는 속물적 문화를 얻는다. … 이런 모든 대립에서 해방되도록 노력하면서 아놀드의 또 하나의 공리, "교양은 계급의 철폐를 목표로 한다"를 충실히 따르는 편이 좋을 것 같다. 자유교양교육의 윤리적 목적은 해방하는 것에 있다. 그리고 이 의미는 자유롭고 계급이 없으며 세련된(urbane) 사회를 구상하는 능력을 갖추게 한다는 뜻 이외에 다른 것이 아니다.[6]

근본적으로 소시민 지식인의 세계인식을 바탕으로 한 이러한 문화론에 특징적인 것은 혁명적 행동을 바로 문화적 파괴, 야만, 혼란에 직결되는 것으로 보는 양자택일적 접근방법이다. 이러한 이분법은 실제로 무질서에 대한 반대개념으로 '교양'이나 문화를 내세우는 데 정열을 바친 매슈 아놀드 이래 면면한 전통을 형성해왔다. 그런데 여기서 주의해야 할 것은 아놀드 자신 당대의 사회계급들 각각에 대하여 반감을 표시하고 있음에도 불구하고, 그의 본질적인 거점은 그가 속한 계급이기도 한 중산계급, 혹은 아놀드 자신의 기분에 좀더 어울리게 말하면 '계몽된' 중산계급이었다는 점이다. 아놀드는 당대의 중산계급을 속물이라고 호되게 비판하지만, 그의 궁극적인 희망은 역시 중산계급의 지적·도덕적 성장에 있었던 것이다. 위의 인용문에서도 확인할 수 있듯이 프라이는 실제로 자신의 생각을 표현하는 데 아놀드의 용어를 거의 그대로 차용하고 있다. 그것은 그가 근본적으로 아놀드와 세계관 내지 세계인식을 기본적으로 공유하고 있다는 뜻일 것이다. 그런데 여기서 간과할 수 없는 것은 그 아놀드에게 있어서 계급 없는 자유로운 사회란 어디까지나 중산계급의 가치와 의식이 중심이 되어 있었다는 점이다.

그것은 아놀드가 '교양과 무질서'를 논하는 유명한 평론을 집필하게 되었던 구체적이고 현실적인 계기를 고려하면 더 분명하다. 아놀드는 1866년 런던 하이드파크 공원에서 일어난 대규모 군중시위에 촉발되어 《교양과 무질서》(1869)를 집필하기 시작했던 것이다.[7] 이 시위의 주된 목적은 보통선거제 실시를 요구하는 것이었지만, 당국과의 마찰로 대규모 소요사태로 확대되었다. 아놀드는 이 소요사태가 불러일으킨 개인적인 두려움과 불안을 근거로 당대의 영국 사회와 문화적 현실을 새로운 각도에서 진단할 필요를 느꼈다. 그것이 바로 《교양과 무질서》 집필의 근본 동기였던 것이다.

이처럼 아놀드가 말하는 교양·문화라는 개념의 보다 구체적이며 역사적인 맥락을 고려한다면, 그것은 본질적으로 노동계급에 대한 계급적 편견을 그 근저에 두고 있는 개념이라는 것이 분명해진다. 그러므로 그것은 하나의 허위의식의 표현이라고 할 수도 있다. 이 점은 노스럽 프라이의 경우도 마찬가지이다. 그가 혁명적 행동과 문화를 양립할 수 없는 대척적인 관계로 파악하고, 문화와 교양과 세련됨을 연속선상에서 운위하고 있다는 사실은 그에게는 사회적·정치적 실천으로서의 문화 개념은 처음부터 배제되어 있었다는 것을 알려준다. 그러니까 그의 문장 속에서 등장하는 '해방'이라는 용어는 극히 관념적인 것으로, 실제 역사의 현장에서는 오히려 해방에 역행하는 힘으로 작용하기 쉬운 것이라고 하지 않을 수 없다.

엘리엇, 프라이 혹은 그들의 선배 매슈 아놀드에게 있어서 문화·교양·세련됨은 한결같이 중요한 덕목으로 추켜세워지지만, 기실 그들이 말하는 문화는 매우 편협한 틀 속에 갇힌 개념이었다고 할 수 있다. 그것은 기왕의 지배계급이 누려온 엘리트문화, 다시 말해서 다수 민중을 소외시키고 억압함으로써 형성될 수 있었던 '공식적 문화'를 뜻하는 것 외에 다른 게 아니었던 것이다.

'공식적 문화'라는 것은 그것이 민중을 억압하고 지배질서를 유지하는 데 기여하는 것인 한, 거기에는 지식인들의 자기기만과 허위의식이 개입될 소지가 크다. 이를 두고 블레이크는 "공적인 기록이 진실이라고 생각하는 것보다 더 경멸할…것은 없다"라고 말했다. 블레이크의 이 말은 물론 억압적인 언론 상황에서 진실이 은폐되거나 왜곡되는 경향을 언급하고 있지만, 동시에 어떤 시대의 것이든 주류문화에 내포된 근본적인 모순과 한계를 가리키는 말로 읽힐 수 있다.

결국 블레이크를 정당하게 읽는 방법은 이 시인이 뿌리 깊이 서 있던 자리, 즉 공식적 주류문화에 대하여 철저하게 도전적이면서 전혀 이질적인 세계인식을 발전시켜온 예언자적·민중적 전통 속에서 그의 업적을 보는 것이다. 물론 이런 방법은 아직 그다지 큰 세력을 형성하지는 못했지만, 예민한 비평가들에 의해 간헐적으로 시도돼왔다. 그런데 이 예언자적 전통과의 관계는 누구보다 블레이크 자신에 의해서 도처에서 언급되고 있다는 점이 흥미롭다. 특히 17세기의 혁명적 시인 밀턴과의 관계 속에서 자신의 예술적 노력을 보고자 하는 그의 발언은 매우 의식적이다.

> 잉글랜드의 푸르고 즐거운 땅 위에
> 우리가 예루살렘을 세울 때까지
> 나는 정신의 싸움을 멈추지 않을 것이며
> 나의 칼을 내 손에 잠들어 있게 하지 않을 것이다
>
> I will not cease from Mental Fight
> Nor shall my Sword sleep in my hand:
> Till we have built Jerusalem
> In England's green & pleasant Land
>
> (*M*, 1:13~6)

이러한 발언은 고대사회가 누렸던 것으로 보이는 순진한 자유와 조화의 세계가 파괴되었다는 인식, 그리고 그러한 인식과 고대사회에 대한 기억에 근거하는 새로운 삶의 비전, 혹은 이와 유사한 유토피아적 상상력에 기초했던 고대 이스라엘 이래의 예언자적 전통의 흐름 속에서 블레이크가 자신의 위치를 보고 있었다는 것을 분명히 드러내고 있다. 그런데 블레이크의 '예루살렘'은 특정한 시대나 사회에 국한될 필요는 없는 것이었다. 블레이크는 "하늘 아래 모든 나라의 고대는 유대인들의 그것에 못지않은 신성함을 가지고 있는"(K. 578) 것으로 생각한 것이다. 예컨대, 고대 영국인들은 "벌거벗은 문명인들로서 생각과 명상에 있어서

박식하고 면밀하고 심오했으며, 행동과 태도에 있어서 적나라하고 단순하며 솔직했다. 그들은 뒷세대들보다도 더 현명했다"(K. 577). 고대사회에 대한 블레이크의 이러한 관점은 최근의 인류학적 지식에 의해서도 기본적으로 지지될 수 있는 것으로 볼 수 있지만, 무엇보다 이 관점은 블레이크가 자기 시대의 정신적·윤리적 타락을 검증하는 방식으로서 매우 유효한 것이었다.

다른 한편으로, 이렇게 고대의 조화로운 삶에 대한 동경을 통하여 당대적 현실에 접근하면서, 다시 그러한 조화로운 삶의 회복을 꿈꾸는 일은 원래 모든 민중적 상상력의 뿌리 깊은 성향이라 할 수 있다. 블레이크는 자신을 늘 밀턴의 후계자로서 생각하고 있었지만, 그 밀턴이나 블레이크를 잇는 전통은 근본적으로 바로 민중적 상상력에 연관되어 있었다. 그러니까 현대의 주류 비평이 블레이크를 '전통'으로부터 벗어난 시인으로 간주해왔다면, 그것은 결국 이 민중적 전통에 대한 무지 내지는 무관심에 기인한 것이라고 할 수 있다.

실제로 이 민중적 전통은 오래된 것으로, 고대 부족사회의 붕괴 이후 많은 민족의 기층사회에서 면면히 이어져왔다. 블레이크의 시대 쪽으로 조금 범위를 좁혀 말하면, 그것은 가령 14세기 말엽의 농민반란에서 극적으로 표출되었고, 다시 17세기의 40년대에 폭발하듯이 나타난 예언자적·급진적 민중사상으로 연결된 흐름이었다. 블레이크에 관한 이 방면의 선구적인 비평의 하나에서 J. 브로노프스키가 주목하고 있는 것도 역시 17세기 청교도혁명 당시의 급진적 평민사상이었다. "블레이크는 반체제 전통에 속해 있었다. 그 전통은 그 언어와 급진적 신념에 있어서 '레벨러즈(Levellers)'와 '디거즈(Diggers)'로 연결되는 숨겨진 퓨리턴 전통에 속해 있었다."[8] 이러한 선구적인 관찰에도 불구하고, 브로노프스키의 비평은 이 전통의 의의를 본격적으로 성찰하는 데까지는 나아가지 못하고 있다. 그럼에도 그러한 연관성이 언급되었다는 사실 자체는 매우 중요한 성과로 볼 수 있는데, 생각해보면 또 그것은 단순히 우연적인 성과가 아니었다. 왜냐하면 그러한 연관성이 주목될 수 있었던 것은 브로노프스키가 어디까지나 블레이크의 예술을 역사적 실천 행동으로서 파악하려고 했던 결과였기 때문이다. 이런 점은, 블레이크에 대한 또 하나의 중요한 역사적인 연구 성과물을 내놓은 데이비드 어드먼에게도 해당된다.

어드먼의 연구서 《윌리엄 블레이크—제국에 맞서는 예언자》(1954)는 블레이크 당대의 온갖 역사적·사회적 사건들과 블레이크의 작품 사이에 관찰될 수 있는 갖가지 대응 관계를 꼼꼼하게 기록하고 있는 책이다. 그것은 많은 경우 지나칠 정도로 미시적인 접근을 드러내지만, 대체로 런던을 중심으로 전개된 당대 영국의 급진적 움직임과 블레이크가 맺고 있던 생생한 관계를 부각시킴으로써 이 급진적인 정치적 행동 및 사상들과 블레이크의 상호 관계, 나아가서는 그 급진적 요소에 대한 블레이크 자신의 기여를 상세히 밝혀내고 있다.[9] 어드먼은 특히 미국 독립전쟁과 프랑스혁명에 고무되어 민주주의와 휴머니즘의 가치를 말하고 새로운 인권 개념을 열렬히 퍼뜨리며 타락한 봉건 지배세력의 역사적 몰락을 주장함으로써 그 지배세력에 의한 가혹한 탄압에 직면하지 않을 수 없었던 토마스 페인, 윌리엄 고드윈을 위시한 많은 예술가·지식인들의 활동을 세세히 묘사한다. 여기서 주목해야 할 것은 이러한 예술가·지식인들의 움직임은 본질적으로 청교도혁명기 이후 오랫동안 지하에 잠복해 있던 급진적 민중문화 전통이 1790년대에 이르러 다시 활기를 띠고 있던 배경 가운데서 이루어지고 있었다는 사실이다.

이런 맥락에 대한 아마도 가장 확실한 관찰자는 역사가 E. P. 톰슨일 것이다. 톰슨은 18세기 말엽에서 19세기 전반기에 이르는 시기 동안 영국의 노동계급이 형성되는 과정을 치밀하게 해명하는 고전적 연구서 《영국 노동계급의 형성》(1963)의 도처에서 블레이크를 언급한다. 예를 들어 다음과 같은 구절은 전형적이라 할 수 있다.

> 양심의 자유는 [청교도혁명 이후] 일반 민중이 보존해온 하나의 위대한 가치였다. 지방은 젠트리 계급에 의해, 도시는 부패한 상인들에 의해, 국가는 가장 부패한 정상배들에 의해 지배되고 있었으나, 예배당과 대중 술집, 그리고 가정은 민중들의 것이었다. … 런던의 반체제 그룹들을 배경으로 하여 볼 때, … 윌리엄 블레이크는 오로지 양반문화만을 알고 있는 사람들의 눈에 그렇게 비치듯이 교육받지 못한 괴팍스러운 천재가 결코 아니다. 그 반대로 그는 독창적이면서도 오랜 민중적 전통을 대변하고 있는 것이다.[10]

민중적 전통과 블레이크가 맺고 있었던 친밀한 관계가 그 누구도 아닌 바로 톰슨의 책 속에서 가장 분명하게 언급되고 있다는 사실은 매우 의미심장하다. 톰슨의 저서는 물론 블레이크에 관한 연구서가 아니다. 이 책은 프랑스혁명기와 영불전쟁 기간, 그리고 무엇보다 산업혁명기를 살았던 수많은 하층민들의 경험을 하층민 자신의 실감과 의식에 끊임없이 충실하려는 노력에 기초하여 그 역사적인 의미를 분석·정리한 것이다. 바로 이러한 노력 속에서 블레이크의 민중적 뿌리가 분명하게 해명될 수 있었다는 것은 이 시인과 민중적 전통과의 연관이 얼마나 깊고 본질적인 것인가를 말해준다고 할 수 있다. 원래 사회 저변의 급진적 민중문화의 흐름이라는 것은 공식 문화의 수호자들에게는 그 정체가 쉽게 보이지 않는다. 블레이크가 대변한 것은 바로 이러한 '비공식적' 문화전통이었던 것이다.

2

이 글은 그러한 급진적 민중문화의 대변자로서 블레이크의 성취를 살펴보려는 것이지만, 여기서 다시 강조하고 싶은 것이 있다. 그것은 블레이크라는 시인이 그 철저한 민중성 혹은 평민성에 있어서 타의 추종을 불허한다는 사실이다. 위에서 잠깐 언급했듯이, 블레이크는 그 누구보다도 밀턴에게서 가장 큰 친화력을 느꼈는데, 실제로 이 두 시인 사이에는 무엇보다 그 '예언자적' 풍모라는 면에서 뚜렷한 공통점이 존재한다. 우리가 만약 이것을 간과한다면 영국 시의 흐름을 정당하게 읽어낼 수 있는 퍼스펙티브를 얻지 못할 것이다.

블레이크가 밀턴을 높이 평가한 것은 말할 것도 없이, 현대의 허다한 문학 연구자·비평가들이 드러내는 정치적·사회적 입장과는 근본적으로 다른 지점에 그가 서 있었기 때문이다. 블레이크는 밀턴이 그 자신의 온갖 인간적·예술적 에너지를 압제에 대한 투쟁에 바쳤다는 사실을 주목했고, 그럼으로써 밀턴의 공화주의적·예언자적 본질을 정확히 꿰뚫어 볼 수 있었다. 기실 블레이크와 밀턴의 관계에 대해서는 이미 적지 않은 연구가 행해졌다. 대표적인 한 연구에 의하면, 이들 두 예언자적 시인의 가장 뚜렷한 공통성은 그들이 '혁명적 전통'을 공유하고 있었다는 점이다. 따라서 밀턴의 시는 블레이크의 시를 위한 문맥으로서 간주되어야 하고, 블레이크는 또 밀턴의 진면목을 제대로 이해한 최초의 비평가로서 간주되어야 한다는 것이다.[11] 밀턴이나 블레이크가 많은 경우 정치적·사회적 문제를 신학적 용어로 표현했다는 점도 실은 그들이 공유하고 있던 '기독교적' 혁명성에 연유했다고 할 수 있다.

여하간 이 공통성은 우연적인 것이 아니라, 무엇보다 두 시인이 유사한 세계관을 소유하고 있었던 데에서 기인한다고 해야 할 것이다. 그중에서도 특기할 것은, 밀턴 역시 급진적 민중문화의 전통에 — 당대의 '고급' 지식인으로서는 매우 예외적이라 할 정도로 — 어떤 종류의 친화감 내지는 동정적인 이해를 가지고 있었다는 사실이다.[12] 물론 이 친화성에는 얼마간의 모순과 균열이 내포되어 있었다. 그럼에도 불구하고 그것은 밀턴이 당대의 가장 급진적인 지식인이자 혁명가로서 《언론자유론(*Areopagitica*)》(1644)을 비롯한 수많은 정치적 논설 속에서, 또 후년의 걸작 서사시들 속에서 선진적인 세계관과 사회사상을 천명할 때, 그것을 가능케 한 중요한 밑거름이 되었던 것으로 보인다. 물론 밀턴의 사상적 거점은 기본적으로 퓨리턴 전통이었다. 그러나 그가 예컨대 이혼의 자유를 주장하는 논설을 쓸 때, 혹은 《실낙원》(1667)의 서두에서 에덴동산의 아담과 이브가 나누는 사랑의 기쁨을 생생하게 그려낼 때, 그의 마음을 강력히 사로잡고 있던 것은 퓨리턴적 전통에서는 낯선 것이라고 할 수밖에 없는 반계율적·반청교도적 충동이었다. 그리고 이 충동이야말로 급진적 민중문화의 특징적인 요소의 하나였던 것이다.

《뒤집혀진 세상 — 영국혁명기의 급진적 사상들》(1972)이라는 탁월하게 흥미로운 저서에서 역사가 크리스토퍼 힐은 청교도들과 더불어 17세기 시민혁명기의 주요 혁명세력을 구성하고 있던 하층민과 그들의 급진사상을 집중적으로 조명하고 있다. 이 책에는 오랫동안 밑바닥 민중사회 속에 잠복되어온 급진 사상들이 어떻게 1640년대 시민혁명의 발발과 더불어 폭발하듯이 분출되어 나왔으며, 그리고 결국은 억압받게 되었는지 그 과정이 상세히 기술되어 있다. 다시 말해서, 영국의 시민혁명기는 어떤 점에서 민중혁명에의 강렬한 요구가 고조되고, 또 마침내 좌절되는 과정이기도 했다는 것이다.

17세기 중엽의 영국에는 두 개의 혁명이 있었다고 우리는 단순화시켜

> 볼 수 있다. 성공한 혁명은 재산의 신성한 권리를 확립하고(봉건적 특권의 철폐, 자의적인 과세의 금지), 재산을 가진 자들에게 정치권력을 부여하였으며(의회주권제도와 민법, 재판의 특혜의 철폐), 그리고 재산을 가진 사람들의 이데올로기, 즉 프로테스탄트 윤리의 승리를 방해하는 모든 장애를 제거하였다. 그러나 결코 일어나지 않았으나 때때로 그 위협이 있었던 또 하나의 혁명이 있었다. 이것이 실지로 일어났더라면 공동체적 재산 그리고 정치적·법적 제도에 있어서 훨씬 폭넓은 민주주의가 확립될 수 있었을지도 모르며, 국가교회가 해체되고 프로테스탄트 윤리가 거부되었을지도 모른다.[13)]

국왕을 위요한 봉건세력과의 투쟁에서 승리를 쟁취하기 위해서 부르주아 세력은 광범한 민중을 동원해야 할 필요가 있었다. 이 과정에서 급성장한 농민, 병사, 수공업자, 영세 상인들로 이루어진 평민적·급진적 민중세력은 그들 자신이 오랫동안 염원해왔던 평등사회에 대한 열망을 혁명적 행동과 주장 속에 감격적으로 표현했다. 그러나 특히 국왕 찰스 1세의 처형을 둘러싸고 혁명세력 사이에 격론이 전개되고, 이를 전환점으로 하여 1648년, 1649년 무렵부터 장로교파 의회세력과 크롬웰의 '뉴모델군(New Model Army)' 장교 집단이 중심이 된 소귀족 및 부르주아 세력은 구귀족 세력과의 제휴를 모색하기 시작한다. 이때부터 그들은 밑바닥 민중으로부터 가해져오는 새로운 압력을 탄압하는 데 열중하는 것이다. 이후 10년간 어느 세력도 결정적인 권력을 장악하지 못하는 상황이 계속되다가 드디어 대규모의 토지를 소유한 귀족세력과 상인 중심의 부르주아 세력이 정치적 타협을 이루는 데 성공함으로써 왕정복고가 이루어진다. 이 반동적인 상황의 도래와 함께 그때까지의 급진적 민중운동은 사실상 지하로 숨어들거나 결정적인 패퇴를 강요당할 수밖에 없었다.

그러나 청교도혁명기의 민중적 사상과 행동이 남긴 유산은 어떤 형태로든 지속되었고, 잠복되었던 그 전통이 다시 부활의 기회를 갖게 된 때가 바로 블레이크의 시대였던 것이다. 이 1780년대는 미국혁명과 프랑스혁명, 그리고 무엇보다도 산업혁명과 전쟁이 중첩되던 시기였다. 어떤 의미에서 이 시기 노동계급의 움직임에 관한 톰슨의 연구는 17세기 민중의 급진적 사상이 산업혁명기와 프랑스혁명기에 여하히 표면화되고 변용되었는가를 추적한 기록이라고 할 수 있다.

청교도혁명기의 민중운동사는 비단 영국의 혁명사 또는 민중사의 관점에서만 중요한 게 아니다. 그것은 공식적 문화와 민중문화와의 관계를 해명하는 데에 중요한 빛을 던져준다. 다시 말해서, 공식 문화의 관점에서는 좀처럼 인식되기 어려운 것임에도 불구하고(민요 채집자들은 지주들이 자기 땅에서 소작을 짓는 농민들이 지주들 자신이 모르는 노래나 이야기를 허다하게 가지고 있을뿐더러, '아름다운' 목청을 가지고 있다는 사실에 대해서 전적으로 무지한 상태에 있는 경우를 허다하게 증언했다), 사회 저변 심층에서 강력히 지속되고 있는 완강한 정신적 전통이 있다는 것, 그것은 비교적 자유로운 언론이 보장될 때 폭발하듯이 표면화된다는 것, 그리고 그러한 민중적 전통은 한결같이 반특권·평등주의를 기본 메시지로 하고 있다는 사실을 이 시기의 급진 사상들은 웅변적으로 보여주고 있다.

크리스토퍼 힐에 의하면, 그러한 평등주의는 17세기 영국의 민중 속에서는 특히 반사제주의(anti-clericalism) 속에 현저하게 표현되었다. 이것은 간단히 말해서 일반 신도가 가진 견해는 여하한 성직자의 견해에 못지않거나 혹은 그보다 더 정당하다는 신념의 표명이다. 이런 주장을 더 밀고 나가면, 성직의 위계질서는 반그리스도적이며, 직업적인 성직자라는 존재도 하느님의 뜻에 맞지 않는 것으로 해석된다. 이러한 생각은 결국 '국가교회'라는 제도를 부정할 뿐만 아니라 십일조(tithes)라는 제도도 거부하는 것으로 나아간다.

가장 흥미로운 것은 누구든지 성경을 해석할 권리가 있고 아무도 독점할 수 없다는 신념으로 인해 마침내 많은 '노동자 설교사(mechanic preachers)'가 등장하기도 했다는 점이다. 이러한 신념과 주장은 모두 물론 일차적으로는 종교적·신학적 문제들이다. 그러나 밀턴이나 블레이크에서 보듯이, 그 신학적 용어들은 대부분 강한 정치적·사회적 함의를 갖고 있었다. 그렇게 된 것은 그들이 살았던 시대에는 기독교와 성서가 민중과 지배자들의 공통한 지적·정신적 원천이었기 때문이다. 종래에 사회를 지배해온 이데올로기가 바로 교회의 것이었을 뿐만 아니라, 주인과 하인, 농민과 귀족, 토지귀족이나 상인 부르주아계급을 가릴 것 없이 모든 계층, 모든 사람들에게 성서는 가장 중요한 교양이자 의사전달 매체이기도 했다. 라디오도, 텔레비전도, 신문도 없던 시대의 커뮤니케이션을 독점하고 있던 것도 당연히 교회의 설교단이었다. 교회는 예배당이자 교육 장소이며, 뉴스전달 매체이자 설득의 수단이었다. 그래서 가령 제임스 1세는 "주교가 없으면 국왕도 없다(No bishops, no King)!"라는 유명한 말까지 했던 것인데, 여하간 실제의 기능에 있어서나 원리적으로도 이 시기의 교회·성경에 대한 해석은 단지 종교상의 해석 문제가 아니라 또한 철저한 정치적·사회적 해석이며 주장이었다. 그러므로 전문적·직업적인 성직제도를 부정하고, 국가교회의 권능을 부인하는 것은 국왕과 교회를 포함한 지배권력은 말할 것도 없고, 여하한 인간 혹은 집단도 타자 위에 군림할 수 없다는 철저한 평등주의 원칙을 천명하는 행동이었던 것이다. 그런 점에서, 1381년 농민봉기 때 널리 불리었던 유명한 운율, "아담이 밭 갈고 이브가 길쌈할 때 그 누가 양반이었던가(When Adam delved and Eve span/Who was then the gentleman)?"가 다시 1640년대에 민중 속에서 크게 인용되었던 것은 결코 우연이 아니었다.

1640년대는 봉건적 억압과 질곡이 약화되고 어느 정도 언론의 자유가 보장되었던 시기였다. 그리하여 오랫동안 침묵을 강요당해왔던 민중사회는 이 상황에서 자신의 지적·정신적 재능과 잠재력을 한껏 발휘하였고, 그럼으로써 사회는 활기에 찬 언술 공간이 되었다. 밀턴은 이러한 분위기를 예민하게 포착하여, 그것이 갖는 창조적인 의미를 자신의《언론자유론》속에서 다음과 같이 기억할 만한 언어로 찬미했다.

> 느리거나 둔하지 않고 기민하고 재간이 풍부하며 날카로운 정신을 가진 나라, 인간능력이 치솟아 오를 수 있는 최고의 높이로부터 떨어지지 않는, 그러한 예민한 발명의 재간과 담화의 능력을 갖춘 나라 … 이 광대한 도시를 보라. … 사람들은 혹은 대다수 사람들은 어느 때보다도 개혁되어야 할 가장 최고의 가장 중요한 문제들을 연구하는 데에 완전히 골몰하여 … 일찍이 발견되지도 쓰이지도 않았던 것들을 거론하고 따지고 읽고 만들며 찾아내고 있는 것이다. … 하느님의 모든 백성은 지금 예언자가 되고 있다.[14)]

밀턴의 생각으로는, 이런 사회에 다시 검열제도를 부과하는 것은 한마디로 나라 전체를 "과소평가하고 모욕하는 것"이다. 그런 관점에서 쓴 것이 언론자유에 관한 그의 웅변적인 논설이었다. 그리고 그것은 직접적으로는 장로교파들이 급진적 민주주의자들을 억압하려는 것을 강력히 항의하기 위해서 집필된 것이었다. 이렇게 볼 때, 밀턴이 민중의 편에 서 있었다는 것은 의심할 수 없다. 그러나 이러한 민중적 관점에도 불구하고, 밀턴에게는 근본적인 문제점이 있었다. 블레이크가 문제로 삼은 것은 바로 그 점이었다.

위에서 본 것처럼, 밀턴은 수다한 급진적 민중사상에 공감하고 그것을 자신의 사상 속에 통합하였음은 사실이다. 하지만 거기에는 간과하기 어려운 명백한 한계가 있었다. 예를 들어, 그는 십일조를 거부하고 특권적 주교에 대해 반감을 품거나 혹은 양심의 자유로운 표현을 요구했다는 점에 있어서는 거의 민중적 관점과 일치해 있었다. 그러나 그는 급진적 민중사상에 부분적으로 공감은 하면서도 오직 선택적으로만 그것을 받아들였다. 다시 말해서, 기본적으로 그는 대중에 대한 경멸과 불신을 완전히 떨쳐버리지 못한 엘리트였던 것이다. 예컨대 그가 "하느님의 모든 백성이 예언자가 되고 있다"고 말했을 때, 그 '모든 백성'은 기본적으로 계몽된 중산계급에 국한되어 있었을 가능성이 크다고 할 수 있다. 물론 밀턴의 《언론자유론》에 드러난 사상은 의심할 바 없이 공화주의 사상이다. 따라서 예를 들어, "밀턴의 자유는 블레이크의 상상력과 실제로 동일한 것이다. … 밀턴에게 있어서 자유는 전인적 인간의 전체적 해방을 가리킨다"[15]라고 하는 노스럽 프라이의 지적은 일견 타당하다고 할 수 있다. 그러나 냉정하게 들여다보면, 밀턴에게 있어서 궁극적으로 자유는 엘리트를 위한 것이지 대중을 위한 것이 아니었다는 것은 분명한 사실이다.[16] 밀턴은 평등 관념 그 자체를 찬양하였으나 "평등하지 않은 것을 평등하게 하는 몽매성"에는 반대하였던 것이다. 그리하여 그는 "각자는 그의 지위와 뛰어남에 따라 보살핌을 받아야 한다"고 말하면서, 사유재산제를 부정하는 '디거즈'의 입장을 거부하고, 폭넓은 민주주의를 주장하는 '레벨러즈'에 동의하지 않았다.

아마도 밀턴은 그가 전적으로 받아들일 수는 없으면서도 동시에 상당한 매력을 느낀 급진적 사상들과 "항구적인 대화의 상태에 살고 있었다"는 해석도 가능하다고 할 수 있다.[17] 같은 이야기지만, 그는 퓨리터니즘(Puritanism)과 급진적 민중문화 사이에 분열을 경험하고 있었다고 볼 수도 있다. 밀턴의 한쪽 내심은 폭넓은 민주주의를 지지하면서도 다른 한쪽은 권위주의·위계질서·근면·기율·금욕주의와 같은 중산계급의 지배적인 이데올로기를 탈각하지 못하고 있었던 것이다.

밀턴의 이와 같은 한계 혹은 내적 분열을 명쾌히 지적한 최초의 비평가가 바로 블레이크이다. 그는 《천국과 지옥의 결혼》(1790~1793)에 나오는 유명한 비평적 잠언에서 그 점을 매우 인상적인 말로 표현하였다. 즉, 《실낙원》에서 밀턴이 악마를 묘사할 때 '자유'를 느꼈다고 말하면서, 그렇게 된 것은 밀턴이 자기도 모르게 악마의 편을 들었기 때문이라고 블레이크는 갈파하고 있는 것이다. 이 발언은 '악마주의'를 선호하는 낭만주의적 취향의 표현으로 곧잘 오해되어왔지만, 실은 그것은 '두 개의 문화' 사이에 분열을 경험하고 있던 밀턴의 내적 모순에 대한 블레이크의 예리한 통찰의 소산이었음이 분명하다.

하기는 블레이크에게는 시대적으로 밀턴 자신보다도 밀턴의 한계를 보다 잘 볼 수 있는 여건이 주어져 있었다. 밀턴이 말하는 '예언자들의 나라'는 블레이크의 시대에 이르러서는 '장사꾼들의 나라'로 되어 있었던 것이다. 밀턴이 근본적인 신뢰를 가지고 역사의 주체로서 보았던 중산계급은 민주적 이상의 확대는커녕 사적 이윤의 추구에 여념이 없는 이기적 집단으로서의 자신의 정체를 노골적으로 드러내고 있었다. 또 한편으로 블레이크는 그의 혈통과 교육, 그리고 직업상으로도 장인-노동계급에 속해 있었으므로 밀턴보다 훨씬 더 견실한 민중적 관점을 소유하고 있었다. 반드시 계급적 한계 때문이라고는 할 수 없을지라도 밀턴이 부르주아사회 너머를 내다보지 못한 결과로 일종의 관념주의에 빠지는 것을 피할 수 없었다고 한다면, 블레이크는 모든 사상과 이데올로기의 물질적 토대에 대한 분명한 인식을 가지고 있었다. 무엇보다 블레이크는 자기 시대의 지배문화가 근본적으로 민중에 대한 착취와 억압에 바탕을 두고 있음을 꿰뚫어 보고 있었다. 이 점에 있어서 블레이크는 밀턴과는 달리 민중적 전통에 거의 완전한 일치를 이루고 있었다고 할 수 있다. 밀턴은 퓨리터니즘을 결코 초극할 수 없었고, 그 때문에 민중적 상상력에 내포된 육체성, 반금욕주의, 천년왕국적 믿음, 그리고 '도덕적 경제' 심성 등에 대하여 둔감할 수밖에 없었지만, 이러한 것은 블레이크의 정신세계에서는 극히 친화적인 요소들이었다.

블레이크의 시대에 이르러 17세기 이래의 반체제적 민중문화 전통은 때때로 중첩되어 분간하기 힘들긴 하지만 대개 두 가지 양상으로 전개되고 있었다.[18] 하나는 청교도혁명기의 급진적 움직임을 대변한 레벨러즈, 디거즈, 퀘이커즈, 모라비안즈 등의 그룹들이 계승하고 있던 전통으로, 이들은 특히 '우애'나 '형제애'라는 말을 즐겨 씀으로써 차별 없는 평등한 인간관계가 보장되는 공동체적 이상을 지향하고 있었다. 다른 한편으로는 이 전통은 민중사회의 오래된 믿음체계라고 할 수 있는 천년왕국 신앙과 분간하기 어렵게 결합되어 있었다. 이 천년왕국 신앙은 특히 〈계시록〉에 대한 문자 그대로의 해석, 즉 새로운 예루살렘, 새 하늘과 새 땅의 열림에 대한 긴박한 기대로 충만해 있었다. 그러나 이 신앙은 영불전쟁 개시와 함께 반동적인 탄압정치가 본격화되고 급진적 민주화운동이 좌절을 강요당하면서 그때까지의 모든 급진적 운동이 일종의 정치적 정적주의로 침잠하게 되는 상황에서 지하로 들어갈 수밖에 없었다.

하지만 이 신앙 속에 내포된 해방의 이미지는 민중의 마음에 강력한 영감을 불어넣는 것이었다. 그것은 가난하고 억압받는 자들이 이 세계를 인식하고 새로운 삶을 꿈꾸는 방식에 뚜렷한 윤곽을 부여해 놓았다. 바빌론·이집트로 표상되는 폭군들의 이미지, 유형(流刑)생활의 노예상태에 대한 이미지, 하느님의 나라, 사탄과의 싸움을 거친 궁극적인 승리, 그리고 바로 이 대지(大地) 위에서의 평등하고 정의로운 새로운 하늘과 땅의 건설 — 이러한 이미지들 속에는 '대지의 저주받은 자들'이 오랜 세월 동안 겪어온 고통과 절망의 체험이 생생하게 표현되어 있을 뿐만 아니라, 그들이 마음속 깊이 늘 품어온 간절한 희구가 투영되어 있었다. 이것은 결코 '만성적인 정신질환자들'의 왜곡된 현실감각의 표현이 아니었다. 그 이미지들은 "사람들이 어떻게 느끼고 희망하고 사랑하고 미워했는가, 그리고 그들이 어떤 가치들을 어떻게 보존해왔는가를 보여주는 기호"였다.[19]

프랑스혁명 직후에 런던을 중심으로 전개된 반체제 민중운동과 장인 및 노동자들 속에서, 그리고 잉글랜드 북부의 공장과 탄광에서도 한때나마 폭발하듯 분출되었던 이러한 이미지들과 그것들이 내포하는 의미는 블레이크의 상상력의 핵심을 이루고 있었다. 블레이크는 성서 속에서 가장 중요한 부분은 〈계시록〉이라고 생각했다. 말할 것도 없이, 〈계시록〉은 초기 기독교 이후 하층민의 심성에 가장 강력한 호소력을 가지고 영향을 끼쳐왔다. 19세기 말, 영국의 중부 탄광촌에서 태어나 자란 D. H. 로렌스는 자신이 성장기에 〈계시록〉을 "열 번이나 더 듣고 읽었다"고 회상한 적이 있다. 또 그는 수십 년이 지난 뒤에도 "교육받지 못한 사람들 사이에서 아직도 〈계시록〉이 열광적으로 읽히고 있는 것"을 볼 수 있다고 말했다.[20] 해방자 그리스도와 사탄적 지배자들 간의 최종적 싸움에 대한 예언이 담겨 있는 이 〈계시록〉이야말로 생각해보면 하층 민중이 오랜 세월 꿈꾸어온 혁명적 비전과 그들의 잠재의식을 가장 극적으로 형상화하고 있는 문서라고 할 수 있다.

〈계시록〉에 대한 이러한 친화력은 블레이크가 동시대의 다른 시인들, 예를 들어 워즈워스나 콜리지 등과 명확히 구별되는 주요 요인이기도 했다. 이들과는 달리 블레이크는 한 번도 공화주의적·자코뱅적 정치신념을 버린 일이 없고, 토지계급이나 상인계급을 포함한 여하한 계급의 지배권도 인정하지 않았다. 온갖 면에서 블레이크가 극히 선구적인 사회 사상을 대변할 수 있었던 것은 무엇보다 철저히 민중적 뿌리를 가지고 있었던 그 자신의 세계인식과 감수성을 떠나서 설명하기 어렵다. 블레이크에 의하면, '예언자'란 "있는 그대로 정직하게 말하는 사람"이다. 있는 그대로 이야기한다는 것은 누구에게나 가능한 일이 아니다. '예언'은 자신이나 남들에게 속임수를 쓸 것이 없는 사람들의 눈에 비친 삶과 역사의 진실을 말하는 것이기 때문이다. 그러므로 민중적 삶의 진실에 확고한 뿌리를 내리고 있는 인간에게만 그 예언은 가능하다고 할 수 있다.

이와 관련해서 토마스 페인에 대한 블레이크의 평가도 흥미롭다. 블레이크는 페인을 당대의 다른 어떤 지식인보다도 높이 평가했던 게 사실이다. 그러나 인간의 천부적 권리에 대해서 말하는 페인의 혁명적 요소에도 불구하고, 페인이 기성 체제의 사회적·물질적 토대 자체에 대해서는 근본적인 질문을 하지 않고 있다고 블레이크는 생각했다. 사실, 페인은 자유방임주의라는 지배적인 교의(敎義) 자체에 대해서, 그리고 가진 자들의 배타적인 소유권 자체에 대해서는 확실한 이의를 제기하지 않았던 것이다. 에드워드 톰슨이 지적하는 것도 바로 이 문제이다. "정치적 민주주의라는 관점에서 그는 모든 상속받은 지위와 특권을 고르게 하고자 하였으나 경제적인 형평성에는 편을 들지 않았다. 정치·사회에서 모든 사람은 시민으로서 동등한 권리를 가져야 하지만, 경제사회에서는 각자는 당연히 고용주거나 피고용인으로 남아 있어야 했고, 국가는 한 사람의 자본에 대해서도 다른 사람의 임금에 대해서도 간섭해서는 안되는 것이었다. [페인의] 《인권론》(1791)과 [애덤 스미스의] 《국부론》(1776)은 상호 보강하고 서로 북돋우는 관계에 있었다."[21]

이처럼 블레이크는 한쪽으로는 당대의 허다한 지식인·예술가들의 정치적 정적주의, 내면화, 자기집중화, 엘리트주의를 비판하면서, 다른 한

쪽으로는 페인과 같은 민주주의 사상가가 가진 한계를 꿰뚫어 보고 있었다. 이것은 급진적 민중문화 전통에 확고히 뿌리를 박고 있지 않았다면 불가능했을 통찰이라고 할 수 있다.

3

이제 구체적으로 블레이크의 작품세계를 들여다볼 차례이다. 블레이크의 시대는 무엇보다 전쟁과 억압의 시대였다. 따라서 그의 시에서는 전쟁상태로서의 현실 상황이 곧잘 묘사되고 있다. 미국혁명과 프랑스혁명에 크게 고무되었던 시인 블레이크는 초기에 이 혁명들을 직접 언급하는 여러 편의 시들을 통해서 인간해방에의 기대와 희구를 강하게 드러내었다. 그러나 후년에 예술가로서 보다 원숙해짐에 따라 점차 분명하게 드러나지만, 이미 이 초기작들 속에서도 블레이크는 단순한 국가간 분쟁이 아닌 일종의 사회적 전쟁이라고 부를 만한 전쟁상태를 항상 염두에 두고 있었다는 점을 우리는 주목할 필요가 있다.

온갖 물고기와 새와 짐승과 사람과 나무와 쇠붙이와 돌이
서로 먹어 삼키고 끊임없이 영원의 죽음으로 들어감으로써 삶이 영위되는 곳,
죽음을 먹고 사는 끔찍스러운 섭리—

A murderous providence, a creation that groans, living on death,
Where fish & bird & beast & man & tree & metal & stone
Live by devouring, going into eternal death continually.

(*J*, 50:5~7)

그러면 어찌하여 이러한 사회적 전쟁이 생존의 지배적인 상황이 되어 버렸는가? 서로가 서로에 대하여 먹고 먹히는 관계로 되어 있는, 이러한 생존 현실은 항구불변의 인간조건인가? 전혀 그렇지 않다는 인식이 바로 블레이크 자신의 사상적 기초를 이루고, 여기에서 그의 예술의 뛰어난 리얼리즘이 비롯되었던 것이다. 블레이크의 주요 서사시들에서 역동적인 드라마가 전개될 수 있었던 것도 따져보면 인간의 생존방식의 '가변성'에 대한 블레이크의 확고한 신념에 말미암은 것이라고 할 수 있다.

블레이크의 서사시들은 대체로 '유럽 6,000년'의 '전락한' 역사의 기원과 그 현실, 그리고 회복의 과정, 회복을 위한 투쟁의 방법, 새로운 삶과 새로운 역사에 대한 비전을 알레고리—즉 '영원의 인간' 앨비언(Albion)이 오랜 수면상태로부터 깨어나는 과정이라고 하는 기본 설계 위에서 온갖 상징적 인물들이 상호 교류하고 반응하며 갈등하는 가운데 마침내 조화와 평등과 자유의 공간이 열리기까지의 드라마를 이야기하고 있다. 그런데 이들 드라마에서 극의 단초는 흔히 수면상태로 떨어진 앨비언이 상징하는 바, 즉 역사의 타락에서 시작하고 있는데, 블레이크는 이 타락의 기원을 인간이 사적 이익을 배타적으로 추구하기 시작한 데서 찾고 있다. 이러한 역사해석은 블레이크의 서사시로 하여금 여타의 유사한 구조를 가진 신화나 서사시들과 구별되게 하는 특징적인 요소이다. 이기적인 욕망 추구를 '전락'의 단초로 보는 블레이크는 이 점에서도 밀턴과 관점을 달리한다고 할 수 있다. 요컨대, 블레이크는 신화적 상상력을 통해서가 아니라 자기 시대의 구체적인 현실에서 자신이 몸으로 체득한 대로 '악'의 실체적인 근원을 지목한 것이다.

블레이크의 서사시에서 밀턴의 사탄에 대응하는 인물은 '유리즌(Urizen)'이다. 그리하여 유리즌은 영원의 조화를 깨뜨리는 인물로 그려지지만, 이렇게 되는 것은 배타적·특권적으로 세계를 지배하고자 하는 그 자신의 이기적 욕망 때문이다. 그러면 영원의 세계 속에서 애당초 어째서 이러한 이기적 욕망이 배태되었을까? 정확한 답변이 무엇이든, 여기에는 블레이크의 명확한 세계인식과 현실진단이 깊게 투영되어 있다고 할 수 있다. 중요한 것은 블레이크의 서사시가 갖는 예술적 완결성이나 이야기의 논리적 정합성이 아니라, 그 이야기를 통해서 시인이 가장 큰 악으로 규정하고 있는 것이 무엇인가, 그리고 그 진단은 핵심적인가 지엽적인가를 판단하는 것이다.

인간은 기쁨에 싫증 난 한 마리의 벌레이다.
그는 자기의 이기적인 냉혹함 속에서 … 잠의 동굴을 찾고,
우애와 보편적인 사랑을 버린다.
순수한 정신의 날개를 접고,
과학의 뿌리로부터 절연된 채
어두운 장소를 찾는다.
그리하여 황금의 담벼락에 둘러싸인 그는 한 개 씨앗처럼 땅속으로 파묻혀버린다.

Man is a worm wearied with joy; he seeks the caves of sleep
Among the flowers of Beulah in his selfish cold repose,
Forsaking brotherhood & universal love in selfish clay,
Folding the pure wings of his mind, seeking the place dark,
Abstracted from the roots of science. Then enclosed around
In walls of gold we cast him like a seed into the earth,
Till times & space have passed over him.

(*FZ* IX, 624~9)

위의 인용구는, 사람 사이의 우애와 사랑의 가치를 내팽개치고 각자의 폐쇄적 공간 속에 갇혀버린 '근대적' 인간 상황에 대한 가장 치열한 묘사라고 할 수 있다. 그런데 주의할 것은 이 구절이 실제로는 블레이크의 서사시의 최종 단계에 등장하고 있다는 점이다. '영원의 인간들'이 모여서 어째서 처음에 낙원이 상실되었던가를 말하는 가운데 나오는 발언이 바로 이 대목인 것이다. 그러니까 '전락'은 사적 이익의 배타적인 추구에 의한 것이며, 그 결과 삶의 공동체적 질서가 붕괴되었다는 강한 암시가 여기에 들어 있는 셈이다. 그런 암시는 인용 대목 전체에서도 느낄 수 있지만, 특히 "황금의 벽들에 둘러싸인 채"라는 구절에 명확히 드러나 있다. 이 표현이 인클로저를 암시한다는 것은 말할 것도 없다.

인클로저를 통해서 오랜 세월 하층민들에게 경작 및 사용권이 보장되어 있던 '공유지'가 16세기 이래 자본가 지주들에 의해 사유화되기 시작한 것은 잘 알려진 사실이다. 그리하여 당대의 권력자, 지배층, 귀족들은 전통적인 공유지에 울타리를 쳐서 구획을 확정하고 그 땅의 사적 소유권을 주장함으로써 민중들의 자립적 생활기반을 파괴하기 시작했다. 이러한 움직임은 물론 토지에 대한 자본주의적 경영의 도입과 함께 시작된 것인데, 18세기 후반에 접어들어 산업자본주의가 본격화되기 시작함에 따라 거의 모든 공유지는 사실상 사라지게 되었다. 그러나 블레이크가 문제로 삼는 것은 인클로저 그 자체이기보다는 이로 인한 삶의 근본적인 변화, 즉 사적 소유의 배타적인 권리행사가 민중생활과 인간적 실존에 끼치는 광범위하게 파괴적인 영향이었다.

인클로저에 대한 비판적·저항적 태도는 기실 오랫동안 민중사회 속에서 강력하게 지속돼왔다. 그중 특히 주목할 것은, 청교도혁명기의 급진적 민중사상가, 즉 제라드 윈스턴리의 다음과 같은 극히 심오하면서도 예리한 발언이다.

태초에 위대한 조물주, 이성은 이 대지(大地)를 하나의 공동의 보물로 만들었고, 그것을 가지고 짐승과 새와 물고기와 그리고 이 모든 창조된 것들을 다스릴 주인인 인간을 보존하려고 하였다. … 태초에 인류의 일부가 다른 일부를 지배해야 한다는 말은 단 한 마디도 말해지지 않았다. … 그러나 … 이기적인 상상력은 … 하나의 인간이 다른 인간들을 가르치고 지배하도록 만들었다. 그리하여 인간은 속박 속에 묶이게 되고, 야생의 짐승들이 그에게 노예로 되는 것보다 더 크게 그는 그의 동료 인간에게 노예로 되었다. 그렇게 해서 대지는 가르치는 자들과 지배자들에 의해 울타리가 쳐지게 되고 이 밖의 다른 사람들은 노예로 되었다. '창조' 안에서 모든 존재들의 공동 곳간인 이 대지는 몇몇 소수의 손으로 사고팔고 소유하는 것이 되었고, 그 결과 위대한 조물주는 마치 자신이 몇몇의 안락한 살림에 기뻐하고 다른 사람들의 비참한 빈곤과 속박상태를 즐거워하는 그러한 인물들을 존경하기라도 하는 것처럼 엄청난 명예훼손을 당해왔다. 태초로부터 그렇지는 않았다. … 가장 가난한 인간도 가장 부유한 인간에 못지않게 토지에 대한 진정하고 정당한 권리를 가지고 있다. … 참다운 자유는 대지를 자유롭게 향수(享受)하는 데 있다.[22)]

이기적인 탐욕과 그것을 제도화하는 사회체제야말로 악의 근본이라고 보는 블레이크의 상상력은 윈스턴리가 대변하는 오랜 민중적 전통에서는 극히 자연스러운 생각이었다. 사탄은 블레이크에 있어서, 그리고 모든 민중적 상상력에 있어서 '인간이 태어날 때부터 인간의 적이 되는 세계' 이외에 아무것도 아니다.

아, 길을 잃고 헤매는 연약한 존재여!
파충류의 몸뚱어리로 땅의 가슴팍 위를 기어가는구나!

사탄은 인간적인 생존이 아닌 죽음의 상태,
그것은 인간이 선천적으로 인간의 적이 되는 세계이다.

Ah, weak & wide astray! —
Creeping in reptile flesh upon the bosom of the ground!

Satan is the state of Death, & not a human existence, …
A world where man is by nature the enemy of man.

(*J*, 49: 67~9)

여기서 블레이크가 묘사하는 것은 말하자면 토마스 홉스가 말하는 '자연상태'의 세계이다. 만인이 만인에 대하여 전쟁상태에 있는 상황, 즉 인간의 삶이 불가피하게 "짧고 추하고 짐승스러운" 것일 수밖에 없는 상황을 블레이크는 파충류의 이미지로 표현하고 있는 것이다. 그러나 홉스의 정치사상에서는 이러한 '자연상태'가 항구불변의 인간조건으로 해석되고 있는 반면에 블레이크는 그것을 역사적·사회적 조건에 따른 가변적인 인간 상황으로 인식하고 있다. 블레이크에게는 '상태(state)'라는 개념은 언제나 변경 가능한 일시적인 상황을 뜻한다. 그러므로 '사탄'이라는 것도 영원히 저주받아야 할 고정된 실체가 아니라 극복되고 구원될 수 있는 상태이다. 그러니까 다만 현재 잠들어 있는 '앨비언'의 상황이 사탄인 셈이다. 블레이크의 이러한 관점은 사물을 어디까지나 역사적인 상황 속에서 보는 그의 사고습관을 반영한 것이지만, 이것은 그의 현실인식이나 '예언적' 노력에서 매우 중대한 의미를 갖는다.

블레이크는 자기 시대의 지배적인 노동, 가족제도, 남성과 여성의 불평등한 관계 등에서 사탄의 지배를 읽어낸다. 그리고 이 모든 비인간적인 제도와 생활은 근본적으로 경제생활에 있어서의 공동체적 윤리의 상실에 근본적으로 그 원인이 있는 것으로 진단된다.

그리하여 유리즌의 아들들은 쟁기와 써레와 물레와 망치와 끌과 컴퍼스를 버렸다…

그들은 전쟁용 칼과 수레와 도끼를 만들고

치명적인 전투를 위한 나팔과 피리를 만들었다.

그들은 온갖 생명의 기술을 죽음의 기술로 바꿔버렸다.

그 단순한 기술이 농부의 솜씨와 같기 때문에 물시계는 경멸을 받고,

그 기술이 목동의 것과 같기 때문에

물을 퍼 올리는 물레바퀴는 깨지고 불타버렸다.

그 대신 복잡한 수레, 수레 밖의 수레가 만들어졌다.

그리하여 바깥으로 나온 젊은이는 영문을 모른 채

밤낮없이 노역에 묶여

놋쇠와 쇠를 쉬임 없이 갈고 닦는 괴로운 작업에 몰두하고 있구나!

무엇에 쓰일지 전혀 아는 바 없이

보잘것없는 한 조각의 빵을 얻기 위하여

그들은 지혜의 나날을 우울하고 따분한 노역에 소모하고,

무지 속에서 작은 부분을 보며 그것을 전부라고 생각하고

그것을 '증명'이라고 부른다.

생의 온갖 단순 소박한 법칙을 보지는 못하고.

Then left the sons of Urizen the plough & harrow, the loom,

The hammer & the chisel, & the rule, & the compasses; from London fleeing

They forged the sword on Cheviot, the chariot of war & the battle-axe,
The trumpet fitted to mortal battle, & the flute of summer in Annandale.
And all the arts of life they changed into the arts of death in Albion.
The hour-glass contemned because its simple workmanship
Was like the workmanship of the ploughman, & the water-wheel
That raises water into cisterns, broken & burned with fire
Because its workmanship was like the workmanship of the shepherd.
And in their stead, intricate wheels invented, wheel without wheel;
To perplex youth in their outgoings, & to bind to labours in Albion
Of day & night the myriads of eternity, that they may grind
And polish brass & iron hour after hour, labourious task!
Kept ignorant of its use, that they might spend the days of wisdom
In sorrowful drudgery, to obtain a scanty pittance of bread:
In ignorance to view a small portion & think that all,
And call it 'demonstration', blind to all the simple rules of life.

(*J*, 65:12~28)

이것은 "악마의 공장(Satanic Mills)"이라고 블레이크가 부르는, 새로운 산업체제하에서 민중이 강요당하고 있는 노동형태에 대한 묘사이다. 여기서 눈에 뜨이는 것은 이 노동이 단순히 힘들다, 괴롭다 하는 게 아니라 이른바 소외된 노동이 핵심적으로 말해지고 있다는 점이다. 보잘것없는 한 조각의 빵을 얻기 위해서 노동하는 사람은 자기가 종사하는 일의 용도도 의미도 전혀 알지 못한다. 오늘날 많은 사회과학자들이 되풀이하여 이야기해온 근대적 산업주의체제하의 노동의 특성을 블레이크는 이미 산업화 초기에 매우 드라마틱하게 형상화해 놓은 것이다.

그런데 여기서 주의할 것은, 기실은 이 소외된 노동이 단순한 테크놀로지의 문제가 아니라 기본적으로는 정치의 문제, 경제체제의 문제로서 명확히 파악되어 있다는 점이다. 블레이크는 이러한 소외된 노동에 대하여, 그것이 "생명의 기술을 죽음의 기술로 바꾸어버렸다"고 진단한다. 즉, 이 소외의 노동이 본질적으로 맺고 있는 전쟁과의 유관성, 즉 산업과 전쟁과의 긴밀한 연관 관계를 꿰뚫어 보고 있는 것이다. 동시에 블레이크는 여기서 기술과 과학에 의한 비인간화 현상을 주목하고 있다. 블레이크의 특유한 표현이라고 생각되는—실은 〈계시록〉의 표현이지만—"수레 밖의 수레"는 직접적으로는 복잡한 테크놀로지를 가리키는 것으로 보이지만, 실제로 블레이크의 전체 문맥에서는 그것은 흔히 평화와 조화의 반대개념, 즉 억압과 착취 및 전쟁에 봉사하는 기술과 도구를 의미하고 있다.

> 수레 안의 수레, 자유와 조화와 평화 가운데
> 돌고 있는 에덴의 수레가 아니라,
> 서로서로 강제에 의해 움직이는
> 수레 밖의 수레, 압제의 나사들로 이루어진
> 수많은 수레들의 잔인한 작업을 나는 본다.
>
> … cruel works
> Of many wheels I view, wheel without wheel, with cogs tyrannic
> Moving by compulsion each other, not as those in Eden which,
> Wheel within wheel, in freedom revolve in harmony & peace.
>
> (*J*, 15:17~20)

블레이크의 시인으로서의 위대성은 온갖 사회적 현상과 경험들을 하나의 연속적인 체계 속에서 파악할 줄 아는 그의 비상하게 총체적인 통찰력에서 연유한다고 할 수 있다. 산업혁명기와 정치적 반동기가 중첩되었던 시대에 살면서 이 억압의 시대가 민중에게 강요하는 고통스러운 노동의 구체적인 정체를 그 소외의 성격에서 간파해내고, 이것을 다시 당대 산업주의의 비인간적인 이윤추구, 거기에 수반된 전쟁, 기술의 타락에 연결시켜 파악하는 능력이야말로 참으로 위대한 시인만이 보여줄 수 있는 통찰력이라고 하지 않을 수 없다. 그리하여 블레이크는 억압적 체제에서 부와 빈곤이 갖는 관계, 그 인위적인 가공성을 날카롭게 지적한다.

근로의 대가를 고정시키기 위해서
우화적인 부(富)를 만들어내기 위해서
[폭군의] 보좌관들은 힘들게 일하는 사람들 위에
가난의 굴레를 던지지 않는가?

번영과 방탕의 밤에
어둠 속의 자문관들은
도시 속에 화재를 불러들이고,
잿더미를 불러들이지 않는가?

Shall not the counsellor throw his curb
Of poverty on the labourious
To fix the price of labour,
To invent allegoric riches?

And the privy admonishers of man

Call for fires in the city,

For heaps of smoking ruins,

In the night of prosperity and wantonness?

("The Song of Los", 6:15~22)

위의 구절의 중심적인 메시지는 '자본주의적 교환가치가 갖는 비진정성'[23]이라고 할 수 있다. 사람이 하는 일은 여기서 그 자신의 번영과 아무런 의미 있는 관련성을 갖지 못한다. 왜냐하면 노동의 가치는 이미 처음부터 구조적으로 고정화되어 있기 때문이다. 위의 구절은 유럽에서 혁명이 일어났다는 소식을 들은 아시아의 폭군들이 여하히 기근과 질병과 종교라는 수단으로 민중을 통제하려 하는가라는 이야기 속에서 등장하지만, 그러나 여기서 엿보이는 봉건주의적 억압에 대한 비판은 동시에 블레이크의 근본적 의도, 즉 당대 산업체제에 대한 비판이기도 하다. 블레이크는 자기 시대를 '유럽 6,000년'의 역사의 연장선에서 보고 있다. 그런 그에게는 산업주의체제라는 것은 오랜 억압적 사회체제의 최신의 형태 이외에 아무것도 아니다.

노동에 대한 블레이크의 관심에 못지않게 가족제도와 성(性)의 억압적 현실 역시 블레이크의 중요한 테마이다. 그리고 이러한 테마에 대한 관심 역시 블레이크의 독자적인 사고의 표현이라기보다는 오랜 민중문화의 전통 속에서 면면히 이어져온 반금욕주의, 개방적 태도, 비소유적 가족관계를 옹호하는 사고방식이 반영된 것이라고 볼 수 있다.

여하튼 블레이크는 — 자신이 "바빌론의 동굴"이라고 부르는 — 모순적이며 폭력적인 사회구조로 인해 폐쇄적인 가족제도와 성적 억압이 만연하게 된 것으로 보고 있다. 블레이크의 세계에서 폭군·사제·아버지는 거의 언제나 동의어로 쓰이고 있는데, 이들이 모두 가부장적 구조의 지배자들이라는 점은 의미심장하다.

비교적 초기작에 속하는 《앨비언의 딸들에 관한 환상》(1793) 속에서 블레이크의 가족 및 성에 대한 관점은 이미 분명하게 표현되어 있었다. 이 시의 줄거리는 순결한 처녀 오오순이 폭력적인 남성 브로미언에게 겁탈을 당하고, 그 결과 애인인 시오토오먼으로부터 창부라고 지탄받고, 배척을 당한다는 이야기이다.

> 청춘의 기운으로 불타며 어떠한 고정된 운명도 모르던 그녀가 스스로 혐오하는 법의 굴레에 묶이고 … 그리하여 그녀는 온갖 음탕한 욕망에 가득한 삶의 쇠사슬을 끌고 다녀야 한다.

> Till she who burns with youth & knows no fixed lot; is bound
> In spells of law to one she loathes; and must she drag the chain
> Of life, in every lust …
>
> (*VDA*, 5:21~3)

이 이야기가 다루는 것은 '질투의 파괴성'이라고 할 만한 테마이다. 여하간 블레이크는 이야기 속에 등장하는 폭력적인 성적 소유, 그것과 표리일체가 되어 있는 질투, 그리고 이러한 것들이 전부 이기심에 기초하고 있음을 주목한다. 그런데 이것은 위에서 거듭 말했듯이 경제체제와의 내밀한 관련성을 갖고 있다. 본질적으로는 물질적 이해관계의 소산이면서도 그럴듯한 이름이 붙여져 법과 도덕으로 기능하는 온갖 이데올로기들이 이러한 억압의 구조를 강화하고, 또 그 구조의 항구화를 기도하는 것이다. 따져보면, 이 작품에서 오오순을 속박하는 법과 규범은,

성(性)이 재산 목록의 일부로 되어 있는 비인간적인 가족제도와 이를 둘러싼 소유적·착취적 사회관계를 지지하기 위한 이데올로기에 불과하다고 할 수 있다.

블레이크는 그러한 점을 이 시에서 오오순 자신의 관대함을 부각시켜서 드러내려고 한다. 즉, 오오순은 질투심 때문에 괴로워하는 그녀의 애인에게 "부드러운 은과 열렬한 금의 처녀들"을 제공함으로써 애인으로 하여금 쾌락을 맛보도록 제안하는데, 이 대목은 물론 배타적 '소유' 욕망에 대한 반작용으로서 '관대함'을 대조적으로 드러내려는 의도에서 나온 것임이 분명하다. 그러나 따져보면 오오순의 이런 제안은 그다지 자연스러운 것이라고 할 수는 없다. 여기서 생각해볼 필요가 있는 것은, 이런 제안이 나오게 된 배경에는 혹시 오오순 자신의 정신세계에서 어떤 왜곡된 심리가 개입했을 가능성이 있지 않은가 하는 점이다. 다시 말해서, 시의 이 대목은 블레이크의 여성관에 내재하는 어떤 결함을 보여주는 것이라고 해석[24]하기보다는 타락한 사회에서 오랫동안 살아오는 과정에서 억압의 피해자들인 여성들 자신이 억압적인 가치를 자신 속에 내면화한 것에 대한 블레이크의 통찰로 읽을 수도 있다는 것이다. 이 문제는 뒤에서 부연하기로 하지만, 여하튼 여기서 유의할 것은 이러한 억압 상황에서 여성이 "남자의 유희와 쾌락을 위해서"(*FZ* II, 29) 봉사하는 존재가 되기 쉽다는 것을 블레이크가 명확히 보고 있다는 점이다.

그런데 흥미로운 것은, 어드만이 지적하고 있듯이, 이 작품과 짝을 이루는 블레이크의 그림에서 오오순의 모습은 마치 아메리칸인디언과 비슷한 모습을 하고 있다는 사실이다. 즉, 오오순에 대한 브로미언의 능욕은 제국주의적 폭력을 암시하는 것으로 그려진 것이다. 실제로 브로미언이 "그대의 부드러운 아메리카 평원은 나의 것"(*VDA*, 1: 20)이라고 말하고 있는 것도 그러한 암시를 보강하는 표현으로 보지 않을 수 없다.

결국 블레이크의 이러한 표현들에는 유럽의 억압적인 성적 관계의 역사는 서구 제국주의에 의한 비유럽의 민중에 대한 억압의 역사와 일치된 조응관계가 성립한다는 생각이 암암리에 들어 있다고 볼 수 있다. 실제로, 블레이크는 이 작품에 그려진 동판화에 〈아프리카와 아메리카에 의해 지탱되는 유럽〉이라는 표제를 달아 놓고 있다. 블레이크는 유럽문명의 억압적 본질과 그 성적 억압, 가족관계의 억압이 본질적으로 유럽의 비서구지역에 대한 제국주의적 침탈과 연속적인 관계에 있음을 지적하고, 그럼으로써 유럽문명의 감추어진 역사와 구조를 드러내려 한 것이 아닐까?

이에 관련해서 주목할 것은, 비서구지역의 민중이 블레이크의 드라마에서 맡고 있는 경시할 수 없는 역할이다. 블레이크의 서사시의 최종 단계, 즉 앨비언이 오랜 잠에서 깨어나고, "방앗간의 노예들이 벌판 한가운데로 뛰쳐나오고, 쇠사슬이 풀리고 동굴의 문이 활짝 열리게 될 때" 해방된 노예들은 환희 속에서 노래를 부른다. 그런데 주목할 것은, 이들이 부르는 노래가 다름 아닌 아프리카의 검둥이가 지은 노래라는 점이다.

그러자 광대한 우주의 온갖 땅으로부터
모든 노예들은 새로운 노래를 부르면서
그 행복의 가락 속에 온갖 미망(迷妄)을 떨쳐버린다…
넓은 하늘에 그토록 크고 분명하게 울리는,
그들이 부르는 노래는 바로
아프리카의 한 검둥이가 지은 것이었다…

Then all the slaves from every earth in the wide universe
Sing a new song, drowning confusion in its happy notes…

So loud, so clear in the wide heavens; & the song that they sung was this,

Composed by an African black…

(*FZ* IX, 679~83)

해방의 노래로 하필이면 '아프리카의 검둥이'가 지은 노래를 지목한 시인의 의도는 무엇이었을까? 아마도 거기에는 자본주의체제의 전개 과정에서 유럽인들의 노예가 되고, 전통적인 부족 중심의 공동체가 파괴되어온 비서구지역의 민중이야말로 그 가혹한 시련과 고난의 경험 때문에 어느 누구보다도 새로운 시대와 사회에 대한 가장 강력한 열망을 품고 있는 존재라는 생각이 들어 있었을지도 모른다.

여하간 블레이크의 세계에서 성과 가족관계는 항상 보다 큰 사회체제 혹은 문명 전체의 테두리에 연관되어 그 의미가 탐구되고 있는 점은 확실하다. 그의 최후의 걸작 중의 하나인 《예루살렘》의 중심 주제의 하나는 가부장제의 억압적 현실을 드러내는 것인데, 여기서도 이 제도는 근본적으로 배타적인 사회관계와 표리일체의 것으로 파악되고 있다.

그대의 가족만을 지키면서
그 밖의 온갖 세상을 파괴하는
이것이 그대의 부드러운 가족애이고
그대의 잔인한 가장적(家長的) 자부심인가?

Is this the soft family love
Thy cruel patriarchal pride
Planting thy family alone,

Destroying all the world beside?

(*J*, 27 : 95~8)

가족적 사랑이라는 개념은 실상 근대 부르주아사회 이전에는 그다지 중시되지 않았다. 전통적으로, 대부분의 사람들에게 가장 중요한 생활의 터전은 폐쇄적인 가족이 아니라 공동체였다. 따라서 그들에게는 닫힌 단독의 가족 사이에서 특히 만족시켜야 할 정서적·심리적 문제란 드물었다. 한편, 소수의 귀족들에게는 가족보다 그들의 지위와 한가로움이 제공해주는 사교적 생활이 더 중요한 관심사였다. 그런데 근대와 더불어 등장한 핵가족 시대가 되면, 가정이라는 것은 전통적인 생활공동체의 상실에 따르는 심리적·정서적 욕구를 해결할 수 있는 유일한 기구로 간주되기 시작한다. 더욱이 야만스러운 경쟁적 투쟁이 사회생활의 기본원리로 된 사회에서 가정은 외부의 세계로부터 절연된 유일한 은신처로서 따스한 체온이 보장되는 곳으로 생각되기 쉬웠다.[25] 사회생활이 보다 추하고 야만스러운 것으로 되면 될수록 이러한 가정의 의의는 더욱 강조되고, 그 결과 이른바 가정의 신성함이라는 이데올로기가 뿌리를 내린다고 할 수 있다. 그런데 이러한 이데올로기의 배후에는 타인들과의 공동적 이익의 추구나 연대의식에 대해서는 철저한 불신, 그리고 동시에 자기네 가족끼리는 아무것이나 다 가능하다는 비이성적 심리가 똬리를 틀기 마련이다. 그러니까 핵가족의 발달, 가족 간의 사랑이라는 개념이 발달하는 것은 본질적으로 사회적 이성의 성장에 이바지하는 것이라기보다는 오래된 질곡과 억압의 구조가 한층 더 강화된다는 것을 의미할 수 있다.

그런데 여기서 중요한 것은, 가부장제의 억압 밑에서 오랫동안 속박되어오는 동안 민중 자신에게 억압적 가치가 내면화된다는 점이다. 블레이크는 특히 가족제도 및 남성우위 체제하의 여성의 상황에 관련하여 이 문제를 "여성적 의지(female will)"라는 흥미로운 용어로 개념화하고 있는데, 이것은 매우 주목할 만하다. 즉, 가부장적 사회에서 종속적인 지위밖에 누리지 못한 여성들이 스스로의 내면에서 하나의 심리적 콤플렉스를 발전시키고, 이 콤플렉스는 여성 자신이 소유되고 통제되어온 것처럼 남성을 소유하고 마음대로 통제하고 싶어 하는 욕망 속에 표현된다는 것이다.

여자의 기쁨은
자기가 가장 사랑하는 사람이
그녀에 대한 사랑 때문에
격렬한 질투의 고통과 흠모의 아픔 속에서 죽는 것이다.

The joy of woman is the Death of her most best beloved
Who dies for love of her
In torment of fierce jealousy & pangs of adoration.

(*FZ* II, 559~61)

그리하여 한때 "남성의 유희와 쾌락을 위해 태어났던" 여성은 이제 "남자의 모든 힘을 마셔버리기 위해 태어난 것"이다(*FZ* II, 29). 말할 것도 없이, 블레이크의 '여성적 의지'라는 개념은 여자와 남자의 관계를 이야기하기 위해서만 나온 것이 아니다. 블레이크는 '6,000년 동안'이나 폭군·사제·가부장의 지배가 지속돼온 역사를 되돌아본다. 그러한 지배체제는 어찌하여 오랫동안 유지되어온 것일까. 이 점을 생각하는 데 블레이크의 '여성적 의지'는 매우 쓸모 있는 개념이 될 수 있다. 즉, 예를 들어 유리즌의 폭정도 폭정이지만, 그에 못지않게 문제인 것은 그러한 폭정체제의 지배적 가치를 민중 스스로 자기의 것으로 내면화하고 있다는 사실을 블레이크는 놓치지 않는 것이다. 블레이크는 "신비의 나무(Tree of Mystery)"라는 용어로써 이 점을 도처에서 이야기하고 있다. 아마도 여기에서 사회사상가로서 블레이크의 심오한 통찰력이 유감없이 발휘되고 있다는 생각이 들 정도로 블레이크는 실로 이 문제를 극히 핵심적인 것으로 다루고 있다. 생각해보면, 유명한 시 〈런던〉에 언급된 "인간정신이 만들어낸 굴레(mind-forged manacles)"라는 표현도 이러한 '신비의 나무'를 염두에 둔 것으로 볼 수 있다. 그는 민중의 고통을 다음과 같이 묘사한다.

> 끝없는 노동, 쓰디쓴 음식, 수면의 결핍, 배고픔에도 불구하고 그들은 일한다.
> 소용돌이치는 수레바퀴에서 거듭거듭 일하면서 그들은 불안스럽게 스스로를 일으킨다…
> 많은 수레만큼 많은 사랑스러운 딸들이 울면서 앉아 있다.
> 그러나 그들이 자기네의 일에서 취하는
> 도취의 기쁨이 모든 다른 악을 제거해버린다,
> 아무도 그들의 눈물에 동정을 표하지 않지만
> 그들은 동정에 주의하지 않고, 아무도 동정해주기를 기대하지 않는다.

> Endless their labour, with bitter food, void of sleep,
> Though hungry they labour. They rouse themselves anxious,
> Hour after hour labouring at the whirling wheel…
> Many wheels, & as many lovely daughters sit weeping.

Yet the intoxicating delight that they take in their work
Obliterates every other evil; none pities their tears,
Yet they regard not pity & they expect no one to pity.

(*J*, 59:30~6)

빈곤으로 인하여 고통스러운 노동을 받아들이지 않을 수 없었지만, 그러한 받아들임의 과정이 주는 고통에서 오히려 도취와 기쁨을 발견한다는 이러한 메커니즘이 과연 어떻게 작동하든지 간에 이것은 명백히 억압적 상황하의 민중의 삶에서 나타나는 정신적·심리적 혼동상태에 결부되어 있다.

나는 엉겅퀴를 밀인 양, 쐐기풀을 풍부한 자양(滋養)인 양 씨 뿌리도록 되었다…
나는 배암을 상담자로 선택하고,
개를 내 아이들의 선생으로 택하였다.

I am made to sow the thistle for wheat, the nettle for a nourishing dainty…
I have chosen the serpent for a councellor, & the dog
For a schoolmaster to my children.

(*FZ* II, 597~600)

이렇게 하여 민중은 억압적 구조를 의당한 것으로 여기거나 혹은 심지어 신성한 것으로 떠받든다. 그러나 블레이크는 이 모든 동화와 내면화의 현상이 근본적으로 억압자들의 교활한 술책(soft mild arts)에 의한 것임을 명확히 한다.

> 모든 도시와 마을에서 앨비언을 압박하는 자들 때문에…
>
> 그들은 부드러운 술책으로 가난한 사람들이
>
> 한 조각의 빵 부스러기를 먹고살도록 강요한다.
>
> 그들은 인간을 궁핍으로 쪼그라들게 만든 다음, 위풍당당한 의식(儀式)을 통해서 베풂을 행한다.
>
> 그러면 굶주리고 목마른 입술로부터 여호와를 찬양하는 노래가 솟아나온다.
>
> Because of the oppressors of Albion in every city & village…
>
> They compel the poor to live upon a crust of bread by soft mild arts;
>
> They reduce the man to want, then give with pomp & ceremony.
>
> The praise of Jehovah is chanted from lips of hunger & thirst.
>
> (*J*, 44:27~32)

그러면 어떤 방법으로 이와 같은 기만적 술책이 마련되고 통용되는가. 여기서 우리는 유리즌이 억압적 폭군이자 입법자이고 신전(神殿)을 세우는 자라는 점에 유의하게 된다. 다시 말해서, 그는 다만 폭력에 의해서가 아니라 그의 권력을 윤리적·신학적으로 정당화하고 온갖 율법과 도덕의 최고 관리자가 됨으로써 민중에 대한 정신적·문화적·도덕적 우위를 확보하여 민중 자신으로부터 자발적인 순종·경의·숭배를 얻어내는 것이다. 이러한 '헤게모니' 작용은 물론 물리적인 지배권의 확립에 따르는 부산물이기는 하지만, 그러나 이것이 그 자체 독립적인 영향력을 행사하게 되면, 현상 변경을 가장 어렵게 만드는 힘이 되는 것 또한 사실이다. 더구나 이런 종류의 '신비의 나무'는 그 정체가 언제나 분명하게 드러나는 것도 아니다. 블레이크가 말하는 상상력은 이러한 신비를 폭로함으로써 인간의 보편적 해방을 위한 지평을 여는 통찰력을 뜻한다고 할 수 있다.

> 오, 인간의 상상력이여! 오, 내가 십자가에 못 박아버린 신성한 육체여!
> 나는 그대로부터 등을 돌려 도덕률의 황무지로 들어왔구나.
> 바빌론이 세워진 그 황무지, 인간이 피폐해진 그곳에.
>
> O human imagination! O divine body I have crucified,
> I have turned my back upon thee into the wastes of moral law
> There Babylon is builded in the waste, founded in human desolation.
>
> (*J*, 24:23~5)

상상력과 도덕적 계율의 관계에 대한 위와 같은 관찰은 민중해방의 사상가로서의 블레이크의 진면목을 확연히 드러낸다. 우리는 산업자본주의의 확립에 따르는 다양한 정신적·문화적 시스템들 중에서 청결·기율·금욕주의·시간엄수·개인주의·두려움과 같은 것이 크게 존중받는 덕목으로 되고, 일반 민중은 옛날의 공동체적 생활에서 주어지던 자연스러운 리듬과 인간적인 공간을 박탈당하고 새로운 공장제 산업의 기율을 받아들이지 않을 수 없게 된 사정을 생각해봐야 한다.

이와 관련해서 주목할 것은 블레이크의 시대가 존 웨슬리가 창도한 감리교파의 활동이 활발한 시기였다는 점이다. 감리교파 전도사들은 흔히 상업주의가 활개를 치는 세계에 대한 심한 반감 속에서 이 세상을 거부하고 내세의 영생을 간절히 구하는 기도에 열중하였다. 동시에 그들은 특히 노동자들 사이에 파고들어 무질서하고 방종한 생활습관, 음주, 놀기 좋아하는 습관 등을 죄악시하도록 가르치고, 절제·기율·참을성 등의 생활규범을 널리 보급하는 데 몰두하였다. 감리교파의 이러한 활동은 그 반세속적 입장에도 불구하고, 궁극적으로는 노동자들로 하여금 새로운 산업체제에 순응하도록 하는 데 크게 기여하였다. 실제로 존 웨슬리 자신이, 정부와 국왕에 대한 복종이야말로 하느님의 가르침이며 하느님에 대한 두려움을 아는 행위라고 명시적으로 말한 것[26]에서 알 수 있듯이, 그는 결국 보수적 지배세력의 종교적 동반자였던 셈이다. 그런데 문제는 이 무렵 많은 노동자들이 이러한 감리교파의 설득에 크게 이끌리고 있었다는 사실이다. 이것이야말로 블레이크가 말하는 '신비의 나무' 속에서 길을 잃고 헤매는 전형적인 경우였던 것이다.

여하간 이러한 기율·절제 등의 덕목을 강조함으로써 나타난 결과의 하나는, 예컨대 전통적으로 민중생활에서 빠뜨릴 수 없는 기능을 해온 "건강하고 즐겁고 따뜻한" 대중 술집들이 사라지고 그 대신에 여기저기에 "차가운" 교회가 들어서게 되었다는 점이다("The Little Vagabond"). 종래에 대중 주점은 민중사회 속에서 사람들이 섞이고 잡담을 나누며 유희하고 즐기는 장소였을 뿐만 아니라 때로는 정치토론과 뉴스전달의 매체가 되어 흔히 정치적으로도 주목되어왔다. 그리고 무엇보다 17세기의 급진적 민중사상들이 이곳을 중심으로 그 흐름이 끊이지 않고 이어져오기도 했던 것이다.[27] 블레이크는 자신의 시대에 이러한 대중적 교환(交歡) 공간이 종교적 이유 혹은 생활규범이라는 고려 때문에 박해를 당하고 거세되어가는 광경을 다음과 같은 비유로써 쓰라리게 말하고 있다.

나는 사랑의 뜰로 갔다
그리고 전에 보지 못한 것을 보았다

내가 푸른 풀밭에서 놀던 곳
그 한복판에 예배당이 세워져 있었다.

예배당의 문들은 닫혀 있고
문 위에는 "너희는 하여서는 안된다"라고 씌어 있었다.
그래서 나는 달콤한 꽃들이 피어 있을
사랑의 뜰로 걸음을 돌렸다.

그런데 나는 꽃들이 피어 있어야 할 곳에
무덤과 묘비들이 가득 차 있는 것을 보았다
검은 옷을 입은 사제(司祭)들이 왔다 갔다 하면서
나의 기쁨과 욕망을 가시들로 묶고 있었다.

I went to the garden of love,
And I saw what I never had seen;
A chapel was built in the midst,
Where I used to play on the green.

And the gates of this chapel were shut,
And Thou shalt not writ over the door;
So I turned to the garden of love
That so many sweet flowers bore,

And I saw it was filled with graves,
And tomb-stones where flowers should be…

And priests in black gowns were walking their rounds,
And binding with briars my joys and desires.

("The Garden of Love" 전문)

여기에 묘사된 것은 마땅히 "꽃이 피어 있어야 할 곳에 무덤들이 들어차 있다"라고, 삶의 밝음과 자연스러움과 너그러움이 제거되면서 그 대신에 제도화·조직화라는 '비인간적' 힘이 지배하기 시작한 시대 상황의 변화이다. 블레이크가 보는 바에 의하면, 종교·도덕·법—이 모든 지배체제의 이데올로기적 장치들은 궁극적으로 재산과 이윤을 보호하고 확대하기 위한 것이며, 따라서 그것이 초래하는 것은 결국 상호 불신과 증오일 뿐이다.

순결의 종교, 그것은 도덕률이라는 대차대조표를 가지고
사랑을 파는 하나의 상업적 거래가 되고 있다
그리하여 가혹하고 잔인스러운 남성은
엄격한 복수심으로 가득 차고
상호 증오와 속임수와 공포가 되돌아온다

A religion of chastity, forming a commerce to sell loves,
With moral law, an equal balance, not going down with decision.
Therefore the male, severe & cruel, filled with stern revenge,
Mutual hate returns, & mutual deceit & mutual fear.

(*J*, 69:34~7)

그러니까 블레이크가 규탄하는 '바빌론'이라는 것은 민중을 "속여서 죽음으로 데려가는 합리적 도덕(the rational morality deluding to death)"인 것이다. 블레이크는 이른바 합리주의의 정체에 대하여, 그것이 특권적 소수의 지배를 합법화하는 논리적 도구로 기능하는 것인 이상, 그것은 '너희의 이성(Urizen: your reason)'이지 우리들의 이성은 아니라고 말한다. 그리하여 블레이크는 로크와 볼테르가 그들의 '민주적' 이념에도 불구하고 근본적으로는 부르주아체제를 옹호하는 변호인들이라고 지적하고, 이들과 대립했던 루소도 그 소시민적 한계로 인해 근본적인 도전에는 나아가지 못하고 있다고, 서사시 《밀턴》(1804~1810)에서 직설적으로 말한다. 블레이크의 견해는, 이들 사상가들이 자신들의 의도든 아니든 '신비의 나무'를 보강해주는 역할을 한다는 점에서 그들의 사상이 근본적인 한계를 가지고 있다는 것이다.

필요한 것은 억압적 체제를 근저에서 뒷받침하고 있는 법과 도덕률, 생활규범 등을 근원적으로 묻고, 그럼으로써 그 체제의 위선과 허구를 드러내는 일이다. 그런 점에서 아마도 블레이크는 억압적 부르주아체제에 대하여 가장 근본적인 비판에 도달한 근대 최초의 지식인·사상가였다고 말해도 좋을지 모른다. 여하튼 블레이크는 민중을 노예상태로 묶어두는 속박상태를 영속화하는 이데올로기적 장치들이 실제로 작동하는 메커니즘을 누구보다 예리하게 투시함으로써, 그러한 메커니즘의 근거 자체를 무화시키려 했던 것이다.

만일 우리가 누군가를 가난하게 만들지 않는다면
동정은 더이상 필요 없을 것이다.
그리고 만일 모두가 우리처럼 행복하다면
자비는 더이상 있을 수 없을 것이다.

Pity would be no more
If we did not make somebody poor;
And mercy no more could be,
If all were as happy as we.

("The Human Abstract", 1절)

블레이크의 시대인 18세기는 어떤 의미에서 '재판의 시대'였다고 할 수 있다. 18세기 영국의 국가권력은 특히 재산법을 위반하는 자에 대한 가차 없는 처벌을 법제화했는데, 예를 들어 귀족 소유 금렵지에서 사냥을 한다든지 혹은 남의 소유인 양을 한 마리라도 훔친 경우에는 그 처벌은 교형(絞刑)으로 할 것을 정해 놓고 있었다. 그러나 이 시대의 지배층이 사용하였던 통치의 술책, 즉 "친절 속에서 불친절을 행하는(To do unkind things in kindness!)"(*M*, 12: 32) 저 "부드러운 교활한 술책"을 제대로 파악하기 위해서 우리는 이 가혹한 법제 밑에서 실제로 어떻게 법이 운용되었는지 약간이나마 살펴볼 필요가 있다. 더글러스 헤이는 그의 주목할 만한 논문에서, 이 무렵 혹독한 형법에도 불구하고, 혹은 지나치게 혹독한 형법 때문에, 실제로 교수형에 처해지는 경우는 많지 않았음을 밝힌다. 그리고 이 때문에 당시의 개혁가들이 법의 엄격한 준수의 전제 조건으로서 형법의 현실화를 주장하였으나 그 주장이 받아들여지지 않았던 점을 지적하고, 이 문제의 복잡한 관련에 대한 흥미로운 분석을 시도하고 있다. 지켜지지도 않은 법은 왜 보존되고, 법의 비효율성은 왜 방치되었는가? 지배층은 한편으로는 가혹한 처벌을 규정한 법으로써 민중을 위협하고(물론 적지 않은 사람들이 처형되었고, 처형이 증가함에 따라 런던의 형장 타이번(Tyburn)은 역사적인 장소가 되어 블레이크의 글에서도 빈번히 언급되고 있다), 다른 한편으로는 그들 자신의 권력을 이용하여 재판에서 처형 언도를 받은 죄인들에게 때때로 사면의 은혜를 베풀어주었다. 법을 고쳐서 형량을 현실화한다면, 무엇보다 이러한 사면을 베풀 수 있는 기회가 크게 감소될 수밖에 없으므로 그들이 법의 개정을 원할 리 없는 것이다. 그런데 이와 같이 한편으로는 위협을, 다른 한편으로는 동정을 베풂으로써 그들은 무엇을 기대했던가? 말할 것도 없이, 그것은 민중으로부터의 자발적인 충성과 존경이었다(또한 지배계급에 속하는 범죄인들에게 때때로 엄격한 법집행이 가해지는 것을 보여줌으로써 민중의 마음속에 법에 대한 경외감이 생겨나도록 하는 효과도 빼놓을 수 없었다).

> 그것은 유럽에서 가장 잔인한 형법의 하나를 통과시켰던 계급에게 그 스스로의 휴머니티를 자랑할 수 있도록 허용했다. 그것은 국왕과 국가에 대한 충성을 자극하였다.… 법은 조잡한 강제수단과 마찬가지로 필요한 것이었다.… 그것의 위엄과 정의의 자비로움은 블레이크가 영국의 빈자들을 속박하고 있는 것으로 보았던 "인간정신이 만들어낸 굴레", 즉 동의와 복종의 정신을 창조해내는 데 기여하였다.[28]

그러면 민중은 이러한 내면적인 동의와 복종의 굴레로부터 여하히 벗어날 것인가? 블레이크의 긴 시적 생애에 있어서 중요한 전환점이 있다는 사실은 여러 비평가들에 의해 지적되었다. 그들은 대체로《프랑스혁명》(1791)과 같은 작품을 고비로 하여 블레이크가 정치적 해결에 대하여 점점 기대를 걸지 않게 되었다는 식으로 설명하는 경향이 있다. 이것은 부분적으로는 옳은 관찰일지 모른다. 그러나 잊어서는 안될 것은 정치적 혁명에 대한 관점이 어느 정도 변경되었다고 해서 그것이 블레이크가 정치적 변화의 의의를 과소평가하게 되었다거나 근본적인 인간해방에의 의지를 포기하게 되었다는 것을 의미하는 것은 결코 아니라는 사실이다. 블레이크는 다만 프랑스혁명의 실제 경과가—그리고 영국의 17세기 혁명의 과정이—보여주듯이, 또 하나의 억압적 체제로 발전할 가능성을 내포한 정치적 혁명에 대한 근본적인 반성을 시도함으로써 보다 실질적인 혁명의 가능성을 생각했던 것이다. 블레이크는 단순한 정치적 변화는 그것이 '신비의 나무'를 척결하지 못한다면, 즉 기성의 억압적 구조와 질적으로 다른 대안을 갖지 못한다면, 또 하나의 전제적 위계질서가 등장할 수밖에 없다는 것을 확실히 보았고, 그것을 어떻게 극복할 것인지 숙고했던 것이라고 할 수 있다.

블레이크는 '오르크(Orc)'라는 시적 인물을 창조하여, 흔히 정치적 혁명이 여하히 또 하나의 새로운 억압적 체제의 대두로 이어지는지 그 과정을 밝히려 하였다. 애당초 오르크는 유리즌으로 대변되는 억압적 체제가 반드시 드러내는 자기모순의 증거로서 민중적 고난과 저항의 에너지를 나타내는 인물로 등장한다. 그리하여 그는 노회한 유리즌에 맞서는 젊고 발랄한 힘으로서 묘사된다. 그러나 오르크는 근본적으로 유리즌의 것과 질적으로 다르지 않은 가치관에 의존해 있고, 그럼으로써 유리즌에 대한 그의 반항은 또 하나의 유리즌적 체제의 확립으로 귀결되고 만다. 그리고 이러한 과정은 서사시의 흐름 중에서 되풀이하여 반복된다.

그렇다면 오르크의 이러한 '한계'는 근원적으로 어디서 유래하는가? 간단히 말하면, 그것은 지배자의 억압적 가치가 자기 속에 내재해 있다는 사실을 성찰하지 못한 데서 말미암은 현상이라고 할 수 있다. 그리하여 오르크는 개인주의적·이기적 욕망에 이끌려 행동하면서, 세계에 대한 관념적 이해 이외의 성찰적 인식을 갖는 데까지는 나아가지 못하는 것이다.

오르크라는 '혁명적' 인물이 갖고 있는 이러한 한계를 블레이크는 루소에 대한 비판적인 발언을 통하여 보다 명확히 부각시킨다. 블레이크의 관점에 의하면, 루소는 자기 시대의 부르주아체제에 대한 비판에 정열을 기울였으나, 그의 인간관에는 근본적인 한계가 있었다. 즉, 루소가 고립된 인간을 자연적 상태의 인간으로 간주하고, 이를 기준으로 자기 시대의 '문명화된' 인간을 거부하려고 한 점이 그것이다. 그러니까 루소의 이상적인 인간은 혼자 내버려진 존재, 타인과의 교통이 차단된 외롭고 고독한 존재이다. 따라서 그가 꿈꾸었던 이상적인 사회는 기본적으로 커뮤니케이션이 두절된, 일종의 닫힌 사회일 수밖에 없다. 요컨대, 루소의 대안은 프티부르주아 지식인의 좁은 관념에 갇힌 것이었다. 그 반면에, 블레이크가 생각하는 가장 자연스러운 인간은 공동체의 유기적이고 개방적인 연대 가운데 존재하는 자율적 개인이었다. 블레이크의 서사시의 골격을 구성하는 드라마의 주인공 '앨비언'은 개인이면서 동시에 집단을 표상하는 인물로 그려져 있는데, 이는 단순한 우연이라고 할 수 없다.

오르크의 반항은 있을 수 있는 반항이지만, 그 개인주의적·관념주의적 성향으로 인해 끝내 실패할 수밖에 없다. 블레이크가 원했던 것은 보다 깊은 의미에서의 혁명, 즉 인간의 상호 관계와 일상생활의 욕망의 구조 속에서의 질적인 변혁을 수반하는 '총체적인' 혁명이었다고 말할 수 있다.

블레이크는 오르크가 아니라 '로스(Los)', 혹은 때로는 예수의 이미지를 가지고 '영원한 세계', 즉 우애와 행복과 조화의 세계를 실현할 수 있는 길을 모색한다. 블레이크의 시적 세계에 등장하는 예수의 이미지는 늘 국가종교와 권력의 이데올로기, 즉 제도화된 계율과 도덕률에 대한 근본적인 부정을 표상하고 있지만, 블레이크는 궁극적으로 이 예수의 이미지를 통해서 인간의 창조적 진화의 가능성을 근원적으로 긍정하려

한 것으로 보인다.

> 그는 지상(地上)의 부모를 비웃고, 지상의 신(神)을 비웃었다.
> 그리고 온갖 회초리를 조롱했다.
> 그의 일흔 명의 제자들은
> 종교와 정부에 저항하도록 세상으로 보내졌다
>
> He scorned earth's parents, scorned earth's God,
> And mocked the one and the other's rod;
> His seventy disciples sent
> Against religion and government.
>
> ("The Everlasting Gospel III", 35~8)

"예수는 덕성 그 자체이다. 그것은 예수가 이성에 따르지 않고 충동에 따라 행동했기 때문이다." 이것은 블레이크의 유명한 잠언 시편《천국과 지옥의 결혼》에 나오는 말이다. 여기서 블레이크가 말하는 '이성'은 도구적 이성, 즉 억압적 체제에 봉사하는 이데올로기적 수단으로서의 이성을 가리킨다. 급진적 공화파의 선언서라고 할 만한《천국과 지옥의 결혼》에는 이와 유사한 생각을 표현하는 구절들이 풍부히 나오는데, 여기에 드러난 반계율주의적 입장은 인간에 대한 시인 자신의 크나큰 신뢰를 표현한 것임은 더 말할 필요가 없다. "감옥은 법의 돌로써, 창부는 도덕의 집으로 세워진다"라는 경구나, "살아 있는 것치고 죄를 범하지 않는 것은 없다"(*J*, 61:24), 혹은 "모든 창부는 한때 순결한 처녀였고, 모든 범죄자는 한때 사랑받는 귀염둥이였다"(*J*, 61:52)라는 구절들도 마찬가지이다. 그것들은 모든 억압적인 지배윤리에 맞서서 있는 그대로의 인간을 옹호하고자 하는 래디컬한 발언들인 것이다. 블레이크가 《천국과 지옥의 결혼》 같은 작품 속에서는 비교적 직설적인 언급을 통해서, 그 외의 작품 전반에 걸쳐서 신랄한 어조로 되풀이해서 드러내는 이러한 '도덕과 법'에 대한 부정적 태도는—《천국과 지옥의 결혼》에서 육체와 충동을 대변하는 '악마'의 관점으로 이성과 정신주의를 대변하는 '천사'의 관점을 완전히 전복해버리는 이야기를 할 때와 마찬가지로—그가 무엇보다 평범한 민중의 '삶'을 근원적으로 옹호하는 데 일생을 바친 시인·예술가임을 분명하게 증언하고 있다.

전통적으로 지배엘리트들은 민중을 욕망과 충동에 이끌리는 '비이성적인' 존재로 깔보면서, '이성'을 독점하고 있는 자기들이야말로 '야만적인' 민중을 지배하고 다스릴 충분한 권리를 갖고 있다고 스스로를 정당해왔다. 블레이크의 '악마'와 '천사'의 이야기는 바로 그러한 '이성'의 독점적 소유권을 주장하고 그것을 근거로 '특권'을 합리화해온 이 엘리트적인 사고를 비꼬고 공격하는 것이라고 할 수 있다. 러시아의 문학비평가 바흐친에 의하면 민중적 상상력은 본래 대지(大地)와 육체에 뿌리박고 있다. 그러므로 그것은 세계의 이러한 물질적·육체적 근원으로부터 떨어져서 고립적으로 자기 자신 속에 갇혀 있는 여하한 움직임과도 대립하며, 대지와 육체의 '구속'으로부터 해방되어 자립적으로, 독립적으로 존재한다고 주장하는 온갖 입장을 근본적으로 부정한다. 블레이크가 옹호하고자 한 것은 결국 이러한 민중적 상상력이었다. 전통적으로, 욕망과 충동에 대하여 '이성'의 우위를 주장하고 그러한 주장에 입각하여 그들의 지배를 정당화하고 민중을 경멸해온 이른바 엘리트들은 늘 이성 혹은 종교의 이름으로 인간의 육체를 불법화해왔던 것이다. 블레이크는 육체야말로 에너지의 원천이라고 강조하고, '이성', 즉 도구적 이성은 이 에너지를 가두는 억압적 힘이라고 역설하였다.

종교·계율·법 — 이러한 지배의 문화적 장치들은 기실 "멀리 떨어져 있는 하느님(a God afar off)"(*J*, 4: 18)의 존재를 전제로 한다. 본시 초월적 신(神)이라는 것은 인간이 스스로의 능력을 부정하고, '신학적 위계질서'를 구축함으로써 만들어진 존재라고 하겠지만, 이때 신학적 위계질서는 현실의 억압적 위계질서를 고스란히 반영하게 마련이다. 그러나 블레이크의 관점에서는 "모든 것은 인간의 상상력 안에 존재하며"(*J*, 69: 25), 하느님이란 곧 "인간 지성의 원천"이다. 그리고 무엇보다 "하느님을 섬기는 일은 타인들의 재능을 찬양"(*J*, 91)하는 행위와 다른 것이 아니다.

참다운 인간공동체를 건설하자면, 무엇보다 먼저 '신비의 나무'의 정체를 폭로하지 않으면 안된다는 것이 블레이크의 입장이지만, 그러기 위해서는 먼저 기성의 억압체제를 뒷받침하고 있는 형이상학적 구조를 적발하고 그 허구를 드러낼 필요가 있다. 그리고 그때 가장 필요한 것이 바로 역사의식이다. 이런 의미에서, 블레이크의 드라마에서 해방의 계기를 만드는 '로스'가 대장장이라는 사실, 그리고 그에게 맡겨진 일차적인 임무가 "기억의 문들을 열어젖히는(Unbar the Gates of Memory)"(*FZ* VII A, 343) 것으로 묘사되어 있는 것은 매우 의미심장하다. 즉, 로스에게 맡겨진 주된 역할은 역사의식의 회복인 것이다. 역사의식의 획득이 중요한 것은 그것이 주어진 현상 체제, 즉 억압의 현실이란 어디까지나 인간의 손으로 만들어진, 따라서 가변적인 것이라는 것을 깨닫도록 해주기 때문이다. 그러므로 역사의식은 인간이 숙명론에서 벗어나는 데 필수적인 무기라고 할 수 있다.

블레이크의 인간 드라마에서 역사의식을 대변하는 인물 로스가 기본적으로 장인(匠人)이자 노동자라는 것도 흥미롭다. 여기서 장인·노동자라는 사실이 중요한 것은, 그 인물이 자신의 창발성과 능력으로 적극적으로 자연에 관계함으로써 자신이 원하는 생존조건을 만들어낼 수 있는 존재임을 상징하기 때문이다. 따라서 로스에게는 여하한 숙명론적 세계관에서도 벗어날 수 있는 자질이 온전히 갖추어진 셈이다. 실제로 블레이크의 세계에서는 진정한 인간적 공동체, 즉 '예루살렘'을 건설하는 것은 단순히 관념적인 일이 아니라, 무엇보다 '지성적으로' 노동하는 것을 뜻한다.

> 앎 가운데서 노동하는 것이 예루살렘을 세우는 일이다.
> 앎을 멸시하는 것은 예루살렘과 그 건설자들을 멸시하는 것이다.
>
> To labour in knowledge is to build up Jerusalem:
> And to despise knowledge is to despise Jerusalem & her builders…
>
> (*J*, 77: 36~8)

> 예술과 과학의 노동, 그것만이 복음의 노동이다.
>
> The labours of art & science, which alone are the labours of the gospel
>
> (*J*, 77: 34~5)

여기서 '예루살렘'은 인간의 노동에 의해 구축된, 가장 '인간화'된 사회를 표상한다. 또 주목할 것은, 인간은 노동을 통해 자기 자신을 창조해내지만, 그러나 이 노동은 반드시 어떤 목적을 이루기 위한 단순한 수단만은 아니라는 점이다. 노동은 또한 인간 자신 속에 있는 '신성(神性)'을 드러내고, 현실 속에서 자유롭게 '상상력'을 구현한다.

나는 육체와 정신이 다 같이 상상력이라는 신성한 기술을
행사하는 자유 이외에 어떠한 다른 기독교에 대해서도
어떠한 다른 복음에 대해서도 아는 바가 없다.

I know of no other Christianity & of no other Gospel
Than the liberty both of body & mind to exercise
The divine arts of Imagination.

(*J*, 77 : 11~3)

그러니까 모든 억압적 체제의 가장 근본적인 죄악은 인간이면 누구나 지닌 이러한 신성한 능력의 발휘를 저지하고 위축시킨다는 바로 그 점에 있다고 할 수 있는 것이다. 노동이 사람의 신성(神性)을 드러낸다는 블레이크의 생각은 단순한 물리적인 움직임을 두고 하는 말은 아니다. 노동이란 무엇보다 집단적인 협력을 통해서 이루어진다. 그리하여 그 노동이 속박이 아닌 자유 속에서 자발적으로 수행될 때, 모든 창조적 노동은 개인으로 하여금 자신의 이웃과 생생하고 유기적인 조화로운 관계 속으로 들어가게 한다. 블레이크가 "신성한 기술"에 대해 언급하는 것은 이러한 유기적 협동과 조화의 관계를 염두에 두고 있기 때문이다. 그에게 '예루살렘'은 무엇보다 우애와 관용의 공동체인 것이다.

실제로, 블레이크가 마음속에 그렸던 에덴동산은 자유롭고 환희에 찬 협동적 노동의 장소이다. 그리하여 마침내 유리즌의 억압적 지배가 종식되고 해방된 세상이 열리는 순간, 그곳은 모든 무기가 사라지고 "조화의 도구"가 되살아나는 장면으로 묘사된다.

그리하여 유리즌의 아들들은 쟁기를 잡았다.

그들은 오랜 세월 동안 녹슬어 있던 쟁기를 다시 닦았다.

모든 나라들이 갈라진 땅에서 저물어가고,

잡초가 파멸 속에 번성하고 있던 광대한 들판을 가로질러

온갖 금과 은과 상아의 장식들이 다시 빛나기 시작했다…

농경(農耕)의 소란스러움이 하늘의 하늘을 통해 울려 퍼졌다…

그들은 노래한다, 그들은 조화의 도구들을 손에 쥐고,

창과 화살과 총과 박격포를 내던져버린다.

그들은 요새를 허물어 평탄하게 만들고,

파괴의 쇠 엔진들을 두들겨 쐐기로 변환시킨다…

죽음의 동굴에서, 삽과 곡괭이와 도끼를 벼려내는 망치 소리가 요란스레 울려 나온다…

Then seized the sons of Urizen the plough; they polished it

From rust of ages, all its ornaments of gold & silver & ivory

Reshone across the field immense, where all the nations

Darkened like mould in the divided fallows, where the weed

Triumphs in its own destruction…

The noise of rural work resounded through the heavens of heavens…

They sing, they seize the instruments of harmony, they throw away

The spear, the bow, the gun, the mortar; they level the fortifications,

They beat the iron engines of destruction into wedges,

…Ringing the hammers sound

In dens of death, to forge the spade, the mattock & the axe,

The heavy roller to break the clods, to pass over the nations.

(*FZ* IX, 289~304)

진정한 인간적 공동체는 오직 모든 인간의 소질과 능력이 민주적으로 발현됨으로써 성취될 수 있고, 또 그러한 민주적 노동이 활짝 꽃피는 곳이라고 할 수 있다. 요컨대, 블레이크에게 '예루살렘'이란 인간의 잠재적 가능성이 최대한도로 거리낌 없이 실현된 상태를 뜻하는 것이다. 따라서 그러한 공동체적 삶에 대한 비전에서는 이른바 엘리트들의 특권적인 지배는 당연히 거부될 수밖에 없다. 엘리트의 지배는 언제나 민중의 무지와 노예적인 노동 위에 그 권력의 기초를 두고 있는 한, 급진적 민중문화의 전통에 뿌리를 둔 블레이크의 인간관·세계관으로는 그것은 근본적으로 용납될 수 없는 것이었다.

블레이크는 "모든 신성한 것은 인간의 가슴속에 있고" "인간이 없는 곳에 자연은 황폐하다"라고 말했다. 결국, 블레이크가 억압적 정치·사회·신학체제를 거부한 것은 무엇보다 인간과 인간의 창조적 가능성에 대한 그러한 확고한 믿음 때문이었던 것이다. 그리고 그것은 온갖 고난을 겪으며 억압적인 체제에 저항하는 과정에서 우애와 협동을 통해서 진정한 인간적 사회에 대한 래디컬한 비전을 보여주고 있었던[29] 산업혁명기의 근로 대중의 움직임과의 긴밀한 연대 속에서 우러나온 믿음이었다.

디킨스의 민중성과 그 한계

《어려운 시절》을 중심으로

1

소설가 찰스 디킨스(1812-1870)에 관해 이야기할 때, 무엇보다 흔히 운위되는 것은 그의 '대중성'이다. 그것이 구체적으로 무엇을 의미하든, 여하간 대중적인 성격은 디킨스 문학의 빼놓을 수 없는 핵심적 특성을 이루고 있다는 것은 틀림없는 사실이다. 아마 서구 근대문학사 전체를 통해서도 디킨스만큼 많은 독자로부터 우호적인 반응을 받아본 작가는 드물다고 해야 할 텐데, 실제로 디킨스의 독자는 중산계급은 말할 것도 없고 교육받은 '엘리트' 독자들과 또 적지 않은 노동자계급의 독자들까지를 포함하고 있었다. 그리고 디킨스가 창조해낸 수많은 작중인물들은 마침내 영국인들의 국민적·민족적 설화의 일부로 된 것도 틀림없어 보인다. 또, 노동자 독자들의 애호를 받은 디킨스가 지배계급의 지도적 인사들처럼 사후에 웨스트민스터 사원에 묻히게 되었다는 사실도 빅토리아조 당대의 극심한 사회적 분열에도 불구하고 디킨스의 문학이 사회 전체를 문화적으로 통합할 만한 큰 대중적 포괄성을 가지고 있었음을 말해준다고 할 수 있다.

그런데 중요한 것은 디킨스가 누린 이러한 대중적 인기는, 예컨대 오늘날 소비문화체제에서의 대중예술가의 인기와는 그 성격을 달리하는 것이었다는 점이다. 널리 알려져 있듯이, 디킨스는 종종 자신의 연재소설에 대한 독후감을 보내오는 독자들의 의견을 기꺼이 받아들여 원래의 계획과는 다르게 줄거리와 이야기를 변경하곤 했다. 독자들을 존중하는 디킨스의 이러한 태도는 그가 단 한 번 처제의 죽음에 상심하여 집필을 중단했던 경우를 제외하고는 자기의 독자들에게 약속대로 연재물을 제공하는 일에 실패가 없었다는 사실에서도 확인된다. 우리는 이러한 태도를 단순히 독자를 잃어버리지 않으려는 욕망 때문이었다고 말할 수는 없다. 실제로, 디킨스에게 있어서 독자는 단지 작가의 작품을 사서 읽어 주는 소비자가 아니라, 그 자신의 창작과정에서 처음부터 함께 참여하는 협력자이기도 했다. 조금 과장하자면, 독자들에 대한 디킨스의 관계는 옛날 음송시인이나 이야기꾼의 청중에 대한 관계와 유사한 것이었다고 할 수 있다. 이와 같이 디킨스가 근대문학 이후 매우 드물어진 현상, 즉 독자와의 친밀한 유대감 속에서 작품을 썼다는 점은 매우 중요하다. 작가생활의 후기로 갈수록 디킨스가 시대의 위선과 허구에 민감해지고 스스로 점점 더 비관적으로 되어갔으면서도, 초기 작품 이래 그의 작품을 싸고도는 순진성과 밝음을 잃지 않을 수 있었던 것은 무엇보다 그러한 유대감 때문이었을 것이다.[1)]

그러나 디킨스가 자신의 독자들과 맺었던 친밀한 관계는, 따져보면, 그의 시대에는 아직 민중문화의 전통이 어느 정도는 살아 있었고, 의식적이든 무의식적이든 그가 이 살아 있는 전통 속에서 작업을 하는 게 가능했다는 사실을 말해준다. 실제로 디킨스 연구가들에 의해 자주 지적되어온 바이지만, 그의 소설의 인물과 스토리와 모티프는 옛날부터의 동화나 전설 속에 그 원형을 구할 수 있는 것이 허다하다. 〈신데렐라〉나 〈잠자는 미녀〉 등의 이야기가 디킨스 소설에서 하나의 '신화적 원형'으로 기능하고 있다는 느낌은 외국인 독자도 쉽게 알아챌 수 있을 정도이다. 그런데 흥미로운 것은, 예전부터 민중사회 속에서 전승돼온 이러한 이야기가 디킨스의 작품에서는 역사적 현실성을 갖는 박진감에 찬 이야기로 흔히 변용된다는 점이다. 그리고 여기에 디킨스의 리얼리즘이 발휘되고 있다고 할 수 있다. 예를 들어, 디킨스의 소설에는 '악독한 숙부'가 종종 등장하는데, 이것은 전통적인 동화에서 흔한 인물 유형이면서, 디킨스 시대의 가족관계 제도와 속물적 가치가 만연한 당대의 풍속에 관련해서 볼 때, 그것은 매우 실감 나는 인물 설정이라 할 만하다.

즉, 유산이나 장자상속제가 큰 비중을 차지하고 있는 사회에서 재산상속권 문제를 둘러싸고 어린 조카와 숙부의 관계가 어떤 식이 될 것인가, 그 전형적인 전개 과정을 짐작하는 것은 그다지 어렵지 않기 때문이다.

디킨스는 늘 대중적인 지지를 받아왔으나, 고등교육을 받은 비평가들로부터는 외면되는 경향이 있어왔다. 아마도 대개의 비평가들의 눈에는 디킨스가 충분한 학교교육을 받지 못했다는 점이 크게 보이고, 그 때문에 그의 문체도 세련되지 못한 것으로 비쳐졌을 개연성이 크다. 하기는 디킨스의 작품에는 떠들썩하고 기괴한 이야기, 과장된 표현들이 산재해 있다. 그러나 이러한 요소는 문학적 약점으로 간주될 수도 있겠지만, 기실은 그러한 것들은 디킨스 문학의 위대성의 일부인 그의 민중성을 반영할 뿐만 아니라 동시에 그 민중성을 강화시켜준다는 점을 간과해서는 안된다.

실제로, 기괴하고 장황하고 과장된 문체나 스토리 등은 실은 민중예술의 전통적 형식 속에서 허다하게 발견되는 특징적인 요소들이다. 어떤 연구자에 의하면, 디킨스의 소설을 감상하는 최선의 방법은 그의 소설을 실제로 소리를 내어 읽는 것이다.[2] 이것은 그의 소설이 근본적으로 축제적인 상황에서 독자들에게 받아들여졌다는 것을 의미한다. 외로운 독서행위가 아니라 소리를 내어 읽는다는 것은 최소한 여러 사람으로 된 청중을 전제로 하는 것이고, 따라서 거기에는 당연히 설명의 반복, 장황한 묘사, 과장된 어투, 극적 제스처가 포함될 수밖에 없다. 만일 디킨스 소설의 '조잡스러운' 문체가 예술적 결함이라고 한다면, 이 결함은 어디까지나 디킨스 문학의 민중성에 관련해서 논의되어야지 '고급 독자'의 취미를 기준으로 측정되어서는 안될 문제이다.

이렇게 말하는 것은, 디킨스의 문학적 결함까지 모두 옹호해야 한다는 게 아니라 무엇보다 그의 건강한 민중성이 주목되어야 한다는 생각 때문이다. 여기서 '건강하다'는 것은 민중이란 그 처하고 있는 삶의 조건상 진실을 파악하는 데 있어서 지배층보다는 훨씬 더 유능하고 정직할 수 있는 존재라고 보기 때문이다.

디킨스는 당대의 영국인 지식인으로서는 드물게 제국주의나 국수주의적 발상을 전혀 드러내지 않는다. 이 점이 중요한 것은, 빅토리아조 영국이라는 당시의 지배적인 사상적 분위기에서는 이른바 진보적인 혹은 양심적인 지식인들에게 있어서도 제국주의적·국수주의적 논리로부터 해방된다는 것은 지난한 일이었던 것처럼 보이기 때문이다. 예를 들어, 디킨스 자신이 적지 않게 영향을 받은 사회비평가 토머스 칼라일은 영국의 산업문제와 인구문제에 대한 해결책으로 식민지 지배를 거리낌없이 주장했고, 뛰어난 리얼리스트 작가 조지 엘리엇의 소설에서도 시오니즘을 노골적으로 옹호하는 발언이 등장했던 것이다.[3)]

디킨스가 제국주의적 발상을 일절 드러내지 않은 것은 무엇보다 그의 기질적인 평민적 성향 때문이었는지도 모른다. 디킨스의 작품에는 법의 제도와 그 운용에 관한 이야기가 흔히 나오는데, 법에 대한 그의 태도는 언제나 단순명료하고 강경하다. 즉, 그가 이해하는 한, 법은 결코 신성한 것이 아닌 하나의 비즈니스일 뿐이다. "영국 법의 한 가지 큰 원칙은 법 자체를 하나의 비즈니스로 만든다는 것이다. 온갖 복잡하게 뒤트는 술책을 통해 직접적으로, 확실하게, 일관되게 지켜지는 이것 이외의 다른 원칙은 없다. 이렇게 보면, 법은 수미일관한 체계가 되며, 문외한이 생각하기 쉬운 괴물스러운 이미지는 아니다"라고 디킨스는 그의 작품 《음울한 집》(1852~1853) 속에서 말하고 있다. 법에 대한 이러한 기탄없는 관점은 물론 그 자신 법원 출입기자로서 경험한 젊었을 적의 견문에 바탕을 두고 있는 것으로 보이지만, 좀더 따져보면, 이러한 관점이야말로 전통적으로 민중이 취해왔던 법에 대한 태도와 매우 닮은 거침없는 솔직성을 보여준다고 할 수 있다.

디킨스는 그의 생활과 상상력에 있어서 당대 민중의 생활실감에 밀착되어 있었고, 그것이 그의 문학에 민중적·대중적 에너지를 불어넣는 힘의 원천이었다는 것은 틀림없는 사실이다. 이런 점은 많은 다른 작가들의 경우와 달리 디킨스가 작가생활을 이른바 고급문학의 전통이 아니라 저널리스트로서의 활발한 사회적 관심 속에서 시작했다는 점에서도 확인된다. 디킨스는 자신의 작품이 어디까지나 사회적 공기(公器)로서 기능하는 것으로 간주했고, 자기의 작가적 임무의 하나는 소설을 통하여 중요한 사회적 이슈들을 제기하고 토론하는 것에 있다고 생각했다. 그리고 그러한 생각을 그는 소설을 쓰는 행위로써 부단히 실천했다.

2

소설《어려운 시절》(1854)은 작가의 원숙기의 작품이다. 이 소설에는 그의 허다한 다른 작품에 비해 그 내용이나 스타일에서 디킨스 특유의 일견 산만하면서도 풍성한 느낌을 주는 요소들이 많이 가셔져 있고, 작품의 길이도 비교적 짧은 편이다. 그래서 얼른 보아 이것은 디킨스에게는 예외적인 작품이라고 생각될 수도 있다. 실제로 많은 비평가들은 이 소설을 소품 정도로 취급하고 다른 작품들에 대한 본격적인 토론에 부수적으로 언급하는 경향을 보여왔다. 그러나 좀더 주의 깊게 들여다보면, 이것은 상당히 압축된 작품일지언정 결코 디킨스의 문학세계에서 방계적으로 처리될 수는 없는 작품이라는 것을 인정하지 않을 수 없다.

물론 일반적인 스케일이나 분위기에서 이 소설은 디킨스의 세계에서는 어느 정도 비전형적인 작품이라고 볼 수도 있다. 하지만 작품의 의도와 메시지의 절실함이라든가 실제 작품 속에 구현된 주제의 깊이와 보편성, 그리고 그 진실성은 자기 시대의 근본적인 모순을 총체적인 포괄성 속에서 포착하려는 뛰어난 리얼리즘 작가에게서만 볼 수 있는 특성임이 분명하다.

그리고 이러한 성취 과정에서 무엇보다 디킨스 자신의 민중생활에 대한 친화성이 중요한 역할을 한다는 점에서, 《어려운 시절》만큼 디킨스의 민중성 혹은 평민성을 솔직히 드러내는 작품도 드물다고 할 수 있다. 디킨스가 그의 다른 작품에서 흔히 그렇게 하듯이, 이 작품에서도 옛날의 동화나 전설 혹은 민담 등 이야기 형식을 폭넓게 수용하고 있다든지, 혹은 이 작품의 구성이나 표현형식이 대중극의 구조를 채택하고 있다든지 하는 점도 민중성의 표현이라 하겠지만, 이 소설에서는 민중예술과 민중문화에 대한 디킨스의 공감이 형식적이고 기술적인 차원이 아니라 그 자신의 근본적인 인간이념에 결부되어 드러난다는 점에서 주목할 만하다. 디킨스는 이 작품을 쓰는 과정에서, 자기 시대의 비인간적인 삶의 상황을 묘사하고 비판할 때 기본적으로 민중문화 전통 속에 구현되어온 인생관에서 영감을 구하고 있을 뿐만 아니라, 그 민중문화에 내재되어 있는 인간적인 가치로부터 대안적인 비전을 끌어내고 있다.

《어려운 시절》은 제목부터 민중생활의 실감을 거의 날것 그대로 반영하고 있다. 어떤 연구가에 의하면, 영국에서 특히 1820년에서 1865년 사이에 불린 민요들 속에서는 '어려운 시절'이라는 표현이 흔하게 들어 있었다고 한다. 재미있는 것은 이 무렵의 신문·연설·팸플릿 등, 보다 공식적인 문헌에서는 그 필자나 연설가가 아무리 진보적인 인물이라 하더라도 그 말은 사용하지 않았다는 점이다.[4] 이런 면에서도 민중생활에 대한 디킨스의 남다른 친화성이 엿보인다고 할 수 있다. 그러나 여기서 주목할 것은, 디킨스의 이 소설의 주제와 관련해서 볼 때, '어려운 시절'이라는 말이 반드시 극심한 불황기의 하층민의 실감을 포착하고 있는 것은 아니라는 사실이다. 물론 부족한 식량, 낮은 임금, 실업상태 등으로 고통을 받는 불황기에 가난한 사람들은 '어려운 시절'이라는 말을 곧잘 입에 올렸으나, 다른 한편으로 산업혁명과 같은 생활조건의 본질적인 변화를 초래하는 경험, 혹은 이미 확립된 산업사회체제 속에서 영위되는 삶의 항상적이고 근본적인 테두리를 언급할 때도 하층민들은 '어려운 시절'을 말해왔던 것이다. 1890년경 미국 사우스캐롤라이나의 방직공장에서 채집된 한 노래 속에는 "매일 아침 다섯 시에는 죽었든 살았든 일어나야" 되는 노동의 괴로움이 '어려운 시절'이라는 말로 반복적으로 표현되고 있다.[5] 디킨스의 소설 제목에 포착되어 있는 민중의 생활실감이 실제로 불황기의 경험을 나타내면서 동시에 산업주의체제의 항상적인 경험을 이야기하고 있다는 것은 이 소설을 정당하게 이해하는 데 관건이 된다.

아닌 게 아니라, 이 소설에서 가장 중요한 것은 디킨스가 이러저러한 구체적인 생활상의 고통을 그리는 데 그치지 않고, 그러한 생활의 근본질서 그 자체를 묻고 있다는 점이다. 그러니까 디킨스가 이 작품에서 중심적인 관심을 기울이는 것은, 민중생활의 특별히 궁핍한 순간이 아니다. 그 반대로, 이 소설에서 핵심적으로 문제되고 있는 것은 판에 박은 기계적인 생활, 야비한 소득의 경쟁, 인간의 정신적·감정적 욕구를 부인하는 교육과 노동, 냉담한 계산과 공리주의적 생활원리에 대한 예속 등을 강요하는 산업시대 이후 어디에서나 일반화돼버린 삶(혹은 문명)의 조건이다.

디킨스에게 이 주제는 작가생활의 후기에 이를수록 점점 더 분명해지는 것이지만, 이처럼 산업주의의 원리를 근본적으로 묻고 있다는 점에서 디킨스는 블레이크로부터 로렌스에 이르는 위대한 '진보적' 전통 가운데 서 있는 작가라고 할 수 있다. 비평가 리비스가 다른 비평가들에 의해 거의 무시되었던 (혹은 초점이 빗나간 비평의 대상이 되었던) 소설 《어려운 시절》을 매우 높이 평가했던 것은 로렌스 문학에 대한 가장 깊은 이해를 보여준 비평가답게 그가 바로 이러한 주제와 전통을 주목할 수 있었기 때문인지 모른다.[6] 그리고 바로 이러한 주제에 대한 외면이나 소홀함 때문에 많은 비평가들이 《어려운 시절》의 의의를 부차적으로 돌리는 것인지도 모른다.

실제로 이러한 주제를 경시할 때는 말할 것도 없고, 이것이 대단히 심각한 의도로 집필된 작품이라는 것을 인식할 경우에도, 이 소설은 적잖은 결함을 가진 것으로 간주될 수 있다. 그것은 특히 이것을 그 무렵의 이른바 '산업소설'과 같은 범주에 넣고 생각할 때 더욱 그렇다고 할 수 있다.

1840년대 후반에서부터 디킨스의 이 작품이 발표되기 조금 전까지 영국에는 다양한 '산업소설'이 발표되고 있었다. 이 현상은 산업노동 문제가 이 시대의 매우 중요한 사회적 이슈였던 만큼 어쩌면 당연한 현상이었다. 1840년대는 칼라일이 "영국의 상황 문제"라고 명명한, 자본주의적 산업의 폭력적인 조직화에 따르는 심각한 사회적 모순과 갈등이 분출하던 시기였다. 이 시기에 이르러 산업혁명은 이미 그 초기 단계를 지나 있었지만, 산업혁명을 통해 사회적 지배권을 장악하게 된 자본가계급 주도하의 새로운 사회 및 산업체제의 공고화는 다수 민중에게 혹독한 시련을 강요하고 있었다. 그리하여 이 무렵의 노동자들의 생활 실태와 노동조건이 유례없이 잔인하고 혹독한 것이었다는 것은 이미 여러 고전적인 기록을 통해서 알려진 바와 같지만, 그것은 무엇보다 칼라일의 용어로 "금전적 관계(Cash Nexus)"가 사회생활의 지배적인 원리가 된 시대의 필연적인 귀결이었다.

그러나 다른 한편, 영국의 민중은 초기 산업혁명 이래의 저항운동의 전통을 계승하고 있었다. 특히 영불전쟁 기간 동안 혹심한 탄압을 받았던 민중운동과 급진적 민주주의 세력은 1832년의 선거법 개정이 실은 압제의 강화를 의미한다는 사실이 점점 분명해지는 상황에서 그들의 오랜 저항운동의 전통을 1838년경 이후 차티스트운동(인민헌장운동) 속에 결집하기에 이른다. 차티스트운동은 최초의 조직적인 대규모 노동운동이자, 민중의 참정권을 요구하는 정치운동으로 발전하였다. 그런데 이 차티스트운동이라는 것은 노동자들의 단순한 사회적 지위 향상에 대한 요구이기보다는 사회적 불평등을 구조화하고 비인간적인 생활방식을 강요하는 산업주의체제 자체에 대한 도전이기도 하였다. 그렇다는 것은, 도시와 농촌의 각종 노동자들로 구성된 멤버들 중에서 이 운동의 혁신적인 입장을 대표하는 사람들이 주로 장인 계층이었다는 점에서도 엿볼 수 있다. 장인 계층은 전통적으로 그들이 누려온 자주성과 독립성 및 평등한 노동환경이 새로운 산업체제에 의해 뿌리로부터 와해되는 것을 가장 예민하게 느낀 계층에 속해 있었고, 또한 이들은 일반 노동자들에 비해 그들의 운명의 변화가 무엇을 의미하는지를 보다 논리적으로 인식하고 반응할 수 있는 능력을 가지고 있었다. 이것이 차티스트운동의 전국적·지방적 지도자들 중 다수가 장인 계층 출신으로 구성돼 있었던 중요한 이유였다.[7]

그러나 차티스트운동은 지배층에 의한 강력한 탄압 때문에, 그리고 아일랜드 출신 이민노동자의 격증, 기술의 혁신, 무엇보다 해외 식민지 경영에 수반된 여러 객관적 요인과 운동 내부의 약점 때문에 1850년경을 고비로 좌절을 겪는다. 그리하여 퇴조를 보이기 시작한 영국의 노동운동은 대체로 19세기의 말에 이르기까지 단순한 소득의 향상에 역점이 주어지는 관료주의적 조합주의로 전개된다는 것은 잘 알려진 대로이다.

여하튼 이러한 심각한 사회적 모순과 위기의 시대인 1840년대에 영국의 중산계급이나 기성 특권계급 가운데 양심적인 지식인들이 이 상황에 어떤 식으로든 반응을 보이는 것은 당연했다. 그리하여 이른바 '산업소설'이라는 것이 맨체스터 공업지대의 중산층 목사의 부인이었던 엘리자베스 개스켈에 의해 집필되기도 했고, 나중에 보수당 정권의 수상이 되는 디즈레일리에 의해 집필되기도 했다. 그런데 이 소설들의 중심적인 테마는 이른바 '두 개의 나라'라는 개념에 관계된 것이었다. 예를 들어, 개스켈 부인의 소설 《메리 바턴》(1848) 속의 한 주인공은 그 자신 노동조합원이자 차티스트이기도 한데, 이 작품 속에서 당대 현실에서 가장 중요한 사회적 문제를 이렇게 이야기한다.

> 부자들이 가난한 사람들의 고생을 모르고 있다는 케케묵은 이야기를 할 생각은 말게. 내 말은, 그들이 모르고 있다면 꼭 알아야 한다는 걸세. 우리는 우리가 일을 할 수 있는 동안은 그들의 노예일 뿐이야. 우리는 우리의 땀으로 그들의 재산을 쌓아주지만, 우리는 마치 두 개의 세계에 살고 있는 것처럼 동떨어져 살아야 한다네. 우리 사이에는 엄청난 간극이 있어서…

디킨스의 《어려운 시절》은 그 의도에 있어서는 분명히 이러한 산업소설의 하나로 기획된 것이 분명하다. 디킨스는 실제로 당시 노동자들의 쟁의 지역으로 주목을 받고 있던 프레스턴(Preston)으로 직접 현장 여행을 했고, 1853년과 1854년 사이 겨울 동안 거기서 얻은 지식과 경험을 토대로 이 작품의 집필에 착수했다. 그러나 실제의 성과에 있어서 디킨스의 이 작품은 산업노동자들의 현실을 사실적으로 충실히 그려내는 데는 거의 실패했다고 하지 않을 수 없다. 이 점은 이 작품을 거론하는 대부분의 사람들에 의해 이미 지적되어왔다. 가령 개스켈 부인의 《메리 바턴》이 제공하는 맨체스터 공업지대의 노동자들의 실상에 관한 생생하고 충실한 보고는 디킨스의 작품에서는 확실히 결여되어 있다.

개스켈 부인이 쓴 소설은 1840년대의 대규모 산업도시 노동자들의 생활과 의식을 동정적인 이해를 갖고 충실히 그려낸 것으로는 그 무렵의 문학에서 거의 유례가 없는 기록물이었다. 자기 소설의 무대가 되는 지역에서 오랫동안 쌓아온 직접적인 체험, 남다른 인도주의적 관심, 또 그 자신의 재능으로 인하여, 개스켈 부인은 이를테면 사회사업가의 관심 정도로는 성취하기 어려운 깊이 있는 이해에 도달한 것이다. 개스켈 부인은 자신의 작중인물들인 노동자들과 반드시 같은 현실인식을 갖고 있지는 않았고, 두 계급 간의 갈등은 결국 오해에서 비롯한 것이므로 그것은 화해될 수 있는 것이란 신념을 가지고 있었다. 그러나 그러한 자기의 신념을 말하기에 앞서서, 그는 노동자들 자신이 느끼고 생각하는 것의 진실에 먼저 귀를 기울였고, 노동자들이 지닌 인간으로서의 존엄성에 대한 요구를 인간적인 존경심으로 대했다. 그렇게 함으로써 그의 작품은 단순한 다큐멘터리 이상의 수준에 도달할 수 있었다.[8] 그럼에도 불구하고 이 작품은 명백한 한계를 갖고 있다. 물론 디킨스도 그랬던 것처럼, 개스켈 부인은 그의 작중인물들인 노동자들에 대한 깊은 동정적인 이해에도 불구하고 끝내 노동조합이나 차티스트운동을 이해하는 데는 큰 어려움을 느꼈음이 분명하다. 그뿐만 아니라, 명백히 사회의 구조적인 모순에 기인되었고, 또 그 모순에 기인된 것으로 포착된 작품의 중심적인 비극이 끝내 개인적인 도덕적 행동의 문제로 처리되고 있다는 문제점을 드러낸다. 그리고 무엇보다, 개스켈 부인은 참을성 있게 고난을 견디는 노동하는 사람들 속에서 미덕을 발견하지만, 그들 속에 존재하는 어떤 혁신적이고 능동적인 에너지를 발견하지는 못한다.

디킨스는 세부적인 디테일에 있어서, 그리고 노동자들의 실생활에 대한 직접적인 이해에 있어서 개스켈 부인에게는 미치지 못했다. 그러면서도 디킨스의 《어려운 시절》은 《메리 바턴》과 같은 당대 최고 수준의 산업소설에 비해서도 훨씬 더 중요한 문학적 성취를 이루어냈다고 평가할 수 있다.[9] 그렇게 된 것은, 간단히 말해서, 디킨스가 민중 일반의 생활과 문화에 관련하여 자기 시대의 삶의 본질적인 위기에 관해 쓸 수 있었기 때문이다. 흥미로운 것은, 개스켈 부인의 경우에는 노동계급에 대한 자상한 이해에도 불구하고 노동자들을 궁극적으로는 수동적인 존재로 취급하고 있음에 반하여, 디킨스는 보다 포괄적인 관점으로 인해 그 자신의 좁은 노동관이나 세부적인 결함에도 불구하고 근원적으로는 노동계급 혹은 민중 전체의 능동적이고 창조적인 에너지를 발견한다는 점이다.

하나의 사회집단으로서의 노동자들에 대한 관심은 디킨스의 경우 《어려운 시절》이 거의 유일한 작품이다. 이 작품에서 디킨스는 스티븐 블랙풀이라는 공장노동자를 등장시키고, 이 인물의 운명에 관련해서 노동분규에 관한 몇몇 장면을 그리고 있다. 그런데 디킨스가 이러한 현장경험에 대해 불철저하다고 지적되어온 주된 이유는, 여기서 스티븐의 불행한 운명이 엄밀히 보아서 산업노동 그 자체의 문제로부터 발생한 것이라기보다 주로 개인적인 가정문제에 기인하는 것으로 그려져 있다는 점, 그리고 노동분규에 관해 말하면, 디킨스의 생각에는 그것이 외부로부터의 자극이나 선동에 의해 유발되는 것으로 되어 있다는 점 때문이다. 실제 소설의 행동 속에서, 스티븐은 당대의 산업노동자의 전형으로서가 아니라 오히려 디킨스의 인도주의적 착상 가운데서 멋대로 꾸며진 '엉클 톰'과 같은 인간형으로 그려져 있고, 다른 한편 이 소설 속에서 다루어지고 있는 노동자들의 투쟁은 노동 현장의 내면적인 요구가 아니라 직업적 선동가의 주도로 행해지는 것으로 그려져 있다.

그런데 이 소설의 집필을 위해서 디킨스가 실제로 가서 본 프레스턴의 노동쟁의 현장은 그 자신이 예상했던 것과는 달리 매우 평온한 분위기 속에서 질서 있게 이루어지고 있었다. 디킨스는 이 여행의 체험을 〈스트라이크에 대해서〉(1854)라는 논설로 정리해서 발표했는데, 거기서 그는 자기가 예상한 것과는 상당히 달리 진행되고 있던 쟁의의 실제 모습에 약간 실망한 듯한 어조를 드러낸다. 디킨스 자신이 실제로 목격한 두 개의 집회 장면을 묘사하고 있는 이 논설에서, 그는 집회의 질서 있는 진행, 능률적 운영, 지역 지도자의 능력에 관해 말하고, 집회 참석자들이 자신들의 행동에 대한 정당성을 믿고 있다는 점, 그들이 대부분의 고용주들에 대해서 어떤 원한이나 노여움은 지니고 있지는 않다는 점, 그러나 어떤 특정 고용주를 비난하는 글이 있었음을 말하고, 기타 여러 플래카드와 운문으로 된 글이 있었음을 인용하고 있다. 그런데 문제는, 디킨스의 이러한 직접적인 목격 경험이 그의 소설 속에서는 충분히 반영되지 않고 있다는 점이다. 오히려 소설 속에서는 노동집회가 대단히 시끄럽고 무질서하며 오로지 선동가에 의해 촉발되고 진행되는 것으로 그려져 있다. 이 점은 디킨스가 그의 논설에서와는 달리 소설 속에서는 그의 내심 깊이 뿌리박고 있는 어떤 편견 내지 선입관에 더 많이 의존하고 있었음을 말해준다고 할 수 있다.

노동과 자본의 관계나 노동운동에 대한 디킨스의 편견 내지 선입관은 위에 언급한 논설의 마지막 결론에서 분명하게 드러난다. 거기서 디킨스는 스트라이크는 개탄스러운 재난이라고 말하고, 그 분규는 공평무사한 중재자에 의해 즉각 처리되지 않으면 안될 시간과 정력과 돈의 낭비라고 말한다. 디킨스는 정치경제학이 그 속에 어떤 따뜻한 인간적 냄새나 온기를 갖지 않으면 안된다고 주장하면서 정치경제학의 비정한 타산주의를 공격하지만, 그의 논설의 결론에서 고용주와 피고용자의 이해관

계는 일치해야 한다고 말함으로써 정치경제학이나 공리주의의 기본적 명제를 받아들이는 것이다.[10)]

디킨스의 이러한 생각은 당대에 광범하게 퍼져 있던 '편견'과 일치한다고 할 수 있다. 그리고 이러한 생각의 역사적 근원은 봉건세력과 자본계급 간의 거듭되어온 정치적 제휴, 그리고 노동운동이나 민중저항운동의 좌절에 따르는 (그리고 무엇보다 해외 식민지 지배에 따르는) 사회적 타협에서 찾을 수 있는 것인지도 모른다. 여하튼 디킨스가 한 사람의 지식인으로서는 흔히 자기 시대의 상투형을 받아들이는 것 이상의 철저한 인식을 보여주지 않는 것은 틀림없어 보인다. 그러면서도 작가로서의 그의 입장은 그러한 상투적인 인식을 넘어서고 있다는 데 디킨스의 위대성이 있다고 할 수 있다.

《어려운 시절》에서 디킨스가 묘사하는 노동계급의 이미지는 완전한 실패작이라고 보아도 무방하다. 애초에 디킨스는 이런 일에 성공할 만한 기본적인 조건, 즉 노동자의 현장 생활에 대한 친숙한 경험을 갖고 있지 않았다. 산업노동자들의 구체적인 생활 현실은 말할 것도 없고, 도시나 농촌의 일반 노동자들의 생활 실태에 대한 디킨스의 지식과 경험은 생생한 문학적 형상화의 기초가 될 만큼 풍부한 것도, 깊이 있는 것도 아니었다. 그의 소설에 나오는 인물들 중에 하층민을 대변하는 인물들은 주로 런던의 영세 소시민층과 빈민과 범죄인, 그리고 하인들이었다. 조지 오웰은 디킨스의 이러한 제한된 경험을 언급하면서, 디킨스는 본질적으로 생산과 노동의 세계가 아닌 소비의 세계를 묘사하는 작가라고 말하고, 이는 디킨스의 소시민적 한계를 가리킨다고 지적한 바 있다. 사실 이런 식으로 추적해 가면, 디킨스는 비판받을 소지가 대단히 많은 작가인 것이 분명하다. 그러나 이런 약점에도 불구하고 디킨스가 노동계급의 구체적인 실상에 대해 더욱 충실한 이해를 보여주는 당대나 다음 세대의 중산층 출신 작가들 대부분보다도 본질적으로는 훨씬 더 민중적인 작가라는 사실이 중요하다.

현대의 문학비평은 작품의 형식주의적 미학을 중시하면서 한 작가가 자기 시대의 구체적인 삶에서 절실하게 직면했던 문제가 무엇이든 그것을 중시하지 말라고 가르치는 경향이 있지만, 한 작가의 위대성은 그가 어떠한 인간경험을 소설의 재료로 취하는가에 이미 드러난다고 할 수 있다. 디킨스가 그의 초기 작품 이래 계속해서 런던의 빈민굴, 감옥, 구빈원, 법원, 철도를 다루고, 부자들의 저택, 안락한 중산계급의 가정, 투기사업 등에 관해 쓴 것은 단순한 우연이 아니다. 디킨스가 그려 보여주는 세계는 물론 일차적으로 자기 자신이 잘 아는 인간경험과 환경이었고, 이런 점이 그의 많은 소설의 성공을 보장하는 것이기도 했다. 또한, 그가 취급하는 재료들은 그 자체로 당대의 모순적인 삶의 본질을 드러내는 데 적절한 내용을 포함하는 것이기도 했다.

그러나《어려운 시절》에 이르러 그가 지금까지와는 조금 색다른 산업문제를 다루고자 한 것은, 그 문제가 갖는 중요성이 디킨스와 같은 양심적인 작가로서는 외면하기가 어려웠기 때문이었을 것이다. 그러나 이 분야는 그의 성실성만으로는 어쩌지 못하는 것이었기 때문에 결국 상투적인 입장에 기댈 수밖에 없었을 것으로 짐작된다. 그러나 주목해야 할 것은, 이러한 부분적인 실패에도 불구하고 이 문제에 대한 디킨스 나름의 독특한 접근을 통해서 디킨스가 이 작품에서 매우 중요한 성취에 도달했다는 점이다.

이 작품의 기본적인 성취로 먼저 들 수 있는 것은, 이 소설에서 '코크타운(Coketown)'이라고 이름 붙여진 산업도시에 대한 디킨스의 기념할 만한 생생한 묘사이다. 코크타운은 단순히 작중인물들의 외면적인 환경으로 그려진 게 아니라, 그 자체가 역사적인 산물로서 여기에 살고 있는 모든 인물들의 운명에 깊은 관련을 맺고 있는 존재로 그려져 있다. 실제로, 작가생활 전체를 통해서 디킨스의 일관된 주제 중의 하나는 근대 자본주의 문명이 초래하는 도시환경과 인간생활과의 관계였다. 도시의 구조와 건물 그리고 거리는 산업화의 결과로 형성되었지만, 이 일단 이루어진 환경은 그곳에 살고 있는 사람들의 생활과 감수성에 심대한 영향을 끼친다는 점을 디킨스는 예민하게 인식하고 있었다.

대개 전통적으로 문학에서 취급되는 환경은 농촌적인 것이거나 어느 정도의 안정과 익숙함의 느낌을 불러일으키는 작은 공동체였다. 아마 이런 점에서 디킨스는 새로운 근대적 도시환경이 갖는 인간적인 의미를 본격적으로 탐구한 최초의 작가라 해도 좋을지 모른다.[11] 그런데 《어려운 시절》의 산업도시는 지금까지의 디킨스의 주된 도시환경이었던 런던의 그것과 본질적으로는 같은 것으로 취급되면서도, 그 파멸적인 국면이 더욱 강렬하게 묘출되어 있다.

그것은 붉은 벽돌로 된 도시, 혹은 연기와 재가 만일 허용한다면 붉게 되었을 벽돌로 된 도시였다. 그러나 사실인즉 그것은 마치 야만인의 물감 칠한 얼굴처럼 부자연스러운 붉음과 검정색으로 된 도시였다. 그것은 기계와 높은 굴뚝으로 된 도시이며, 그 굴뚝으로부터 끊임없는 연기의 배암이 영원히 영원히 기어오르면서 절대로 풀어지지는 않는 도시였다. 도시 안에는 검정색 운하가 하나 있고, 고약한 냄새를 풍기는 염색물질로 자줏빛이 되어 흐르는 강이 하나 있다. 그리고 창으로 꽉 찬 엄청나게 큰 건물더미가 있는데 거기로부터는 하루 종일 덜컹거리는 소리, 덜덜 떠는 소리가 나오고, 증기기관의 피스톤이 마치 우울한 광증에 사로잡힌 코끼리의 머리처럼 단조롭게 상하운동을 했다. 그 도시는 서로 똑같은 몇 개의 큰 길을 포함했고, 많은 작은 길들도 서로 꼭 닮았다. 그 길에는 마찬가지로 꼭 닮은 사람들이 살았는데, 그들은 같은 시각에 같은 포도에 같은 소리를 내면서 같은 일을 하기 위해서 들어가고 나가고 했으며, 그들에게는 어제나 내일이나 똑같았고, 작년이나 내년이나 똑같았다. 코크타운의 이들 속성은 이 도시를 지탱하는 노동과 대체로 따로 떼어 놓을 수 없는 것이었다. … 코크타운에서는 심각하게 부지런히 일하는 것밖에는 볼 수 없었다.

디킨스가 작품활동을 했던 시기는 급속한 철도의 보급, 도시인구의 과밀화, 잉글랜드 북부 및 중부 지역에 있어서의 공장들의 확산과 같은 이미지들로 대변될 수 있는 시대였다. 따라서 디킨스의 소설은 마땅히 이러한 이미지들에 연관하여 읽혀야 한다. 그러나 디킨스는 단순히 이와 같은 이미지들에 또 하나의 이미지를 보태는 일만을 하지는 않았다. 물론《어려운 시절》과 같은 작품은 19세기 중엽의 영국이라는 특정한 시대에 관한 것이다. 영국 사회는 18세기 후반 이후 농경문명에서 도시문명으로 변화하였고, 이 과정에서 코크타운과 같은 산업도시가 급속히 증가하였다. 그러나 디킨스의 소설에서 진정으로 문제되어 있는 것은 이러저러한 산업문명의 개별적인 해악을 열거하는 것이라기보다 산업자본주의 체제하의 본질적인 인간위기였다. 위의 인용문에서 우리가 주목할 것은, 생활의 혼란이나 무질서 혹은 빈곤이나 환경의 누추함이 아니라, 끔찍하게 단조롭고 생명 없는 기계적인 삶을 강요하는 '일정한 질서' 자체가 진정으로 문제라는 근본 인식이 여기에 깔려 있다는 점이다.

디킨스의 생애는 역사적으로 가족과 공동체가 기초단위가 된 촌락산업이 종말을 고하고 대규모 공장제 산업이 지배하기 시작하던 시대에 걸쳐 있었다. 새로운 산업체제는 노동과 생활의 존재방식에 충격적인 변화를 가져왔다. 종래에 노동이 친밀한 개인적 관계와 자연조건에 기초하는 리듬에 따르는 것이었음에 반해, 이제는 계절이나 달이나 날이 문제가 아니라 매 순간의 철저한 이용을 겨냥한 산업경영의 시간표에 복종하지 않을 수 없게 되었다.[12] 그리고 새로운 산업체제 속에서 민중의 유일한 생계수단은 자신의 노동력을 팔아서 얻는 임금밖에 없게 되었기 때문에 전통적인 노동과 본질적으로 다를 뿐만 아니라 인간성의 자연적인 경향에도 어긋나는, 기계화된 작업의 규칙성에 따르는 도리밖에는 없었다. 그리하여 1830~1840년대에 이르면 영국인 산업노동자는 가령 아일랜드 출신 노동자와는 크게 구별되기에 이르렀다. 즉, 영국의 노동자는 힘든 일을 보다 많이 해낼 수 있는 능력이 아니라, 그의 습관화된 규칙성과 "비억압적 방식으로 휴식할 수 있는 능력의 감퇴" 때문에 아일랜드 노동자와 현저하게 구별될 수 있었다.[13]

새로운 노동조건은 무엇보다 이윤추구를 최고의 목적으로 하는 경제체제의 요구로 능률과 '합리성'이 강조되었고, 그 결과 전통적으로 농업이나 수공업을 막론하고 인간의 노동에 늘 수반되었던 유희적인 요소가 제거되기 시작했다. 옛날부터 민중문화의 큰 부분을 차지해왔던 민요는 언제나 노동 현장, 즉 일터에서 사람들이 공동적인 작업을 하며 함께 불렀던 것이다. 그러나 새로운 노동조건하에서 사람들은 연대감을 상실하게 되고, 단조롭고 기계적인 작업을 외롭게 치러내지 않으면 안되는 처지로 내몰렸다. 그러는 동안 노래도 사라지고 경험도 좁아졌다. 한때는 사람들이 다양한 일에 흥미를 가질 수 있었고, 실제로 생계수단도 다양했으나, 지금부터는 한 가지 일만을 되풀이할 수밖에 없게 되었다. 그뿐만 아니라, 새로운 노동조건은 일터와 생활의 장소를 분리시켰다. 그 결과, 작업장에서의 기계적인 노동은 극히 피동적이고 단조로운 것이 되어 마침내 근대 산업사회의 전형적인 노동, 즉 피동적인 노동형태로 굳어져 가고 있었다. 그리고 노동자들에게 주어지는 휴식과 오락이라는 것도 소비주의적인 것으로 변질되어 결국은 산업체제의 유지에 불가결한 구성요소가 되어버렸다.

그리하여 레슬링 시합, 닭싸움, 짐승골리기, 골풀뿌리기 등등 옛날부터 민중사회 속에 전승되어온 유희와 축제의 관습은 이 시대를 통하여 급속히 소멸되기 시작하고 있었다. 러디즘(Luddism)으로 대변되는 초기 산업혁명기의 민중저항으로부터 차티스트운동에 이르기까지 민요를 포함한 민중문화의 다양한 표현방식과 스타일과 그 속에 담긴 평등주의적 인생관은 이들 민중운동에 활기와 영감을 불어넣어 주는 주요한 활력소였는데, 1840년대 이후 특히 산업노동자들 속에서는 그러한 민요나 노동요가 사라지고 있었다.[14)]

1840년대는 특히 불황기였던 탓으로 디킨스가 하층민들의 생활의 곤경에 주목하고 산업도시의 누추함과 음울함에 눈을 돌린 것은 자연스러운 일이었다. 하지만 디킨스의 근본 메시지는 이른바 생활수준에 관한 것이 아니었다. 생활수준이라는 것은 동일한 체제 속의 상이한 시기·상황·집단 사이에서 비교될 수 있는 것인지는 모르지만, 본질적으로 이질적인 생활방식의 변화를 두고 저울질할 수 있는 척도는 결코 아니다. 또, 디킨스가 노동조건의 열악한 상태 그 자체를 문제시한 것만은 아니라는 것도 분명하다. 디킨스의 소설에서 보다 큰 의미를 갖는 것은 자연스러운 인간관계를 원천적으로 불가능하게 하는 산업체제하에서 일반적으로 인간의 삶이 억눌리고 갇혀 있다는 인식이었다.

여기서 언급해야 할 것은, 디킨스가 기술문명의 잠재적 가치 그 자체에 대해서는 반감을 갖고 있지 않았다는 사실이다. 그는 어느 연설에서 당시 일부 지식인들이 자기 시대를 '물질주의적'이라고 개탄하고, 영국사회의 악의 근원으로 과학의 발달을 지목하는 것을 비판하면서, "전기의 발견으로 사람들이 도움을 받게 된 것이 물질주의란 말인가, 철도로 시속 6마일이 아니라 60마일로 죽어가는 부모나 아이에게 달려갈 수 있게 된 것이 더욱 물질적인 여행이란 말인가, 물질적이라고 한다면 가스 불빛보다는 양초 조각이 더 물질적이지 않은가"라고 디킨스 특유의 말투로 항변하고 있다.[15] 디킨스의 이와 같은 말투와 태도는 꽤 주목할 만한 것이다.

디킨스가 당대의 산업주의체제 옹호론자들과는 본질적으로 다른 입장을 취하고 있었다는 것은 확실하지만, 위의 연설 내용에서 보는 것과 같은 디킨스의 태도는 그가 당시나 그 후의 많은 지식인들의 이상주의적·낭만주의적 경향으로부터도 멀리 떨어져 있었다는 것을 말해준다. 물론 이들 지식인들의 이상주의적·낭만주의적 태도는 인간적 존엄성과 정신적 가치가 상업적 이해관계와 불평등한 사회원리에 종속되는 사태에 대한 나름대로 건강한 반응이었다고 할 수 있다. 그러나 그러한 이상주의적 관점은 물질적 생활과 정신적 가치가 원래 상호 분리될 수 없는 것임에도 마치 그것들이 분리될 수 있는 것처럼 가정한다. 그리하여 물질적 가치에 대립하는 정신적 가치가 상정되고, 물질생활을 초월한 정신적 영역이 곧잘 이야기된다. 그리고 그 정신적 영역은 뛰어난 소수의 엘리트들만 접근할 수 있는 특권적 영역으로 간주되는 것이다.

그러나 문제는, 이러한 이상주의적·관념적 입장은 그것이 애초에 반대한 체제에 대해 궁극적으로 '긍정적'인 입장으로 기울 가능성이 높고, 따라서 산업주의에 대한 근본적인 도전으로는 나아가기 어렵다는 점이다. 산업주의에 대한 근본적인 도전은 무엇보다 물질적인 것과 정신적인 것의 불가분리성에 대한 철저한 인식을 요구하는 것이다.

일반적으로 그 사회적·실존적 위치로 인해 지식인이나 엘리트들은 물질적인 가치를 경멸하거나 경시하는 경향이 있지만, 늘 물질적 조건의 압도적인 중요성을 의식하지 않을 수 없는 상황 속에 노출되어 있는 민중의 생활의식은 지식인·엘리트들의 그것과 기본적으로 다를 수밖에 없다. 디킨스가 물질주의에 대한 비판을 다시 비판할 때, 그가 예를 드는 방법이나 그 말투는 추상적인 개념이 아니라 실제 생활 현실의 요구에 익숙한 사람들, 즉 민중의 사고 및 언어습관에 매우 닮아 있다는 것은 흥미롭다. 실제로 민중의 생활상의 요구라는 입장에서 보자면, 디킨스에게 과학의 발전은 그 자체 저주가 아니라 축복이었다. 다만 중요한 것은 과학의 용도와 과학의 존립방식을 결정하는 전체적인 사회조건에 있다는 것이 디킨스의 (특히 후기의 작품들에서 암시적으로 표명된) 입장이었다. 그러니까 디킨스의 산업주의에 대한 입장은 낭만적 이상주의의 그것보다 훨씬 견고한 바탕에 서 있음이 분명하고, 따라서 그것은 산업주의에 대한 보다 근본적인 비판으로 이어진다고 할 수 있다.

기실, 사람의 환경과 그 속에 사는 사람들의 도덕적 생활이 떼어 놓을 수 없는 관계에 있다는 것은 리얼리즘문학의 공통된 인식이다. 아마 19세기 소설에 있어서 인간행동 및 도덕생활에 대한 심화된 분석은 개인의 도덕적 행동의 원인이 그 개인 속에 있는 것이 아니라 사회에 있다는 인식이 좀더 분명하게 됨으로써 이루어진 것이라고 하겠는데, 그것은 이 시대가 '지진의 충격'과 비슷한 격렬한 사회변화의 시기, 즉 사회라는 것이 실제 사람들의 손으로 만들어진다는 사실이 매우 뚜렷하게 드러나는 시대였기에 가능했을 것이다. 그러므로 이 시대는 사람들에게 '선택의 위기'로 받아들여졌다.[16] 디킨스가 그의 다른 소설들에서 도시환경의 음울함과 비참을 주목한 것과 마찬가지로 코크타운의 비인간적인 환경을 문제 삼은 것은 이것과는 다른 인간적 환경을 마음속에 하나의 대안으로서 품고 있었기 때문일 것이다. 사실, 코크타운에 대한 묘사에서 우리는 이 누추하고 불결한 비인간적인 도시환경에 반응하는 작가의 큰 분노를 느낄 수 있지만, 이러한 분노의 감정은 시대의 지배적인 조건을 변경 불가능한 것으로 받아들이는 숙명적인 심리 상태에서는 나오기 어려운 것이다.

《어려운 시절》은 물론 코크타운이라는 상징적 이미지만을 단편적으로 제시하고 있지 않다. 디킨스는 코크타운의 이미지 속에 담겨 있는 생활과 노동의 본질적인 위기를 당대의 교육제도에 연결하고, 비인간적인 산업조직과 교육의 사상적 기초라 할 수 있는 공리주의에 대한 통렬한 비판을 시도한다. 그렇게 함으로써 디킨스는 "빅토리아조 문명에 대한 포괄적인 비전"[17]에 도달한 것이다.

《어려운 시절》에서 중심적인 비판의 대상이 되어 있는 것은 공리주의 철학이다. 그는 이 시대의 문명의 비인간성이 "비인간적인 정신의 공격적인 정식화"[18]라고 할 수 있는 하나의 견고한 사회사상에 의해 뒷받침되고 있다고 인식했다. 공리주의 철학은 작품 속에서 코크타운을 대표하는 국회의원 토머스 그래드그라인드에 의해 대변되고 있다. 그는 자기 아이들과 자신이 운영하는 학교의 아동들을, 빅토리아시대의 대표적 자유주의 사상가 존 스튜어트 밀의 자서전 속에 기록돼 있는 것과 같은, 감정생활에 대한 고려가 전혀 무시되고 오직 '합리성'만이 존중되는 실험적 공리주의 교육방법과 같은 노선에 따라 교육한다.

소설의 첫 장면부터 "사실과 계산의 인간. 둘 더하기 둘은 넷이며 그 이상 아무것도 없다는 원칙 위에서 움직이는 인간. 그 이상 다른 것을 허용하도록 설득될 수 없는 인간"인 그래드그라인드가 상황을 지배한다. 첫 장면은 학교의 교실 장면인데, 이곳의 교육이 어떤 것인가 하는 것은 모범생도 비처가 내리는 말(馬)에 대한 정의 방식에 드러나 있다. 그의 정의에 의하면, 말이란 "사족수, 초식동물, 마흔 개의 이빨, 즉 스물네 개의 어금니, 네 개의 송곳니, 그리고 열두 개의 앞니. 봄철 동안 털갈이. 늪지대에서는 발굽도 감. 발굽은 단단하나 쇠를 씌워줄 필요 있음. 나이는 입안의 표시로 알 수 있음"이다. 그런데 이 정의는 이 학교의 새로운 생도인 떠돌이 곡마단의 한 단원의 딸과 그래드그라인드 사이의 문답에 뒤이어 나온 것이다.

"20번 여자 생도," 하고 그래드그라인드 씨는 손가락으로 가리키면서 말했다. "난 저 여자아이를 모르겠군. 저 아이는 누군가?"

"씨시 주프예요, 나으리." 20번은 얼굴을 붉히며, 일어서서 공손히 절을 하면서 설명했다.

"씨시는 이름이 아니야,"라고 그래드그라인드 씨는 말했다. "널 씨시라고 불러선 안돼. 세실리아라고 불러."

"아빠는 씨시라고 불러요, 나으리." 어린 소녀는 떨리는 목소리로 다시 공손히 절하며 대답했다.

"그에겐 그렇게 부를 권리가 없어. 그에게 그래서는 안된다고 일러둬. 세실리아 주프. 그런데 네 아버지는 뭘 하느냐?"

"아빠는 곡마단에 속해 있답니다, 나으리."

그래드그라인드 씨는 얼굴을 찌푸렸다. 그러고는 그 역겨운 직업을 그의 손으로 휘저어 떨쳐버렸다.

"우리는 여기서 그런 것에 관해 알기를 원치 않아. 여기서 너는 그런 것에 관해 말해선 안돼. 네 아버지는 말을 길들이는 일을 하는 거지?"

"네, 나으리, 길들일 일이 있으면 곡마장에서 길들인답니다."

"곡마장 따위를 여기서 말해선 안돼. 그럼 좋아. 네 아버지는 조련사다. 그는 병든 말을 고치기도 하지?"

"그럼요, 나으리."

"좋아, 그러면. 그는 수의사. 말 다루는 의사, 조련사다. 자, 말이 무엇인지 정의해보아라."

(씨시 주프는 이 요구에 그만 혼비백산해버렸다.)

"20번 생도가 말을 정의할 줄도 모르다니? 20번 여자아이는 가장 흔한 동물에 관해 아무런 사실도 가지고 있지 않다니!"

정작 말과 함께 생활하고 있는 사람들이 말이 무엇인지 제대로 설명도 하지 못한다고 힐난을 당하는 이 장면은 실상 공리주의자 그래드그라인드에 대한 신랄한 풍자로 의도된 것이다. 이미 여기에 암시되어 있듯이, 그래드그라인드가 존중하는 '사실'이라는 것은 단지 눈에 보이지 않는 것을 제외하는 것만이 아니고, 엄연히 존재하는 것이라도 공리주의 원리에 어긋나는 것은 일절 배제되는, 극히 편협한 기준에 의해 선택된 것들이다. 요컨대 디킨스가 이해하는 한, 공리주의적 관점이라는 것은 능률과 합리성의 증진에 기여하지 않는다고 간주되는 일체의 인간경험은 전부 폄하·무시해버린다.

그런데 그러한 공리주의의 합리성은 현실 속에서 구체적으로 어떤 모습으로 작동하는 것일까? 디킨스는 코크타운의 산업체제와 교육제도가 서로 관계없는 것이라고 보지 않는다. 언뜻 보기에 동떨어진 이 두 개의 조직이 실은 동일한 논리에 의해 지배되고 있음을 그는 꿰뚫어 보고 있는 것이다. 실제로, 학교와 아동들에 대한 그래드그라인드의 관계는 공장노동자들에 대한 코크타운의 '은행가, 상인, 기업주'인 바운더비의 관계와 정확히 대응하고 있다.

역사적인 맥락으로 볼 때, 디킨스가 극화하고 있는 인물들과 그 인물들 간의 관계는 당대 현실의 사회관계를 그대로 반영하고 있는 것으로 보인다. 실제, 이 작품에 그려진 공리주의자 그래드그라인드는 자신이 믿는 신념과 사상에 따라 행동할 뿐 개인적으로는 어떠한 사심이나 이기심을 가진 인간이 아니다. 그러나 이러한 '공평무사함'에도 불구하고 현실적으로 그의 공리주의가 봉사하는 것은 바운더비로 대변되는 자본가의 이익이라는 점이 중요하다. 다시 말해서, 공리주의의 '합리성'은 산업자본주의의 경제적 합리성에 정확히 대응하는 것이었다.

우리가 디킨스의 작품이 가지는바 역사적 현실성을 올바르게 이해하기 위해서는 빅토리아시대의 공리주의자들이 계획하고 실천했던 여러 사회개혁의 구체적인 내용을 주의 깊게 들여다볼 필요가 있다. 왜냐하면 이 점이 분명하지 않을 때는, 공리주의에 대한 디킨스의 비판이 단순히 합리주의에 대한 비합리주의의 옹호로 해석될 가능성이 있고, 나아가서 "하나의 인간 유형으로서의 토머스 그래드그라인드를 탄핵함으로써 (디킨스는) 많은 사회 및 산업 개혁을 촉진시킨 조사와 입법 활동을 낳은 사고방식과 방법을" 탄핵하는 것으로 오해될 수 있기 때문이다.[19)]

공리주의자들은 산업사회로부터 야기되는 온갖 사회문제에 관심을 기울였고, 실지로 적지 않은 필요한 개혁을 주도했다. 하지만 거기에는 단지 '사회적 양심의 발로'라든지 '민중생활의 비참에 대한 반응'이라는 식으로는 파악하기 어려운 측면이 있었다. 물론 그들의 개혁적 혹은 개량적 노력은 가령 1833년의 '공장법'의 경우처럼 당시로서는 긴급하게 필요한 일이기도 했다. 그러나 그러한 노력까지 포함해서 공리주의적 사회개혁 조치들이 궁극적으로 어떤 의미를 갖느냐 하는 것은 따져볼 필요가 있다. 공리주의적 발상에서 비롯된 개혁 활동의 궁극적 의도와 목표가 무엇이었던가를 간명하게 보여주는 것은 아마도 1834년의 구빈법 개정에 참여한 사람들의 아이디어일 것이다. 이 새로운 구빈법은 일찍이 벤담의 비서를 지낸 에드윈 채드윅 등의 제안에 크게 의존한 것이었는데, 채드윅과 그의 동료들은 "도덕적으로 열등한 사람들이 게으른 생활의 유혹을 받는 것을 방지하기 위해서" 구빈원의 기율을 극히 견디기 어렵고 잔인한 것으로 바꾸고자 하였다. 새 구빈법에 열거된 구빈원의 기율은 이를테면 식사시간에 일절 말을 해서는 안된다 등 자잘하고 판에 박은 규칙의 강요, 강제노동, 개인소유물의 몰수, 남편과 아내 사이를 포함한 모든 남자와 여자의 분리 수용 등을 요구했다. 그러니까 구빈법 개정의 근본 의도는 구빈원을 결국 감옥에 못지않은 학대와 모욕의 장소로 만듦으로써 민중으로 하여금 이제는 어떠한 사회적 구제수단에도 의존하지 못하고 불가피하게 산업노동의 조건을 받아들이도록 강제하려는 것이었다.[20)]

구빈원의 경우는 매우 노골적이라 하겠지만, 기율·규칙·질서·능률 등은 이 시대에 가장 강조된 덕목이었다. 산업체제의 강화를 위해서는 옛날부터의 전통적인 민중생활의 자유분방하고 '방탕한' 생활방식은 제거하지 않으면 안되었다. 이렇듯 얼른 보면 매우 그럴듯해 보이는 공리주의적 개혁들도 본질적으로는 점차로 강화되는 산업자본주의체제의 운용에 방해가 되는 모든 요소를 정리해 나가는 것이었다.[21)] 예컨대 이 무렵은 코크타운과 같은 산업도시들의 생활환경이 생지옥과 같은 것이었는데, 여기에 대한 구제책으로 공리주의 개혁가들이 구상한 것은 옛날의 공유지를 질서 정연한 환경, 즉 공원으로 개조해서 일요일에는(예배시간 이외에) 무료로, 주중에는 유료로 입장을 허용한다는 것이었다. 그런데 이처럼 공원으로 개조된 땅은 원래는 하층민들이 자유롭게 시간을 보내고, 놀며 운동도 하고 연애도 하던 곳이었다.[22)]

디킨스의 작품에서 풍자의 대상이 되어 있는 학교는 얼른 보아 지나치게 과장되고 희화화되었다는 인상을 준다. 그러나 실제에 있어서 이것 역시 공리주의 원칙에 입각하여 이루어진 교육제도의 실상을 반영한 것이었다. 하층민 아동들에 대한 본격적인 학교교육 시스템으로 알려져 있는, 가령 '벨-랭커스터 시스템'은 종래의 주일학교 이외의 비공식 교육제도를 흡수·확대한 것이었고, 이 제도는 19세기의 첫 30년간의 민중

교육을 지배하였다. 1840년대 이후 이 초등교육 제도는 얼마간 퇴색되었으나, 그럼에도 불구하고 공리주의적 원칙만은 확고하게 지켜지고 있었다. 이 학교는 흔히 자질이 부족한 교사, 불비한 시설, 과다한 생도 수를 가진 것으로 악명이 높았다. 그리고 그것은 무엇보다 인간성을 희생시키면서까지 자행된 질서와 규칙의 강요, 가혹한 징벌 그리고 아동들의 지적·감정적 능력을 마비시키고 무기력하게 만드는 내용 없는 단편적 사실들의 기계적 학습과 암기 등으로 특징지어진 교육기관이었다. 노동자·빈민의 아동에 대한 기초교육이 결국 아동들 자신의 인간적 성장을 돕는 것이기보다 그 아동들로 하여금 산업조직이 요구하는 엄격한 기율과 최소한의 지식을 습득하도록 겨냥되어 있었던 것이다. 이 점은, 예를 들어, 교육자 랭커스터가 자기의 가장 우수한 생도들로 하여금 급진적 민주주의 사상가 토마스 페인의 논리를 반박하고, 교회의 권위를 옹호하는 작문을 짓도록 지도하곤 했다는 사실에서도 확인될 수 있다.[23]

이 시대의 민중에게 제공되었던 교육과 산업이 그 내면적인 구조에 있어서 완전히 연속적인 관계에 있었다는 점은 앞에서 언급했지만, 학교에서 아동들이 자잘한 규율에 시달려야 했던 것은, 가령 이 무렵 노동자들이 작업 중에 노래를 부르는 일이 금지되었다는 사실과 정확히 상응하고 있다. 19세기 중엽이 되면, 많은 공장에서는 차례차례로, 누구든지 휘파람을 불거나 노래를 하거나 혹은 자기 자리를 벗어나서 다른 노동자들과 이야기하고 있는 것이 발각되면 벌금 얼마에 처한다는 규칙이 적힌 플래카드가 내걸렸다.[24]

디킨스가 공리주의를 비판한 것은, 결국 그것이 인간의 자연스러운 욕구를 무시하고 사람을 기계적이고 비인간적인 틀 속에 가두려고 하는 '추상의 정신'이라고 느꼈기 때문이다. 국회의원 그래드그라인드에 대한 다음과 같은 서술은 디킨스의 비판의 초점이 무엇인가를 암시하고 있다.

그래드그라인드 씨의 방은 의회 보고서들로 꽉 차 있었다. 그것들이 무엇을 증명해 보이든 그것들은 마치 새로운 신병들의 도착으로 끊임없이 불어나는 군대와 같았다. 바로 이 마술에 걸린 방에, 가장 복잡한 사회문제들이 쌓이고, 정확한 총계가 나오며, 마침내 해결되곤 했다. 실지로 관련된 사람들이 이런 장면을 볼 수 있었더라면 어떠했을까? 마치 천문관측소가 창 하나도 없이 이루어질 수 있다는 듯이, 그리고 그 속의 천문가가 별들의 우주를 오직 펜·잉크·종이만으로 배열할 수 있다는 듯이, 그래드그라인드 씨는 그의 관측소 안에서(이런 관측소는 실로 그 밖에도 많은데) 자기 주변의 들끓고 있는 수많은 인간들을 향해 눈을 던질 필요를 느끼지 않았다. 그는 한 개의 석판 위에 한 개의 작고 더러운 스펀지 조각으로 그 모든 눈물을 닦아버렸다.

디킨스 자신 작가가 되기 이전에 의회 활동을 취재·보도하던 기자였던 만큼 이 묘사는 적지 않게 자기 자신의 체험에 근거하는 것이라 할 수 있다. 그런데 여기서 그의 비판이 의회의 비능률이나 무관심이 아니라 오히려 그 열성적인 활동에도 불구하고 근본적으로는 인간을 무시하는 태도에 겨냥되어 있다는 게 중요하다. 그러니까 문제되는 것은 무질서가 아니라 "끔찍한 질서"인 것이다.[25)]

공리주의는 빅토리아시대 자유주의 지식인들의 지배적인 사회철학이었다. 그러나 디킨스가 이 공리주의를 비판할 때, 그것이 곧 봉건세력을 두둔하는 것과는 상관이 없다는 점은 분명히 이야기되어야 할 것이다.

빅토리아시대는 중산층 자본가계급의 사회적 지배가 결정적으로 확립된 시기이면서도 구지배계급의 영향력이 완전히 배제된 시대는 아니었다. 그렇기는커녕, 이른바 빅토리아조의 '타협'이라는 것 자체가 봉건세력의 만만찮은 힘을 암시해주고 있는 말이다. 사실, 이러한 종류의 타협은 영국 근대사의 발전을 줄곧 특징지어왔다. 최초의 시민혁명으로 간주될 수 있는 17세기 청교도혁명은 1688년의 명예혁명을 통해서 일단 마무리가 되었지만, 이것은 시민혁명의 주도세력이었던 중산층과 군소 지주층이 대토지 소유 귀족계급과 일정한 타협에 도달한 것을 의미했다. 그리고 지속적으로 자본주의경제가 성장하는 과정에서, 토지계급은 가령 인클로저운동에서 보듯이 토지에 대한 자본주의적 경영을 통해서 산업혁명에의 길을 여는 데 중요한 역할을 하고 있었다. 영국에는 적어도 프랑스에서와 같은 도시를 중심으로 한 상층 부르주아지라는 막강한 세력은 없었다. 그러나 산업혁명은 자본주의경제가 지배적인 시스템이 되는 데 결정적인 역할을 하였고, 이 과정에서 전반적으로 중산층의 세력도 강화되었다. 1832년의 선거법 개정은 보기에 따라 혁명적인 것으로 생각될 수도 있는데, 그것은 영국 사회의 지배권이 봉건계급으로부터 중산계급으로 이동하였음을 말해주는 것이다.

그러나 이 선거법 개정도 기본적으로는 봉건세력과의 힘의 조정의 산물이라는 측면이 강한 것이었다. 17세기 혁명의 과정에서도 그랬던 것처럼, '밑으로부터'의 도전을 막아내기 위해서 새로운 지배층은 구지배층과 손을 잡지 않을 수 없었기 때문이다. 영국사의 이러한 전개 과정은 빅토리아시대, 혹은 그 이후에도 결정적인 사회적 지배권은 중산층 자본계급이 장악하면서도 정치적·문화적으로는 봉건적 요소가 존속되는 결과를 초래하였다.[26] 가령 디킨스의 허다한 작품에서 주요 관심의 대상이 되어 있는 '신사(紳士)'라는 것만 하더라도, 그것은 봉건적 잔재와 중산층의 속물근성이 결합함으로써 태어난 개념이었던 것이다.[27]

《어려운 시절》에서도 우리는 이러한 결합 내지는 타협에 대한 작가의 인식이 드러나 있음을 볼 수 있다. 예를 들어, 그래드그라인드가 속해 있는 중산층 정당이 은근히 귀족 출신의 인물을 자기편에 가담시키고자 하는 대목이 그렇다. 디킨스는 풍자적인 어조로 말한다.

> (이 신사들에 대해) 그래드그라인드 학파의 많은 사람들은 매력을 느꼈다. 그들은 가문 좋은 신사들을 좋아했다. 그들은 그렇지 않은 척했지만, 실은 좋아했다. 그들은 그들을 모방하느라고 아주 지쳐버렸다. 그리하여 그들은 연설을 할 때 신사들처럼 몸을 흔들었다. 또, 그들은 정치경제학이라는 양식을 그들의 제자들에게, 아주 나른한 태도로 나누어 주었다. 아마 이 지구 위에 이처럼 신기한 잡종 인간은 일찍이 존재하지 않았을 것이다.

여기에는 그래드그라인드로 대변되는 중산층만이 아니라 봉건 지배계급도 가차 없는 비판의 대상이 되어 있다. 소설의 실제 행동 속에서, 그래드그라인드의 딸 루이자를 유혹하는 놈팽이로 그려져 있는 제임스 하트하우스나 혹은 바운더비 집의 가정부로 일하면서도 항상 자신의 귀족적 혈통에 대해서 이야기하는 스파지트 부인이든, 귀족 출신의 인물들은 디킨스의 소설 속에서 한결같이 쓸모없는 인간형으로 취급되어 있다. 실제로 이 소설에서 마지막까지 작가로부터 조금도 동정적인 이해를 받지 못하는 인물들은 코크타운의 자본가 바운더비와 귀족적 잔재를 대변하는 위의 두 인물 정도이다. 그래드그라인드가 그의 비인간적인 철학에도 불구하고 얼마간 존경할 만한 '공평무사함'을 지니고 있는 반면에 바운더비는 전혀 인정할 만한 데라고는 없는 '추악한 개인주의'의 가장 억세고 조악한 형태를 대변하고 있다. 그는 자기 이익의 관철, 물질적 성공밖에 관심이 없으며, 어떠한 이상에도 흥미가 없다. 다만 "시궁창으로부터" 올라서서 자수성가했다는 자기광고에는 열을 올리지만, 실제 이것도 거짓말이라는 것이 나중에 탄로 난다. 디킨스가 이처럼 바운더비류의 인간형이나 귀족 출신에 대해서 아무런 동정심을 보이지 않는 것은 그의 평민적 기질 이외에 무엇보다 그가 늘 민중적 시야 속에서 세상을 보고 있었기 때문이라고 할 수 있다. 바로 이 점 때문에 디킨스는 당대 지배층의 권력구조를 환상 없이 볼 수 있었고, 그 결과 당대의 뛰어난 자유주의 지식인 어느 누구보다도 더 래디컬한 작가가 되었음이 분명하다.

디킨스의 《어려운 시절》은 그다지 규모가 큰 작품이 아니면서도, 위에서 보아온 것과 같이, 산업조직과 교육의 관련, 민중의 위치, 공리주의적 활동가와 자본가, 봉건계급과의 긴밀한 상호 연관에 토대를 둔 지배권력의 구조 등등, 한 시대의 생존의 구조 전체에 대한 포괄적인 인식을 보여준다. 그러나 이러한 포괄성은 디킨스 자신의 문학적 허구 속에서 만들어진 것이 아니라 원칙적으로 이들 여러 세력과 사회조직들이 불가분리적으로 상호작용하고 있던 역사적 현실 자체의 논리로부터 나온 것이라고 할 수 있다. 중요한 것은, 구체적인 생활의 실감에 있어서 따로따로 떨어져 있기도 하고 착잡하게 얽혀 있기도 한 수많은 생활경험과 사회제도가 기실은 수미일관한 체계 속에서 움직이고 있음을 파악하는 능력일 것이다. 앞에서 본 그의 노동관에서도 짐작할 수 있듯이, 디킨스는 사회이론가나 정치사상가로서는 뛰어나지도 믿을 만하지도 않았다. 그러나 예술가로서의 디킨스는, 그의 문학적 형상화 속에서 당대의 어떠한 일급 사상가에게도 발견하기 어려운 포괄적이고 근본적인 인식에 도달한 것이다. 그리고 이러한 인식은 무엇보다 민중생활의 실감을 작가 자신이 깊이 공유함으로써 얻어진 것이라는 게 이 글의 주된 논지이지만, 보다 구체적으로는 가령 칼라일의 용어로 "금전적 관계"가 지배적인 인간관계로 된 시대의 인간적 위기를 민중의 감정과 용어 속에서 포착함으로써 가능해진 것이라 할 수 있다.

> 모든 것에 대해서는 대가를 지불해야 한다는 것이 그래드그라인드의 철학의 기본 원칙이었다. 아무도, 절대로 아무에게도 아무것이라도 거저 주어서는 안되고, 도움을 주어서는 안되었다. 호의는 박멸되어야 하는 것이었으며, 호의로부터 나오는 미덕들은 미덕이 되지 않아야 했다. 태어나서 죽을 때까지 사람살이의 낱낱은 계산대 위를 오고가는 거래여야 했다. 그리고 만약 그와 같은 방식으로 우리가 천국에 갈 수 없다면, 그곳은 정치경제학적인 장소가 아니며, 따라서 우리는 그곳과 아무 상관이 없는 것이었다.

이러한 대목은 디킨스의 특징적인 문체를 그다지 풍부하게 드러내고 있지는 않지만, 금전적 이해관계가 기본으로 된 사회의 지배적인 사회사상을 언급하는 데 필요한 최소한의 개념적 용어를 제외하면 (혹은 풍자적인 울림을 환기하는 그러한 용어의 쓰임새까지 포함하여) 여기에 구사된 문체는 디킨스의 허다한 다른 장면이나 에피소드에서 보는 것과 같은 민중적 실감과의 깊은 친화성을 보여준다. 어떤 사람들에게는 이런 식의 문체, 특히 "정치경제학적 장소"라는 표현 등은 디킨스의 무식과 조악성의 본보기로 비쳐질지도 모른다. 그러나 사상이 현실적으로 작용하는 것은 구체적인 생활 속에서이며, 이 경우 그래드그라인드류의 철학은 민중 전체의 생활에 치명적인 관련을 가지고 있었던 것이다. 적어도 디킨스에게 있어서, 문제는 사회의 특정 집단의 이해관계가 아니라 민중의 생활 현실 자체였던 만큼, 그러한 철학에 대한 비판이 민중생활의 실감과 용어로 제기된다는 것은 매우 자연스럽다고 할 수 있다. 우리는 위의 인용문에서 디킨스의 풍자가 해학을 동반하고 있는 것을 느낄 수 있지만, 이것 역시 디킨스 특유의 언어 구사 방식이면서 동시에 옛날부터 민중문화에 표현되어온 스타일의 특징이기도 했다는 사실을 기억할 필요가 있다.

《어려운 시절》의 극적 구성과 줄거리도 대부분 민중예술의 흔한 방법을 따르고 있다. 이 점은 이 작품이 멜로드라마적인 성격을 갖게 되는데 기여하고, 따라서 리얼리즘문학으로서 얼마간 손상을 입게 만든다. 멜로드라마적인 요소는, 가령 그래드그라인드의 아들 톰이 그가 받은 빈틈없는 공리주의적 교육에도 불구하고—사실은 참다운 지적·감정적 교육의 결핍 때문이라고 해야겠지만—바운더비가 소유한 은행의 서기로 근무하는 도중에 은행 금고를 털고, 그 누명을 이 지방을 떠나게 된 노동자 블랙풀에게 뒤집어씌운다는 이야기 등에서 단적으로 드러난다. 게다가 톰은 그러한 부정직한 행위가 탄로 나자 도망을 하지 않을 수 없고, 현상금과 출세에의 보장을 얻고자 톰의 뒤를 추적해서 붙잡으려고 하는 사람이 바로 공리주의적 교육의 모범생이었던 소년 비처로 설정돼 있다는 점도 그렇다. 이 밖에도 소설 속에 끊임없이 나타나는 우연의 일치, 탐정소설적인 수법, 그리고 무엇보다 권선징악적 인생관에 의해서 극적인 해결을 모색하는 방식도 그렇지만, 톰이 마침내 해외로 탈출할 수 있는 길을 찾는 데 결정적인 도움을 주는 사람들이 바로 그래드그라인드 자신의 경멸의 대상이었던 곡마단 사람들이라는 점도 소설의 멜로드라마적 성격을 강화하고 있다. 이러한 점은 비단 줄거리에만 있는 것이 아니라 작품의 어조와 인물들의 행동방식에도 작용한다. 그래드그라인드의 딸 루이자는, 애정 따위는 처음부터 문제가 아니고 배우자 간의 나이 차이도 동서양 고금의 통계로 볼 때 현격한 차이가 있는 사례가 적지 않다고 생각하며, 오직 청혼을 받았다는 사실과 청혼을 받아들일 것인가 말 것인가라는 '사실'만이 중요하다고 말하는 아버지의 생각에 따라—그렇게 따를 수밖에 없는 교육을 받은 탓으로—서른 살이나 위인 코크타운의 자본가이자 기업주인 바운더비와 결혼을 하는데, 이 부자연스러운 결혼생활의 결과로 주위에 접근해 온 제임스 하트하우스의 유혹을 뿌리치기가 힘들다는 것을 느낀다. 루이자는 심한 심리적 갈등으로 인한 괴로움 끝에 아버지에게 돌아와서 그래드그라인드식의 교육방식으로 자신이 희생된 데 대해서 아버지를 책망한다.

> "오늘밤 그가 저를 사랑한다고 말했어요. 저는 제가 유감스러운 기분인지, 창피스러운지, 모욕을 당했는지 알 수가 없습니다. 제가 아는 것은 아버지의 철학과 교육이 저를 구하지는 못한다는 것이에요. 자, 아버지, 저를 이 지경으로 만들었으니, 다른 방법으로 절 구해주세요." 그는 딸이 마루에 쓰러지기 전에 쓰러지는 것을 막기 위해서 때맞추어 꽉 잡았지만, 그러나 그녀는 무서운 소리로 외쳤다. "절 붙잡으면 죽어버리겠어요! 땅바닥에 쓰러지도록 내버려주세요." 그래서 그는 그녀를 거기에 놓았다. 그러고는 그의 마음의 자부심과 그의 시스템의 승리가 무감각한 덩어리가 되어 자신의 발끝에 누워 있는 것을 보았다.

이 장면은 다분히 통속적인 연극에서처럼, 마치 한 장의 극이 진행되고 막을 내릴 때의 장면에 비슷한 것이라는 지적은 옳은 것으로 보인다.[28] 구구하게 늘어놓을 것도 없이, 디킨스 소설의 극적 구성과 형식이 전통적인 민중예술 특히 대중극의 요소를 많이 가지고 있다는 것은 분명하다. 디킨스에 관한 전기(傳記)를 쓴 한 저술가는 디킨스가 소년시절 구두약 공장의 공원으로 일할 때 일이 끝나고 집으로 돌아올 적에는 흔히 서커스나 대중 오락극을 구경하곤 했다고 쓰고 있는데,[29] 실제로 디킨스의 작품에는 그가 당시 인기 높았던 이러한 대중적 연희에 친숙해 있었다는 풍부한 증거가 들어 있다. 그뿐만 아니라 19세기 초에는 멜로드라마를 포함해서 셰익스피어를 통속화한 대중극이 크게 유행하고 있었다.[30] 고급문학의 전통을 밑천으로 하였기보다 대중적 저널리스트로서 쌓은 체험을 바탕으로 작품을 썼던 디킨스가 이러한 시대의 분위기를 자신의 작품 속에 반영하였다는 것은 당연한 일이라 할 수 있다.

그런데 이와 같은 전기적 사실을 떠나서, 디킨스의 문학에서 대중예술적 요소가 갖는 보다 깊은 의미가 있다면 그것은 무엇일까? 전통적으로 대중극이나 기타 민중예술을 움직이는 극적 구성 혹은 이야기의 구조는 흔히 선량한 인물의 궁극적인 승리와 악한 인물의 패배를 단호하게 요구하는 상상력에 의해 지배되어왔다. 이러한 상상력은 그 자체 단순 소박하고 또 도식적인 것이긴 하지만, 좀더 주의를 기울여 보면, 이것은 정의와 선(善), 사랑과 같은 인간다운 가치가 그것의 실현을 방해하는 온갖 장애를 극복하고 최종적으로 승리하리라고 믿는, 혹은 마땅히 승리해야 한다고 기대하는 민중적 현실인식과 소망을 반영하는 것이라 할 수 있다. 다시 말해서, 권선징악에 대한 강력한 요구로 특징지어질 수 있는 민중문화의 기본적 상상력에는 억압적인 현실에 대한 저항과 동시에 이상적인 삶에 대한 유토피아적 비전이 강력하게 내포되어 있는 것이다. 사실, 민중문화 혹은 민중의 예술과 연희에서 가장 핵심적인 요소는 바로 이러한 저항적인 요소와 유토피아적인 요소의 동시적인 병존이라고 해야 할지도 모른다.

민중예술이 늘 유토피아적 비전을 내포하는 원인의 하나는, 그것이 노래나 이야기 혹은 축제 등 어떤 형태로 표현되든지 간에 민중예술은 공동적 유희를 언제나 그 본질적 일부로 삼고 있다는 점에 있을 것이다. 따져보면, 모든 예술의 근원에는 유희의 충동이 있다고 할 수 있지만, 민중예술에 있어서의 유희는 그것이 언제나 공동체적 연관을 기반으로 한다는 점에 그 특징이 있다고 할 수 있다.

그런데 공동적이건 개인적이건 유희가 갖는 가장 중요한 측면의 하나는 그 현실비판적인 기능이다. 유희 혹은 놀이는 거기에 참여하는 사람으로 하여금 실제의 현실과는 다른 가상적인 현실에 들어가게 하는데, 이때 놀이는 실제의 현실을 무시하거나 외면하는 것이 아니라 그 현실을 재현하고 재조정한다. 그렇게 함으로써 놀이 속에서 사람은 현실의 질서에 대하여 반성적인 입장에 설 수 있게 된다. 그리고 이처럼 반성적 입장에 서게 됨으로써 사람은 현실의 질서를 형성하는 법칙과 구조를 비판적으로 볼 수 있는 것이다.

사람이 놀이를 통해서 기성의 질서로부터 가상적인 세계의 질서로 나아가는 과정에 과연 어떠한 심리적 메커니즘이 작용하느냐 하는 문제는 까다롭고 복잡한 문제일는지 모른다. 그러나 놀이 속에 실현되는 '가능한 세계'는 기성 현실과 아무 상관없이 제멋대로 존재하는 것이 아니다. 이것은 놀이가 항상 내면적으로 기쁨을 불러일으키는 이유가 그것이 자발적인 충동에 의한 것이라는 점과 함께 언제나 억압과 불평등과 부정의와 권위주의로부터의 해방을 약속하기 때문이라는 점에서도 확인할 수 있다. 다시 말해서, 놀이는 실제의 현실에 기초하면서 현실의 질서가 제공해줄 수 없는, 인간적으로 보다 만족스럽고 가치 있는 대안적인 삶에 대한 가능성을 제시하는 것이다. 이와 같이 현실을 기초로 하면서 동시에 현실로부터 일정한 거리를 유지하게 만드는 힘 때문에 놀이를 통해서 사람은 현실을 비판적으로 관조하고, 동시에 필요하다면 그 현실 상황을 변경하기 위한 적극적 기도에 나서게 된다고 할 수 있다. 그런 점에서 놀이 속에 들어 있는 이러한 부정과 긍정, 현실비판적 요소와 유토피아적 요소로 인해 놀이에는 늘 '정치적' 의미가 다소간 내포되어 있게 마련이다.

민중문화 혹은 민중예술이 갖는 공동적·집단적 연희로서의 성격은 놀이의 정치적 의미를 보다 강력한 것으로 만든다. 물론 놀이가 어느 때 어느 곳에서나 반드시 비판적인 함의를 갖고 있는 것은 아니다. 되돌아보면, 고대의 원시적 축제는 인간공동체가 자연과의 사이에 맺는 긴밀한 관계에 대한 지각에서 시작된 것이었다. 그러나 아무리 인간과 인간, 인간과 자연의 관계가 흔들림 없는 친화적 분위기 속에 있었다 하더라도 완전한 합일의 느낌이 가능하지는 않았을 것이다. 다양한 형태의 축제나 의식이 존재하고 있었다는 사실 자체가 그것을 이미 말해주고 있다. 여하튼 인간조건에 본질적인 요소인 공동체적 유대를 확인하거나 강화해야 할 필요로부터 축제와 의식이 생성된 것이라고 하겠지만, 옛날부터 집단적 축제나 공동체의 의식(儀式)은 기본적으로 사람의 상상력과 환상을 해방시키는 데 기여해온 것이 틀림없다. 그 결과, 공동체의 축제는 "구조화되고 제도화된 관계를 지배하는 규범을 침범하거나 해소하고, 또 선례가 없는 강력한 잠재력의 경험을 동반하였다."[31] 이와 같은 공동적 축제 혹은 연희는 특히 공동체적 유대가 약해지거나 와해될 때, 분열되지 않은 온전한 삶에 대한 강한 열망을 표현함에 있어서 그 비판적·유토피아적 기능이 강화되기 마련이다. 뒤집어 말하면, 축제나 놀이가 갖는 정치적 의미가 강화되는 것은 인간다운 삶의 가능성이 현실 속에서 크게 위축되거나 심하게 억압될 때라는 것이다.

우리는 위에서 산업혁명으로 인해 영국의 민중은 그들의 노동과 생활로부터 유희적인 요소를 박탈당했다는 점을 언급했다. 그런데 이것은 기계화된 공장제 생산방식이 노동자들에게 엄격한 기율과 능률성을 강요한 탓이지만, 그와 동시에 유희의 본질을 이루는 비판적·유토피아적 기능에 말미암은 현상이라고 할 수도 있다. 실제로 영국이나 기타 서구사회에서 산업자본주의가 지배적인 사회 조직 원리로 될 무렵, 민중문화의 유희적·축제적 요소는 늘 좀더 소망스러운 사회에 대한 이미지를 민중의 저항운동 속에 제공하고 있었던 것이다.

유희와 저항적 성향과의 관계는 산업자본주의 이전 혹은 초기의 노동계급의 저항운동 속에 명백하게 표현되었다. 18세기 서구의 군중 운동과 반항은 유희적이고 축제적인 것으로, 자발성과 홍청거림을 드러내고 기성의 재산관계에 대한 도전을 드러내었다. 영국과 미국에 있어서 산업노동자들의 초기 저항운동도 마찬가지로 유희적 충동을 표현하였고, 흔히 보다 나은 미래에 대한 상상적이고 환상적인 이미지들에 의해 안내되었다. 실제, 영국 노동자들의 축제와 대중적 오락집회는 기존의 사회통제 수단을 무력화시키는 경향이 있었으며, 빈번히 격렬한 소동의 장면이 되곤 했다. 물론 이들 저항운동의 많은 경우는 목표가 없고 조직되지 않고, 또 오래 지속되지도 못했다. 그러나 저항적 성향이 집요하게 지속되는 데에는 언제나 유희가 있었고, 그 중요성은 간과될 수 없다. 이것은 실제로 산업자본주의의 초기 단계에서는 간과되지 않았는데, 노동자계급의 저항활동을 봉쇄하려는 노력의 핵심에는 놀이를 억압하기 위한 목적의 프로그램이 있었던 것이다. 산업자본주의의 출생지인 19세기 영국에 있어서만큼 이 프로그램이 체계적으로 구상되고 시행된 곳은 없었다.[32]

위에서 우리는 유희의 인간적 함의에 언급하면서, 유희적 요소를 내포한 민중예술의 형식이 여하히 비판적·유토피아적 관점을 갖는가를 간단히 설명하였다. 디킨스가 민중문화 전통의 연희적 요소를 그의 작품 속에 재현했을 때, 그것은 디킨스 자신이 의도했든 아니든 당대의 삶의 현실을 주목하고 거기에 대한 대안을 구상함에 있어서 그가 당대의 민중과 "감정의 구조"[33]를 공유하고 있었음을 말해준다. 디킨스는 자기 시대의 가난하고 힘없는 다수 민중과 함께 "가장 소박한 사랑, 친절과 같은 인간적 자질들이 고의적으로 수호되지 않으면 안된다"고 느끼면서 살았던 것이다. 그리고 이러한 자질을 작품을 통해서 '수호'하려 했을 때, 디킨스는 그 궁극적인 메시지에 있어서뿐만 아니라 극적 구성과 줄거리를 포함한 작품의 표현방법에 있어서도 민중예술의 전형적인 수법에 의존하였다. 물론 그렇게 함으로써 디킨스의 소설이 때로는 약점을 드러내는 것은 사실이다. 그러나 기억해야 할 것은, 디킨스와 그의 독자와의 관계는 현대 소비사회에서 흔히 보는 제도화되고 산업화된 오락의 공급자와 그것에 대한 수동적인 소비자 사이의 것과 같은 '소외의 관계'가 아니었다는 점이다.

디킨스의 문학이 지니고 있는 대중성·통속성은 오늘의 대중매체에 의해 제공되는 이른바 대중문화의 통속성과는 본질적으로 차원이 다른 것이었다. 이 점에 대해서는 우리가 각별히 주의할 필요가 있다. 즉, 디킨스 소설의 멜로드라마적 성격, 그중에서도 특히 그 권선징악적 구조는 독자의 흥미를 유발하기 위한 것이었을 뿐만 아니라, 위에서 언급한 정치적 의미까지 내포한 것이었다는 점이 간과되어서는 안되는 것이다. 생각해보면, 독자들에게 흥미진진한 오락거리를 제공한다는 것 자체도 결코 경시할 만한 문제는 아니다. 셰익스피어의 위대성은 그의 작품이 광범위한 대중적 오락물이기도 했다는 점과도 크게 관계되어 있다고 할 수 있다. 셰익스피어나 디킨스 혹은 여타의 위대한 리얼리즘 작가들에게 있어서 대중성은 그들의 예술적 성취와 결코 분리해서 볼 수 없는 요소이다. 그 대중성은 그들의 예술에 영감과 활력을 불어넣어주는 에너지로 작용했던 것만은 아닐 것이다. 그것은 그러한 작가들이 삶의 다양하고 풍부한 가능성에 민감하게 반응했음을 알려주는 증거이기도 할 것이다.

《어려운 시절》 속에서 디킨스의 문학을 진정으로 보람 있는 것이 되게 하고, 또 그의 민중성을 확연히 드러나게 하는 것은 이 소설의 가장 감명적인 부분을 구성하고 있는 곡마단 사람들에 관련한 이야기이다.

실제로 소설 속에서 이 부분의 이야기는 처음부터 다른 이야기들과의 긴밀한 유기적인 관계 속에서 전개되고 있다. 디킨스의 작품은 대중예술의 특징적인 구조를 따르는 경우가 많은 것이 사실이다. 하지만 실제로 이야기를 극적으로 구성하는 솜씨에 있어서는 그는 탁월한 재능을 소유한 작가였다. 이 점은 이 소설에서 곡마단 이야기가 등장하는 방식을 보더라도 충분히 짐작할 수 있다. 앞에서 본 교실 장면 직후 그래드그라인드의 귀갓길에 관한 묘사는 공리주의적 합리성과 규칙에 의해 관리·교육되는 그의 가정이 그 아이들에게는 결국 감옥일 수밖에 없음을 매우 실감 나게 표현한다. 예를 들어, 그래드그라인드가 귀가 도중에 땅바닥에 엎드려서 천막의 구멍을 통해 서커스장 안을 들여다보고 있던 그의 큰딸, 장남과 마주치는 대목은 그래드그라인드식 교육의 '실패'를 단적으로 드러내는 장면이라 할 수 있다. 그래드그라인드와 바운더비 같은 인물은 서커스라는 것은 인생에서 쓸데없는 낭비이고 교육적으로도 해로운 것이라고 생각하지만, 아이들이나 코크타운의 노동자들은 마치 굶주린 것처럼 서커스에 열중하는 것이다.

여기서 서커스가 표상하는 것은 단순한 오락이나 휴식거리가 아니다. 그것은 공리주의적으로는 아무런 가치가 없지만, 인간성에는 본질적인 의미를 갖는 어떤 종류의 생명력과 충동이다. 디킨스가 서커스에 대한 사람들의 민감한 반응을 그려 보여주는 것은 코크타운의 산업과 교육방식에 반영된 산업주의 논리에 대한 근본적인 비판이기도 하다. 근본적이라고 하는 것은, 여기서 서커스의 의미가 단순한 오락거리가 아니라는 점에 관련돼 있다. 다시 말해서, 디킨스는 산업주의라는 것이 설령 사람들에게 충분한 여가와 안락과 휴식을 보장하게 된다고 하더라도 그것이 삶의 본질적인 온기와 인간다움과 생명력을 체계적으로 거세하는 한, 삶을 근원적으로 왜곡하고 비참하게 만드는 것이라고 느꼈던 것이다. 그러니까 여기서 서커스는 가령 내일의 노동을 위한 휴식과 레크리에이션이라는 식의 공리주의적 고려에 근거한 이른바 자본주의의 제도화된 '여가 선용'과는 본질적으로 다른 것이라 할 수 있다. 디킨스는 (혹은 이와 유사한 발상을 보여주는 여타 사상가과 시인들은) 인간의 노동과 생활 자체가 인간성의 온전한 발현을 북돋우는 생명력에 찬 것이어야 한다고 생각한 것이다.

곡마단 사람들에 대한 디킨스의 다음과 같은 묘사는 등장인물들의 육체적으로나 정신적으로나 균형 잡힌, 조화로운 이미지로 인해서, 또한 여기에 접근하는 디킨스 자신의 공감의 깊이로 인해서, 이 작품의 가장 감동적인 대목의 하나가 되어 있다.

> 두세 명의 잘생긴 젊은 여자들이 그들 중에 있었고, 두세 명의 남편들, 두세 명의 어머니들 그리고 필요하다면 훌륭하게 연기를 해내는 여덟 내지 아홉 명의 어린아이들이 있었다. 그 가족들 중 한 가족의 아버지가 커다란 막대기 끝에서 다른 가족의 아버지와 평행을 유지하면, 셋째 번 가족의 아버지가 이 두 아버지와 함께 피라미드를 만들고, 마스터 키더민스터가 꼭대기를 이루었다. 아버지들은 모두 굴러가는 통 위에서 춤을 추며, 병 위에 서서, 칼과 공을 받아 쥐고, 설거지통을 돌리고, 아무것이라도 타고, 모든 것을 뛰어넘으며, 아무것도 붙잡지 않을 수 있었다. 어머니들은 모두 느슨한 철사와 팽팽한 로프 위에서 춤을 추고, 안장 없는 말 위에서 재빠른 행동을 할 수 있었고, 또 했다. 그들 중 아무도 그들의 다리를 내보이는 일에 관해서 까다롭게 굴지 않았다. 그들은 대단히 방탕한 척, 세상일에 노련한 척했고, 사복 차림일 때 그들은 그다지 깨끗한 차림이 아니었다. 그들의 집안일은 전혀 정돈되어 있지 않았다. 그리고 그들의 학식을 다 동원해보아야 초라한 글자 하나 정도밖에 나올 수 없었다.

그러나 이 사람들에게는 놀랄 만큼의 부드러움과 천진성이 있었고, 어떠한 종류건 약삭빠른 일에 대해서는 특수한 부적합성이 있었으며, 서로서로 돕고 동정하려는 지칠 줄 모르는 열성이 있었는데, 그것은 이 세상의 어떠한 계층의 사람이건 모든 사람이 갖고 있는 나날의 덕성만큼 자주 존경을 받을 만한 것이었고, 또 언제나 그만큼 너그러운 자질이었다.

우리는 디킨스의 이런 대목을 읽으면서 디킨스의 메시지가 또 하나의 반지성주의를 표방하는 것이라고 해석해서는 안된다. 디킨스가 말하려는 것은 공리주의적 지성이 뜻하는 것보다 더 진정한 지성, 공리주의나 자유주의가 표방하는 합리주의보다 더욱 진정한 '합리성'이 이 세상에는 존재한다는 사실이다. 위의 인용문을 통해 우리는 여기에 그려진 곡마단 일행의 모습이 기실은 어떤 특수한 집단만의 것이라기보다는 사람살이의 온당한 모습을 대변하는 것이라는 느낌을 갖게 된다. 이것을 디킨스는 "모든 사람이 가지고 있는 나날의 덕성"이라는 말로 표현하고 있는 것이다.

사랑과 친절, 동정심, 연대감, 균형 잡힌 육체와 마음의 관계, 아이 같은 순진성—이러한 극히 인간적인 자질이 실은 모든 사람의 나날의 자연스럽고 소박한 생활의 공통한 덕성이라는 생각은 물론 생각만으로는 가능하지 않고 삶의 구체적인 경험 속에서 우러나온다. 리비스는 디킨스가 비인간적인 체제에 대해 분노한 것은 이처럼 본질적으로 인간다운 덕성의 존재를 그가 알고 있었기 때문이라고 하면서, 디킨스가 가령 플로베르나 T. S. 엘리엇이 갖지 못한 활력과 에너지를 가질 수 있었던 것은 이러한 '삶의 풍요성'에 밀착되어 있었기 때문이라고 말한 적이 있다. 리비스는, 디킨스가 곡마단을 묘사할 때 거기에는 예컨대 엘리엇에게서 흔히 나타나는 망설이는 태도나 아이러니, 움츠러드는 자세 같은 게 보이지 않는다는 점에 주목한다. 현대문학을 지배하는 자의식에 가득 찬 세련된 언어세계, '소외'와 '무기력'의 분위기에 익숙한 독자들에게 디킨스의 경우는 어쩌면 센티멘털리즘의 본보기로 비칠지 모르지만, 리비스에 의하면 그것은 디킨스의 '천재'의 소산이다.[34)]

과연 디킨스의 경우가 단순한 센티멘털리즘인지 성공적인 예술인지는 작품 속에서 그러한 대목이 여하히 유기적인 기능을 갖는가에 따라 판별될 수밖에 없다. 그렇게 볼 때, 주목할 것은, 곡마단에 관한 묘사가 우선 그 자체로 감명적이면서 동시에 그것은 이 소설 전체를 통해서 풍자의 대상이 되고 있는 공리주의적 철학, 그리고 이 철학에 뒷받침된 산업조직과 교육의 근본 문제를 비판하는 데 필요한 매우 설득력 있는 관점을 제공한다는 점이다. 중요한 것은 삶 자체이며, 그렇기 때문에 공리주의에 대한 설득력 있는 비판은 또 다른 어떤 철학적 논리에 의해서가 아니라 삶 자체의 실상에 의해서 비판되는 것이 마땅하다 할 수 있다.

실제로, 이 소설에서 공리주의를 대변하는 그래드그라인드는 여러 복잡한 관련 속에서 진행되는 극적 전개 과정에서 어떠한 편협한 합리적 이론보다도 더 크고 근본적인 삶의 논리에 의해 패배를 당한다. 그러면서 동시에 전혀 인정할 만한 데라고는 없는 바운더비와는 달리 그는 거듭되는 패배 과정에서도 작가로부터 일말의 동정적인 시선을 받는다. 이것은 그가 처음에 고아가 된 곡마단 아이 씨시를 자기 집으로 데려오는 장면에서 드러난 것처럼(물론 이것은 그래드그라인드식의 논리에 의한 것이지 결코 인간적인 동정에 의한 것은 아니라고 해야겠지만) 그가 근본적으로는 '사심'이 없는 인물인 탓이라고 해야 할 것이다. 문제는, 한 인간으로서 이기적이고 잔인한가 여부가 아니라 그가 대변하는 철학이 이기적이고 냉혹한 사회관계에 봉사한다는 데 있는 것이다. 그래드그라인드를 당대의 전형적인 공리주의자로 본다면, 디킨스는 공리주의가 가지고 있는 어떤 미덕을 인정할 만큼은 인정하는 셈이다. 그렇기 때문에 디킨스의 메시지는 더 강력한 것이 된다고 할 수 있다.

되풀이되는 말이지만, 디킨스가 핵심적으로 문제로 삼은 것은, 특정 인물의 선악 여부가 아니라 선량한 인간을 그릇되게 만드는 사회적 분위기였다. 이 소설의 극적 행동의 전개 과정 중 마지막 장면에서, 그래드그라인드는 곡마단 단장 슬리어리에게서 다음과 같은 말을 듣기에 이른다. "세상에는 따져보면 사적 이해관계만이 아니라 그와는 전혀 다른 사랑이라는 것이 있습니다. 그것은 행하기도 어렵고 이름 붙이기도 어렵지만 자기 나름의 계산을 하거나 안하거나 하는 법을 가지고 있지요."

그러면 전체적인 상황이 이기적이고 잔인한 것이라면, 디킨스가 말하는 인간다움, 혹은 어린애 같은 순진성은 어디에서 오는가? 물론 소설 속에서는 곡마단 혹은 그 일행으로 상징되는 어떤 종류의 순진하고 밝은 삶이 극적 논리 가운데서 자연스럽게 제시된다. 그러나 이 작품의 큰 주제가 말해주듯이, 당대의 전체적인 삶의 조건이 그러한 순진한 삶의 실현을 어렵게 하는 것이 사실일진대, 디킨스는 현실적인 견고한 토대가 없이 다분히 주관적인 자신의 원망(願望)을 이 소설의 극적 구성에 투영하고 있는 것은 아닌가?

여기서 참고할 것은, 이 문제와 관련된 비평가 리비스의 발언이다. 즉, 리비스는 무엇보다 디킨스가 추함과 더러움과 천박함 가운데서 스스로를 드러내는 인생의 아름다운 가치를 포착함으로써 삶을 근본적으로 긍정한다는 것을 지적한다. 그런데 이런 일이 가능한 것은 "거역할 수 없는" 삶의 풍부성을 향해 디킨스가 열려 있었기 때문이다.[35] 하기는 이것보다 더이상 맞는 말도 없으리라고 여겨지면서도, 여기서 리비스가 사용하는 '삶'이라는 개념에는 약간 추상적인 느낌이 있음을 인정하지 않을 수 없다. 물론 리비스 자신은 이 용어를 가지고 디킨스 문학의 근본 주제를 그 나름으로 훌륭하게 해명해주는 것으로 보인다. 하지만 리비스가 삶이라는 개념을 사용할 때, 그 삶은 누구의 어떤 삶을 뜻하는지 조금 더 구체적으로 규정될 필요가 있지 않았을까?

이렇게 말하는 것은, 가령 리비스가 《어려운 시절》에 대하여 "빅토리아조 문명에 대한 포괄적인 비전"을 제시하고, 옹호되어야 할 삶의 가치를 명확히 하고 있다고 높이 평가하면서도, 디킨스의 그러한 비전의 근간을 이루는 민중성에 대해서는 별로 언급이 없다는 점 때문이기도 하다. 그뿐만 아니라, 거의 누구나가 지적하는 것처럼 리비스도 이 작품 속의 노동자 블랙풀과 노동집회 부분에 대해서 그 실패를 지적하면서도 이 부분을 그냥 가볍게 언급하고 지나쳐버리고 있다. 딴것은 그만두더라도, 이 부분의 결함이 작품 전체의 성과에 어떤 영향을 미치는가 하는 점에 대해서는 어느 정도의 분석이나 검토가 필요한데도 불구하고 그것을 간과하고 있는 것이다.

위에서 우리가 던진 질문—디킨스가 제시하는 긍정적인 인간다움의 가치들은 어디에서 오는가에 대해서, 레이먼드 윌리엄스는 흥미로운 견해를 보여주고 있다. 윌리엄스는 디킨스 문학 일반에 관한 논의 가운데서 다음과 같이 말하고 있다.

> 멸시할 만한 하나의 체제 속에서 작용하고 있는 것을 우리가 보는, 인간적인 것의 배제는 따져보면 절대적인 것이 아니다. 만일 절대적이라면, 소외된 인간 운운하는 것은 아무런 의미가 없다. 왜냐하면 거기에는 소외시킬 아무것도 없을 것이기 때문이다. 디킨스가 그토록 많이 거기에 의존하고, 또 별생각 없이 센티멘털리즘으로 처리돼버리는, 저 파괴할 수 없는 순진성, 기적적으로 개입해 들어오는 저 설명할 수 없는 선량함이라는 자질은, 그것이 설명할 수 없는 것이기 때문에 진정한 것이다. 설명될 수

있는 것은 결국 의식적으로 혹은 무의식적으로 만들어져온 체제이다. 하나의 인간정신이 존재한다는 것, 이 체제보다도 궁극적으로 더 강력한 인간정신이 존재한다는 것을 믿는다는 것은 믿음의 행위, 우리 자신에 대한 믿음의 행위이다. 디킨스에게 이것이 점점 더 어려워졌다는 것은 놀라운 일이 아니다. 그러나 마지막에 이르기까지 점증하는 압력 밑에서도 그는 이것을 말했고, 또 일어나게 했다.[36)]

윌리엄스의 이러한 설명은, '삶'의 개념에 의거한 리비스의 설명과 마찬가지로 사실상 더할 나위 없이 근원적인 해명인 것으로 생각된다. 그러나 윌리엄스의 이러한 설명 역시 조금 막연한 것은 아닌가? 무엇보다 이와 같은 설명은 특히 디킨스에게만 적용되어야 할 이유가 없는 것으로 보이기 때문이다. 더 직설적으로 말하면, 윌리엄스 자신이 위 인용문의 출처인 디킨스론에서 언급하고 있듯이, 디킨스의 작가로서의 출발점이자 생애 전체를 통한 작가정신의 뿌리였다고 할 수 있는 '민중적 상상력'이야말로 저 '설명할 수 없는 자질'의 보다 구체적인 원천으로 지목되어야 하지 않을까?

《어려운 시절》 속에서 디킨스가 다른 어떤 것보다 서커스의 이미지를 빌려 순진한 삶을 이야기하고 있다는 점은 결코 우연이 아닐 것이다. 리비스는 '거역할 수 없는' 삶 속의 인간적 가치에 대해 언급했지만, 실제로 온갖 압력 밑에서도 민중은 결코 파괴될 수 없는 인간적 가치를, 비록 억눌린 형태로나마 풍부하게 드러내고 있었다. 그 증거는 18세기 후반과 19세기 전반에 이르기까지 영국의 허다한 저항운동과 대중적 예술과 민요와 생활문화에 대한 기록 속에서 볼 수 있다. 흥미롭게도, 디킨스 자신도 《어려운 시절》 속에서 이것을 암시하는 민중생활의 한 삽화를 직접적으로 다루고 있다.

일요일 아침에 거리를 지나가면서, 병들고 신경이 예민한 사람들을 미치게 만드는 야만적인 종소리가 노동하는 사람들 중 거의 누구도 자기 집으로부터, 자기 방으로부터, 자신들이 살고 있는 거리로부터 불러내지 못하는 것을 보는 것은 괴이한 일이다. 그들은 아무 흥미 없는 눈초리로 교회당과 예배에 가는 것을 마치 자기네와는 아무 상관없는 일인 양 물끄러미 볼 뿐이다. 이것을 목격한 것은 나그네뿐만이 아니다. 왜냐하면 하원의 매 회기 때마다 이 사람들을 강제로 종교적인 인간으로 만들기 위한 법 제정을 노엽게 청원하는 무리로 구성된 하나의 조직이 코크타운에 있었기 때문이다. 그리고 금주협회가 있었다. 그들은 바로 이 사람들이 술을 마시고 취하는 데 불만을 갖고 있었다.… 인간적이든 신적이든 그 어떠한 것도 이들이 술 마시는 습관을 버리도록 유인할 수 없다는 것은 티파티에서 증명되었다.… 경험 많은 목사는… 바로 이 사람들이 공중의 눈을 피해 으슥한 곳으로 가곤 하는데, 거기서 그들이 천박한 노래를 듣고 천박한 춤을 보고 또 어쩌면 한데 어울리곤 한다는 것을 보여주었다.

여기서 교회가 언급되는 것은 당연하다. 교회는, 특히 웨슬리의 감리교는 산업혁명 기간 동안 절약, 기율, 규칙적인 생활, 유희의 금지를 대중들에게 집요하게 설교하였는데, 이것은 내면적으로 공리주의와 마찬가지로 산업주의체제에 필요한 생활규범과 심리적 구조를 심어주기 위한 것이었다. 그러니까 위에서 인용된 것과 같은 디킨스의 묘사는 단순한 허구가 아니고, 어디까지나 역사적으로 엄연히 실재하고 있던 경험에 기초하고 있었다.

그런데 눈에 띄는 것은, 디킨스가 산업노동자들의 이와 같은 '일탈'에 대해 언급할 때, 강조점은 노동자들의 길들어지지 않는 생활습관에 두어져 있다기보다 그들을 길들이는 데 실패하는 사람들을 겨냥한 풍자에 두어져 있다는 사실이다. 말할 것도 없이, 이러한 풍자는 디킨스가 공감했던 민중적인 '감정의 구조'에서 나온 것이다. 그러나 여기서 우리가 좀더 생각해봐야 할 것은, 여기에 그려진 노동자들의 '일탈적인' 태도에 내포돼 있는 보다 포괄적이고 근원적인 사회적·실존적 의미가 디킨스에 의해서 과연 충분히 철저한 주목을 받고 있는가 하는 것이다. 이 점을 지적하는 것은 《어려운 시절》 속에서 디킨스가 진정한 인간가치를 드러내려 할 때, 왜 하필이면 그것을 당대의 전형적인 노동자가 아니라 뜨내기 연희집단에서 구하는가 하는 질문과 관계되어 있다.

우리는 여기서 디킨스의 서커스라는 이미지 속에는 결코 저항적인 함축은 들어 있지 않다는 점에 주의할 필요가 있다. 실제로, 18세기 이래 노동운동은 전부는 아니라 하더라도, 적지 않은 경우에 때로는 분방하거나 난폭한 모습으로, 때로는 연희적인 분위기와 긴밀히 결합되어 있었다. "우리는 19세기까지 전통으로 이어져온 발라드와 장터(fair)의 '지하(地下)적' 성격을 기억해야 한다. 이러한 방식으로 '무식한' 사람들은 관헌과 공장주들과 감리교도들이 가하는 압력에도 불구하고 자발성, 즐기는 능력, 상호 우애 등의 가치들을 보존하였다."[37]

반드시 연희나 민요 등으로 나타나는 표현문화에서만이 아니라 생활문화 전반에 걸쳐 산업혁명기의 영국의 민중문화를 크게 특징지은 것은 그 끊임없는 저항적 분위기였다. 이 시대의 민중문화가 이러한 성격을 갖게 된 데에는 무엇보다 전통적인 민중경제의 원리와 새로운 산업체제의 경제적 '합리성'과의 충돌이 주된 요인으로 작용하고 있었다. 에드워드 톰슨은 전통적으로 민중의 생활을 지배해왔던 경제생활의 원리를 "도덕적 경제(moral economy)"라고 일컫고 있는데, 이 '도덕적' 경제생활 속에서 노동자는 자기가 필요한 만큼, 그리고 전통과 관습이 정하는 수준만큼의 생활과 휴식을 위해서가 아니라면 어떠한 물질적 유인에도 반응하지 않았다. 필요한 것 이상을 벌었다고 생각될 때는 그는 여가라든지 파티 혹은 술을 마시는 데 돈을 써버렸다. 그리고 이 전통적인 생활 논리에서는, 누구든지 생계를 벌 권리가 있고, 그게 불가능할 때는 그가 속한 공동체에 의해 보호될 권리가 있다는 인식이 통했다. 이러한 인식과 습관 속에서 오래 살아온 사람들로서는 새로운 시장경제의 틀에 순응한다는 게 지난한 일일 수밖에 없었다. "도시에서 어떻게 살아가는 것이 가장 좋은 방법인지, 혹은 (마을의 음식과는 매우 다른) '산업의 음식'을 어떻게 먹는 것이 좋은 방법인지 몰랐던 노동자는 '실제 필요한 정도 이상으로' 더욱 곤경에 처했는지도 모른다. 즉, 그가 필연적으로 그렇게밖에 될 수 없었던 그러한 종류의 사람이 아니었더라면 형편이 좀더 나았을지도 모른다."[38] 실제 현실에서는 노동분규나 저항운동이 발생하는 경우는 흔히 절대적인 생활의 궁핍 때문이 아니라, 오랫동안 익숙한 생활방식과 너무도 다른 경제운용 방식에 대하여 민중이 강한 거부감을 느낄 때였다. 18세기 말의 식량소요(food riots) 현상은 식량의 절대적 부족이나 물가의 상승 그 자체만이 원인이 아니라, 중간상인의 농간 따위, 즉 '도덕적 경제'의 심성으로는 용인하기 어려운 식량 유통 방식에 중요한 원인이 있었다고 톰슨은 지적하고 있다.

물론 '도덕적 경제'가 민중을 위해서도 언제나 좋은 것은 아니었을지도 모른다. 그러나 산업혁명기는 두 개의 이질적인 생존방식이 교체되고 있던 시기이며, 그 과정을 통해 민중의 생활은 어떠한 수치나 통계로써는 절대로 포착할 수 없는 본질적인 위협에 노출돼 있었다. 그리고 그들이 오랫동안 익숙해 있었던 관습이 구체적으로 어떤 것이었든지 간에 그 관습을 기준으로 새로운 경제생활에 대한 부정적인 반응을 드러냈을 때, 그들의 반항 속에는 "뒤를 돌아다보는 만큼 앞을 내다보는 측면도 있었다."[39] 다시 말해서, 민중의 뿌리 깊은 '감정의 구조' 속에는 이윤추구가 목적이 아닌 생활의 진정한 필요에 부응하는 경제와 민주적이고 평등한 사회적 관계가 보장되는 세계에 대한 강한 열망이 들어 있었던 것이다.

디킨스의 시대, 특히 초기 산업혁명의 단계가 지난 시기에는 위에서 말한 것과 같은 충돌이나 갈등이 반드시 그 이전과 같이 예각적인 형태로 발현되고 있지는 않았다고 할 수도 있다. 그러나 이 시대가 차티즘의 시대였다는 사실은 잊혀서는 안된다. 실제로, 《어려운 시절》 속에는 이 무렵의, 성장한 민중의 이미지가 가볍게나마 등장하고 있는데, 이것은 그 자체로도 흥미로운 대목이다.

> 코크타운에는 평범한 사람들이 쉽게 접근할 수 있는 도서관이 하나 있었다. 그래드그라인드 씨는 도대체 사람들이 이 도서관에서 읽고 있는 것이 무엇인지 알고자 자신의 정신을 몹시 괴롭혔다.… 이 독자들도 집요하게 무엇인가를 궁금하게 생각하고 있다는 것은 우울한 사실이었다. 그들은 인간의 본질과 인간의 정열, 인간의 희망과 공포 그리고 보잘것없는 보통사람들의 투쟁과 승리와 패배, 기쁨과 슬픔, 삶과 죽음에 관해 궁금하게 여겼다. 그들은 때때로 열다섯 시간의 일을 끝낸 뒤에 자기 자신과 닮은 남자와 여자들, 자기 아이들과 닮은 아이들에 관한 단순한 이야기들을 앉아서 읽었다. 그래드그라인드 씨는 이 괴상한 사실을 셈해보았으나 요령부득이었다.

여기에 그려진 독서하는 노동자의 모습은 이 무렵의 노동자들 가운데서 흔히 볼 수 있었던 독학자의 모습을 가리키는 것으로 보인다. 그런데 흥미로운 것은, 디킨스의 이 독학자가 읽고 있는 것이, 다분히 중산층 부르주아지의 세계관을 반영하고 있는 디포와 골드스미스의 작품이라는 점이다. 서커스에 관련해서도 그러하듯이 여기서도, 디킨스는 민중문화 속의 급진적 요소는 간과하고 있는 것이다. 노동자 블랙풀과 노동집회에 관한 묘사도 마찬가지이다. 그 장면의 묘사가 설득력 있는 형상화에 이르지 못하고 있는 것도 따지고 보면, 작가가 민중문화에 내재된 '급진적' 요소를 제대로 포착하지 못한 데 따른 문학적 실패라고 보아야 할 것이다. 사실, 이러한 측면은 디킨스의 작품 전체를 통해서 일관되어 있다고 할 수 있다.

하지만 이 시대의 영국 민중문화가 그 유토피아적 비전을 급진적 노동운동 속에 포함시키고 있었던 것은 엄연한 역사적 사실이다. 그럼에도 불구하고, 디킨스는 창조적인 인간 가치를 뜨내기 서커스단—그것도 래디컬한 요소는 빼버린—속에서만 찾을 뿐 현실적으로 민중문화의 보다 강력한 움직임이었던 노동운동 속에서는 보지 못한 것이다.

결론적으로, 디킨스는 근원적인 감수성에 있어서는 민중문화의 상상력에 친근했으나 역사적 변혁의 실질적인 주체로서의 민중의 존재를 발견하는 데까지는 나아가지 못했고, 그럼으로써 결국 프티부르주아 작가로서의 궁극적인 한계를 드러내고 말았다. 그 자신이 옹호해마지 않은 '순진한' 삶을 지키려면 무엇보다 현실의 억압적 힘들에 맞선 치열한 투쟁이 필요함에도 불구하고, 디킨스에게는 이 점을 깊이 성찰할 수 있는 시력(視力)이 약했던 것으로 보인다.

인문적 상상력의 효용

매슈 아놀드의 교양 개념에 대하여

1

정의하기가 매우 막연한 대로 우리가 인문적 교양이나 전통을 말할 때, 그것은 어떤 특정한 학문이나 문화 분야를 지칭하는 것은 아니지만 대개의 경우 문학적 전통을 염두에 두는 게 사실이다. 아마도 이것은 문학적인 사고와 논리가 가진 어떤 고유의 독자성이 있고, 그것이 인문적인 가치를 가장 분명하게 대변해준다는 암묵적인 공감이 널리 퍼져 있기 때문일 것이다. 백낙청 교수는 어느 강연에서 이런 의미에서의 문학의 고유한 성격을 언급하고, 문학적 사고습관이 어떻게 혁신적인 사상을 이끄는 선구적인 힘이 될 수 있는지를 다음과 같이 설명했다.

> … 그러나 역사적으로 보면 사회과학에서든, 철학에서든 또는 실천적인 면에서든 사실은 문학적인 소양을 바탕으로 사고하고 저술하고 행동한 사람들이 항상 선구적인 역할을 해왔어요. 서양에서 새로운 사회과학의 이론을 냈다든가 변증법의 이론을 냈다는 철학자 또는 경제학자, 이런 사람들이 지금 우리가 말하는 의미에서의 분과 과학을 전공하는 그런 경제학자나 철학자들이 아닙니다. 그들은 다 인문적인 교양을 바탕으로 넓은 의미의 인문학에 속하는 철학·역사학·경제학 등등을 하고 실천활동을 했던 사람으로서 개중에는 실제로 문학창작을 하기도 하고 문학비평은 당연히 하는 사람들로서 역사의 새로운 길을 열어왔습니다. 우리나라의 경우도 마찬가지였다고 봅니다. … 선비들 중에서도 문학에는 특별한 관심이 없이 학문을 주로 한다는 사람, 정치를 한다는 사람들은 그들 나름의 학통·계보·연분에 얽매여 늘 파당적 사고에서 벗어나지 못하고, 기성체제적인 입장에서부터 거리를 두고 생각하고 발언하고 실천하는 사람이 없었다고 합니다. 그래서 연암 박지원도 그렇고 다산 정약용도 그렇

고, 문학을 하면서 공부도 하는 사람들이 현실을 개혁하는 데에 있어서도 새로운 철학을 자유분방하게 내놓고 방안을 내어놓았다고 얘기가 되는데, 이것은 동서고금을 통해 역사가 입증하는 사실이라고 봅니다.[1]

문학적 교양이 역사 발전에 있어서 선진적인 역할을 할 수 있는 동인(動因)은, 백낙청 교수에 의하면, 문학 자체가 지닌 변증법적 성격에서 나온다. 변증법적이라는 것은 "어떤 사태를 평면적으로 보지 않고 종합적·역동적으로 보고 또 항상 실천과 관련해서 본다는 몇 가지 막연한 기준"에 의거한다. 문학이나 예술은 그 창조나 수용의 과정에서 이러한 변증법의 체험을 그 본질적인 요건으로 하고 있다.

위와 같은 백낙청 교수의 말은 문학의 사회적 역할에 대한 강한 긍정의 표명으로서 인상적이기도 하지만, 그러한 긍정의 근거로서 어떤 외부적인 동기가 아니라 문학 자체의 고유한 성격을 제시하고 있는 점에서 주목할 만한 발언으로 생각된다. 흥미로운 것은, 이 글에서 중심적으로 살펴보려고 하는 19세기 영국 비평가 매슈 아놀드(1822-1888)도 거의 비슷한 근거를 가지고 문학 혹은 인문적 지성의 창조적 역할에 대한 그의 신념을 말했다는 점이다.

전통적 교육에서 문학이 차지했던 높은 위치가 과학의 시대에 맞게 자연과학으로 옮겨져야 한다는 토머스 헉슬리의 주장에 반박하기 위해 쓰인 아놀드의 〈문학과 과학〉(1882)은 실증주의 내지 과학주의에 대한 인문적 전통의 우위를 논한 고전적인 글이다. 여기에서 아놀드는 인문적 교양은 특수한 지식의 축적에 흥미를 갖는 실증적 과학과는 달리, 사회의 지적 활동의 전체적 관련에 유의하는 정신적 능력임을 강조한다. 그는 전통적 교육에서 우위를 점해왔던 비과학적·비실제적 학문들이 더이상 현실에 맞지 않는 귀족적 관점을 표현해왔다는 점을 인정한다. 그러나 그렇다고 해서 이제는 과학이 인문적 교양을 대신할 수 있다는 것을 의미하는 것은 아니다. 과학은 오직 논리와 지식에 관계하지만 인문적 교양은 인간생활 전체에 관계하고 그 전체를 구성하는 개별적·구체적 항목들 상호 간을 연결해준다. 실제로 어떻게 참되게 사느냐 하는 것을 아는 것은 자연과 우주에 대한 어떠한 특수한, 정확한 지식에 근거하지 않는다. 자연에 대한 극히 빈약한 지식밖에 못 가졌던 시대에도 인생을 사는 참된 지혜는 교양 있는 인간들에게는 얼마든지 가능했던 것이다.

> 그들의 예술, 시, 웅변은 사실상 우리들에게 신선한 감각을 주고 우리를 기쁘게 하는 힘을 가지고 있을 뿐만 아니라 우리가 현대 과학의 산물들을 우리의 도덕적·심미적 필요에 관련지우는 데 훌륭하게 도움을 주는 힘을 가지고 있음을—바로 그러한 만큼 그 작품들의 저자들의 인생비평이 힘 있고 값진 것인데—우리는 보게 될 것이다.[2)]

인문적 가치에 대한 아놀드의 옹호도 결국 변증법의 논리에 입각해 있는 것으로 보인다. 왜냐하면 아놀드 역시 사물의 전체와 부분, 부분과 부분 간의 관련을 파악하는 능력 속에서 인문적 교양의 근본적 가치를 보고 있기 때문이다. 총체적 비전이나 변증법적 상상력이 기실은 인문적 사고의 핵심을 구성하고 있다는 생각은 실제로 많은 사상가·비평가들에 의해 개진돼왔다. 그런데 그들의 그 생각은 단지 일방적인 신념의 표현이라기보다는 현실적으로 발견되는 여러 다양한 인문적 성취들에 의해 증명될 수 있는 것이라 할 수 있다.

이 점에 관련해서, 우리의 관심을 끄는 것은 20세기의 영국 평단에서 아놀드 이래의 인문적 전통을 가장 창조적으로 계승한 비평가로 볼 수 있는 F. R. 리비스의 업적에 대해서 어떤 사회이론가가 내린 평가이다.

"이론이 없으면 운동이 없고, 문화가 없으면 이론이 없다"라는 명제 밑에서, 60년대 말 유럽 학생운동이 한창이던 당시 "유럽에서의 가장 보수적인 주요 사회"라고 할 수 있는 영국의 문화 전반에 대한 일종의 재고조사를 시도한 글[3]에서 페리 앤더슨이 주목한 것은, 유럽 대륙의 학문적 전통에 비하여 영국의 사회 및 인간과학에 있어서는 사회에 대한 총체적인 인식을 제공하는 틀이 결여되어 있다는 점이었다. 총체적 사회이론으로서의 맑시즘의 전통만 결여되어 있는 게 아니라, 맑시즘과의 경쟁 속에서 형성·발전된 막스 베버의 고전적 사회학과 유사한 어떠한 종합적 학문체계도 영국은 주요 서구 국가로서는 유일하게 산출해내지 못했다. 맑시즘이나 유럽 대륙의 고전적 사회학은 모두 "구조들의 구조", 즉 사회적 총체성을 포착하는 종합적 체계를 구성하며, 이 체계 가운데 전통적인 학문 분과들이 수렴된다고 할 수 있다. 그런데 앤더슨은 "어떤 형태이건 그러한 사고(총체적인 사고—필자)를 영국은 50년 이상이나 결여해왔다. 그 결과 영국문화의 전체적 모양은 중심의 부재로 특징지어졌다"[4]라고 말한다.

그런데 앤더슨의 분석에서는 자연과학과 예술활동이 제외되어 있는데, 이 점은 눈여겨볼 필요가 있다. 그 제외의 이유는 아마도 앤더슨의 분석이 갖는 정치적 의도에 관계되어 있는 것으로 보인다. 즉, 정치에 대하여 직접적인 연관성을 갖는 문화는 인간과 사회에 대한 근본적인 개념을 제공하는 것이어야 한다고 볼 때, 자연과학과 예술은 이 기준에 적합하지 않은 것으로 간주될 수 있다. 실제로 사회이론과 행동에 대하여 자연과학과 예술이 맺는 관계는 간접적이고 우회적인 경우가 일반적이라는 것을 보여주는 예로서, 앤더슨은 스탈린 지배하의 1930년대의 소비에트러시아를 들고 있다. 역사적으로 가장 음울했던 그 시기의 러시아에서는 인문 및 사회과학의 발전은 거의 완전히 정지되고, 반면에

원자물리학과 파스테르나크의 서정시는 존재하고 있었던 것이다.[5)]

사회행동이나 실천과의 간접적인 관계로 인해 예술과 자연과학이 분석 대상에서 제외된다는 설명에 일면 동의하면서도, 우리는 여기서 예술과 자연과학과의 사이에 존재하는 기본적인 차이가 고려되지 않고 있는 점에 이의를 제기할 수도 있을 것이다. 그것은 앤더슨의 당면한 과제에 포함되지 않는 문제였는지 모른다. 그러나 이 문제는 소홀히 다룬 측면이 없지 않지만, 앤더슨은 영국의 근대 지성사에서 인문적·문학적 지식인들이 행해온 중심적인 역할에 대해서는 누구보다도 예민하게 반응한다.

그리하여 '중심의 부재'로 특징지어질 수 있는 현대 영국문화에서 유일하게 예외적인 경우를, 앤더슨은 리비스의 문학비평에서 발견한다. 여타의 인문 및 사회과학 분야에서는 이루어지지 못한 총체성의 관념이 "가장 기대하지 않은"[6)] 부문에서 이루어진 셈이다. 리비스는 문학비평이 모든 인문 연구와 대학에서 핵심적인 활동이 되어야 하고, 영문학 연구가 인문과학의 중심이 되어야 한다고 생각했던 사람이지만, 실제로 문학비평의 중요성이 이런 정도로 크게 인식되고 주장된 것은 다른 사회에서는 보기 어려운 현상일지도 모른다. 이것은 리비스라는 비평가의 과대망상을 말해주는 것이라기보다는 따져보면 영국의 문화·학문체제의 어떤 기형적인 성격을 말해주는 증거가 된다고 앤더슨은 말한다. 그것이 과연 기형적인 현상인지는 모르지만, 여하간 맑시즘이나 고전적 사회학에 버금가는 역할을 영국에서는 정치적으로 보수적이었던 리비스의 비평이 감당해왔다는 지적은 그 자체 꽤 흥미롭다고 하지 않을 수 없다. 앤더슨이 보기에, 리비스는 영국문화에는 무엇인가가 근본적으로 잘못되어 있다는 점을 예민하게 의식한 거의 유일한 사상가였다.[7)]

리비스의 비평은 민중문화와 엘리트문화가 서로 절연되지 않았던 유기적 공동체가 18세기를 통하여 소멸하였다는 일종의 역사철학적 관점에서 출발한다.[8] 이 관점은 역사적으로 증명되기 어려운 신화적인 것이라고 흔히 비판되어왔다. 하지만 리비스의 그와 같은 역사철학적 입장이 실증적으로 증명될 수 있는 것이든 아니든, 그 관점 자체는 그가 비평적 작업을 실제로 행하는 과정에서 그에게 무엇보다 필요한, 그리고 매우 효과적인 준거를 제공했다고 말할 수 있다.

어쨌든 그런 관점에 의거한 리비스에게는 18세기 이후의 역사는 점차적인 쇠퇴를 기록해온 것으로 해석된다. 그러다가 마침내 산업혁명에 의해서 옛 농촌문화는 걷잡을 수 없이 해체되고 파괴되기에 이른다. 그러나 이런 쇠퇴 과정에서도, 비록 소수의 교양 있는 사람들에게 국한된 것이지만, 예컨대 낭만주의 시인들과 19세기의 위대한 소설가들에 의해 형성되고 계승된, 생명력 있는 문화전통은 어떤 형태로든 보존되어왔다. 그러나 20세기로 접어들어 전면적으로 확대된 산업주의의 무자비한 물결은 문화와 교양의 최후의 영역까지 침범하기 시작하였다. 이 과정에서 막강한 영향력을 끼친 것은 매스미디어인데, 리비스에게 있어서는 이 대중적 미디어야말로 문화와 교양이 의존하는 모든 비평적 표준을 말살하고 새로운 야만주의를 강요하는 가장 큰 위협이었다.

그리하여 리비스는, 이 매스미디어에 의한 문화적 쇠퇴에 맞서서 비타협적으로 투쟁하는 것이 문학비평가의 본연의 임무라고 생각한 것이다. 기성의 문화체제와 인습에 도전할 때 리비스의 비평이 비상하게 열정적이고 격렬한 것은 바로 그러한 자기 인식 때문이라고 할 수 있다. 물론, 리비스의 비평에는 적지 않은 모순과 혼란이 내포돼 있다. 또한, 때때로 그의 선구적인 통찰은 지나치게 보수적인 정치적 입장에 의해 훼손을 입기도 한다. 그러나 이러한 약점에도 불구하고, 중요한 것은 그의 문학비평이 어떤 사회과학에서도 기대하기 어려운 근본적이고 포괄적인 비판적 관점에 도달하였다는 점이다. 그런 의미에서, 1950년대에 영국에서 가장 심각한 체계적인 사회이론이 바로 리비스의 전통을 계승한 문학비평가 레이먼드 윌리엄스의 손으로 구축되었다는 사실은 단순히 우연이 아니라고 앤더슨은 말한다.[9] 그렇게 보면, 자기 자신 속의 온갖 혼란, 신비화된 요소에도 불구하고 리비스류의 비평은 진보적인 사회사상을 산출시킬 수 있는 모태였던 셈이다.

그러나 돌이켜보면, 리비스의 경우는 영국 지성사에서 반드시 예외적인 경우는 아니다. 리비스의 비평이 기본적으로 총체적인 사회·문화적 비전에 기초해 있다고 한다면, 기실 이러한 인식은 낭만주의시대 이후 영국의 인문전통에서 별로 낯선 것이 아니었다. 실제로 18세기 말~19세기 초에 걸쳐 프랑스혁명과 산업혁명이라는 전대미문의 격변기를 살았던 낭만주의 시인들의 시대와 사회를 총괄하는 상상력은 부분적으로나마 그다음 세대들에게로 계승되었고, 그 결과 아놀드, 로렌스, 리비스로 이어지는 비판적 인문정신의 맥을 형성해왔던 것이다.

> 낭만적 상상력의 항구적인 업적은…인간경험을 형성하고 변화시키고 있는 사회 그 자체를 ─ 부수적으로가 아니라 전면적으로 ─ 평가할 수 있는 입장을 인간경험 속에 구축해 놓았다는 점이다. 사회는 하나의 테두리가 아니라 이제는… 독립된 유기체, 하나의 인물이나 행동처럼 인식되고 평가될 수 있게 되었다. 이제 사회는 단순히 한 개의 척도, 제도, 표준이 아니라, 삶으로 들어와 삶을 일정하게 형성하거나 해체하는 하나의 과정, 즉 친밀한 것이다가 갑자기 멀어지고, 복잡해지고, 불가해하고, 압도적인 것으로 되는 과정이었다.[10]

물론, 낭만적 상상력이 충분히 철저한 사회 분석과 비판에 반드시 연결되었다고 볼 수는 없다. 우리는 위에서 리비스의 비평의 근저에 일종의 비합리성의 그림자가 있다는 점을 잠깐 암시하였다. 실제로, 이것은 리비스에게 국한된 문제가 아니라 낭만주의 이후의 '비판적 전통' 전체에 걸쳐 끊임없이 출몰하는 문제였다. 이 비판적 전통을 명료하게 드러내어 묘사하고 있는 저술이 바로 레이먼드 윌리엄스의 《문화와 사회》(1958)이다.[11)]

윌리엄스의 이 책이 논의하고 있는 '비판적 전통'에 속하는 시인, 작가, 사상가들에게서 우리가 확인하는 것은, 그들의 '비판적' 활동에는 거의 예외 없이 비합리주의, 신비주의, 도덕주의가 수반되어 있다는 점이다. 예를 들어, 산업문명의 발흥이 초래하는 인간적 재난에 대한 가장 선구적일 뿐만 아니라 가장 예리하고 깊이 있는 반응을 보여준 블레이크의 문학도 후기에는 비교적(秘教的)인 난해성으로 접근하기 쉽지 않은 언어세계를 드러내고 있고, 워즈워스의 적지 않은 시는 옛 가부장적 농촌공동체에 대한 관념적인 동경을 표현하는 데 바쳐져 있다. 또한, 소설가 디킨스는 빈곤과 불평등한 사회관계 그리고 억압적 이데올로기의 지배 등, 민감한 사회문제를 묘사하면서도 박애주의적 입장을 시원하게 넘지 못했고, 칼라일을 비롯하여 당대의 영향력 있는 논객들은 흔히 제국주의적 사고에 함몰돼 있었다.

이러한 한계는 근본적으로 어디에 기인하는가? 어쩌면 그것은 영국에서 고전적 사회학이 성립하지 못한 역사적 배경으로 앤더슨이 들고 있는 요인, 즉 영국의 부르주아체제가 전개되어온 특이한 발전 경로에 그 궁극적인 원인이 있는지도 모른다. 영국에서 부르주아계급이 형성·발전되어온 과정에서 가장 중요한 특징은, 이 계급이 산업혁명이라는 엄청난 기술적·경제적 변혁을 실현했으면서도 프랑스에서와 같은 정치적·사회적 혁명에 상응하는 변화를 실현하지는 못했다는 사실일 것이다.[12)]

그 점을 생각하면, 17세기 청교도혁명은 너무 일찍 발생한 정치혁명이었는지도 모른다. 즉, 이 혁명의 '선진성'으로 인해 실제로 영국의 귀족계급은 18세기를 통하여 이미 토지자본가계급이 되어 있었고, 그 결과 부르주아계급과 귀족계급 사이에는 생산양식상 사실상 적대적인 모순관계가 거의 존재하지 않았던 것이다. 따라서 귀족계급의 정치적 지배에 근본적으로 도전하는 대신에 부르주아 시민계급은 오히려 정치적 지배층과의 제휴·협력을 추구하는 데 몰입하게 되었던 것이다. 그리하여 이 두 계급 간의 연합·제휴 관계는 프랑스대혁명기와 산업혁명기의 노동운동에 표현되고 있었던 밑으로부터의 새로운 압력에 대처하는 과정에서 가장 잘 드러났다고 할 수 있다.

그러나 문제는, 이러한 제휴나 연합을 통하여 부르주아계급은 귀족계급의 지배적인 이데올로기와 문화에 대신할 만한 자기 자신의 문화를 만들어내지 못하고, 귀족적 문화를 모방하는 데 그치고 말았다는 점이다. 이렇게 볼 때, 17세기의 시민혁명의 바로 그 '선진성'은 영국의 부르주아 시민계급이 정치·문화적으로 종속적이고 후진적인 계급으로 남아있을 수밖에 없는 결정적인 요인이 되었다고 할 수 있다.

여하간 17세기라는 비교적 이른 시기에 '혁명'에 일단 성공한 바 있기에 그들은 사회를 하나의 전체로서 근원적으로(radically) 물어볼 필요가 없었고, 그 때문에 추상적이고 이론적인 성찰에 기초하는 사회사상을 만들어내지도, 사회에 대한 총체적인 인식을 발전시키는 종합적·체계적인 학문을 성립시키지도 못했다. 처음에는 필요를 느끼지 못했지만, 나중에 부르주아계급이 완전히 안정된 지배층의 일원이 된 뒤에는 '총체성의 개념'은 오히려 적대시되고 억압을 받기에 이른 것이다.[13] 어떤 형태이건 전체적으로 사회체제 자체를 대상으로 삼는 사고는 필연적으로 그 체제에 대해 근본적인 물음을 던지게 마련이다. 그러므로 어느 시대나 사회에서든 지배층이 이와 같은 총체적인 비판적 사고를 달가워할 리는 없는 것이다.

당연하게도, 이런 상황에서 총체성의 관념 혹은 비판적 이성과 같은 개념이 자라나는 것을 기대할 수는 없다. 그 대신 우세한 것은 실증주의 혹은 경험주의와 같은 단편적이거나 특수한 지식의 축적과 학습을 목표로 하는 경향이다. 실제로, 19세기 영국의 지식사회를 지배한 것은 사회적 비리나 부조리에 대한 부분적인 개량을 주안점으로 했던 공리주의 등의 경험주의적 접근이었다. 그리고 그러한 접근방식은 어디까지나 부분적인 개량을 겨냥하는 것이었음에도, 어쨌든 사회 현실의 개변을 추구하고 있다는 점 때문에 그것은 종종 급진적인 위험 사상으로 받아들여졌다. 이 점은 빅토리아시대가 비판적 이성이 정착하기에 얼마나 불리한 상황이었던가를 말해준다.

그러한 영국 사회 특유의 상황이 리비스와 같은 비평가의 존재를 매우 예외적인 것으로 돋보이게 했을 것이다. 그렇기에 앤더슨은 리비스의 경우를 두고 "총체성의 관념이 도처에서 억압받고 있는 문화에서 문학비평이 하나의 피난처를 대변했다"[14]라고까지 말하고 있다. 그런데 이 경우 피난처라는 단어가 풍기는 다분히 방어적인 입장보다는 실은 꽤 오래되고 견고한 인문적 전통—르네상스에서 출발하여 낭만주의 시인들을 거쳐 매슈 아놀드의 비평정신으로 이어진—을 배경으로 리비스가 매우 적극적으로 치열하게 자기 시대와 대결을 하고 있었다는 사실이 간과되어서는 안될 것이다.

2

리비스의 경우를 두고 앤더슨이 사용한 "피난처"라는 용어는 일견 적절한 것으로 보인다. 왜냐하면 정치적으로 억압적인 상황에서 일체의 직접적인 사회적·정치적 발언이 허용되지 않을 때, 문학비평이 간접적인 형태의 비판 기능을 수행하는 것은 드물지 않은 일이기 때문이다. 그러나 그 용어는 리비스와 같은 비평가의 인문적 상상력을 단순히 상황의 필요에 따른 전략상의 고려라는 차원에서가 아니라, 보다 적극적으로 문화와 사회의 전면적인 진실에 다가갈 수 있는 잠재적인 힘을 가진 것으로 보는 관점에서는 매우 부적절한 말이다. 누구보다 리비스 자신이 그러한 잠재적 능력에 대한 강한 신념을 가지고 있던 비평가였다. 예를 들어, T. S. 엘리엇은 매슈 아놀드의 업적을 논하는 어떤 글[15]에서 그를 훌륭한 비평가라기보다 비평의 중요성을 역설한 논객으로 보는 것이 옳다고 주장한 바 있다. 이 주장에 대한 반론으로 나온 글이 〈비평가로서의 아놀드〉라는 리비스의 에세이인데, 여기서 리비스는 문학비평의 의의와 역할에 대한 자신의 적극적인 신념을 확고히 표명하고 있다. 즉, 아놀드가 뛰어난 지성과 감수성을 지닌 문학비평가라는 사실은 의심할 여지가 없고, 나아가서 그가 문학평론 이외에 우수한 정치·사회 평론들을 쓸 수 있었던 중요한 이유는 아놀드 자신이 기본적으로 우수한 문학비평가였기 때문이라는 것이다.

> 그의 가장 훌륭한 작품은, 그것이 문학비평이 아닐 때에도 한 사람의 문학비평가의 그것이다. 그것은 체계적으로 표현되지 않았을지라도 그 나름의 기율을 가지고 있는 지성으로부터 나온다. 그 지성은 인간적 가치에 대한 성숙하고 섬세한 감각에 의해 지탱되어 있으며, 세련된 감수성으로 모습을 드러낸다.[16]

리비스는 체계적이고 개념적인 지식으로서가 아니라 "구체적인 것과 민감한 접촉을 유지하는 습관"으로서의 지성이 비평 혹은 문학적 사고의 본질을 구성한다고 말하고, 종교를 포함한 다른 문화적 전통이 느슨하게 되고 사회형식들이 와해됨에 따라 문학적 전통을 보존해야 할 중요성은 더욱 증가한다[17]고 생각한다. 이러한 문학전통에 대한 리비스의 옹호는 그 스타일에 있어서나 문학전통의 구체적인 내용 구성에 대한 견해에 있어서나, 다소 차이가 있기는 하지만, 근본적으로 매슈 아놀드의 주장과 일치하는 것으로 보인다.

아놀드와 리비스를 잇는 비평전통에서 문학 내지는 인문적 가치가 비상하게 정열적으로 옹호되고 있는 것은, 말할 필요도 없이, 이러한 가치가 대변하는 정신적 자질들이 산업문명의 확대와 그 문명의 이데올로기로 봉사하는 실증주의적 학문이나 도구적 이성의 압력 밑에서 갈수록 위축되고 있다는 위기의식 때문이다. 따라서 그들의 비평은 자연스럽게 교육적인 의도에 연결되고 있다. 그리하여 이러한 의도는 그들로 하여금 당대의 문화에 대하여 "전적으로 살아 있는 또 참여적인" 비평가가[18] 되게 한다.

현대 서양의 문학비평이 일반적으로 극단적인 전문화 혹은 아카데미즘으로 빠져 사회적 실천으로부터 유리·격절되어 있는 현실을 감안할 때, 아놀드로부터 리비스에 이르는 비평은 얼핏 보면 주류적인 것으로 보일 수도 있겠으나 기실은 거의 예외적인 비평이라고 하지 않을 수 없다. 무엇보다 리비스나 아놀드의 비평은 투철한 공민의식 혹은 공민적 책임감에 의해 확고히 뒷받침되어 있다는 사실이 주목될 필요가 있다.

그 공민의식은 예컨대 그들의 비평이 폐쇄적인 전문적 용어를 철저히 배제하고 일상적 언어로 씌어 있다는 점에서도 확인된다. 물론 이처럼 개방적인 일상적 언어의 구사는 자신들의 신념과 감수성을 공유하는 독자들이 어느 정도나마 현실에 존재하고 있다는 믿음 위에서 가능했을 것이다. 나아가서 그러한 언어구사는 그들 자신이 속한 공동체에 대한 헌신의 표시이기도 했을 것이다. 따라서 이러한 비평은 당연하게도 주관주의, 내면적 집중화, 고립화, 파편화를 강요하는 사회적 추세에 맞서서 투쟁하기 마련이다.

아놀드의 경우, 그러한 주관주의는 초기 시작(詩作)활동 과정에서 그 자신이 실제로 체험한 바이기도 했다. 나중에 본격적인 비평활동에 들어가기 전에 쓴 아놀드의 시 작품들을 보면, 거기에는 일종의 모더니스트적인 감정적 성향이 지배하고 있는 것을 느낄 수 있다. 즉, 이들 작품 속에 표현된 것은 '의미 없는' 우주 속에서의 인간의 당혹감, 정체감의 상실, 무력감, 외로움, 거기에 따른 행동의 마비, 죽음과 자신의 내면 속으로 침잠하고자 하는 충동 등등, 대체로 "현대적 삶의 저 괴상한 질병"이 유발하는 정서적 반응들이다. 물론 시인 아놀드를 그냥 '모더니스트'라고 일컫는 것은 어폐가 있지만, 그의 초기 시 작품들에서는 적어도 모더니즘의 초기적 징후를 발견해내는 것은 어렵지 않은 일이다.[19] 더욱이 그와 같은 시대의 보다 전통적인 시인들, 즉 테니슨이나 브라우닝과는 달리 아놀드는 어떠한 기성의 종교, 도덕, 형이상학의 체계에 의지하는 것에 대해서도 거부반응을 보였는데, 이 점 역시 모더니스트다운 면모라고 할 만하다.

나중에 수많은 현대 예술가들에게 드러나는 이러한 모더니즘적 성향은 실제로 이 시대의 서구 혹은 영국의 자본주의의 역사적 발전과 분리해서는 이해하기 어려운 현상이다. 1832년의 선거법 개정 이후 영국에서는 부르주아계급과 토지소유 계급 간의 연합에 의해서 일종의 사회적 평형이 이루어져 있었고, 여러 사회적 모순, 특히 노동과 자본 간의 모순도 기존 체제 내의 개혁을 통해 완화할 수 있으리라는 믿음이 횡행하고 있었다. 그러나 그 믿음은 오래가지 않았다. 극심한 사회적 모순은 보다 근본적인 변혁을 요구했고, 경제적 불황과 임박한 제국주의 전쟁에 대한 불길한 전망은 체제 내적 개혁을 통한 안정과 번영이라는 낙관론을 뿌리로부터 흔들어 놓았다. 대규모의 조직적 노동운동이었던 차티스트운동이 실패로 돌아간 1850년대 이후에도 사회적·정치적 권리를 요구하는 노동자운동은 끊임없이 증가하고 있었다. 그리고 비록 체제 내의 도덕적 비평이기는 하지만 지식인들의 사회비판도 점점 가열해졌다. 그뿐만 아니라, 선거법 개정 당시에는 아직 진보적인 계급이었다고 할 수 있는 부르주아계급은 이제 수구적인 계급이 되어 그들이 주도하는 산업자본주의는 방어적인 입장을 취하게 된다. 그리하여 비록 명목상이나마 거론되던 대중적 복지라는 개념도 노골적인 계급적 이해관계의 지배 밑에서 결국 탄압을 당하게 된다. 이러한 변화는 1870년대 이후는 제국주의 단계로 이어지고, 그 후 영국을 위시한 서구의 자본주의체제는 불안한 균형, 즉 항구적인 위기의 지속이라는 형태로 존재해왔음은 잘 알려진 사실이다.

모더니즘은 바로 이러한 체제 속에서 사람들이 느끼는 항상적인 불안에 근거하는 의식구조의 반영이라고 할 만하다. 따라서 모더니즘적 의식을 지배하는 절망감과 페시미즘이라는 것도, 따져보면 그러한 만성적인 위기상황에서 벗어날 수 있는 대안 체제를 구상하지 못하고, 특정한 시대의 특정한 사회체제의 위기를 인간사회 자체의 불변의 위기로 인식함으로써 형성된 의식 상태라고 할 수 있다.[20]

아놀드는 모더니즘적인 요소를 스스로 체험하고 또 그것을 시적인 언어로 표현했으나, 누구보다도 그 자신이 먼저 이러한 태도나 감정이 병적이며 비생산적인 것임을 예민하게 의식하였고, 그리하여 좀더 객관적인 세계를 지향해야 할 필요성을 절감하였다. 그 결과는 개인주의와 주관주의로부터의 독립을 핵심으로 하는 문화이론의 정립이었다.

주관주의의 배격은 아놀드의 본격적인 첫 평론에 해당하는 1853년의 자기 시집에 붙인 '서문'에서 벌써 명확히 개진되고 있다. 이 글은 아놀드가 자신의 시 〈에트나의 엠페도클레스〉를 시집에서 제외키로 한 결정에 대한 이유를 설명함으로써 시작한다. 그런데 이 시는, 고전적인 종합의 시대가 와해됨으로써 주관적 내면으로의 길밖에 없음을 알게 된 시대의[21] 희랍 철학자의 절망을 이야기하고 있는 작품이다. 여기서 엠페도클레스의 시대는, 말하자면 사회적·정신적 질서에 대한 믿음을 잃어가고 있던 아놀드 자신의 시대의 원형에 해당한다고 할 수 있다. 그러므로 엠페도클레스의 좌절과 슬픔은 아놀드 자신의 것인 셈이다. 아놀드는 실러의 말을 빌려, 시의 목적은 기쁨을 제공하는 것이라고 말하고, 자신의 작품 〈엠페도클레스〉는 바로 그러한 기쁨을 주지 못하기 때문에 제외하였다고 말한다. 그러면 어떤 상황의 어떤 경험이 시적 기쁨을 전달하지 못하게 하는가? 그것은 비극적 상황은 아니다. 아놀드에 의하면, 상황의 비극성은 오히려 작품의 감동을 강화하는 데 이바지한다. 문학의 주제가 될 수 없는 것은 수동적인 고통만이 있을 수 있을 뿐인 '병적인' 상황이라고 그는 말한다.

> 아무리 정확하게 그리더라도 아무런 시적 감흥이 일어날 수 없는 상황은 어떤 것인가? 그것은 고통이 행동 속에 출구를 발견하지 못하고, 정신적 번민이 사건이나 희망이나 저항에 의해 해소되지 못하고 끊임없이 지속되는 상황—모든 것을 참아야 하고 아무것도 할 수 없는 상황이다. 그러한 상황에는 불가피하게 무엇인가 병적인 것이 있고, 그것을 그리는 데는 무엇인가 단조로운 것이 있다. 그러한 상황이 현실에 일어나면 그것은 고통스럽지 비극적이지는 않다. 시에서 그런 것을 표현하는 것도 또한 고통스럽다.[22]

여기에 표명돼 있는 것은 일종의 아리스토텔레스적인 문학관이라 할 수 있다. 아닌 게 아니라, 아놀드는 '시란 인간행동의 모방'이라는 《시학》의 이론에 입각하여 카타르시스에 관해 언급하고, 문학에 있어서의 행동, 플롯의 중요성을 길게 논하고 있다. 그러니까 문학의 중심적 표준이 되어야 하는 것은 보편성을 획득하려는 노력이다. 그는 낭만적 경향의 시인들이 곧잘 자기탐닉에 빠지고, 과도하게 디테일에 집착하면서 수사에 치우쳐 총체적인 구조에 도달하지 못한다고 비판한다. 아놀드가 보기에는, 셰익스피어조차도 이러한 결함을 완전히 탈피하지 못했는데, 유감스러운 것은 젊은 시인들이 셰익스피어의 그러한 부정적인 요소까지 마치 본받아야 할 것처럼 열심히 모방하는 모습이다. 아놀드는 괴테의 '건축술' 개념에 의지하여 문학에 있어서의 총체적 인상, 그리고 거기에 이르기 위한 균형 잡힌 '구조'의 중요성을 강조한다.

아놀드의 모범은, 말할 것도 없이, 고전 그리스의 문화였다. 그런 의미에서 그는 고대 그리스 문화에 대한 끝없는 동경을 이야기한 독일 계몽주의와 고전주의의 정신적 후계자였다. 그러니까 아놀드의 비평은 그리스의 규범에 따라 자기 시대의 문화적 노력을 조명하고 평가하는 작업이었다고 간단히 요약될 수 있다. 그러나 아놀드의 관점에서 볼 때, 유감스럽게도 그의 시대는 고전 그리스 문화나 셰익스피어의 시대로부터 너무나 멀리 떨어져 있었다.

아놀드의 이와 같은 역사철학적 입장은, 리비스나 루카치의 경우처럼, 고전적 조화에 대한 강렬한 동경이 그 배후에 있었다고 할 수 있다. 그는 그 고전적 조화를 준거로 하여 자기 시대와 문화를 총체적으로 바라보는 관점에 도달할 수 있었던 것이다.

〈엠페도클레스〉에 관한 아놀드의 발언은 자기 시대의 병리적 상황에 대한 간접적인 진단이면서 동시에 그것은 문학·예술의 창조가 어떻게 사회와 시대의 제약을 받는지에 대한 흥미로운 통찰로 읽힐 수 있다. 아놀드에 의하면, 위대한 예술 생산을 위한 창조적인 힘은 어느 시대, 어느 상황에서나 주어지는 것이 아니다. 위대한 문학이나 예술이 탄생하려면, 위대한 천재의 출현에 못지않게 창조적인 사상으로 충만한 지적·정신적 분위기가 필요하다. 이러한 생각은 특히 괴테의 사상에서 영향을 받은 것으로 보이지만, 어쨌든 아놀드는 위대한 문화의 창조가 가능했던 가장 모범적인 시대로 핀다로스와 소포클레스가 살았던 고대 그리스, 그리고 셰익스피어가 활동했던 영국을 꼽는다. 아놀드 자신과 보다 가까운 시대, 즉 낭만주의시대는 이 기준에서 보자면 상당히 미흡한 시대이다. 그 점을 아놀드는 다음과 같이 말한다.

> 금세기 초 우리의 문학에 일어난 폭발적인 창조적 활동은 무엇인가 조숙한 데가 있었다. 바로 이러한 점이 원인이 되어, 그 대부분의 작품들은 그것들에 수반되었고 또 아직도 수반되고 있는 낙관적인 희망에도 불구하고, 훨씬 덜 빛나는 시대의 작품들보다 오래가지 못할 운명이다.… 금세기 초의 영시(英詩)는 넘치는 에너지와 창조적 힘을 가지고 있으면서도 충분할 만큼 알지 못했다…[23)]

"알지 못했다"는 말은 시인들의 독서량이 부족했다는 의미가 아니다. 그것은 "지적인, 살아 있는 신선한 사고에 의해 충분히 침투되어 있는" 사회 속에 있음으로써 창조의 생명력과 자양(滋養)이 되는 사상의 물결 속에서 시인들이 살지 못했다는 이야기이다.

그러면 그러한 창조의 여건이 마련되어 있지 않은 시대에는 어떻게 할 것인가? 아놀드는 그런 시대는 창조의 시대를 위한 준비기가 되어야 하고, 그 준비기는 비평적 활동이 융성한 시기가 되어야 한다고 생각한다. 아놀드에 의하면, 바로 자기의 시대야말로 비평의 시대이다. 비평은 역사적으로 최선의 지식과 사상에 대한 자유롭고 사심 없는 탐구를 통하여 그것을 사회의 살아 있는 일반적인 교양으로 만들어야 할 임무를 갖고 있다. 그러니까 창작에 대해서 비평은 부차적인 위치에 설 수밖에 없지만, 그러나 비평적 노력 없이는 참다운 창조가 불가능한 한, 어떤 시대에는 비평의 중요성이 모든 다른 것에 우선한다고 할 수 있다. 이런 생각을 담은 〈현대에 있어서 비평의 기능〉(1864) 결론 부분에서 아놀드는 창조의 시대를 열기 위한 비평의 구실을 구약성서의 이야기에 비유하고 있다.

> 아이스킬로스와 셰익스피어의 시대는 우리가 그들의 뛰어남을 느끼도록 만든다. 그러한 시대에는 진정한 문학생활이 존재했다는 것이 의심할 나위가 없다. 그러한 약속의 땅은 존재한다. 비평은 그것을 향하여 오직 손짓할 수 있을 뿐이다. 그 약속의 땅은 끝내 우리가 들어갈 수 없는 곳일 것이고, 우리는 황야에서 죽을 것이다. 그러나 거기로 들어가기를 욕망했다는 것, 멀리서부터 그곳을 향하여 경배를 했다는 것이야말로 아마도 동시대인들 중에 우리가 가장 뛰어났음을 나타내는 징표일 것이며, 그것은 틀림없이 후세에 평가될 우리의 가장 훌륭한 공적이 될 것이다.[24)]

그리하여 창조의 시대를 대비한 비평의 방법적 원칙으로 아놀드가 제시하는 것은 '공평무사'라는 개념이다. 그에 의하면, 비평이 진리에 이르는 길은 실제적인 생활에 대한 고려로부터 초연함으로써만 보장된다. 비평이 필요로 하는 것은 자유로운 정신의 유희이며, 사물의 본성에 내재하는 법칙에 충실함으로써 그 대상의 진실을 알아보겠다는 강한 지적 호기심이라는 것이다.

비평의 참다운 사회적 봉사는 다양한 이해관계로부터 초연함으로써만 가능하다는 아놀드의 견해는, 일면 예술지상주의 혹은 미학주의의 근본 사상과 통하는 데가 있다. 실제로 이 분야의 대표적 이론가였던 월터 페이터는 아놀드의 공평무사, 초연함과 같은 개념이 자신의 미학적 이념과 일치한다고 생각했다. 그러나 "인생의 목적은 행동이 아니라 명상이다"라고 말한 페이터의 입장은 아놀드의 개념을 극단화함으로써 가능해진 것이라 할 수 있다. 아놀드에게 있어서는 다분히 전략적이었던 개념이 페이터에게는 절대적인 원칙으로 바뀐 셈이다.[25)]

아놀드가 비평의 초연성을 역설했을 때, 그것은 결코 행동의 세계에 대한 경시를 뜻하는 것이 아니었다. 그것은 진리에 도달하려는 노력에 반드시 수반돼야 할 지적 정직성에 관한 발언이었다. 실제로 이 문제를 거론할 때 아놀드가 들고 있는 예를 보면 그 점은 더욱 분명해진다. 아놀드의 예는 18세기의 보수적 정치사상가 에드먼드 버크의 경우인데, 버크는 프랑스혁명에 대한 자신의 근본적으로 부정적인 입장에도 불구하고 혁명의 역사적 필연성을 인정하는 발언을 남겼다는 것이다. 과연 버크의 발언이 아놀드의 해석에 완전히 부합할 만한 지적 정직성의 모범인지는 모르지만, 이러한 예를 통해 말하고자 하는 아놀드의 의도는 분명하다. 즉, 그가 말하는 공평무사의 개념은 비평의 단순한 방법이 아니라 진리를 수용하는 데 필요한 정신적 자세를 의미하는 것이다. 이런 자세를 옹호할 때, 흥미로운 것은 보수적인 부르주아 비평가 아놀드의 입장이 예컨대 사회주의 비평가 루카치의 그것과 매우 흡사하다는 점이다. 유명한 '리얼리즘의 승리'라는 개념을 언급하는 도중에, 루카치는 다음과 같이 "미적 공정성"이라는 용어를 사용한다.

…그러나 여기에 또 일견 심각한 모순이 나타난다. 모든 위대한 작가

는 철학적·사회적·정치적으로 진보적인 세계관을 지녀야만 할 것으로 보인다. 그러나 문학사에서 적지 않은 위대한 리얼리스트 작가들은 그와는 정반대의 예를 보여주고 있다. 그들은 정치적으로 좌파가 아니었다. … 이것은 기적인가? 정치적 제약을 초월하는 예술적 천재의 결과인가? 아니다. … 진실로 위대한 작가나 예술가들의, 일체의 허영으로부터 자유로운, 미적 공정성이라는 것이 있다. 그들에게 있어서는 신고(辛苦)의 탐구를 통하여 드러나는 현실, 즉 있는 그대로의 현실이 그들 자신의 가장 소중한 선입관이나 개인적인 원망(願望)보다도 우선되는 것이다. 위대한 예술가는 그 때문에 작중인물들에 대해서 머릿속에서 창조한 편견이나 착각을 그 인물들을 실제로 그려나감에 있어서 부정하고, 그 인물들 고유의 움직이는 방식을 사심 없이 추구하며, 현실의 진실하고 깊은 변증법에 직면하여 자기의 가장 깊은 신념이 무산되어버려도 조금도 개의치 않는다.[26]

공평무사 혹은 '미적 공정성'이라는 개념에 내포된 정신적 자세에 대한 아놀드와 루카치의 일치된 강조는 우연한 것이었는지도 모른다. 그러나 이 개념을 가지고 루카치가 정치적 목적을 위한 문학의 무매개적·도구적 봉사에 반대하는 이론을 발전시켰던 것과 마찬가지로, 아놀드 역시 공리주의적 문화예술관에 대한 그의 반감을 표시하는 데 그와 같은 개념이 필요했던 것이다. 공리주의는 빅토리아시대 부르주아계급의 지배적인 이데올로기였다. 따라서 아놀드의 공평무사라는 원칙은 다만 문학비평의 원리라기보다도 자기만족적인 당대 지배계급에 대한 비판적 무기이기도 했다. 아놀드는 그 자신 부르주아계급에 속해 있었으나 적어도 그 자신의 생각으로는 그 계급 바깥에 자신의 정신적 거점이 있었다.

사심 없이 사물을 보는 일의 중요성을 강조하는 데 있어서나 공리주의적 예술관에 반대하는 점에 있어서나 아놀드나 루카치가 견해를 같이하고 있다고 한다면, 이러한 견해의 일치는 물론 단순한 우연일 수도 있지만, 좀더 생각해보면, 시대와 이념의 차이에도 불구하고 두 비평가가 공유하고 있는 것으로 보이는 인문적 전통—조금 구체적으로는 독일 고전주의를 매개로 그리스 문화와 르네상스기의 문화에 대한 공감 어린 이해에 뿌리를 둔 감수성, 혹은 정신적 지향이 거기에 작동하고 있었는지도 모른다.

독일 고전주의 문화이념에 대한 아놀드의 지적인 부채는 실제로 여러 면에서 확인될 수 있지만, 그의 비평에 있어서—문학비평이든, 사회비평이든—중심적인 축을 이루고 있는 '교양 개념'에 가장 뚜렷하게 드러나 있다.

독일어 'Bildung(빌퉁)'이 '교양'이라는 의미로 쓰이게 된 것은 18세기 고전주의를 통해서였다.[27] 이 시기에 낡은 바로크적 취미의 이상과 계몽주의의 합리주의적 테두리를 벗어나는 문학과 미학비평이 활기를 띠었고, '휴머니티'라는 이념과 계몽된 이성이라는 이념에 근본적으로 새로운 내용이 부여되었다. 교양 개념이 새로운 중요성을 갖게 된 것은 이러한 인문주의적 분위기 속이었다. 그리하여 교양은 단순히 인간능력이나 재능의 계발 이상의 것을 의미하게 되었다. 빌헬름 훔볼트는 "우리의 언어로 '빌퉁'이라고 할 때, 우리가 뜻하는 것은 좀더 높고, 좀더 내면적인 어떤 것, 즉 지적·도덕적 노력 전체에 대한 인식과 느낌이 감수성과 인격 속으로 조화롭게 흘러드는 그러한 정신적 태도이다"라고 말하였다. 가다머에 의하면, '빌퉁'이라는 말은, 하느님의 형상대로 만들어진 인간은 그 형상을 자기 영혼 속에 지니고 언제나 갈고 닦아야 한다고 가르치는 신비주의 전통에서 유래한다. 흔히 '빌퉁', 즉 교양이라는 말에 수반되는 얼마간의 신비적인 느낌도 아마 그러한 유래에 관련되어 있는지도 모른다. 아무튼 교양은 인간의 자기완성, 특히 내면적인 완성에 대한 지향이라는 의미를 갖게 된다. 그러므로 교양은 물질적인 어떤 것을 이루어내는 것이 아니라 자기형성의 부단한 내적 과정 그 자체를 목적으로 삼는다고 할 수 있다. 엄밀한 의미에서의 교양은 그 자체 이외에 다른 목표를 갖고 있지 않은 것이다. 따라서 교양의 이념은 인간으로 하여금 끊임없이 자기의 개인적인 좁은 지평을 벗어나도록 요구한다. 보편성에의 지향은 교양 개념에 내재된 근본적 특성이라고 할 수 있다.

> 교양은 보편적인 것을 위하여 특수한 것의 희생을 요구한다.… 교양은 사람이 직접적으로 인식하고 경험하는 것을 넘어간다. 그것은 사람이 자기 자신과 다른 것을 허용하는 것, 이기적인 이해관계를 떠나서 사물을 파악할 수 있는 보편적인 관점을 발견하는 것을 배우는 데 있다.… 교양의 일반적 특징은 다른 것, 다른 더욱 보편적인 관점으로 열려 있는 개방성을 유지하는 것이다.[28]

그러나 역사적으로 볼 때, 독일 고전주의의 교양 개념은 그 시대의 진보적 지식인들이 직면했던 시대적 모순을 염두에 두지 않으면 제대로 이해할 수 없는 개념이라 할 수 있다. 다시 말해서, 영국이나 프랑스 등 서구의 선진국에 비해 시민계급의 사회적 성장이 크게 뒤떨어져 있던 당시 독일의 상황에서 "시민혁명의 사회적 내용을 혁명을 거치지 않고 실현하는 방법, 따라서 혁명을 불필요한 것으로 만드는 방법"[29]을 계몽된 지식인들은 교양 개념 속에서 찾았던 것이다. 시민계급의 무능력이라는 역사적 조건 위에서 기존의 봉건 절대주의와 대결할 수 있는 방법은 교양에의 호소라는 관념적인 길밖에 없다고 그들은 느꼈던 것이다.

괴테의 《빌헬름 마이스터의 수업시대》(1795~1796)는 이러한 정신적 경향을 뚜렷이 드러내고 있는 대표적인 작품이라고 할 수 있다. 이 고전적인 교양소설에서 주인공들의 자기교육 과정은 마침내 자본주의적 농장경영의 시도에까지 이르는데, 여기서 귀족 로타리오는 자신이 이 사업에 참가하는 필수 조건으로 자신의 봉건적 특권을 자발적으로 단념한다는 프로그램을 제시한다. 이와 같은 사심 없는 고결한 행동에 드러난 것이야말로 궁극적 교양의 표현, 즉 '아름다운 영혼'이다.[30)]

아놀드는 위에서 본 바와 같은 독일 고전주의의 중심 개념인 교양 개념과 매우 흡사한 교양에 대한 관점을 제시하고, 이 개념을 그의 온갖 비평의 기준으로 설정하였다. 아놀드에게 교양은 "이 세상에서 생각되고 말해진 것 중에서 가장 훌륭한 것에 대한 연구와 추구"였다. 즉, 그것은 인문주의적 전통이 제공할 수 있는 최선의 것을 지향하려는 정신적 욕구의 발현이었다. 따라서 이것은 독일 고전주의의 경우와 마찬가지로 인식의 끊임없는 확장을 요구하고, 좁은 이해관계의 테두리를 초월하여 보편적인 관점에 설 것을 요구한다. 아놀드는 교양 개념을 가지고 일체의 일방적인 독선, 자기주장, 추상적 체계, 광신주의를 배격한다. 그 자신이 헬레니즘적 정신이라고 부르는 이와 같은 '의식의 자발성'에 의거한 개방성 때문에 교양은 '양심의 엄격성'에 기초하는 기성 종교의 사고틀을 넘어설 수 있다는 것이 아놀드의 생각이었다.

초서 이래의 영국 시인들의 업적을 논하는 평문 〈시의 연구〉(1880)의 서두에서 아놀드는 지금까지 종교가 해왔던 역할이 시에 의해 대체될 것이라고 말했다. 물론 이것은 그의 철저한 인문주의적 입장이 반영된 발언이다. 과거에는 인간이 초월적인 신(神)과 같은 외부적인 권위나 형이상학적 체계에 의지하여 삶을 영위하는 것이 일반적이었지만, 아놀드의 시대에는 이미 그것은 시대착오적인 것으로 되었다. 그리하여 전통적인 종교적 신앙 혹은 신념체계가 근저에서부터 흔들리는 상황에서 이제부터 인간이 의지할 수 있는 것은 최선의 인문적 전통밖에 없다는 것이 아놀드와 같은 인문주의자에게는 극히 자연스러운 결론이었을 것이다. 여하간 아놀드 자신은 인문적 교양에의 귀의를 통해 젊은 시절에 시인으로서 스스로 체험했던 불안과 혼란으로부터 객관적인 문화이론을 끌어내는 데까지 도달했던 것이다.

교양은 물론 내면적인 자질이지만, 그러나 결코 주관적인 자아에의 몰입이나 내면으로의 일방적인 퇴각을 의미하지 않는다. 아놀드에 의하면, "교양의 동력"은 지식에 대한 정열뿐만 아니라 동시에 "훌륭한 일을 행하고자 하는 도덕적 및 사회적 정열"에 의해 제공된다. 그러니까 이것은 성찰과 행동, 인식과 실천을 동시에 포괄하는 개념인 셈이다. 또 동시에 그것은 개인적 차원과 공공의 차원을 동시에 주목하는 개념이기도 하다. 교양은 말할 것도 없이 자기완성의 추구이며, 인간의 모든 능력의 조화로운 발달을 추구한다. 그런데 여기서 주의할 것은, 이러한 완성은 개인적 완성이면서 동시에 사회적 완성이라는 점이다. 아놀드는 공동체의 향상 없는 개인만의 고립된 발전이라는 생각을 강력히 부정한다.

> 인간은 한 거대한 전체의 회원들이다. 인간 본성 속에 존재하는 공감력은 한 회원이 다른 회원들에게 무관심하거나 다른 회원들에게서 떨어져 독립적으로 완전한 행복을 누리는 것을 허용하지 않는다. 그러므로 우리의 인간성의 확대는 보편적인 확장이어야 한다. 교양의 관점에서 볼 때, 개인적인 고립 속에서는 어떠한 완성도 불가능하다. 개인은 그의 완성을 향한 행진에 다른 사람들을 동반할 것을 필수적으로 요구받으며, 여기에 복종하지 않을 때 그는 자신의 발전에 위축과 퇴보를 겪을 것이다.[31]

사회 전체를 떠나서는 참다운 개인의 행복이 존재하지 않는다는 아놀드의 생각은 일종의 유기적 사회관을 시사하는 것으로 보인다.[32] 이와 같은 관점은 당대의 대표적 자유주의 이론가 J. S. 밀의 원자적인 사회이론과 대조해볼 때 매우 흥미롭다. 밀의 관점에서 보면, 개인은 사회에 의해 형성되거나 완성되는 것이 아니다. 그의 개인은 원자화된 개별적 주체이며, 이 주체들이 상호 이익을 도모하기 위하여 계약을 맺고 사회를 구성한다. 그러므로 사회의 기능은 개인들 간의 관계가 유지될 수 있도록 최소한의 조정력을 행사하는 데 그쳐야 하는 것이다. 그렇게 하여 밀은 국가권력은 최소한도로 행사돼야 한다고 주장하면서 모든 형태의 독재를 경계한다. 그에게 가장 중요한 것은 개인적 자유의 보장이다. 이러한 사회이론은 그대로 밀의 진리관과 연결되고 있다. 밀에 의하면, 모든 의견은 본질적으로 동등한 가치를 지니고 있고, 따라서 진리는 절대적인 것이 아니라 사상의 시장에서 자유로운 경쟁을 통하여 성립되는 어떤 것이다. 사상의 다양성, 가치의 상대주의에 대한 이와 같은 밀의 철저한 신념은 어떤 사상이나 감정이 시대를 앞질러 가는 것도 경계하게 만든다.[33]

그러나 밀이 옹호하는 상대주의적 진리관에 대한 아놀드의 태도는 부정적이다. 아놀드가 그러한 진리관을 받아들이기 어려운 것은 그것이 무엇보다 수월성(秀越性)의 표준, 다시 말해서 가치평가의 기준을 부인하는 것으로 보이기 때문이다. 그는 "아무도 힘을 가지고 있지 않을 때 우리는 독재로부터 안전하다. 그러나 이 안전성은 우리를 무질서로부터 구해주지 못한다"고 말했다.[34] 아놀드의 생각에는, 각 개인의 종교적 통찰과 성경 해석이 모두 동등한 가치를 갖는다고 보는 비국교도적인 믿음과 진리의 상대주의 사이에는 긴밀한 관련이 있었다. 그리고 무엇보다 부르주아사회의 경제철학인 방임주의, 그리고 그것과 짝을 이루는 개인주의적 습관에 아놀드 자신이 당대의 가장 큰 재난이라고 생각한 무질서의 근원이 있었다. 이렇게 볼 때, 교양 개념의 한결 구체적인 사회적 용도는 분명하게 드러난다. 아놀드는 자기 시대의 광범위한 기계에의 신앙, 공리주의, 사회계급들의 배타적인 이익추구, 그에 따른 극심한 갈등과 무질서—이러한 것에 대하여 교양이라는 무기로 대항하려고 한 것이다.

교양의 개념은 본질적으로 가치 개념이지만, 아놀드 자신의 당면한 사회비평적 필요 때문에도 가치평가의 척도로서 '권위의 중심'에 대한 사유가 당연히 요청되고, 그에 따라 대두되는 것이 국가의 개념이다.

생각해보면, 아놀드와 밀이 각기 그들의 사회관, 진리관에서 드러내는 차이는 사상사에서 끊임없이 부딪치는 핵심적인 딜레마이기도 하다. 밀이 우려하듯이 가치의 중심을 세워보려는 노력은 폭력을 유발할 가능성이 있는 반면에 또한 가치의 상대화는 궁극적으로 비인간적인 현상체제의 승인으로 귀결되기 쉽기 때문이다. 실제로, 규범적인 성격을 농후하게 내포한 아놀드의 교양 개념이 당대의 사회 현실을 근본적으로 비판하는 무기로 사용되었던 것과는 대조적으로, 밀의 자유론은 부르주아적 시장제도에 대한 근본적인 긍정이라는 바탕 위에서 전개되었던 것이다.

물론 아놀드 자신의 사회비판은 철저한 체제 부정으로 발전하지는 않는다. 그러나 기본적으로 그리스의 폴리스를 모델로 했음이 분명한 그의 유기적 사회관은 그것에 내재된 규범성으로 인해 아놀드 개인의 실제 비판과 관계없이 사회구조를 총체적으로 물어보는 척도가 될 수도 있는 것이었다.

유기적 사회이론은 영국의 사상사에서 그다지 낯선 관점이 아니다. 그것은 버크와 같은 18세기 보수주의 사상가, 그리고 낭만주의시대의 중요한 시인들이 견지하고 있던 관점이었다. 앞에서 우리는 낭만적 상상력의 근본 기여가 사회에 대한 총체적인 관점의 형성에 있다고 하는 윌리엄스의 견해를 보았지만, 그러한 총체성의 관점의 토대는 바로 유기적 사회관이었음이 분명하다. 예를 들어, 낭만주의 예술가들이 '천재'라는 개념을 발전시켰을 때, 그것은 개인의 운명이라는 것이 개인 자신들의 의도와 상관없이 얼마나 사회에 의해 근본적으로 규정되는가를 그 예술가들이 속속들이 체험한 결과였다. 즉, 그들은 속물적 상업주의의 득세로 인해 손상을 당한 자신들의 자존심을 그 '천재'라는 개념에 투영하였던 것이다. 셸리가 시인을 일컬어 "이 세계의 공인되지 않은 입법자"라고 말한 것도 마찬가지로 해석할 수 있다. 그 말은 실제로는 시인의 사회적 위치가 그 어느 때보다도 바닥으로 떨어져 있었던 상황을 역설적으로 증언하고 있기 때문이다.

그러한 시대 상황에 처해 있던 예술가들로서 낭만주의 예술가들의 비판은 이 속물적 삶의 방식을 구조적으로 강요하는 체제, 즉 산업주의체제를 근본적으로 겨냥하고 있었고, 그 비판적 활동에서 핵심적인 개념은 상상력이었던 것이다. 이것은 우리가 익히 잘 아는 사실이다. 그런데 아놀드가 '상상력'이라는 개념 대신에 '교양' 개념을 택한 것은 물론 그 자신의 시대와 낭만주의 예술가들의 시대 사이에는 이미 건널 수 없는 간극이 있기 때문이었을 것이다. 하지만 상상력이 아니라 교양을 자기의 무기로 선택했다는 점은, 아놀드의 비평이 가진 독자성만큼 한계를 드러내준다고 할 수 있다.

그 한계가 무엇인지는 여기서 자세히 검토할 수는 없지만, 일단 가장 중요한 것으로 생각되는 것은, 예컨대 대표적인 낭만주의 시인, 즉 블레이크의 산업체제에 대한 비판은 거의 체제전복적이라고 할 만큼 전인격적이고 근원적인 것이었음에 반해 아놀드의 비판은 산업체제 자체에 대한 비판이라기보다는 산업체제 속에서 야기되는 무질서와 혼돈에 대한 비판, 그리하여 그것에 대한 교정책의 제시에 머물고 있다는 점이다. 이러한 차이의 원인은 간단히 시대의 차이로 설명할 수도 있겠지만, 좀더 근본적으로는 '민중'에 대한 관점의 차이에 기인한 것인지도 모른다.

낭만주의 시인들의 상상력은 천재의 개념처럼 배타적인 능력을 암시하는 것으로 생각될 수도 있지만, 본질적으로 그것은 인간 누구나가 지닌 인간다움에의 욕구, 인간적 존엄성에 대한 공감력에 뿌리를 둔 것이었다고 할 수 있다. 그리하여 낭만적 상상력이 맞서서 싸우려 한 것은 비인간적인 일체의 것, 즉 기술지배의 산업체제, 상품의 논리, 소외된 노동, 인간의 인간에 의한 착취와 지배, 자연의 파괴 그리고 이러한 것들을 논리적으로 옹호하는 이데올로기였다. 그런 의미에서, 상상력은 어디까지나 민중의 편에 서서, 민중적 삶의 근원적 소박성과 인간다움을 옹호하기 위한 급진적 개념이었다. 이와 대조적으로 아놀드의 교양 개념은 무엇보다 혼란스러운 사회질서에 대한 치유책의 의미를 가진 체제수호적 개념이었다고 할 수 있다.

본시 교양 개념은 그것 자체로는 계급적 제약이 있을 수 없는 것이다. 교양의 이념은 인간이면 누구든지 인격적 완성에 도달할 자격이 있음을 긍정하는 극히 민주적 이념이라고 할 수 있다. 그럼에도 불구하고, 한편으로는 그것은 대단히 규범적인 관념임을 면치 못한다. 교양 개념이 불가피하게 내포하고 있는 이러한 가치선별적 성격에 아놀드는 자신의 개인적인 편견을 결합시킴으로써 민중에 대한 부정적인 견해를 발전시킨다. 이 점에 대해서는 뒤에서 다시 보기로 하고, 여기서 말해둘 것은 아놀드의 교양 개념은 낭만주의 예술가들에 비해서도 훨씬 직접적이고 강도가 높았던 아놀드 자신의 공민적 감각을 표현하는 데는 상상력이라는 개념보다 더 적합한 것이었는지도 모른다는 점이다. 아놀드의 생각에는

자신의 시대는 창조의 시대가 아니라 비평의 시대였고, 비평가는 말하자면 지적 공복(公僕)이었다.[35]

아놀드는 그 자신 중산계급에 속해 있었으나 그의 의식은 자기 사회를 이끌고 나가는 지도계급에 속해 있었다. 따라서 그는 어느 특정한 사회계급이 아니라 사회적 통합을 자기의 임무로 여기는 공민의 관점에 서고자 하였다. 이러한 의식은 귀족의 자제들이 다니는 학교의 교장이었던 아버지 토머스 아놀드에게서 받은 영향, 그리고 아놀드 자신이 여왕에 의해 임명된 장학관으로 평생 공직생활을 했던 점과도 긴밀한 관련이 있을 것이다. 여하간 이러한 공민적 의식으로 말미암아 아놀드는 낭만적 상상력에 함축된 체제전복적인 급진성도 받아들일 수 없었을 뿐만 아니라, 다른 한편으로는 나중의 모더니스트들처럼 문학을 형식과 취미의 문제로 보는 견해에도 찬동할 수 없었다. 예를 들어, T. S. 엘리엇은 비평의 기능이 작품과 작품의 '비교와 분석'을 통한 '취미의 교정'에 있다고 생각했지만, 아놀드에게는 비평의 기능은 교양을 전파·확대하고, 그럼으로써 '계급의 철폐'[36]를 추구하는 일이었다.

교양 개념은 사람으로 하여금 자기보다 더 보편적인 것을 향하여 부단히 나아가도록 한다. 그러나 대부분의 사람들은 계급적 이데올로기와 굳어진 사고습관으로, 분열적이고 고립적이며 개인주의적인 '일상적 자아'에 갇혀 있기 때문에 그들 자신이 잠재적으로 지니고 있는 통합적, 초개인적, 조화적인 '최선의 자아'를 깨닫지 못하고 있다. 아놀드가 보기에, 인류의 대부분은 사물을 있는 그대로 보고자 하는 어떠한 열정도 갖고 있지 않고, '부적절한' 관념만으로 만족하고 있다. 그러나 아놀드는 각 사회계급에는 이러한 대다수 이외에 일상적인 편견과 습관으로부터 자유로운 소수의 '이방인들(aliens)'이 존재한다고 말한다. 그들은 "계급이 아니라, 일반적인 인문적 정신과 인간완성에의 사랑에 의해 인도

되고 있는" 사람들이다. 이 교양 있는 '이방인들'은 상당히 이상화되어 있는 대로, 《이데올로기와 유토피아》(1929)에서 칼 만하임이 말하고 있는 '독립적 지식인'이라는 개념을 연상케 한다. 아놀드에 의하면, 이러한 이방인들의 임무는 교육과 시와 비평을 통해서 사회 속에 '삶과 지성의 기반'을 확충하는 일이다. 그러나 이들의 개개의 활동이 가능하기 위해서는 무엇보다 '권위의 중심'인 국가가 필요하다는 게 아놀드의 생각이다. 그런데 국가는 현실적으로 어떻게 구성될 수 있는가? 아놀드가 보는 바로는, 당대의 어떠한 사회계급도 국가를 구성할 만한 자격을 갖추고 있지 않았다. 귀족계급은 현재 상태의 특권을 수호하려는 나머지 수동적인 자기방어에 골몰하고 있을 뿐, 새로운 사상에의 호기심이 없다. 중산계급은 물질적 부에 대한 속물적 관심과 개인적 성공의 관념에 빠져 있다. 따라서 그들에게는 조화로운 인간완성이라는 이상이 있을 수 없다. 노동계급에 대해 말하면, 그들은 한편으로는 하루속히 중산계급으로 편입되고자 하는 욕망에 지배되어 있거나 다른 한편으로는 무지몽매의 어둠 속에 잠겨 있다. 그러면 어떻게 할 것인가? 이 문제에 대한 아놀드의 태도는 불투명하지만, 결국 그가 기대를 거는 것은 중산계급이다.

> 나는 나의 주의를 거의 전부 내가 가장 공감할 뿐만 아니라 우리 시대에 가장 큰 힘을 가진 나 자신의 계급, 중산계급에 당연히 집중해왔다.[37]

여기서 주목할 것은 '당연히'라는 말이다. 아놀드의 목적은 중산계급이 물질만이 아니라 교양도 갖추게 하자는 것이다. 그리하여 여기서 교양은 물질에 대한 보완 개념이 되고, 낭만주의 시인들의 산업체제에 대한 비판에서 보는 것과 같은 물질의 존재방식 그 자체에 대한 근본적인 비판으로는 연결되지 않는다. 아놀드는 교양 개념을 가지고 계급적 편견으로부터의 해방을 역설했으나 그 자신은 끝끝내 그 편견에서 벗어나지 못한 것이다. 실제로, 교양 개념을 본격적으로 논하고 있는 그의 유명한 평론《교양과 무질서》(1869)는 그 집필 동기가 이미 그 자신의 편견에 있었음을 확연히 알려주고 있다.

> 가난과 더러움 속에 오랫동안 반쯤 숨겨진 채 누워 있던 저 조잡하고 반(半)미개의 노동계급의 광대한 부분이, 지금 거기서 나와 자기 마음대로 행한다는 영국인의 천부의 특권을 주장하면서, 그들이 가고 싶은 대로 행진하고 마음대로 모이고 마음대로 소란을 피우며 마음대로 부수고 있다…[38]

1866년 7월에 선거법 개정 운동의 일부로 조직된 대규모 노동자 시위가 있었다. 아놀드가 언급하고 있는 것은 그가 '하이드파크 소요'라고 부른 사태이다. 노동자들은 하이드파크에서 시위를 갖기로 했고, 당시의 보수당 내각은 이 집회의 금지를 결정하였다. 그러나 이것을 무시하고 시위자들은 집회를 갖기로 결정하고 공원의 철책을 부수고 들어갔던 것이다.[39]

노동자들의 시위는 아놀드에게 질서, 즉 사회의 틀 그 자체에 대한 위협으로 받아들여졌다. 그리하여 당대의 어떤 계급도 그가 구상한 국가권력을 담당할 자격이 없다고 생각했음에도 불구하고, 아놀드는 무질서의 위협으로부터 사회를 수호하기 위해서는 결국 현실의 기성 권력을 인정하고, 심지어 그들을 지원하지 않으면 안된다는 결론으로 나아간다.

> 올바른 이성을 믿고, 우리 자신의 최선의 자아를 해방시키고 고양시켜야 할 임무와 가능성을 믿으며, 완성을 향한 인간의 진보를 믿는 우리들

에게 이러한 숭고한 드라마가 전개되어야 할 극장인, 사회의 틀은 신성한 것이다. 그것을 관리하는 사람들이 누구이든지, 우리가 그들을 아무리 그들의 직책으로부터 끌어내리고 싶더라도, 그들이 행정을 담당하고 있는 동안은 우리들은 줄기차게, 전심전력으로 혼란과 무질서를 억누르는 데 지원해야 한다. 왜냐하면 질서가 없이 사회가 있을 수 없으며, 사회가 없으면 어떠한 인간적 완성도 없기 때문이다.[40)]

여기에 이르러 우리는 아놀드의 교양 개념이 일종의 허위의식으로 떨어져 있는 것을 볼 수 있다. 그는 교양의 이름으로 억압을 정당화하는 논리를 펴고 있는 것이다. 그러나 이러한 정당화의 논리는, 엄밀히 보자면, 아놀드 자신의 교양 이념에 반하는 것이라고 할 수 있다. 아놀드가 여기서 드러내는 것은 노동자계급에 대한 편견뿐만 아니라 기존 질서에 대한 맹목적인 집착이다. 노동자 시위가 곧바로 사회 자체의 질서를 위협한다고 보는 시선이야말로 아놀드 자신이 타기해 마지않는 계몽되지 못한 중산계급의 편견임을 그는 잊고 있는 것이다. 레이먼드 윌리엄스의 지적처럼, 노동운동이 집회와 시위를 통하여 추구했던 것은 사회질서 자체의 파괴가 아니라, 어떤 '특정한 질서'의 변경이었다. 그러니까 아놀드는 사회의 특정 단계의 일시적인 질서와 인간사회 그 자체를 혼동하였고, 일시적이고 가변적인 질서에의 도전을 사회 자체에 대한 위협으로 받아들인 것이다.[41)] 다시 말해서, "문제는 무질서가 아니라 끔찍한 질서에 있다"는 통찰이 아놀드에게는 결여돼 있었던 것이다.

그러므로 아놀드가 이상적인 국가와 현실의 국가를 혼동하고 있는 것도 기본적으로 무질서에 대한 두려움, 질서 관념에 대한 맹목적인 집착에 근거하는 것으로 생각된다. 원래 참다운 권위는 맹목적인 복종이나 집착과 본질적으로 하등 상관이 없는 것이다.[42)] 교양 개념이 가치의 중심, 즉 권위의 개념을 배제할 수 없다고 한다면, 그런 경우 권위는 지식에 기초하는 것이지 결코 무지나 맹목에 기초하는 것이 아닐 것이다. 실제로 아놀드가 노동계급이나 민중문화 혹은 단순히 민중적인 요소에 대해서 치유하기 어려운 편견을 가지고 있었음은 부인할 수 없는 사실이다.

> …그러나 재난이 더욱 심각하게 보이는 것은, 중산계급이 지금과 같이 편협하고, 거칠고, 비지성적이며, 정신이나 문화나 아무 매력이 없는 상태에 머물며 자기보다 밑의 대중을 동화시키는 데 거의 틀림없이 실패할 것을 우리가 고려할 때이다. 그런데 대중의 공감력은 현재 중산계급보다도 실제로 넓고 개방적이다. 대중은 열정적으로 세계를 소유하고, 그들 자신의 삶과 활동에 대한 보다 생생한 감각을 얻고자 한다. 이러한 억제할 수 없는 발전에서, 그들을 당연히 선도하고 교육해야 하는 것은 바로 그들 위에 있는 중산계급인 것이다. 이 계급이 대중의 공감을 얻거나 지도력을 발휘하지 못한다면 사회는 아나키로 떨어질 위험이 있다.[43]

명백히 중산계급보다도 더 우수한 능력을 지녔다고 인정하면서도 아놀드는 대중의 자기교육과 자치 능력을 끝내 부정하고 있다. 이 뿌리 깊은 계급적 태도를 암시하는 예는 실제로 아놀드의 저술에서 허다하게 나타난다.

민중적인 것에 대한 편견은 아놀드의 문학평론의 실제에도 크게 영향을 미치고 있는 것으로 보인다. 예를 들어, 그는 초서에 대해서 평가하면서 "고도의 지성"이 결여되어 있다고 말하고, 밀턴에게서는 혁명적 정열이 아니라 무엇보다 "장엄한 문체"를 본다. 이런 예를 통해서 우리는 아놀드의 문학적 취향이 매우 고답적이라는 인상을 받는다. 이 점은 그가 문학전통 중에서 드물게 생기와 지성에 충만했던 시대의 대표적인 성과로 지목하는 셰익스피어에 대한 평가에서도 나타난다. 〈호머의 번역에 관하여〉(1861)라는 강연에서, 그는 호머 시의 특색은 문체와 사상의 소박·적절성, 그리고 고결성에 있다고 말하면서 셰익스피어와 그의 동시대 작가들이 그러한 절제된 단순성에 도달하지 못했음을 무척 아쉬워한다.

> 오랫동안의 굴레로부터 벗어나 자유롭게 인간능력을 구사하고, 그것을 자유롭게 구사하는 데 기쁨을 누렸으나, 대상을 평정한 마음으로 바라보고 절제 있게 묘사하지는 못했다.[44]

그리하여 셰익스피어의 작품에 허다히 나타나는 지나친 호기심, 자유분방한 표현, 잡답의 분위기 — 이러한 '자기절제의 부족'은 셰익스피어가 교양 있는, 취미가 까다로운 관객을 충분히 확보할 수 없었기 때문이라고 아놀드는 말한다. 그러니까 르네상스시대 부르주아문화의 활기가 근본적으로 그 민중적 성격에 연원한다는 사실[45]에 대해서 아놀드는 철저한 인식의 무능력을 드러내고 있는 것이다.

그러나 그보다 더 중요한 것은 바로 자기 동시대 소설가들의 업적에 아놀드가 거의 전적으로 무지하거나 그것을 외면하고 있다는 점이다. 소설에 대한 아놀드의 무감각 혹은 무관심의 진정한 원인이 어디에 있었는지, 그 정확한 원인은 우리가 알 수 없지만, 여기서 강조해야 할 것은 소설이야말로 부르주아 시대의 문학 가운데서 가장 민중적인 장르라는 사실이다.

근년에 서구 지식계에서 크게 주목받기 시작한 러시아의 철학자·문예이론가 미하일 바흐친의 흥미로운 분석[46]에 의하면 소설의 형식적 특성과 민중문화의 전통 사이에는 뿌리 깊은 혈연관계가 입증될 수 있다. 무엇보다도 소설의 형식은 규범적인 시학을 허용하지 않는 비체계적인, 언제나 미완성의 열려진 형식으로 특징지어진다고 바흐친은 말한다. 그 특징은 근원적으로 카니발의 축제에서 전형적으로 볼 수 있는 민중들의—일체의 신성한 것, 권위, 경건한 대상을 부인하는—웃음으로부터 나온다. 바흐친에 의하면, 처음부터 소설의 기본적 기능은 서사시를 비롯한 비극, 희극, 서정시 등의 기성의 안정된, 완벽한 체계를 가진 장르들의 권위를 와해하는 데 있었다. 이런 장르들은 전통적으로 공식적 문화, 즉 지배계급의 이념과 에토스를 반영해왔던 것인데, 그것에 대해 비판적인 입장에서 출발한 소설은 유일한 진리, 절대적 권위, 하나의 목소리에 대한 근본적 도전을 지향하고 있었다. 그러니까 소설은, 여러 개의 목소리가 동시적으로 공존하는 것을 전제로 하고, 그러한 공존의 확대에 봉사하는, 본질적으로 대화를 기초로 하는 형식이라고 할 수 있다.

역사를 돌이켜보면, 소설이라는 장르는 단일한 문화의 질서가 붕괴되고, 이질적인 여러 언어나 문화가 교차·합류할 때 성립된 것이었다. 그러므로 서사시가 단일한 문화, 민족적 영웅들에 대한 경건한 기억을 바탕으로 하는 엄숙한 질서를 전제로 하는 문학형식이라면, 소설은 보다 다양한 가치가 허용되는 세계를 반영하는 장르라고 할 수 있다. 따라서 예컨대 서사시로부터 소설로 이행해온 문학의 역사적 전개는, 루카치 등의 이론가에게는 애석한 일이었지만, 바흐친에게는 민주적 진전을 기록하는 과정이었던 것이다.

아마도 스탈린의 전제주의에 대한 간접적인 항거의 의미를 갖는 바흐친의 소설론은 소설이라는 장르가 단순히 이념상으로만이 아니라 그 형식 자체가 이미 민중성을 떠날 수 없음을 알려주고 있다. 그뿐만 아니라, 그것은 어떤 사람들이 생각하듯이 소설이란 것이 단지 부르주아 시대에만 유효한 문학형식이 아니라는 것을 밝혀준다. 부르주아 시대의 어떤 국면에서 소설이 번창할 수 있었다면, 그것은 그 국면에서의 부르주아문화는 민중적 요소에 기반을 두었거나, 적어도 통합되어 있었기 때문이라고 볼 수 있는 것이다. 이와 같은 각도에서 서구에서 발생, 전개된 근대소설의 역사를 되돌아보면, 우리는 민중적인 토대로부터 이탈·절연될 때 빈번히 소설이 활력을 잃고, 내용이 빈곤해지는 현상을 어렵지 않게 확인할 수 있다.

아놀드가 자기 시대에 무엇보다 번창하고 있던 장르인 소설에 대하여 거의 완전히 침묵했던 것은, 따져보면 그 자신의 고전적·귀족적 취향 때문이었음이 거의 틀림없다. 실제로, 아놀드가 셰익스피어의 결함으로 지적한 요소들도 기실은 다분히 소설의 특징적인 요소, 즉 민중적인 성격을 가장 많이 드러내는 부분들이라는 사실을 고려하면, 그 점은 더욱 분명해진다.

민중적인 것에 대한 아놀드의 편견이나 몰이해는 당연히 비판될 필요가 있다. 그러나 이 비판이 좀더 의미 있는 것이 되기 위해서는 민중에 대한 아놀드의 입장이 일방적인 편견에 함몰돼 있던 것만은 아니라는 점도 고려되어야 할 것이다. 무엇보다도 아놀드는 프랑스혁명의 역사적 의미를 잘 이해하고 있었고, 자기 시대의 과제가 기본적으로 민주주의의 신장에 있음을 인식하고 있었다. 또한, 그는 동시대의 다수 지식인들이 영국의 '선진적인 문명'에 대해 자기만족적이고 낙관적인 태도를 취하고 있는 것을 끊임없이 공격하였다. 그리고 그는 중산계급이 재산소유를 자연법 논리로 정당화하고 있는 것에 이의를 제기하면서, 재산은 어디까지나 법률에 의해서 유지되고 있는 것임을 단호히 말함으로써 불평등의 구조가 역사적·사회적으로 만들어진 인위적 제도의 소산임을 명확히 지적하였다. 그러한 논리의 연장선상에서, 그는 런던 빈민가의 참상을 박애주의적 입장에서 바라보는 사람들을 비판하여, 그것은 '공정한 기회'의 문제이지, 도덕적 문제가 아니라는 것을 강조하기도 하였다.

그리고 아놀드는 사회적 재난의 원인이 궁극적으로는 중산계급의 계급적 이익 추구에 있다는 점을 환기했다. "무절제한 부의 생산에 대한 추구와 이 목적을 위한 공장과 인구의 기계적 팽창은… 광대한 수의 비참한 대중을 만들어내어 우리들에게 위협이 된다"라고 당대의 상황에 대한 구조적 진단까지 내렸던 것이다.

그런데 문제는 아놀드의 이러한 비판적 발언의 진의가 무엇인가 하는 것이다. 중요한 것은, 아놀드의 발언은 결코 민중을 향한 것이 아니라는 점이다. 그는 중산계급 속에서 중산계급의 교육을 위하여 늘 중산계급을 비판한 것이다. 그의 중심적인 관심사는 철두철미 중산계급의 행태였다. 그는 중산계급이 지도 계급으로서 무자격임을 잘 인식하고 있었지만, 다른 대안을 발견해낼 수 있는 시야를 갖고 있지는 않았다. 이것이 아마도 그의 사상과 행동 속에 되풀이하여 노출되고 있는 모순의 근본적 원인이었는지도 모른다.

아놀드의 모순은 기본적으로 기성의 특권주의를 거부하면서도 민중적 에너지의 방출은 위험시한다는 점에 있었다. 그는 혁명을 원하되, '적의(適宜)한 법적 절차'에 의거한 혁명을 원했던 것이다.[47] 그의 역사의식은 사회제도의 역사적 가변성을 분명히 인식하고 있었으나 그의 마음 깊은 곳에는 언제나 혁명에 대한 공포가 있었다. 그는 노동계급의 상대적 우수성에 관해 말하면서도, 노동계급을 중산계급이 통제해야 할 필요성을 주장하였고, 교양의 전제로서 질서를 수호해야 한다고 생각한 나머지 때로는 야만적 억압까지 정당화했다.

교양 개념은 원래 어느 누구에게나 자기완성과 보편성에의 가능성이 열려 있음을 인정하고, 나아가 그것을 장려하는 개념이다. 그런 의미에서 그것은 극히 민주적인 개념이라 할 수 있다. 그러나 교양의 이러한 민주적 성격은 아놀드 자신의 뿌리 깊은 계급적 편견에 가로막혀 철저한 것으로 되지 못한다. 그리하여 아놀드 자신의 참된 의도가 무엇이었든 그의 교양 개념은 흔히 민중적인 것에 대한 경멸을 담은 스노비즘으로, 나아가서 심지어는 민중에 대한 노골적인 억압을 합법화하는 수단으로까지 되는 것이다.

3

오늘날 매슈 아놀드는 많은 진보적 지식인들의 공격 대상이 되어 있는 것으로 보인다. 위에서 살펴보았듯이, 아놀드가 드러내는 계급적 편견이나 반민중적 자세로 미루어 볼 때 그가 진보적 논객들의 날카로운 비판의 대상이 되고 있는 것은 어쩌면 당연한지도 모른다. 그러나 그 비판이 정말 아픈 것이 되려면 초점이 맞는 비판이 되어야 한다.

일반적으로 진보적 지식인들이 아놀드를 비판할 때 그들이 주목하는 것은 그의 구체적인 발언이나 논리에 내포된 모순이나 한계가 아니라, 아놀드가 역설하고 나중에 리비스 등이 강력히 옹호해온 인문주의적 전통 자체인 것으로 보인다. 그리하여 그들은 그 인문주의적 전통이야말로 부르주아체제의 항구화를 돕는 문화적 헤게모니의 주요 구성요건이 되어왔다고 생각한다. 이러한 입장에 속한 이론가 테리 이글턴에 의하면, 영국에서 영문학 비평이 발흥·융성하게 된 사실과 사회적 안정을 위한 통제의 필요성이 증가돼온 역사적 사실 사이에는 긴밀한 연관성이 존재한다.[48] 즉, 전통적으로 사회통합의 수단으로 기능해왔던 종교의 힘이 약화되면서 19세기 중엽부터는 새로운 통합 내지는 통제의 수단이 절실히 요구되었는데, 그 결과 영문학을 접할 기회를 하층민들에게까지

널리 제공해야 한다는 아이디어가 나왔다는 것이다. 모든 이데올로기적 통제방법이 그러하듯이 문학은 명시적·직접적 방식이 아니라 암시와 무의식을 통해서 지배문화에 대한 동의와 순종을 끌어내는 데 매우 효과적인 수단이 될 수 있다. 게다가 독서라는 것은 근본적으로 고독한, 명상적인 활동인 까닭에 그것은 집단적인 행동에의 욕구와 충동을 진정시키는 데도 효과적일 수 있다. 그리하여 그리스어도 라틴어도 모르는 민중을 위하여 영어로 된 문학작품들이 정규학교 교과목으로 편성되기 시작하였고, 그 결과 1860년대부터 20세기 초에 걸쳐 영문학이 체계를 갖춘 연구 및 교육 분야로 성립되었다 — 라고 이글턴은 설명한다(이러한 관점에서 보자면, '영문학'은 영국 국내에서보다 18세기의 아프리카나 인도 등 식민지의 미션스쿨과 직업훈련학교에서 먼저 성립되었다는 흥미로운 사실도 지적할 필요가 있다).[49] 이와 같이 해외에서는 식민지 통치의 필요상, 국내에서는 노동계급의 비정치화를 위한 책략으로 영문학이 성립되었다는 것은 역사적 사실로 입증 가능한 관점이기는 하다.

그럼에도 불구하고, 이러한 관점에는 몇 가지 중대한 문제점이 내포되어 있는 것도 사실이다. 무엇보다도 이것은 문학, 특히 여기서 문제되고 있는 부르주아 시대의 문학에 포함되어 있는 모든 진보적 요소들을 무시하고 있을 뿐만 아니라, 그러한 진보적 요소들과 결합할 수 있는 민중의 잠재적인 역량을 전혀 믿지 않고 있다. 그런 점에서 이글턴식의 설명은, 부르주아문화는 부르주아에게만 봉사한다는 매우 단순한 기계적 문화관에다가 풀뿌리 민중의 창조적 능력에 대한 근본적 불신감이 저변에 깔려 있는, 또 하나의 엘리트주의적 편견의 표현이라고 하지 않을 수 없다.

물론 사회의 물질적 관계의 개선 없이 민중이 인류의 문화적 유산을 정당하게 향수하는 것은 불가능한 일이다. 그러므로 물질적 관계의 모순에 대한 고려가 결여된 일방적 문화주의는 허위의식에 찬 기만적인 이데올로기라고 할 수 있다. 그러나 다른 한편으로, 우리가 물어봐야 할 것은, 과연 물질적인 것과 문화적인 것을 확연히 구별 짓는 것이 옳은 일인가, 아니 그것은 가능한 일인가 하는 것이다.

무릇 문화적 노력은 사회를 실질적으로 움직이는 물질적 역학을 대신할 수는 없다. 그러나 문화가 물질적 역학관계에 대한 예민한 인식을 발전시킴으로써 궁극적으로 그러한 인식이 물질적 역학에 일정한 영향을 끼치는 또 하나의 물질적 힘이 될 수 있는 가능성이 있다는 것도 우리는 인정해야 한다. 문학은 인간의 의식을 잠재우는 데 이용될 수도 있지만, 또한 인간의 마음을 예민하게 만드는 데도 기여한다는 것을 잊어서는 안되는 게 아닐까?

모든 진보적인 문화의 진정한 진보성은 과거의 문화유산을 창조적으로 자기의 것으로 만드는 능력에 달려 있다고 할 수 있다. 이런 점에서 주목해야 할 것은, 과거의 문화 속에 내포된 모순의 의미이다. 앞에서 우리는 아놀드의 교양 개념이 근본적으로 민주적인 것이면서도 민중에 대한 억압을 정당화하는 도구가 되는 모순에 주목하였다. 따지고 보면, 교양의 이상은 부르주아적인 이기적·속물적 가치가 모든 것을 압도하는 사회 현실 속에서는 결코 온전히 실현될 수 없는 것이다. 아놀드 자신은 그의 계급적 편견 때문에 이 점을 깊이 성찰하지 못했음이 분명하지만, 그의 교양 개념 자체의 객관적인 논리는 그것을 현실에 철저히 적용시키려 할 때 기성 질서의 변혁 없이는 교양의 실현이 불가능하다는 것을 깨닫게 해주기에 충분한 것이라고 할 수 있다. 그런 점에서 아놀드의 교양 개념에는 진보성에의 중요한 계기가 내포돼 있었던 셈이다.

생각해보면, 아놀드의 경우는 부르주아 문화전통에서 발견할 수 있는 모순의 허다한 예의 하나에 지나지 않는다. 르네상스시대 이래 부르주아문화는 그 최선의 경우에는 항상 부르주아계급이라는 한정된 테두리를 벗어난 보편적인 이념으로 열려 있었다. 부르주아계급은 봉건 절대주의와의 투쟁 과정에서 민중 전체의 이름으로 선진적인 인간이념을 대변하고, 그것을 자기의 주된 무기로 삼았던 것이다. 부르주아계급이 진보적인 계급으로 남아 있는 한, 민중적인 요소는 부르주아문화의 활력의 불가결한 일부를 이루고 있었다. 그리고 이후 인문주의 이념이 퇴조하기 시작한 것은 이 계급이 역사적으로 더이상 진보적인 계급이기를 그쳤을 때였다.

돌이켜보면, 부르주아문화의 기본 이념과 현실 속의 부르주아체제 사이에는 사실상 르네상스시대부터 화해하기 어려운 긴장이 존재해왔다. 인간의 조화로운 발달과 완성이라는 인문주의적 이념이 성립된 것은 봉건시대의 종말과 민주적 시민사회의 형성을 토대로 하였지만, 그러한 이념의 실질적인 실현은 부르주아체제의 심화·확대에 따라 점점 불가능해졌던 것이다. 이것이 허다한 부르주아 작가·예술가들 속에서 우리가 끊임없이 마주치는 모순의 근원적 배경이다. 즉, 예술가들은 스스로 의식했건 아니했건 인문주의 이상이 현실 속에서 끊임없이 패배하는 과정을 드러냄으로써 많은 경우 자기 자신도 모르게 부르주아적 질서가 갖는 비인간적 모순과 한계를 증언해왔던 것이다.

여기서 다시 확인해야 할 것은, 문학과 예술에서 정말 중요한 것은 작가의 언표된 말이 아니라 그의 작품이 전체적으로 드러내는 객관적 의미에 있다는 사실이다. 앞에서 언급했듯이, 루카치가 '미적 공정성'에 대해 언급한 것은 따져보면 보수적 사회이념을 가진 작가나 비평가의 실제 작품이 진보적 계기를 제공해주는 경우가 역사적으로 적지 않다는 사실에 대한 성찰의 소산이다.

아놀드류의 비평에 주어지는 비판으로서 또 하나 주목할 것은 규범적 가치평가의 시도 자체를 의심하는 논리이다. 우리는 아놀드의 교양 개념이 본질적으로 가치 개념임을 보아왔다. 아놀드에 의하면, 비평의 기능의 하나는 '중심적인 표준'과의 관계에 따라 한 작가가 차지하는 위치를 정해주는 일이다. 만일 그렇지 않다면 "어떻게 이 세상의 가장 훌륭한 것에 도달할 수 있을 것인가?"라고 아놀드는 묻는다.[50)]

물론, 우리는 아놀드가 생각하고 있는 '중심적 표준'이 과연 무엇인가라고 물어보아야 한다. 아놀드 자신의 실제비평은 그 자신의 이론과도 상치되는 부분이 적지 않고, 인문주의의 이념에 입각하더라도 사실상 받아들이기 어려운 면이 있다는 것은 분명한 사실이다. 그뿐만 아니라, 민중문화와의 관계에 있어서 아놀드가 드러내는 뿌리 깊은 편견을 보면, 그의 표준은—구체적으로 어떤 것이든—긍정하기 어려운 측면을 가지고 있는 것도 틀림없다. 그러나 문제는, 오늘날 아놀드류의 인문주의 비평에 가해지고 있는 가장 거센 공격의 하나는 가치의 표준이 아니라 가치평가라는 행위 자체에 겨냥되어 있다는 점이다. 예를 들어, 다음과 같은 에드워드 사이드의 발언을 보자.

> 아놀드에게 설사 하나의 이상이었다고 해도, 교양은… 차별과 평가의 체제를 의미한다.… 그것은 또한 위로부터 제정되고 국가 전체적으로 집행되는 배제의 체제이다. 그리하여 국가권력과 그 기구들에 의하여 아나키, 무질서, 비합리성, 열등성, 나쁜 취미, 부도덕성이 적발되고, 교양의 바깥으로 밀려나 있게 된다. 교양은 한편으로는 생각되고 알려진 최선의 것이라는 긍정적 교리라면, 다른 한편으로는 최선의 것이 아닌 모든 것을 차별적으로 구별 짓는 부정적 교리인 것이다. 미셸 푸코와 더불어 우리가 문화라는 것은 적절하다고 간주된 것을 적절한 것으로 유지시키는 제도화된 과정임을 배웠다면, 우리는 또한 다른 것들, 다른 타자(他者)들은 여

하히 문화의 외부에서 침묵을 지키고 있거나 혹은—형행(刑行)과 성적 억압에 대한 그의 연구의 경우에—문화의 내부에서 길들어 있게 되었는가를 또한 푸코와 더불어 보아왔다.[51]

이것은 아놀드의 '중심적 표준'의 구체적인 내용을 문제 삼고 있는 것이 아니다. 위의 인용문에 표명되어 있는 것은 중심과 주변, 교양과 무교양, 본질과 현상, 진리와 비진리의 구별 자체가 억압적이라는 인식이다. 일견하여 이러한 인식은 철저하게 민주적인 에토스에 의거한 급진적인 이념의 표명이라는 인상을 준다. 실제로, 서구의 휴머니즘 전통이 억압적 지배나 제국주의적 이데올로기의 발전에 이바지한 바가 적지 않다는 것은 길게 말할 필요가 없다. 그리고 이러한 지배의 이데올로기가 항상 중심과 주변, 문화와 야만 등등의 이분법에 의존해온 한에 있어서, 이 이분법적 체계 자체의 인식론적 허구를 밝히는 것은 억압적 지배구조의 해체에 기여하는 바가 있다고 할 수 있다. 예를 들어, 오늘날 반(反) 휴머니즘을 표방하는 대표적인 사상적 유파, 즉 탈구조주의의 이론에서는 중심이라는 개념, 진리라는 개념 자체가 허구라고 간주되고 있다. 따라서 중심과 진리가 허구적인 것인 한, 일체의 것은 상호 동등한 가치를 가지며, 어떤 것도 다른 것 앞에 우선할 권리가 없다. 그리하여 가치평가라는 행위 자체가 거부되지 않으면 안된다.

그러나 외견상의 급진적 민주주의에도 불구하고, 탈구조주의 혹은 탈구조주의로부터 이론적인 지원을 받고 있는 포스트모더니즘은 모든 것의 등가(等價)를 주장하고, 진리와 비진리, 본질과 현상의 구별을 거부함으로써 극단적인 가치의 상대화와 복수주의로 떨어진다는 것도 사실이다. 여기서 '떨어진다'라는 말을 쓰는 것은, 이러한 복수주의, 상대주의가 극단화될 때, 탈구조주의 이론가들의 정치적 급진주의에 상관없이 그들의 이론은 일체의 가치평가를 거부 혹은 유보함으로써 궁극적으로 현상 긍정이라는 함정으로 떨어지고 만다는 점을 지적하기 위해서이다. 가치평가는 따져보면 "물질적 필요에 못지않게 항상 모순이 부딪치는 공간, 대안적인 가치들과 인생관들 사이의 투쟁"이며, 따라서 가치의 선택, 가치들 사이의 갈등은 끊임없이 우리의 삶 속에 일어나고 있는 것이다.[52] 그러므로 이러한 가치평가라는 행위 자체를 부정하거나 거부한다는 것은 "역사에 대한 안이한, 허무주의적 반대"를 드러내는 것이라고 말해도 무방하다.[53]

탈구조주의 이론에 내재하는 '허무주의'는 무엇보다도 미셸 푸코의 전방감시탑(Panopticon)의 개념 속에 극명하게 집약되어 있는 것으로 보인다.[54] 이 '전방감시'라는 아이디어는 푸코의 《감시와 징벌》(1975)에서 핵심적인 개념으로 등장하고 있는데, 그것은 어쩌면 이 책 전체의 논리를 요약하는 것으로 볼 수 있다. 그런데 원래 '전방감시탑'이라는 것은 18세기 말 공리주의 이론가 제러미 벤담이 제창했던 새로운 감옥의 설계안이었다. 즉, 감옥의 중앙에 높은 감시탑이 있고, 이것을 죄수들이 갇혀 있는 독방들이 원형으로 둘러싸고 있다. 각 감방은 감시탑과 반대 방향으로부터 흘러 들어오는 빛에 의해 갇혀 있는 수인(囚人)들의 모습이 감시탑 쪽에서 잘 보이도록 설계, 건축되어 있다. 이러한 건물 구조는 중앙 감시탑의 간수 한 사람이 수많은 죄수들을 감시할 수 있게 해준다. 수인들 상호 간의 횡적 접촉은 일절 차단되어 있다. 간수는 동시에 모든 감방을 다 볼 수는 없지만 그의 모습은 감시탑 바깥에서는 보이지 않게 되어 있으므로 결과적으로 끊임없이 전지적(全知的)인 감시가 가능해진다. 어떤 죄수도 언제 자기가 감시당하고 있는지 모르기 때문에 어쩔 수 없이 끊임없는 자기감시를 수행하게 되는 것이다. 이렇게 하여 전방감시탑은 "건축과 기하학 이외에 아무런 물리적인 억압 없이"[55] 근본적으로 새롭고, 효율적인 권력의 행사를 가능하게 해주는 것이다.

물론, 이러한 감시체제의 묘사는 감옥에만 해당되는 것이 아니다. 그것은 끊임없이 중앙집권화하는 근대적 사회행정에 대한 예리한 분석이자, 동시에 노골적인 폭력 대신에 항상적인 세뇌작용과 개인 자신이 스스로를 자기검열토록 만드는 시스템을 기반으로 하는 현대적 권력행사의 물샐틈없는 구조에 대한 날카로운 진단과 비판을 겨냥하는 것이기도 하다.

여하간 푸코의 감옥 묘사는 현대사회에 있어서 개인이 처한 극단적인 고립상태와 무력감을 끔찍할 만큼 생생하게 환기해주고 있다. 그러나 여기서 조금 더 생각해봐야 할 것은, 이러한 감옥에 대한 묘사를 통해서 푸코가 말하고자 하는 게 과연 무엇인가 하는 것이다. 우리가 결코 간과할 수 없는 것은, 그것이 궁극적으로 저항의 가능성을 완전히 봉쇄하는 관점이 될 수 있다는 점이다.[56] 감옥의 묘사는 푸코 자신의 현대적 산업체제에 대한 비판적 관점을 담고 있는 것이 사실이다. 하지만 우리는 푸코의 논리 속에는 인간의 주체성이라는 아이디어가 전면적으로 부정되고 있다는 점에 주의하지 않으면 안된다. 푸코는 휴머니즘의 전통에서 강조되어온 자율적 인간관을 받아들이기를 거부하고 있는 것이다. "아직도 인간에 관해서 말하고, 인간의 지배나 해방에 관해서 말하려는 사람들, 인간의 본질이 무엇인가에 관해 아직도 질문하는 사람들, 그 모든 사람들에게… 우리는 오직 철학적인 웃음으로 대답할 수 있을 뿐"이라고 푸코는 말했다.[57]

오늘날 우리가 휴머니즘을 넘어가야 할 이유는 적지 않다. 휴머니즘은 인간의 인간에 의한 지배와 착취를 정당화하고, 자연에 대한 인간의 공격적인 지배를 합리화하는 데 필요한 논리를 제공해온 것이 사실이기 때문이다. 그러나 휴머니즘의 극복 방향이 단순히 세계를 설명할 뿐만 아니라 변혁해야 할 임무를 갖고 있는 인간 자신의 책임감을 방기하는 쪽으로 귀결되어야 할 것인가?

우리는 휴머니즘의 전통이 파우스트의 야심과 교만과 공격성의 모태였다는 사실을 주목해야 하지만, 동시에 파우스트의 그러한 점들을 비판하는 데 필요한 가치기준도 휴머니즘의 전통 속에서 연마되고 형성돼 왔다는 점을 간과해서는 안된다. 마찬가지로, 인문주의적 가치가 특정한 사회계급의 이익에 봉사해온 것이 사실이라고 한다면, 비록 그 가치의 일부는 그 계급에만 한정된 것이 아니라 보다 보편적인 인류의 유산을 형성하고 있는 것도 사실이라는 점을 인정해야 할 것이다.[58]

미국의 현대 시인으로 드물게 민중적인 관점에서 진보적인 정치이념을 고수해왔던 토머스 맥그래스는 매카시즘이 창궐하던 시기에 의회의 '비미국적활동위원회(HUAC)'에 소환된 적이 있었다. 그때 그는 다음과 같이 말했다.

> 한 사람의 시인으로서 나는 다만 미학적 근거 위에서 이 위원회에 협력하기를 거부한다. 우리들이 위대한 예술작품들을 통해서 갖게 되는 인생에 대한 관점은 특권적인 것이다. 그것은 개연성이나 필연성에 의거하여 실제 생활의 우연과 사고에 종속되지 않는, 따라서 우리가 우리의 주변에서 영위되고 있는 삶에서 보는 것보다도 어떤 의미에서 더 참다운 인생에 대한 관점이다.[59]

에드워드 톰슨이 지적하듯이, 이 뜻밖의 아리스토텔레스적인 예술관이 현대 미국에서 가장 진보적인 시인의 하나를 확고하게 지탱하는 지주가 돼 있었다는 사실을 우리는 어떻게 설명해야 할까? 그러나 어떻게 설명하든지 간에, 맥그래스의 이 발언은 인문주의에 대한 부정으로부터 출발하여 역사 자체에 대한 허무주의적 거부로 귀결되고 마는 여하한 종류의 지적 유희보다도 훨씬 더 책임 있는 인간의 성숙한 태도를 보여준다고 할 수 있다.

리비스의 비평과 공동체 이념

1

현대 영문학의 연구와 비평에서 평론가 F. R. 리비스(1895-1978)가 차지해온 중심적인 위치는 의심의 여지가 없는 것으로 보인다. 실제비평이나 문학교육에서 그가 보여준 진지하고 열정적인 활동, 그리고 1932년 이후 20년 동안 지속된 문학잡지 《검토(*Scrutiny*)》의 발행·편집을 통해서 리비스가 끼친 영향은 실로 막대한 것이었다. 리비스 이후 영문학의 연구와 비평이 대체로 리비스의 업적에 대한 싫든 좋든 일정한 반응 위에서 출발할 수밖에 없었던 것은 당연한 일이었는지 모른다.

1930년대 초에서 1970년대 말까지 지속된 리비스의 비평활동은 그것이 비교적 긴 세월에 걸친 것이었기에 불가피하게 허다한 우여곡절과 기복을 포함하고 있었다. 그러나 거의 40여 년에 걸친 한 비평가의 활동으로서는 놀라울 만큼 수미일관성을 유지하고 있었고, 자신의 원칙에 대한 비타협적인 자세를 늘 견지하고 있었다. 조금 더 정확하게 말하면, 리비스의 비타협성은 만년으로 갈수록 더욱 치열해졌고, 그래서 그의 어조는 점점 더 논쟁적으로 되기 일쑤였다. 그 결과, 문단과 학계의 이른바 '존경받는' 인사들 중에는 리비스에 대한 적대감을 공공연히 드러내는 이들이 적지 않았다.

그처럼 만년의 리비스의 음성이 가열해지고 따라서 그를 향한 적대감도 증가한 것이 사실이지만, 그것은 리비스로서는 새삼스러운 경험은 아니었다. 리비스의 비평은 이미 초기부터 매우 근본적인 원칙에 입각해 있었다. 그 원칙은 산업문명의 논리를 근본적으로 부정하는 것이었기 때문에, 어떤 식으로든 이 문명의 역사적 불가피성을 긍정하는 대다수 지식인들의 입장과는 화해하기 어려운 것이었다. 이는 정치적 이데올로기와도 상관없는 문제였다. 자본주의와 산업문명의 발전을 당연하게 여기는 보수파 지식인들에게 리비스는 일종의 '러다이트(Luddite)'로 보였고, 사회주의를 지향하는 지식인들의 눈에 비친 리비스의 모습은 전형적인 낭만적 반산업주의자였다. 어느 경우이든, 리비스는 과학과 기술의 진보와 '민주주의'의 발전을 달가워하지 않는 이미 낡아버린 전통적 인문주의의 마지막 대변자로 간주되기 쉬웠다.

생존 시의 리비스에게 가해지던 적대적인 태도는 리비스 사후에는 전반적인 무관심으로 변한 듯하다. 이것은 아마도 정통적 인문주의를 부정하거나 폄하하는 새로운 사상적 흐름, 즉 포스트모더니즘의 논리가 리비스 사후에 크게 세계적 유행이 된 점과도 무관하지 않을 것이다. 하지만 어떤 이유에서든 20세기 최고의 비평가 중 한 사람에게 주어지는 대접치고는 이 현상은 납득하기 어려운 것이라고 할 수밖에 없다.

물론 리비스에 대한 현재의 무관심은 섬세하고 복합적인 해석을 요하는 문제이다. 그리고 따져보면, 포스트모더니즘을 위시한 오늘날 세계의 지식계를 지배하고 있는 담론 속에서는 리비스류의 인문주의가 차지할 수 있는 공간은 매우 좁다고 할 수밖에 없다. 하지만 현대적 지적 상황이 이렇다고 해서 리비스가 대변하려 했던 지적·정신적 전통이 계속 무시되거나 외면되어도 괜찮은 것일까? 우리는 한번 냉정히 물어볼 필요가 있다.

무엇보다 리비스는 산업문명과 기술주의의 지배가 걷잡을 수 없이 심화되는 시대 상황 속에서 '삶-생명의 가치'를 끝까지 수호하려 한 비평가이다. 어떤 식으로든, 리비스의 원칙은 여전히 창조적인 지적·정신적 투쟁의 원리로 받아들여져야 마땅한 것이라고 할 수 있다. 또, 한편 생각하면, 직접 리비스에게서 배우지 않았을지라도, 그의 영향 밑에서 감수성의 교육을 경험한 세대들이 오늘날 사실상의 지도적인 교육자, 평론가들이 되어 있다는 것을 생각하면, 리비스가 평생 동안 수호하려 했던 인문주의적 가치는 암묵 중에 영미 세계에서—그리고 그 지적인 영향권 내에 있는 많은 다른 세계에서도—어느 정도는 아직도 살아 있다고 볼 수도 있다.

그러나 문제는 그러한 전승의 노력이 의식적이냐 아니냐 하는 것이다. 리비스는 현대세계에서 문학비평이 갖는 의미를 정통적 인문주의의 가치를 의식적으로 계승·실천해야 할 절박한 시대적 필요성과 결부하여 이해하고 있었다. 따라서 리비스의 원칙이 살아나기 위해서는 그것이 왜 중요하며, 왜 필요한가라는 논의를 지속적으로 반복하는 '의식화된' 지적·정신적 공동체의 존재가 불가결하다고 할 수 있다.

오늘날과 같이 상업적 이해관계와 이기적 욕망이 모든 것을 압도하고 있는 상황에서는 오랫동안 전승돼온 인간다운 가치가 훼손 없이 유지된다는 것은 사실상 불가능하다. 그렇기 때문에 이러한 가치는 시대의 지배적인 흐름에 막연히 맡겨둘 수는 없고, 끊임없는 의식적인 노력을 통해서 새로이 음미되고 갱신되지 않으면 안된다고 할 수 있다. 리비스는 바로 이러한 의식적인 노력의 중요성에 대해서 늘 절실한 어조로 말했다. 그리고 그러한 의미의 삶과 문화의 갱신, 즉 단순히 전통을 보존한다는 차원이 아니라 그것을 쉼 없이 새롭게 만드는 실천적 노력이야말로 참다운 뜻에서 가장 창조적인 문화적 활동이라고 생각하였다.

그런데, 그러한 창조적 갱신의 노력이 가능하기 위해서는 무엇을 어떻게 수호하고 선양할 것인가에 대한 명확한 인식 능력을 지닌, 비록 소수일지라도 지성적이고 책임감 있는 집단이 있어야 한다. 리비스의 용어를 쓴다면, "교육받은 공중(educated public)"의 존재가 선행돼야 하는 것이다.

그러니까 오늘날 지식인들의 공식적 담화에서 리비스가 별로 주목을 못 받고 있다는 게 사실이라면, 그것은 리비스의 메시지를 진지하게 받아들일 능력을 가진 '교육받은 공중'이 드물다는 이야기가 될 수 있다. 리비스는 단순히 유능한 비평가 중의 한 사람이 아니었다. 오늘날 산업기술문명 전체가 직면한 위기에 관련하여 매우 심각한 물음을 끊임없이 던졌던 리비스는 어떤 의미로든 20세기의 가장 창조적이고 지성적인 사상가의 한 사람이었다. 그러한 리비스가 지금 지식사회에서 무시되거나 외면당하고 있다면, 그것은 매우 우려할 만한 현상이라고 하지 않을 수 없다. 왜냐하면 그 현상은 오늘의 지적 상황이 리비스라는 비평가·사상가의 중요성을 알아보지도 못할 만큼 깊은 미망(迷妄)에 빠져 있다는 것을 암시하는 징표인지도 모르기 때문이다.

요컨대 오늘날 리비스의 인기가 낮다는 사실은—다시 말하여, 의식적인 갱신의 대상이 되지 않을 만큼 소홀히 되고 있다는 것은—현재 대다수 지식인들이 리비스의 메시지나 근본 원칙을 제대로 이해할 만한 능력이 없다는 것을 말해주는 셈이다. 오늘의 지적 상황이 이렇다는 것은 현대세계가 갈수록 그러한 몰이해와 무능력을 조장하는 방향으로 질주하고 있기 때문일 것이다. 리비스 자신이 즐겨 쓴 용어를 빌린다면, "책임 있고 지성적인" 지식인들의 존재가 과거 어느 때보다도 절실히 요구되는 시대이면서도, 유감스럽게도 지금은 그러한 지식인들을 점점 더 용납하지 않는 상황으로 가고 있는 것이다.

그러나 전반적인 무관심 속에서도 때때로 리비스의 중심적인 중요성을 언급하는 발언이 없는 것은 아니다. 흥미로운 것은, 이러한 발언이 대체로 좌파 지식인들에게서 나온다는 점이다. 대표적인 예가 레이먼드 윌리엄스, 프레드릭 제임슨, 페리 앤더슨 등의 발언이라고 할 수 있는데, 그 가운데서 1960년대 말 유럽 학생운동을 이론적으로 지원하려는 의도로 집필된 페리 앤더슨의 노작 〈국민문화의 구성요소들〉(1968)은 특히 주목을 끈다.[1] 앤더슨은 20세기 영국의 문화적·학문적 노력들을 여러 분야에 걸쳐 개괄적으로 검토하면서, 어떤 역사적 이유에서였건 현대 영국문화는 "중심의 부재(absence of the centre)"로 특징지어질 수 있다고 말한다. 즉, 유럽 대륙에서 보는 바와 같은 고전적 사회학이나 맑시즘과 같이 시대와 사회를 총체적인 시각에서 볼 수 있게 하는 지적 체계가 영국에서는 결여돼 있다는 것이다. 이것은 영국의 근대사 자체가 선진적이면서 동시에 후진적이라는 특이하게 역설적인 성격에 기인하는 현상으로도 볼 수 있고, 동시에 2차대전 이후 영국의 학계와 문화계가 동유럽 출신 지식인들의 반공 이데올로기에 의해 주도돼온 점과도 관계가 있다고 앤더슨은 지적한다. 그런데 여기에 예외적인 분야가 있는데, 그것은 철학도 사회과학도 아니고 뜻밖에도 리비스가 이끌어온 문학비평 분야라는 것이다. 앤더슨에 의하면, 리비스는 현대 영국의 문화와 사회가 '근본적으로 잘못되어 있음'을 간파한 희귀한 사상가였다. 이런저런 부분적인 국면들이 아니라 사회 및 문화 체제 그 자체가 근본 문제라고 보는 총체적 비전이 리비스의 비평적 노력의 근간을 이루고 있다는 것이다.

리비스에 대한 앤더슨의 이러한 평가는 일반적으로 좌파 지식인들 사이에서 리비스가 수구적 혹은 심지어 반동적 지식인으로 간주돼왔음[2]을 고려하면 매우 특이한 해석이라고 하지 않을 수 없다. 아마도 이런 해석은, 가령 리비스가 평론활동 초기에 자신의 논적으로 삼았던 1930년대 맑스주의자들의 조잡한 문화 이해 방식과는 비교가 안될 만큼 앤더슨 등의 현대적 맑스주의자들의 사고와 관점이 매우 세련되고 성숙해졌음을 반영하는 것인지도 모른다.

그러나 그렇게 리비스를 높이 평가하지만, 앤더슨이 리비스의 비평에 전폭적으로 긍정하거나 동조하는 것은 아니다. 그리고 무엇보다 현대세계에서 문학비평의 압도적인 중요성을 역설하는 리비스의 입장에 앤더슨이 반드시 공감하는 것도 아니다. 이 점은 앤더슨이 리비스의 중요성을 논하면서, 정치경제학이나 여타 사회과학과는 달리 좀더 자유롭고 우회적인 언어에 의한 간접적인 사회비판이 가능한 것이 문학비평이기 때문에 리비스가 총체적인 비전에 도달할 수 있었다는 식으로 설명하는 대목에서 좀더 분명히 느낄 수 있다. 즉, 앤더슨은 문학비평을 하나의 '피난처'로 보고 있는 것이다. 따라서 그에게는 문학비평이란 그 자체 적극적인 의의를 갖는 지적 활동이라기보다 상황의 압력 속에서 차선책으로 선택될 수 있는 일종의 방편인 셈이다. 그리하여 리비스류의 비평은 다른 방식으로는 뚫기 어려운 폐색상황에서 보다 근본적인 체제비판을 수행할 수 있는 거의 유일한 정치적 무기가 될 수 있었다는 것이다.

그러나 리비스에게 문학비평은 결코 도구적인 방편이 아니다. 물론 그는 언제나 문학이 여하한 형식주의적 미학이 아니라 철저히 '삶'을 위해서 존재해야 한다고 역설했다. 하지만 그것은 그가 '삶'의 의미를 효과적으로 드러내는 단순한 수단으로 문학이나 비평을 보았다는 의미가 아니다. 오히려 그는 문학을 도구나 방편으로 보는 일체의 공리주의적 태도에 대해서 극히 적대적이었다. 즉, 그에게 있어서 문학비평은 여러 다양한 인간활동 가운데서 선택할 수 있는 한 가지 활동이라기보다 오늘의 삶의 상황을 지적·정신적으로 가장 깊게 파악하고, 현상을 타개하는 데에 가장 중요한 의미를 갖는, 그 어떤 것과도 바꿀 수 없는 최고의 활동이었다. 리비스의 전체적인 문맥을 떠나서 이러한 명제만을 본다면, 이것은 비평가로서의 리비스의 자기도취나 과대망상의 표출로 생각될 수 있을지 모른다. 하지만 우리는 이 명제는 실로 40년에 걸친 한 탁월한 비평가의 중심적 주제 중의 하나였다는 점을 기억해야 한다.

뒤에서 좀더 자세히 살펴볼 일이지만, 리비스의 문학비평이나 문학연구에 대한 관점은 현대 산업문명의 위기에 관련해서 그 위기를 어떻게 극복할 것인가 하는 그 나름의 심원한 지적 통찰에 근거해 있었다. 여기에는 산업문명의 추세에 대한 리비스의 깊은 우려와 함께, 이러한 위기적 상황 속에서 우리가 인간으로서 마땅히 던져야 할 궁극적인 질문들이 포함돼 있다. 주목할 것은, 이러한 성찰적 노력을 리비스는 전통적인 맑시즘과는 공유하기 어려운 사고에 입각하여 끈질기게 수행했다는 점이다. 무엇보다도, 리비스는 위기의 문명을 구제할 수 있는 길이 계급투쟁의 논리에 있다고 보는 시각에 동조하지 않는다. 그가 문학비평이나 문학연구, 나아가서는 일반적으로 인문적 교육의 역할에 큰 의미를 부여한 것은, 그 자신 사회주의적 혁명 논리를 받아들일 수 없었던 점과도 관계가 있다고 할 수 있다.

그러니까 앤더슨을 비롯해서 리비스의 중요성을 인정하는 좌파 지식인들이라고 하더라도, 따져보면 리비스의 핵심적 메시지를 놓치거나 잘못 읽거나 혹은 오해하는 경우가 적지 않았을 법하다. 이러한 현상의 원인이 무엇인지 이해하는 것은 쉽지 않지만, 한 가지 말할 수 있는 것은 오늘날 정치적으로 진보든 보수든 대다수 지식인들이 습관적으로 의존해온 어떤 종류의 지적 습관이나 타성이 여기에 크게 작용했을 수도 있다는 점이다. 즉, 생산력과 기술 수준, 그리고 소비 규모가 확대되면, 어쨌든 인간의 삶이 향상된다고 믿는 기본 가정을 근본적으로 의심하지 않는 지적 타성 말이다. 실제로, 리비스가 끊임없이 물었던 것이 바로 이러한 기본 가정이었던 것을 생각하면, 이 점을 간과해온 논자들에 의해 그가 오해되어온 것은 어쩌면 당연한지도 모른다.

2

리비스의 근본 입장이 정당하게 이해되든 안되든 그의 비평이 좌파 지식인들 사이에서 상당한 호감의 대상이 되어온 것은 사실이다. 그것은 앤더슨이 말하는 "총체적 비전" 때문일 수도 있고, 혹은 어떤 연구가의 견해처럼 리비스의 비평에서 언제나 공동체라는 개념이 강조되었기 때문일 수도 있다.[3] 그러나 리비스 자신은 대체로 사회주의적 입장을 견지하고 있는 지식인들과 그 자신 사이에 존재하는 간극을 늘 의식하고 있었다. 실제로 거기에 대해 직접 언급하는 경우는 드물었다 해도, 리비스는 일반적으로 개체적 진실에 대한 섬세한 접근을 소홀히 하는 입장에 쉽게 동조할 수 없는 예민한 감수성과 의식의 소유자였다. 하지만 리비스가 보기에 무엇보다 간과하기 어려웠던 것은, 현대세계에서 사회주의의 흐름을 대변하는 맑스주의가 자신과 적대적 관계에 있는 부르주아 문화가치들에 대하여 본질적으로 대안적인 가치를 제시하지도, 선양하지도 못한다는 문제였다.

> '계급문화'에 관한 논의를 정당화하는 그런 종류의 계급은 오래전에 소멸되었다. … 무엇보다 맑스주의적 도그마를 낳았고, 그것을 그럴듯한 것으로 만들어온 문명의 과정이 '계급들' 간의 문화적 차이를 하찮은 것으로 만들어버렸다. 이제 근본적 차이들은 경제적인 측면에서 이야기될 수 있으며, '계급전쟁'이라는 측면에서 문명의 문제를 해결한다는 것은 의식적이든 아니든 자본주의와 그 산물들, 값싼 자동차, 라디오, 영화 등을 보편적으로 소유한다는 것을 의미하게 되었다.[4]

사회계급들 사이에 경제적·물질적 불평등이라는 현실이 엄연히 존재하고, 이것이 어떤 식으로든 심각한 사회적 갈등을 일으킨다는 것을 리비스가 외면하는 것은 아니다. 물질적 조건의 평등화가 실현되어야 할 필요성을 리비스가 깊이 인식하고 있었다는 증거는 "어떤 형태의 경제적

공산주의"에 대한 믿음을 토로한 그의 발언 속에 명확히 드러나 있다.[5)]

그러나 좀더 진정한 문제는 그러한 경제적 평등화를 넘어선 다른 곳에 있다고 보는 것이 리비스의 일관된 시각이었다. 즉, "기계 혹은 기계적 과정이 점점 더 압도적인 것으로 되고 있는" 산업기술문명의 본질적 성격과 그 기본적인 추세가 근본 문제라는 것이다. 이러한 시각에서 보자면, 자본주의에 대한 대안으로서 제시된 맑스주의는 오히려 자본주의의 완성에 이바지하는 효과적인 산업 이데올로기로서 비칠 수도 있는 것이다.

여기서 우리는 이러한 리비스의 시각이 다분히 문화주의적인 것이며, 따라서 거기에 정치적인 시각이 결여돼 있다고 비판할 수도 있다. 그러나 엄밀한 의미에서 과연 정치적인 것과 문화적인 것은 구분될 수 있는 것인가? 물론 비교적 낮은 차원, 즉 일상적인 차원에서는 정치와 문화는 때때로 별개의 것으로 구분될 수도 있다. 그러나 한 시대의 총체적 문화는 공동체 전체의 기본 성격에 근원적으로 규정될 수밖에 없고, 또 공동체의 성격을 결정하는 모든 의식적인 선택과 판단은 결국 정치적 행동일 수밖에 없다는 점을 감안한다면, 정치와 문화의 분리는 궁극적으로 불가능하다고 하지 않을 수 없다. 그러므로 리비스가 계급 간의 경제적 권력의 차이를 인정하면서도, 그것을 계급 간의 문화적 차이라는 문제와 비교하여 부차적인 것으로 본다면, 또 그렇게 말함으로써 계급투쟁 논리의 시의성(時宜性)을 부인한다면, 그것은 정치적인 것의 중요성을 외면하는 것이 아니라 도리어 그 나름으로 중대한 정치적 발언을 행한 것으로 볼 수 있다. 리비스가 보기에 가장 뜻있는 정치적 행동은, 모든 진정한 인간가치를 마침내 말살해버릴 것이 분명한 산업기술문명에 대하여 우리가 인간으로서 진실로 "책임감 있게, 그리고 지성적으로" 반응하는 일이었다. 이것이 그의 핵심적인 문제였다.

그동안 현대의 양심적인 지식인들 사이에서 맑스주의가 차지해왔던 큰 비중을 생각하면, 실제로 리비스의 진의가 왜곡 없이 이해되기란 쉽지 않았을 것으로 보인다. 자본주의의 세계 지배에 대한 대응으로서 사회주의적 전망을 고려한다는 것은 당연한 일이고, 그런 만큼 맑스주의의 역사적 의의는 경시될 수 있는 게 아니다. 그러나 맑스주의 논리의 주도 밑에서 구축되었던 '현실사회주의'가 사실상 해체된 지금, 리비스의 메시지가 좀더 정당하게 받아들여질 수 있는 조건은 도리어 성숙된 것으로 볼 수 있다. 엄밀히 볼 때, 실패한 것은 사회주의라는 크고 오래된 사상적 원칙 그 자체라기보다는 사회주의라는 이름을 빌린 현대적 산업 이데올로기인지도 모른다. 실제로 돌이켜볼 때, 리비스가 이미 1930년대에 정확히 간파한 대로, 현대세계에서 맑스-레닌주의가 주로 행한 것은 자본주의의 과제를 좀더 효과적으로 수행하는 역할, 즉 보다 효율적인 산업화 이데올로기로서의 역할이었음은 분명한 사실이기 때문이다.

지금은 리비스의 생존 시에 비해서도 상황은 극적으로 악화되었다. 무엇보다 리비스의 생존 당시에 비해 압도적으로 악화된 생태적 위기상황을 생각하면, 이제 산업문명이 근본적인 방향전환을 하지 못한다면 파국은 불가피한 것으로 보인다. 리비스가 이런 문제에 대하여 직접적으로 유용한 성찰을 남겨 놓았다고 할 수는 없다. 그러나 이미 그의 평론활동의 초기부터 리비스는 산업문명 속의 심각한 인간위기에 주목하였고, 만년에 이르러 한층 절박한 어조로 이 문제를 집중적으로 언급하면서 이미 재앙은 시작되었다고 되풀이해서 말했던 것이다. 어떤 면에서, 비평가로서 또 교육자로서 리비스의 전 생애는 여하히 산업기술체제의 파멸적 힘으로부터 '삶의 가치'를 수호할 것인가 하는 데 바쳐졌다고 할 수 있다.

예를 들어, 컴퓨터의 놀라운 기술적 가능성에 고무된 일부 지식인들이 컴퓨터에 의한 시작(詩作)이 곧 현실화될 세상을 운위하는 것에 대하여 리비스가 극도의 분노와 혐오감을 표시했을 때, 그는 물론 오랜 인문적 전통의 대변자로서 반응한 것이었다. 하지만 그것은 또한 갈수록 기승을 부리는 기계적 추상화와 환원주의에 의해 인간다운 삶이 뿌리로부터 침해당하는 현실에 대한 그 나름의 외로운, 그리고 가열한 저항의 표현이었다. 그런 점에서, 리비스가 전력을 다해 수호하려 한 '삶의 가치'가 극도로 위축되고 있음이 분명해진 오늘의 상황에서 리비스의 중요성은 한결 더 커졌다고 말할 수 있다.

그리고 한때 좌파 지식인들에 의해 정치적 반동성의 증거로 해석된 리비스의 이른바 "비정치적 문화주의"라는 것도 기실 역사적 행동을 포기한 소시민 지식인의 입장이라기보다 오히려 차원이 다른 정치적 저항을 나타내는 것으로 볼 여지가 크다는 점을 여기서 우리는 주의할 필요가 있다. 리비스는 맑스주의자들이 흔히 빠지는 경제결정론, 혹은 토대-상부구조의 논리를 실제로 유익한 문화이론으로서 받아들일 수 없음을 명확히 한다. 그러면서 그는 자율적인 인간정신에 대한 그 자신의 신념을 다음과 같이 토로하는데, 이것은 오늘의 시점에서 더욱 깊이 음미해 볼 가치가 있는 것으로 생각된다.

> 계급들을 초월해 있는 관점이 있다. 단순히 계급에 기원을 두지 않고, 또 경제 상황을 반영하는 것이 아닌, 지적이고 미학적이며 도덕적인 활동이 있을 수 있다. 인간정신의 어떤 자율성을 계발함으로써 성취해야 할 '인간문화'가 존재하는 것이다. 그러한 관점이 도달하기 어렵다는 사실은 그러한 가능성과 필요성을 더욱 강조해야 할 책임을 지식인들에게 부과한다. 그러한 활동은 정신적 기율의 문제이다. 맑스주의적 태도에 대해

서 논평할 수 있는 것은, 맑스의 의도가 무엇이었든 그러한 태도가 문화를 단순히 경제적 조건에 따라 움직이고, 문명의 기계에 종속되는 역할 이외의 것이 되게 하는 어떤 종류의 정신적 기율을 적극적으로 손상하는 것처럼 보인다는 것이다.[6]

토대-상부구조론이 과연 현실적으로 타당한 것이냐 하는 논의를 여기서 새삼 전개할 필요는 없다. 그러나 지금 시점에서 말할 수 있는 것은, 현대세계의 경험으로 보아 그것은 초기 맑스주의 이론가들이 상정했던 것과 같은 방식으로는 타당성이 별로 없다는 점이다. 오히려 흔히 맑스주의자들이 비웃어왔던 '독립적 지식인'이라는 개념을 다시금 음미해볼 역사적 필요성은 증가했다고 할 수 있다. 물론 '독립적인 지식인'이라는 것은 문맥에 따라서는 한갓 허위의식의 표현일 수도 있다. 하지만 자신들의 출신 계급의 이해관계와는 어긋나게 부르주아체제에 대한 근본적인 도전을 기도했던 맑스, 엥겔스를 비롯한 수많은 혁명적 혹은 비판적 지식인들을 기억한다면, 리비스가 말하는 '계급들을 초월하는 관점이나 문화'를 간단히 부정하기는 어려울 것이다.

그러나 인간정신이라는 어떤 신비스러운 실체가 있어서 이것이 자동적으로 계급적 이해관계를 넘어서는 문화를 낳을 수 있다고 리비스가 생각하는 것은 아니라는 점은 강조될 필요가 있다. 리비스가 말하려는 것은 "인간정신의 어떤 자율성을 계발"함으로써 성취될 수 있는 "인간문화"이다. 여기서 리비스는 "최초로 진정하게 인간다운 문화"를 향한 토대를 마련하기 위해서 지적 기율을 연마하는 노력의 중요성을 이야기한다. 무엇보다 리비스는 인간이 이해관계를 초월한 관점에 도달한다는 것이 얼마나 힘든 것인가를 너무나 잘 이해하고 있었다. 그렇기 때문에 그는 도처에서 "사심 없는 지성적 책임감"에 관해 누누이 언급하고 있는 것이다.

지금에 와서 우리는 계급을 초월한 관점, 또 그것을 위한 지적 기율의 필요성을 말하는 리비스의 견해를 단순히 관념적이거나 비현실적인 것으로 무시하기는 어려울 것이라고 생각한다. 만약 리비스의 이러한 견해가 정말 몽상적인 것에 그치는 것이라고 한다면, 계급투쟁 논리는 그보다도 더 비현실적인 것이라고 해야 할 것이기 때문이다. 리비스는 현대 산업사회에서 다수 노동자들이 '비인간화'에 노출돼 있는 현실에 민감하게 반응하였고, 이른바 '높은 생활수준'이라는 기준을 만족시킨다는 것이 얼마나 큰 인간적 상실을 수반하는 것인가를 강조하였다.

> 실제로 전형적이라고 간주될 수 있는 노동계급 사람들에 관해 말한다면, 우리는 그들에 대해서 어떤 도덕적 분노를 느끼는 게 아니다. 우리가 느끼는 수치스러움과 염려와 두려움은 우리의 문명이 그들을 망가뜨려온 방식에 대해서이다. 그들은 문화적 연속성이 단절된 진공 속에서 '높은 생활수준'을 누리도록 버려져왔다.[7]

이 문제는 자본주의에 대한 사회주의적 대안이라는 전통적인 관계설정으로는 그 본질이 온전히 포착될 수 없는 근원적인 위기이며 재난이다. 리비스는 이것을 한마디로 "삶의 의미의 상실"이라는 말로 표현한다.

> 산업대중에게 있어서 그들의 노동은 그 자체 아무런 의미도 갖고 있지 않고, 아무런 만족스러운 이해를 제공해주지도 않는다. 그들은 여가를 위해 삶을 저축한다. 디킨스의 세계에 등장하는 조상들보다 그들은 훨씬 더 많은 여가를 갖고 있지만, 그러나 그들은 여가를 어떻게 쓸지 모른다. 단지 텔레비전 앞에서, 자동차 안에서, 빙고 홀에서, 당구장에서, 스페인으

로 가서 생선과 감자칩을 먹고 돈을 소비하는 것과 같은 우둔한 방식으로 말고는 말이다. 그들을 문화적으로 박탈하고, 인간적으로 불구로 만들어 온 문명은 그들의 삶 혹은 여하한 삶에 대해서도 의미를 부여할 수 있는 아무런 단서도 주지 않는다.[8)]

'의미'는 가장 깊은 인간적 욕구이다. 따라서 그러한 욕구에 대한 위협은 심각한 인간적 재난일 수밖에 없다. 현대문명은, 자본주의체제든 맑스주의에 토대를 둔 체제든, 이와 같은 근원적인 인간욕구에 대한 몰이해에 기초하여 단순히 외면적인 발전, 즉 '생활수준'의 향상이라는 척도에 매달려 있다고 리비스는 비판한다. 따라서 이른바 '계몽된' 지식인들의 (피상적인 수준에서의) 유물론적 인간이해는 참다운 의미의 인간이해도 '계몽'도 아니고, 오히려 치유하기 어려운 정신적 질병을 나타낸다고 볼 수 있다. 리비스에 의하면, 그러한 질병의 확산으로 인해 지금은 '문명'이 붕괴 직전에 이르렀다. 그는 "정신적 속물주의"라는 용어를 가지고, 그러한 인간이해 방식을 다음과 같이 언급하고 있다.

'정신적 속물주의'라는 말로써 내가 뜻하는 것은 인간사에 있어서 우리가 고려해야 할 유일한 현실이 수량적 측정, 집합, 평균화가 가능한 것이라고 믿는 암묵적 태도이다. 이러한 속물주의와 함께 나날의 생활에서 인간적 반응이 요구하는 창조성은 제거되고 만다. 의미와 가치에 관계하는 그러한 일상적 창조성 없이는 어떠한 진정한 현실도 존재할 수 없다. 존재하는 것은 다만 알코올과 섹스와 먹기와 배경음악, 그리고 신문과 텔레비전이 제공하는 것으로 채워질 수밖에 없는 공허함뿐이다.[9)]

리비스의 문명 비평이 그다지 독창적인 것이라고 말하기는 어려울지 모른다. 되돌아보면, 이런 종류의 비평은 이른바 낭만적 반자본주의 문명 비판 혹은 인문주의적 전통에서 끊임없이 되풀이돼온 비판 방식을 크게 벗어난 것이 아니라고 할 수 있다. 그런데 리비스의 경우가 주목에 값하는 것은, 그가 이 문제에 접근하는 방식이 일반적인 추측과는 달리 철저히 비엘리트적이라는 점, 그리고 이러한 비평적 안목에 근거하여 오늘날의 가장 핵심적인 '저항 수단'으로 무엇보다 교육의 가치를 역설하고 있다는 점 때문이다.

3

리비스는 언제나 '교육받은 소수'의 중요성을 강조하였다. 그 결과, 그는 흔히 엘리트주의자로 간주되어왔지만, 그러나 일견 모순되어 보이기는 하나 '교육받은 소수'에 대한 강조는 오히려 리비스의 건강한 민중성과 떼어 놓을 수 없는 관계에 있다는 점을 우리는 이해하지 않으면 안된다. 무엇보다 '교육받은 소수'라는 개념은 단순한 엘리트주의의 표현이 아니라, 그 나름의 뜻깊은 역사에 대한 통찰, 현대적 상황에 대한 민감한 반응, 그리고 새로운 삶의 가능성에 대한 기대 혹은 전망—이러한 좀더 총체적인 비전 속에서 자연스럽게 구상된 리비스의 독특한 개념임을 유의할 필요가 있다.

앞에서 본 것처럼 리비스의 관점에서 볼 때, 오늘의 삶의 근본적 위기가 '의미'의 박탈을 강요하는 산업문명 그 자체에서 연유한다면, 정말 필요한 것은 전통적인 의미의 계급투쟁이 아니라 일종의 '문화혁명'이라고 보는 게 자연스럽다. 적어도 문화적인 측면에서 계급들 간에 하등 실질적인 차이가 드러나지 않는 시대 상황에서, 산업소비문명의 논리에 대항할 수 있는 광범한 대중적 비판세력을 조직한다는 것은 거의 무망

하다고 할 수 있다. 따라서 실질적인 저항은 보다 예민하고 의식적인 소수에 의해서만 시작될 가능성이 있을 뿐이라는 게 리비스의 암묵적인 통찰이었다.

이러한 아이디어는 지나치게 지식인 중심의 사고방식이라고 말할 수도 있다. 그러나 그것은 사실상 산업노동자들의 혁명적 조직화를 더이상 기대하기 어렵게 된 상황에서, 그리고 무엇보다도 문제의 본질이 '문화적 투쟁'에 있다고 보는 시각에서는 현재 남아 있는 거의 유일한 저항의 가능성을 정직하게 말하는 것인지도 모른다. 이러한 점을 깊이 따져보지도 않고, 리비스를 전형적인 엘리트주의자로 간주하는 것은 지나치게 성급한 판단일 것이다.

교육의 문제에 관한 리비스의 본격적인 관심은 데니스 톰슨과 함께 쓴 초기 저작 《문화와 환경》(1933)에서부터 분명히 표명되었다. 이 책은 압도적으로 공리주의 일변도의 사고방식과 상업주의에 의해 지배되고 있는 오늘날의 매스미디어와 광고의 위해(危害), 즉 '죽음의 세력'에 맞서서 어떻게 학생들이 비판적 의식을 가진 인간으로 성장하도록 도울 것인가, 그 실제적인 프로그램을 구체적으로 제시하고 있는 저술이다.

여기서 리비스가 제시하는 교육의 목표는 "삶의 기술을 장악할 수 있는 능력을 갖게 하는 것(to give command of the art of living)"이다. 그러니까 중요한 것은 여하히 인간다운 삶을 주체적으로 수호하기 위한 '기술', 즉 정신적·지적 능력을 온전히 배우고 발휘하느냐이다. 이는 계급투쟁과 같은 직접적인 정치투쟁에 대한 대안으로서 세계를 변혁하고, 문명의 갱신을 위해 적극적으로 개입하려는 시도라고 할 수 있겠지만, 그 과정에서 '가르치는 일'(그리고 배우는 일)은 매일매일의 실제적인 저항투쟁이 되는 것이다.

이 책보다 먼저 집필된 《대중문명과 소수문화》(1930)에서와 마찬가지로, 《문화와 환경》에서 교육이 맞서 싸워야 할 가장 큰 적대 세력으로 리비스가 본 것은 바로 광고기업이다. 광고는 그 자체의 힘으로서도, 또 언론에서 차지하는 비중에 있어서도 가히 파멸적이라 할 수 있다. 리비스에 의하면, 광고야말로 오늘날에 있어서 문화의 급속한, 그리고 전면적 쇠퇴를 초래하는 원흉의 하나이다.

> 광고전문가는 오랜 기간에 걸친 주의 깊은 실험 결과에 근거하여 그가 의도한 반응을 대중으로부터 끌어내는 일을 '과학적으로' 시작한다. 그는 대중 가운데 평균적인 사람이라면 자동인형처럼 반응할 것이라는 자신감을 가지고 광고를 만들어낸다.[10)]

그러나 모든 교육, 모든 지적 훈련이 '삶의 가치'를 보호하는 데 이바지하는 것은 아니다. 오히려 오늘날 교육의 지배적인 경향은 삶에 대한 진정한 책임감을 조장하기는커녕 '삶의 빈곤화'에 기여하고 있다. 리비스의 평론이나 강연의 어느 곳에서나 이러한 견해가 끊임없이 개진되어 있지만, 특히 당대의 지적·교육적 상황에서 주류의 입장을 대변한다고 볼 수 있는, 예컨대 C. P. 스노 같은 지식인에 대한 비판 속에서 리비스는 자신의 관점을 명확히 천명하고 있다. 생활수준의 향상이라든지 과학기술의 진보와 같은 척도에 의해서 대다수 지식인들이 기대하고 있는 이른바 사회적 희망(social hope)이라는 것은 기실 지식과 교육의 이름으로 인간을 말살하여 한갓 자동인형으로 만들어가는 과정일 뿐이라고 리비스는 신랄하게 말한다.

> 스노의 '사회적 희망'은 매혹적인 것이 아니다. 그것은 우리의 임박한 미래를 오늘의 미국에서 보고 있다. 즉 에너지, 의기양양한 테크놀로지,

생산성, 높은 생활수준과 삶의 빈곤화 — 요컨대 인간의 공허함, 이런저런 종류의 알코올을 끊임없이 갈구하는 공허와 권태로움, 그것이 그 내용이다.[11)]

현대 산업사회가 과거 어떤 사회에 있어서보다 풍부한 물화(物貨)와 지식과 기술이 넘쳐나는 곳이면서도 압도적으로 공허와 권태가 지배하고, 그럼으로써 삶이 전반적인 무의미, 빈곤에 시달리고 있다는 것이 사실이라고 할 때, 리비스가 다음과 같이, 이른바 미개사회에 비하여 현대적 문명세계가 정말로 바람직한 사회라고 할 수 있겠는가, 라고 단도직입적으로 묻는 것은 극히 당연한 반응이라고 하지 않을 수 없다.

현대사회에서의 평균적인 개인이, 놀라운 삶의 기술과 생명력 넘친 지성을 가진 한 사람의 부시먼, 인디언 농부, 혹은 가열한 생존력으로 삶을 버티고 있는 미개 부족의 일원보다 더욱 풍부히 인간적이거나 더욱 살아 있다고 누가 감히 주장할 수 있을 것인가?[12)]

물론, 여기서 표명된 것은 단순히 원시적 삶의 복귀를 꿈꾸는 상투적인 관점의 하나가 아니다. 오히려 여기에서 우리는 리비스 특유의 독특한 시각을 느낄 수 있는데, 그것은 "더욱 풍부히 인간적이거나 더욱 살아 있는(more fully human, or more alive)"이라는 표현에서이다. 누구나 인정하듯이, 리비스의 비평에서 '삶(life)'은 가장 핵심적인 개념이다. 리비스 자신은 이 개념을 더 명확히 정의하기를 거부했고, 또 독자로서도 몇 마디로 이것을 정리한다는 것은 거의 불가능하다는 것을 흔히 느낀다. 그럼에도 불구하고, 막연하긴 하지만 이 '삶'이라는 개념은, 근대적 상황과 그 속에서 전개돼온 문학과 예술의 의의를 설명하고 평가하는 작업에서 필수불가결한 용어라고 생각하는 리비스에게 우리는 공감하지 않을 수 없다. 리비스의 생각처럼, 이 개념에 대한 논리적 설명이나 정의(定義)를 요구한다는 사실 자체가 현대세계의 재난의 징표를 드러내는 것인지도 모른다. 그는 이러한 개념을 사전식으로 설명하는 것은 불가능하기도 하고 무의미하다는 점을 인정하고, 이 '삶'이라는 말이 무엇을 의미하는지 대뜸 알아차릴 수 있는 능력이야말로 진정한 교육을 통해서만 달성될 수 있는 것이라고 말한다. 하기는 삶이니 생명이니 하는 개념을 논리적으로 설명하지 않으면 만족하지 못하는 정신 상태야말로 기계·기술주의 사고가 갖는 특성의 하나일 수도 있다.

> 테크놀로지의 변화는 심대한 문화적 결과를 초래한다. 거기에는 하나의 암묵적인 논리가 있는데, 그것은—창조적인 지성이 개입되지 않는다면—무엇이 참다운 인간적 욕구이며 목적인가를 분간하는 기준을 극히 단순화하고, 또한 본래 과학은 하나의 수단이 되어야 함에도 불구하고 과학 그 자체를 목적으로 삼는, 치명적으로 그릇된 개념을 낳는다.[13)]

테크놀로지의 진보와 거기에 토대를 둔 생활수준의 향상이 도리어 삶의 빈곤화를 초래한다는 것은, 테크놀로지에 내재된 논리 바로 그것이 인간의 삶을 극단적으로 단순화하는 환원주의적 논리이기 때문이다. 스노 같은 당대의 '존경받는' 지식인의 견해로는 인류의 3분의 2가 굶주림으로 죽어가고 있는 상황에서 무엇보다 필요한 것은 과학기술이지 인문적 교양이 아니었다. 그러나 정작 중요한 것은, "기술 그 자체가 더욱 인문적이고 철학적으로 되지 않는 한, 기술도 아무 소용이 없다"는 사실이다.[14)] 아마도 이것을 제대로 이해하지 못하기 때문에 과학기술과 인문적 문화를 분리해서 보는 이른바 '두 개의 문화론'이 제기된다고 할 수 있다. 리비스는 과학기술 문화에 대하여 인문적 문화를 배타적으로 옹호하려고 한 게 아니다. 그가 강조한 것은 '삶의 가치'에 의해 이끌리지 않는 과학기술이란 삶을 근원적으로 그르치는 재앙이 될 뿐이라는 점이었다.

리비스에게 언제나 중요한 것은 '삶에 대한 책임감'이다. 그가 시대의 대세에 묵종하거나 혹은 체념하고 자포자기에 빠져 있을 수 없는 것은 그 때문이다. 리비스는 '창조적 지성'의 존재를 확고히 믿는다. 오늘날 과학기술의 발전 수준은 엄청난 충격과 변화를 초래하고, 따라서 그 과정에서 '삶'의 의미는 근원적으로 박탈될 가능성이 높다. 그러므로 인간은 과거 어느 때보다도 "온전한 인간성을 온전히 지성적으로 소유하고" 있어야 할 필요가 있다. 여기서 '소유'라고 하는 것은 재산이나 권력을 소유하는 것과 같은 의미가 아니다. 그것은 리비스 자신의 말로 표현하면, "우리가 거기에 속해 있는 존재의 근원에 대한 살아 있는 기본적인 공경심"을 뜻한다. 말할 것도 없이, 리비스가 여기서 말하는 '공경심'은 여하한 기성 종교의 교리나 도그마와도 관계가 없는 것이다. 하지만 거기에는 보다 심원한 의미의 '종교성', 즉 존재의 궁극적 근원에 대한 겸허한 의식이 내포되어 있다는 점을 놓쳐서는 안된다(세상 만물을 오로지 인간 자신의 욕망과 의지라는 기준에 의해서 난폭하게 이용, 약탈, 수단화함으로써 산업기술주의 문명은 그동안 숱한 생태적·사회적·인간적 재난을 초래해 왔고, 오늘날 우리가 보듯이 그 결과는 인간 생존의 지속성 자체가 불투명해져 버린 기막힌 상황이다. 그런 점에서 과학기술 지상주의로 인한 재앙의 필연적인 도래에 대해서 끊임없이 경고했던 리비스는 누구보다도 예리한 예지의 비평가였다고 평가될 수 있다. 그리고 리비스의 그 예지는 남달리 예민한 그의 종교적 감수성에 뿌리를 두고 있었던 것이 아닐까, 우리는 추측해볼 수 있다).

여하튼 '창조적 지성'의 힘으로, 혹은 존재의 근원에 대한 깊고 겸허한 자세에 뿌리를 둔 지성적이고 책임감 있는 마음을 가지고, 우리가 테크놀로지의 위협에 맞서지 않으면 안된다고 할 때, 그러한 논리의 당연한 귀결은 교육의 중요성에 대한 강조이다.

4

리비스의 교육에 대한 생각은 이른바 공리주의적 교육관과 철저히 대립적이다. 리비스는 시대의 주류가 이미 공리주의적 사고에 깊이 침윤되어버린 상황에서 그가 생각하는 것과 같은 '근원적인 삶-생명'의 가치를 옹호하는 교육이 쉽게 어느 수준에서나 이루어질 수 있으리라고 순진하게 믿지 않았다. 그래서 비록 소수일지라도 지적, 도덕적, 정신적으로 살아 있는 "교육받은 공중"을 형성·유지하기 위한 "의식의 중심(centre of consciousness)"을 세워야 한다고 생각하게 된 것이다. 그러한 '중심'은 리비스에게는 케임브리지대학으로 대표되는 전통 깊은 교육연구기관인데, 그중에서도 인문적 전통이 가장 풍부히 보존·전승되어 온 문학 연구 및 비평 분야가 핵심적이라는 것이다. 리비스는 대학에서의 문화 연구나 교육은 단순한 연구나 교육 이상의 의미를 갖는다고 생각한다. 그것은 이제 다른 곳에서는 거의 남아 있지 않은, 살아 있는 인간가치를 기억하고 확인하며 되살릴 수 있는, 현재로서는 유일한 진지(陣地)로 생각되기 때문이다.

> 대학은 … 궁극적인 인간목적에 속하는 것이 아니다. 대학은 현재의 문명이 극히 긴급하게 필요로 하는 것에 대한 응답이다. 그 필요란 문화적 연속성, 즉 사물에 대한 지각과 판단력, 책임감과 정신적 능력을 살아 있게 하고, 변화에 대해 민감하게 반응토록 하며, 권위 있는 지침이 될 수

> 있게 하는 끊임없는 협동적 갱신을 확보하는 길을 발견하는 것이다. 그러한 연속성 속에 내재된 창조적 노력이 소수에게 힘을 불어넣어줌으로써 과학자와 기술자와 경제학자들이 막아낼 수 없는 재앙으로부터 인간이 회피할 수 있는 기회가 만들어지는 것이다. 믿음뿐만 아니라 정신의 영역, 인간적 의미의 영역에서의 창조성도 반드시 필요하기 때문이다.[15]

대학과 대학에서의 인문교육에 이처럼 중대한 의의를 부여한 것은 리비스 자신의 역사의식의 소산이라고 할 수 있다. 인간의 삶이 살아 있는 의미를 지니고 유지되기 위해서 불가결한 것이 '문화적 연속성'이라고 한다면, 이것은 주어진 문화전통을 계승하고 또 새롭게 하는 끊임없는 협동적 삶의 실천에 의해서 보존된다고 할 수 있다. 이러한 과정은 본래 공동체적 삶이 영위되고 있던 곳에서는 어디서나 자연스럽게 실현되고 있었다. 리비스에 의하면, 현대세계의 최대 비극은 바로 이러한 공동체적 삶이 붕괴돼버렸다는 데 있다. 리비스는 근대 자본주의와 산업혁명, 그리고 과학기술의 발달로 예전의 촌락 중심의 유기적 공동체들이 사라지고 있었으나, 19세기 말까지 농촌지역에서는 아직도 다소간 공동체적 삶의 잔영이 남아 있었다고 생각한다. 공동체적 생존 공간에서만 있을 수 있는 '삶의 기술'에 관한 리비스의 관심은 일찍이 조지 스터트의 유명한 책《수레 제조공의 가게》(1923)에 대한 언급을 통해서 다음과 같이 표명된 바 있다.

> 우리가 잃어버린 것은 유기적 공동체와 그것이 체현하고 있던 살아 있는 문화이다. 민요와 포크댄스와 양치기의 오두막과 손으로 만든 물건들은 단순한 물건 이상의 것을 말해준다. 그것은 질서 있고 패턴화된 하나의 기술, 삶의 방식을 보여준다. 거기에는 사회적 기술과 상호 교섭의 규

약이 들어 있고, 자연환경과 사계절의 리듬에 대한, 까마득한 옛날부터의 경험에서 우러나온 민감한 적응력이 내포되어 있다.[16)]

리비스가 여기서 정말 유감스러워하는 것은 단지 농촌적인 삶이 도시적·산업적인 생활로 변했다는 것이 아니라, 자연적 시간의 리듬에 따라 영위되던 유기적 삶의 소멸로 인해 이제는 농촌이나 도시를 막론하고 '살아 있는 문화'를 모두 잃어버렸다는 사실이다. 옛 공동체에서의 삶은 실제로 인간다운 삶을 보장하는 건강한 문화의 모태였다. 그곳에서는 노동이란 괴로운 노역이 아니라 '삶의 의미'를 구현하는 매개체였다. 예를 들어, 수레를 만드는 장인의 가게는 "사람들이 자기 자신을 존경하면서 충족감을 느낄 수 있는" 장소이기도 했다. 이는 숙련된 장인들뿐만 아니라, 공동체 성원들의 일반적인 현실이었다. 거기에서는 근대적 산업사회의 전형적인 체험이 되어버린, 생활과 노동의 분리라는 현상이 존재하지 않았고, 오히려 노동은 인간의 삶에 위엄을 부여하는 힘이었다. 누구든 자기가 수행한 노동의 산물이 그 자신과 가족, 혹은 자신이 친밀히 잘 알고 있는 이웃들의 생활상의 진정한 필요를 위해 쓰인다는 것을 완전히 이해하고 있었다. 게다가 수레를 만드는 장인의 경우, 그는 자신이 다루는 목재가 원래 마을의 뒷산에 서 있던 살아 있는 나무였고, 그것이 어떤 경로를 거쳐 자기의 손에 도달한 것인지를 잘 알고 있었다. 다시 말해서, 그들은 인간적인 의미가 풍부하게 살아 있는 환경에서 삶을 향유하고 있었던 것이다.

유기적 공동체에 대한 리비스의 견해가 반드시 균형 잡힌 것만은 아니라는 비판도 있을 수 있다.[17)] 그러나 리비스가 단순한 노스탤지어에 빠져 있는 것은 아니고, 소멸된 공동체가 되돌려질 수 없다는 것을 모르는 것도 아니다. 리비스에게 있어서 삶이란 언제나 '성장과 변화'이며,

미지의 것에 대한 '열려 있음'을 의미한다. 따라서 과거의 어떤 생활이 아무리 아름다운 것이었다 하더라도 거기에 인간의 의식을 고착시키는 것은 삶의 가능성을 막는 것이며, 무엇보다 '책임감 있는' 태도라고 할 수 없다. 그는 다음과 같이 냉정하게 말한다.

> 내가 30년 전에 《수레 제조공의 가게》에 묘사된 문화적 가치와 경제적 사실 사이의 관계에 대하여 언급했을 때, 나는 그것을 우리가 회복시켜야 할 것으로서가 아니라 마침내 사라져버린 것으로서 지적했다는 점을 여기서 되풀이해둔다.[18]

그러면 무엇 때문에 옛 공동체를 기억해야 하는가? 우리가 옛 질서와 옛 생활방식을 기억할 필요가 있는 것은 새로운 생활, 새로운 질서를 위한 하나의 중요한 암시나 자극을 받기 위한 까닭이라고 리비스는 말한다. 다시 말해서, 옛 공동체에 대한 우리의 기억이란 "인간적으로 하나의 정상적인 상태 혹은 자연스러운 상태"에 대한 기억이다.

리비스에게 '뿌리'는 정상적인, 혹은 자연스러운 삶을 위한 필수적인 조건이다. 《교육과 대학》(1943)과 같은 초기의 문화비평에서부터 리비스가 크게 주목했던 것은 현대적 매스미디어에 의한 대량 정보의 문제였다. 그가 보기에 대중전달매체에 의한 정보 제공은 진정한 지식의 향상에 기여하는 게 아니다. 현대세계에서 정보라고 하는 것은 '일종의 뿌리 없는 지식'에 지나지 않는다. '뿌리'란 결국 유기적 공동체를 전제로 하는 개념인데, 그것은 삶이든 문학이든 건강한 생명을 누리는 데 불가결한 것이다. 예를 들어, 셰익스피어의 문학이 위대한 것이 될 수 있었던 결정적인 요인은 그 문학이 한 유기적 공동체에 굳건히 '뿌리를 내리고' 있었다는 데 있다.

> 셰익스피어의 위대성의 조건이 무엇인가에 대하여 여기서 간단히 생각해보자. 그는 물론 르네상스의 힘을 대변하고 있다. 그러나 영어의 수준이 이미 거기에 도달해 있지 않았더라면, 즉 새로이 편입된 것들과 온갖 발효물과 문학적 개화(開花)에 반응하고, 그럼으로써 그 본질적 성격을 상실하기보다 오히려 더욱 강화할 만큼 충분히 활력 있는 것이 아니었더라면, 르네상스의 힘이 영어 속에 그처럼 자기를 드러내지는 못했을 것이다. 극장이 궁정과 평민대중 모두에게 의존해 있었기에 셰익스피어는 자신의 '언어적 천재'를 최대한으로 발휘할 수 있었다. 그리고 이러한 유리한 조건은 그가 진정한 국민문화에 속하는 행운을 누릴 수 있다는 것을 뜻했다. 즉, 셰익스피어는 극장이 세련된 취향을 가진 사람들과 평민들을 동시에 만족시키는 것이 가능한 공동체에 속해 있었던 것이다. 그것은 흙 속에 뿌리를 박고 있는 국민문화였고, 그 문화의 민중적 토대는 농사였다.[19]

여기서 매우 흥미로운 것은, 셰익스피어의 문학이 뿌리내린 곳은 토착 국민문화이며, 그 문화의 민중적 근원은 바로 농사(agriculture)라는 지적이다. 리비스는 곧 이어서 다음과 같이 말한다.

> 영어의 이 힘은 바로 그 언어의 정신—그 언어를 형성시켰던 영국인들이 압도적으로 시골 사람들이었을 때 형성된 정신에서 나온다.[20]

대부분이 아직 문맹이었고, 라디오나 텔레비전에 의존하지 않고 있던 시대의 민중들—그들의 "마음과 몸, 정신적 삶과 육체적 삶"이 분리되어 있지 않던 시대에 가꾸어진 풍부한 토착언어 전통이 셰익스피어를 낳은 국민문화(national culture)의 주된 밑거름이었다는 것이다. 유기적 공동체는, 그것이 지속적인 생존·생활의 터전으로 남아 있으려면, 당연히 농사를 중심으로 하는 공동체일 수밖에 없을 것이다. 이런 문제에 대하여 리비스가 좀더 직접적으로 부언하고 있는 것은 아니지만, "문화적 해체와 기계적 조직화와 끊임없는 급격한 변화"로 특징지어지는 현대적 삶의 상황에서 리비스가 집요하게 '뿌리'에 대한 관심을 표명한 것은, 그의 내심 깊이 농업 중심의 공동체가 하나의 중요한 척도가 되어 있었음을 암시하는 것인지도 모른다.

문학 창조와 시대적 상황과의 연관성은 리비스의 비평에서 늘 예민하게 의식되고 있다. 이 점에 대한 그의 관점이 극명히 드러나 있는 것은 유명한 강연 〈문학과 사회〉이다. 이 강연에서 리비스는 《천로역정》의 작자, 존 번연이라는 원래 일개 노동자(mechanic)였던 사람이 어떻게 이처럼 진실로 창조적인 작품을 쓸 수 있었던가, 그 시대적 맥락에 주목한다. 이 작품은 작가가 드러내는 어떤 종파적인 신조 때문이 아니라 '궁극적인 삶의 목적'에 대한 도덕적 정열에 찬 진지한 추구 때문에 한 편의 인문적 걸작으로 승화될 수 있었다고 리비스는 지적하고, 그 과정에서 번연이 하나의 풍부한 전통문화에 젖줄을 대고 있었던 사실을 강조한다.[21]

그러니까 문학이든 삶이든 그 어떤 것이든, 결정적인 것은 개인적 재능이나 자질 이전에 그 개인이 속한 공동체의 성격이라고 할 수 있다. 이 점에 대한 흥미로운 예시의 하나는 위의 강연의 마지막 대목에서 볼 수 있다. 여기서 리비스는 미국 동부 애팔래치아산맥 속에서 100년 넘게 살아온 영국 혈통의 어떤 이민 공동체에 대한 인류학적 보고서를 인용한다. 이들은 오랜 세월 외부 세계와 완전히 격리된 채 미국의 주류문화에 동화되지 않고 옛 영국말의 발음을 그대로 간직하고 극히 자족적인 공동체적 삶을 향유하고 있었다. 이런 보고서를 인용하는 리비스의 의도는 쉽게 짐작할 수 있다. 리비스는 이 이야기를 통해서 진실로 건강한 문화에서는 공식적인 교육이나 현대적인 지식이나 기술 등은 결국 부차적인 것이며, 오히려 세대 간에 창조적으로 전승되는 문화전통이야말로 가장 중요한 것임을 말하려 한 것이다.

개인과 사회의 불가분리적 관계를 강조하는 한, 리비스는 존 스튜어트 밀과 같은 19세기 자유주의 사상가의 '원자적' 개인-사회관을 당연히 거부한다. 이런 점에서 리비스는 매슈 아놀드와 관점을 공유한다고 할 수 있다. 아놀드와 리비스는 인문적 상상력의 옹호자로서 연속적인 관계에 있는 사상가들이라고 할 수 있다. 그러나 또한 두 사람 사이에는 무시할 수 없는 차이가 있는 점도 간과할 수 없다. 우선, 아놀드가 거의 언제나 유럽 대륙 문화의 '선진성'에 매혹된 나머지 그것이 영국문화의 귀감이 되어야 한다는 입장에 서 있었음에 반하여, 리비스는 어디까지나 토착적 전통을 중시하는 입장을 고수하였다. 리비스는 고대 그리스의 시인과 극작가들 혹은 괴테에게 의존하지 않고도 셰익스피어 이래의 영국 문화전통은 산업기술문명의 위협에 맞설 수 있는 충분히 창조적인 문화적 능력을 배양해줄 수 있다고 본다. 그리고 무엇보다 리비스에게는 아놀드가 현저히 결여하고 있는 믿음—민중, 땅, 흙의 문화에 대한 뿌리 깊은 믿음이 있었다. 이것은 아놀드가 헬레니즘에 크게 경도되어 있었던 것과는 달리 리비스가 기본적으로 '비국교도(non-conformist)'적 기질이 농후한 사상가라는 점과도 관계가 깊다고 할 수 있다.

피상적인 인상과는 달리 리비스가 늘 민중문화의 근원적 건강성과 창조성을 중시한다는 점은 우리가 염두에 둘 필요가 있다. 리비스를 겨냥한 흔한 비판 가운데 하나는 그가 민주주의를 폄훼하고 문화의 민주화에 적대적인 엘리트주의자였다는 것이다. 하지만 이것은 오해라고 하지 않을 수 없다. 실제로 리비스가 반대하고 혐오한 것은, 이른바 미국식민주주의와 평등이었고, 또한 문화의 민주화라는 명분 밑에서 행해지지만 실상은 수량적 평균화에 불과한 '민주화'였던 것이다. 이런 점을 충분히 살펴보지 않고, 리비스의 엘리트주의를 거론하는 것은 결코 공정한 비판이라 할 수 없을 것이다.

민중 혹은 민중문화에 대한 리비스의 시각이 근본적으로 어떤 것인가를 보여주는 흥미로운 예로, T. S. 엘리엇의 《네 개의 사중주》 중 〈이스트 코커〉(1940)의 한 대목에 대한 리비스의 분석을 들어볼 수 있다. 리비스는 먼저 엘리엇의 작품으로서는 드물게 이 시에서 '전통적인 시골생활'이 엘리엇 자신의 조상들이 살았던 시골을 무대로 흥미롭게 회상되고 있음을 주목한다. 표면적으로 볼 때, 이 대목은 옛 농촌과 시골 사람들에 대한 감미로운 향수의 감정이 토로되어 있는 것으로 읽힐 수 있다. 하지만 여기서 산업화 이전 영국의 시골 민중이 엘리엇에게는 "촌뜨기들(yokels)"로 비하되고 있음을 리비스는 놓치지 않는다.

> 촌스러운 엄숙함 혹은 촌스러운 웃음 속에서
> 투박한 신발에 담긴 무거운 발을 들어올리며,

그러고 나서, "위엄 있고 소란스러운 성찬식"에 관한 튜더(Tudor)식 산문에 이어서 다음과 같은 구절이 나오는 것을 리비스는 주목한다.

> 암소의 젖을 짤 때와 수확의 때
> 남자와 여자의 짝짓는 때
> 그리고 짐승들의 그것.[22]

여기서 우리가 느끼는 것은 결국, 시골 사람들을 '위에서 아래로 내려

다보는' 시선이다. 엘리엇은 시골 사람들에 대한 그 나름의 애정을 표시하면서도, 기실 민중적 삶과 자신 사이에 거리를 유지하고 있는 것이다. 그리하여 그의 관망적 시선에 포착된 옛 시골 민중의 삶은 극단적으로 단순화되어 짐승의 수준으로 환원되고 만다. 엘리엇은 아주 당연하다는 어조로 그것을 이야기함으로써 "촌뜨기들"에 대한 자신의 뿌리 깊은 편견을 자기도 모르게 드러낸다. 리비스는 엘리엇의 이런 자세에 대하여 단호히 일갈한다. 즉, "그러나 엘리엇이 이처럼 단순화해서 보고 있는 그 시골 사람들이 바로 셰익스피어를 가능케 한 영어를 창조했던 것이다."[23)]

결코 잊어선 안될 것은 민중의 언어야말로 "하나의 총체적인 유기적 문화의 표현"으로서 발달되어왔다는 사실이다. 그러니까 현대세계에서 셰익스피어와 같은 위대한 문학의 창조가 불가능한 것은 분명한 까닭이 있다. 바로 그러한 살아 있는 토착적 언어의 토대인 유기적 공동체가 더 이상 존재하고 있지 않기 때문인 것이다.

위에서 보듯이, 리비스의 관점은 철저히 역사적이다. 그리고 리비스의 역사적 사고에서 가장 중요한 것은, 17세기 말에 영문학의 발전에 중대한 전환점이 일어난다고 보는 관점이다. 이 무렵에 '셰익스피어를 가능케 했던' 근원적인 문화적 조건이 소멸되기 시작했다고 리비스는 생각한다. 다시 말해서, 민중문화와 이른바 고급문화 사이에 메울 수 없는 간극이 일어나 갈수록 심화되고, 그 결과 민중적 뿌리로부터 절연된 문학이 셰익스피어와 같이 창조적인 활력을 반영·구현한다는 것은 이제 가능하지 않게 된 것이다.

17세기 말에 이르러 셰익스피어와 같은 위대성을 가능케 하는 조건들은 영구히 사라졌다. 셰익스피어는 일거에 지고(至高)의 르네상스 시인이 될 수 있었고, 일찍이 누구도 할 수 없었던 일, 즉 풍부하고 튼튼한 창조적인 토착어의 배후와 내부에 존재하는 다양한 연속성과 풍부한 인간경험을 그 자신의 문학적 자원으로 삼았다.

1700년대에 이르러 근대문명의 발전에 연관된 변화 중에서 가장 엄청난 변화가 일어났고, 그것은 돌이킬 수 없는 것이 되었다. 포프의 시와 《태틀러》 및 《스펙테이터》의 산문으로 대변되는 새로운 오거스틴 시대의 문화는 세련된 '고급문화'가 전례 없이 민중문화로부터 절연되는 현상을 가져왔다. 사태의 역전은 불가능했다. 18세기 말에 이미 크게 진전되어 있었던 산업혁명은 민중의 전승된 문명에 필연적인 타격을 가했고, 또 가하고 있는 중이었다. 디킨스는 셰익스피어가 누렸던 조건의 일부나마 누릴 수 있었던 최후의 위대한 작가였다.[24)]

17세기 말에 시작된 이러한 절연과 고립의 현상은 20세기에 들어와서는 거의 완벽한 단계에 이르렀다. 그리하여 "한 문화의 생명과 연속성을 유지시키는 보편적 창조성"이 거의 완전히 파괴돼버린 것이다.

5

산업화의 본격적인 진전과 더불어 문학이 건강한 민중적 뿌리로부터 단절되는 경향은 갈수록 심화되었고, 그에 따라 문학도 지적으로나 정신적으로 점점 활력을 잃고, 빈곤하고 왜소한 것으로 되었다. 그러나 천재들이 없는 것은 아니다. 리비스에 의하면, 블레이크, 디킨스, D. H. 로렌스 등은 유기적 공동체가 와해되거나 거의 완전히 파괴되고 있던 불리한 조건 속에서도 창조적인 문학을 일으켜 세운 대표적인 천재들이다.

블레이크의 천재성은 무엇보다 18세기 당시 이른바 '합리주의 문화

(positive culture)'가 활개를 치고 있던 상황에서, 진정으로 살아 있는 진실을 포착·표현했다는 데 있다. 리비스는 블레이크가 소년기에 쓴 작품들에서 이미 이러한 독창적인 천재성이 발휘되고 있었다고 설명한다. 18세기 오거스틴 문학의 지배적인 관습의 하나는 하층민 생활의 소박성을 우아하고 점잖은 방식으로 묘사하는 것이었는데, 블레이크의 초기작《순진과 경험의 노래들》(1794), 혹은 그보다 훨씬 이전의《시적 소묘》(1769~1777)에서 드러난 여러 언어상의 특이한 표현방식은 블레이크의 감수성이나 의식이 당대 민중사회에 깊이 속해 있었음을 암시하고 있다는 것이다. 블레이크의 이러한 면은 좀더 공식적으로 민중적인 친화성을 표방한 워즈워스의 '시골생활(rustic life)'에 대한 관심이 어딘가 외면적이고 겉도는 인상을 주는 것에 비해볼 때 매우 괄목할 만한 것이라고 리비스는 생각한다.[25)]

민중적 전통과 블레이크의 관계는 그의 시적 노력에서 부차적인 의미를 갖는 게 아니다. 블레이크는 당대의 '합리주의 문화'의 근원적인 불모성과 공허함을 꿰뚫어 보았을 뿐만 아니라, 점점 가공할 규모와 속도로 진행되고 있던 산업혁명의 과정에서 인간적 가치들이 근원적으로 훼손되는 것을 누구보다 아프게 느끼고 있었다. 그런데 그의 그러한 민감한 반응은 전통적인 공동체에 대한 기억이 다소나마 아직 남아 있던 당대의 런던 하층민 문화와 그가 이념적으로뿐만 아니라 체질적으로도 연결되어 있었던 데에 크게 연유했다고 할 수 있다.

그리하여 블레이크는 특유의 민중적 감수성으로 삶의 자연스러운 흐름을 억압하는 '합리주의 문화'의 본질을 간파하고, 그것이 왜 거부되어야 하는가를 증언하는 데에 그의 시적 천재를 유감없이 발휘할 수 있었다. 리비스가 가령 셸리와 같은 시인의 '개인주의'를 달갑게 여기지 않고 또 일반적으로 낭만주의시대의 문학적 성취에 썩 공감하지 않으면서도, 근대 영문학의 흐름 속에서 낭만주의적 전통이 이룬 성취를 일정하게 인정한 것은 주로 블레이크 때문이었다고 해도 과언이 아니다.

그러나 블레이크는 유기적 문화의 사회적·역사적 조건이 돌이킬 수 없이 붕괴되어 가고 있던 상황에서 생명과 삶의 가치를 옹호하는 데에 생애를 바쳐 뛰어난 문학적 성취를 이루어냈지만, 후기의 작품에 이르러서 그의 언어세계는 독자들과의 사이에 의사소통이 쉽지 않을 만큼 상당히 난해한 것이 돼버렸다. 필시 이것은 셰익스피어가 누렸던 유기적 공동체가 결여된 상황에서의 시인의 고립된 처지와 연관된 문제였을 것이다.

비평가로서의 리비스의 탁월한 개성은 근대 영문학의 가장 창조적인 흐름을 블레이크-디킨스-로렌스로 이어지는 전통 속에서 보고 있다는 점에서도 확연히 드러난다. 리비스에 따르면, 이 흐름은 한마디로 "인간정신, 즉 삶의 옹호자"들의 전통이다.[26]

블레이크와 마찬가지로 디킨스는 벤담식의 공리주의적 세계관의 근본적인 허위와 부적절성을 폭로하고, 그것을 폭로하는 방식을 통해서 삶의 가치를 치열하게 옹호하고 있다고 리비스는 본다.

> 내가 염두에 두고 있는 것은 벤담식의 계산의 부적절성이 폭로되는 방식이다. [디킨스는] 삶이 자발적이고 창조적이라는 것을 강조함으로써 이기심이 근본적 동기라는 논리가 삶을 죽이는 것임을 보여준다. [그는] 아이의 마음을 통해서 자발성과 사심 없음, 사랑과 경이로움을 느끼는 마음을 옹호한다.[27]

자연스럽고 자유로운 삶의 흐름을 억제하는 힘에 맞서서 그 정체를 적발·폭로하면서, 또 바로 그러한 상황의 중심에서 새로운 변화의 가능성을 발견해냄으로써, 인간의 본원적인 창조성에 대한 궁극적 신뢰를 드러낸다는 점에서 블레이크와 디킨스와 로렌스는 공통된 정신적 전통 위에 서 있다고 리비스는 생각한다. 그리고 바로 이 점에 T. S. 엘리엇과 같은 시인의 한계가 있다고 그는 보는 것이다.

엘리엇에 대한 리비스의 평가는 시기적으로 상당한 변화를 겪는다. 리비스의 초기 저서《영시의 새로운 태도》(1932)는 새로운 시인으로서의 엘리엇의 성취를 설명하기 위해 쓰인 것이라 할 수 있는 비평집이다. 거기서 그는 상투적인 시적 관습에 비상한 충격을 주었던 엘리엇 시의 새로운 표현방식을 매우 높이 평가한다. 물론 이런 의미의 '새로움'에 대한 평가 그 자체는 나중에도 달라지지는 않았다. 문제는, 엘리엇이 시인으로서 원숙해질수록 그의 사고는 인간의 창조성을 근원적으로 부정하는 쪽으로 기울어지고 있다는 점이었다. 리비스에게 무엇보다 거슬린 것은, 블레이크나 로렌스 등을 언급할 때 엘리엇이 드러내는 깔보는 듯한 오만한 태도였다. 리비스는 언제나 "협동적으로 다시 새로워지는 인간세계"에 대한 믿음을 중시했지만, 리비스가 보는 한, 엘리엇에게는 그러한 믿음이 없었다. 어쩌면 이러한 정신적 경향은 좀더 학식이 있고, 좀더 지적으로 세련되어 있는 현대의 지식인·예술가들에게 흔히 드러나는 것일 텐데, 리비스는 이것을 "플로베르주의"라고 부르면서 하나의 병리적 현상으로 파악한다. 예술에의 헌신이니 순사(殉死)니 하는 현대적 관념들은 따져보면 삶의 생생하고 구체적인 현실로부터의 도피에 불과한 경우가 허다하기 때문이다.

그 전형적인 예는 로렌스의《연애하는 여자들》(1920)에 등장하는 전위예술가 뢰르케라는 인물에서 볼 수 있다. 로렌스는 이 인물이 어떠한 메시지도 없는 '무의미'의 공간이라야 현대 예술로서 자격이 있다는 '전위적인' 논리를 펴면서, 동시에 그 자신은 '산업세계'를 찬미하는 작품의 제작에 골몰하는 모순적인 행태를 묘사하고 있다. 로렌스는 이러한 자가당착적인 모순은 현대의 전형적인 예술지상주의자들에게 흔히 나타나는 공통점이라는 것을 암시한다. 즉, 그들이 표방하는 '순수주의'란 실은 체제순응주의와 표리일체의 관계를 이루고 있다는 것이다. "삶 이외에 중요한 것은 없다"라는 것은 로렌스의 핵심적인 발언의 하나이지만, 리비스가 이것을 끊임없이 인용하고 있는 것은 작가 혹은 예술가의 '창조성'이란 형식적인 미학적 구축물의 창조가 아니라 '삶의 옹호자'로서의 책임감을 표현하는 데 있다는 것을 강조하기 위해서였다.

> 인간이 처한 현재의 곤경에서 무엇보다 다급하게 강조되어야 할 필요가 있는 것은 근원적인 인간의 창조성—즉, 인간의 책임감—이라고 내가 주장할 때, 내가 염두에 두고 있는 것은 로렌스에 의해 확인·보강되고 있는 블레이크의 전통이다.[28]

리비스가 "기술공학적-벤담주의 문명"이라고 부르는 산업기술체제는 인간을 극히 수동적인 소비자 혹은 물건의 지위로 끊임없이 격하하는 체제이다. 이러한 체제 안에서 인간과 삶에 대한 책임감을 느낀다는 것은, 리비스에 따르면, 결국 인간의 근원적인 창조성을 신뢰하고, 발견하고, 되풀이하여 표현하는 것을 의미하는 것이다.

앞에서 말했듯이, '삶'에 대한 리비스의 옹호는 과거의 농촌공동체를 단순히 복원하자는 주장이 아니다. 그에게 있어서 '삶'이란 결코 고정불변의 실체가 아니다. 삶이란 '기계화, 내면적 기계화'의 반대명제이다. 블레이크와 디킨스와 로렌스, 그리고 리비스가 산업문명에 가열한 반대 목소리를 내는 것은, 그것이 "그 문명 속에 살고 있는 것을 기계화하는 힘으로써 창조성이라고 하는 뚜렷한 인간적 자질을 위협하고" 있기 때문이다. 그런데 흥미롭게도, 리비스는 그러한 '창조성'의 원천을 "저 아래 깊은 곳에 누워 있는(the source that lies deep down)" 것으로 표현하고 있다. 리비스의 '삶'의 개념이 본질적으로 종교적인 감수성에 토대를 두고 있다는 것을 우리는 여기서 재확인할 수 있다.

리비스의 생애, 특히 후기 20년 동안에 쓰인 그의 평론에서 우리는 강한 종교적 뉘앙스를 띠고 있는 문장들에 빈번히 마주치는데, 물론 이것은 특정 종교의 교의에 관계없이 '존재의 근원'에 대한 겸허한 관심을 드러내는 표현들이다. 어쨌든 이러한 '종교적' 관심은 그 자신에게 갈수록 중요한 의미를 갖게 된 로렌스 문학과의 대화를 통해서 한층 심화된 것으로 보인다. 그러니까 리비스가 벤담식의 공리주의나 기술주의에 심히 비판적인 자세를 취해왔던 것은 결국 그러한 사상 혹은 신조가 일체의 종교적·영성적 차원을 근저에서부터 배제하는 것임을 꿰뚫어 보고 있었기 때문이라 할 수 있다.

> 블레이크와 벤담이 얼마나 대조적인가를 보면, 나의 주된 논점이 좀더 명확해질 수 있을 것이다. 우리는 벤담식의 영감에 조금이라도 종교적인 정신이 들어 있다고 볼 수는 없다.[29)]

종교적 감수성은 '존재의 근원'에 대한 의식으로, 삶의 풍부한 가능성과 무궁한 생명진화의 세계를 향해 열려 있는 감각이라고 할 수 있다. 그러므로 거기에는 '경이로움을 느끼는 마음'이 당연히 수반된다.

> 경이를 느끼는 마음은 새로운 것을 반겨 받아들이는 마음이며, 신성한 가능성을 '반유리즌(anti-Urizen)적'인 것으로 인식하는 마음이다.[30)]

그러한 경탄의 감정은 '삶'에 대한 살아 있는 반응이자 책임감이며 또한 공경(reverence)의 마음이다. 따라서 예술가는 자신의 창조활동 속에서 삶의 무한한 창조적 진화에 봉사하는 '하인'이 된다.

리비스는 블레이크에 대한 존경심에도 불구하고, 블레이크가 하나의 유토피아적 이미지로서 궁극적 도달점인 '예루살렘'을 묘사하려고 애쓴 것에 대해서는 상당히 비판적이었다. 그러한 노력은 블레이크 자신이 그토록 치열하게 거부하고 싸웠던 바로 그 '유리즌(Urizen)적' 기도(企圖), 즉 삶의 자연스런 흐름을 차단·고착화하려는 기도일 수 있다고 보았기 때문이다. 리비스에게 삶-생명이라는 것은 본질적으로 끊임없이 살아 있고 끊임없이 유동적인 어떤 것이며, 따라서 그것은 하나의 궁극적인 구도 속에서 이상화된 형태로 포착될 수 있는 것이 아니다.

> 삶은… 하나의 성취된 궁극적 목표 속에서 마침내 대의명분이 승리를 거두었다는 식으로, 설득력 있게 상상될 수 있는 게 아니다. 왜냐하면 살아 있음은 늘 다시 태어나는 새로움 속에서 끊임없이 되풀이되는 창조성이기 때문이다.[31]

거듭거듭 새로워지고, 늘 새로운 가능성의 씨앗을 잉태하고 있는 세계만이 참으로 살아 있는 삶-생명의 세계라는 것이다. 이렇게 볼 때, 리비스가 공리주의나 경제주의나 기계적 합리주의에 적대적인 태도를 보이는 것은 너무나 자연스럽다. 그의 저항은 언제나 놀랍고, 신선하고, 경탄스러운 삶-생명의 본질을 훼손·파괴하는 가공할 반생명적 힘들에 대한 저항이었다.

여기서 '종교성'은 모든 창조적이고 지성적인 노력의 근원에 있는 필수적 조건이라고 여겨지는 '사심 없는 마음'의 원천이다. 그리고 '삶'은 철저히 추상화를 배격하고, 어디까지나 '개별적인 존재' 속에서만 체험될 수 있는 그 무엇이다. 블레이크나 로렌스의 위대성은 기본적으로 자기 시대의 지배적인 지적, 정신적, 도덕적 흐름에 맞서서 비타협적으로 삶을 옹호한 데 있지만, 또한 그들의 성취는 그들이 일차적으로 자기 자신의 개인적 진실에 충실함으로써 가능해졌던 것이라고 할 수 있다.

그러나 여기서 중요한 것은, 그 개인의 진실, 그 개체적 경험의 참다운 의미는 개인적 테두리를 훨씬 넘어서는 한층 더 큰 근원과의 관계에서만 드러난다는 점이다. 그리하여 리비스는 블레이크가 그 자신의 작품을 두고 한 발언, 즉 "그게 내 것이라고 나는 부르지만, 나는 그것이 나의 것이 아니라는 것을 알고 있다(Though I call them mine, I know that they are not mine)"라고 한 말을 예술에 있어서 개성의 의미를 성찰하는 중요한 단서로 삼는다.

창조적인 예술가에게 있어서는 철저히 개성적인 진실에 충실함으로써만 리비스가 "제3의 영역"이라고 명명하는 예술의 특이한 경지, 즉 사사로운 것도 아니고 피상적인 의미의 공적인 것도 아닌 독특한 '비개성(impersonality)'의 영역에 도달하는 일이 가능하다. 예술가의 개성이라는 것은 표피적인 좁은 자아에 속한 것이 아니라, 그 자아의 차원을 초월해 있는 보이지 않는 근원에 뿌리내리고 있는 것이라고 할 수 있기 때문이다. '기술-벤담주의 문명'의 치명적인 결함은 그것이 그러한 의미의 뿌리에 대한 감각 혹은 의식을 완전히 결여하고 있다는 데 있는 것이다. 그러니까 뿌리가 없기 때문에 표피적인 자아의식만이 전부가 되고, 그러한 자아를 맹목적으로 확장하고자 하는 욕망에 의거한 '권력에의 의지'가 끊임없이 작동하는 것이다.

이런 의미의 '권력에의 의지'의 현대적 전형을 리비스는《연애하는 여자들》의 인물, 제럴드 크라이치에게서 보고 있다. 제럴드는 주도면밀한 경제적 합리성과 기계적 조직화에 입각하여 광산기업 경영에 성공한 모범적인 산업인이다. 그런 점에서 그는 시대의 총아라고 할 수 있다. 하지만 그가 체현하고 있는 '생산성의 윤리'는 본질적으로 공허한 것이다. 그는 그 자신의 구체적인 삶의 진실을 향유하고 있는 것이 아니라, 산업체제에 종속된 하나의 비인격적인 도구에 불과한 존재이다. 이것은 이 인물이 아집(我執)이 강한 인간이라는 점과도 연관된다. 그러므로 작중 인물 어설라의 말을 빌리면, 제럴드는 "모든 개량작업이 다 행해지고 더 이상 개량할 것이 남아 있지 않을 때 죽을 수밖에" 없는 인간이라고 할 수 있다. 이 말은 존 스튜어트 밀의 자서전에 나오는 유명한 에피소드를 연상시키지만, 실제로 밀의 경우와 마찬가지로 여기서도 결국 공리주의적 논리가 삶을 압도하고 있는 상황의 끔찍한 귀결이 언급되어 있는 셈이다. 그렇게 보자면, 공리주의적 합리론에 의거한 사회개량 노력이라는 것은, 조금 더 깊이 들여다볼 때, 단지 분주히 일에 몰입함으로써 자기 자신의 내면의 공허로부터 필사적으로 도피하려고 하는 몸부림에 불과한 것인지도 모른다.

그리하여, '존재의 근원'으로부터 절연되어 오로지 자신의 좁고 피상적인 자아와 권력의지와 이기심에 갇혀 있는 이 공리주의-기술문명 시대의 전형적인 인물에게 최종적으로 남는 것은 "에너지와 육체적 기술과 자동성"이 전부이다.[32)]

제럴드와 같은 '산업인'과는 대조적으로 로렌스의 이 소설에서 '삶의 가능성'을 대변하는 인물, 버킨에게서 리비스가 발견하는 것은 그 인물이 "깊은 원천"을 향해 열려 있다는 점이다.

> [그의] 개인적 삶은 깊은 원천, 미지의 것을 향해 열려 있었고, [그는] 문명이 뿌리를 박은 채 변화하게 하는—즉, 살아 있게 하는—창조적 활

동에서 자기의 역할을 갖고 있었다.[33]

"뿌리를 박은 채 변화"한다 ― 이것이 리비스가 생각하는 창조적인 삶의 과정이다. 중요한 것은, 변화하되 그 변화가 연속성 위에서 이루어져야 한다는 것이다.

말할 것도 없이, '뿌리'라는 것은 유기적 공동체를 전제로 한 개념이다. 그리고 유기적 공동체가 소멸되어가고 있는 시대 상황에서, '뿌리'에 대한 감각과 의식은 블레이크―디킨스―로렌스로 이어지는 전통 속에서 늘 되풀이하여 환기되어온 경험이었다. 그런데 흥미롭게도 리비스의 마지막 평론집《사고, 말, 창조성》(1976)에서 '뿌리'는 이제 인간공동체를 넘어서 우주적 차원으로 연결되어 있는데, 이것은 매우 주목할 만한 진전으로 보인다.

> 그[로렌스]의 "삶보다도 더 중요한 것은 없다"라는 말에는… 삶이 우주에 뿌리박고 있어야 할 필요가 일방적인 것이 아니라는 확신이 들어 있다.[34]

리비스의 비평에서 종교적 시야는 확실히 로렌스 문학과의 비평적 대화가 깊어질수록 한결 분명하게 드러난다. 일찍이 리비스는《무지개》(1915)의 첫 장에 나오는 장면, 즉 이 부분의 남자 주인공이 어느 날 밤 자기 농장의 양(羊)이 새끼를 낳는 동안 양의 우리 곁에 서서 별들이 촘촘하게 박힌 밤하늘을 바라보다가 문득 갖게 된 느낌 ― "그는 그가 그 자신에게 속해 있는 게 아닌 것을 느꼈다(He felt he did not belong to himself)" ― 을 결정적으로 '종교적인 것'의 전형으로 제시하였던 것이다. "감사하게도, 한 그루의 뿌리박은 나무가 자유롭지 못하듯이 나도 자유롭지 않다(Thank God I'm not free any more than a rooted tree is free)"라고 한 로렌스의 말은 리비스가 특히 만년에 인용하기를 즐겨 했던 말이다.

물론 종교적 관심은 리비스의 초기 평론에서부터 일관된 것이었다. "무엇 때문에? 궁극적으로 무엇을 위하여?"라는 물음은 강한 도덕적 정열의 소유자인 리비스에게는 언제나 삶과 문학을 이해·평가하는 데 필수적인 척도였다. 그러나 만년에 이르러 리비스의 종교적 관심은 좀더 직접적이고 공개적인 것으로 된 것이 분명한데, 아마도 그것은 그의 시야가 인간공동체의 테두리를 넘어 우주-생명 공동체로까지 확장된 것과 무관하지 않을 것이다. 깊이도 뿌리도 없이 삶의 의미를 박탈하고, 인간의 내면과 외면을 모두 기계적인 단순화를 통해서 불모적인 것으로 만들면서 그 강도와 범위가 갈수록 커져가는 이 '기술공학적-벤담주의 문명'의 위협적인 압력 밑에서 이제 가장 필요한 것은 영성(靈性)의 회복이라고 그는 생각하였는지 모른다. "우주 속에 뿌리내린 삶"이라는 새로운 리비스의 표현에서, 우리는 그 자신의 부가적인 설명이 없음에도, 그가 산업기술체제의 가공할 지배 밑에서 '삶-생명의 가치'를 더욱더 근원적인 차원에서 옹호해야 할 필요성을 느꼈음을 충분히 알아챌 수 있다.

리비스는 그의 마지막 평론집의 마지막 페이지에서, 우리의 시대가 로렌스의 생존 시보다 훨씬 악화되어 있음을 쓰라린 마음으로 말하고 있다. 셰익스피어를 가능케 했던 유기적 공동체가 완전히 소멸된 것은 말할 것도 없고, 로렌스의 '예술언어(art-speech)'를 가능케 했던 문화적·역사적 조건도 이제는 완전히 파괴돼버렸다. 그리하여 이처럼 변화된 조건에서 새로운 로렌스의 출현은 말할 것도 없이 불가능한 일이 되었다.

로렌스는 '삶-생명의 우위성'에 대한 확고한 신념을 지니고 있던 작가·사상가였고, 그것은 그 자신의 종교적 직관에 의한 것이었다. 로렌스의 종교적 직관은 실로 래디컬한 것이었다. 그는 이 세상에서 인간의 삶이 사라진다고 하더라도 새로운 삶-생명이 우주 속에서 생성될 것이라는 믿음을 가지고 있었다.

그러나 그러한 믿음은 로렌스나 그의 시대에는 가능했을지 모르지만, 현재의 우리들에게는 불가능할뿐더러 아무런 위안도 되지 못한다고 리비스는 말한다. 그럼에도 불구하고, 로렌스와 같은 천재들의 소산, 즉 위대한 문학의 힘에 의지하여 우리의 창조적 노력은 불가피하게 계속되어야 하고, 또 계속될 수 있다, 그리하여 합리주의와 자동주의(automatism)는 지금 승리하고 있는 것 같지만 최종적으로는 패배할 것이며, "결정적으로 새로운 그러나 보이지 않는 삶의 가능성"이 열릴 것이다—라는 게 리비스의 결론이다.[35)]

로렌스의 비평가로서의 업적을 논하는 어떤 에세이에서 리비스는 로렌스가 "온몸으로 서구문명에 저항하여 어떤 방식으로든 수량화될 수 없는 '삶'을 옹호하려 하였다"고 말했다. 이 말은 그대로 리비스 자신에게도 적용될 수 있을 것이다. 그의 경우는, 시와 소설이 아니라 비평의 언어를 가지고 온몸으로 싸웠던 것이다.

식민주의와 '대지의 저주받은 자들'

프란츠 파농에 대하여

1

제2차 세계대전이 끝난 지 수십 년이 지난 지금, 몇몇 예외를 제외하면 이제 식민주의는 과거의 문제가 된 것으로 보인다. 그리하여 사태를 피상적으로 관찰하는 사람들은, 만일 오늘날에도 식민주의가 남아 있다면 그것은 특수한 지역에 국한된 현상이라고 생각할지도 모른다. 또, 그런 식민주의에 관련된 문제가 남아 있다면 그것은 순전히 정치나 군사적 영역의 소관이라고 생각하는 것인지도 모른다.

그러나 말할 필요도 없지만, 식민주의는 한갓 과거의 망령이 아니다. 타국의 군사력에 의해 실제로 강점당한 영토가 있든 없든, 오늘의 세계질서에서 여전히 압도적인 역학은 식민주의적 관계이다. 식민주의는 단적으로 불평등한 사회관계의 표현이다. 식민주의가 본질적으로 경쟁적인 사회관계, 다시 말하여 강자에 의한 약자의 지배를 정당화하는 사회원리에 기초해 있는 한, 군사적 지배의 종식이 그대로 식민주의의 종식을 의미한다고 볼 수 없다. 2차대전이 끝난 뒤 식민지 상태에서 해방된 많은 나라들이 직면하게 된 세계질서는 새로운 차원의 경제적인 혹은 문화적인 예속을 강제하는 것이었고, 따라서 어떤 사람들은 이것을 신식민주의라고 불러왔지만, 용어야 어떻든 그것이 본질에 있어서 식민주의적 관계의 존속을 가리킨다는 사실은 의심할 나위가 없다.

지금, 많은 사람들이 인류의 장래를 걱정하면서, 산업화의 약속 혹은 산업화의 공포에 대해서 말하고 있다. 그러나 오늘날 산업화가 내포하고 있는 근본 문제는 본질적으로 식민주의적 사회관계에 뿌리를 두고 있을 뿐만 아니라 거기서 파생된 문제들과 불가분리적으로 얽혀 있다는 사실이 간과되어서는 안된다. 따라서 산업화의 노력 자체가 결과적으로 헛된 일이 되지 않기 위해서도 우선적으로 사회관계에 있어서의 근본적 변혁이 필요하다는 것은 아무리 강조해도 지나치지 않다고 할 수 있다. 만약 이러한 변혁이 이루어지지 않는다면, 산업화의 진전은 비록 재화와 서비스의 총체적 규모의 증대를 가져온다 하더라도, 빈부의 격차, 정치·사회적 힘의 불균형, 이에 따른 사회적 긴장과 갈등을 심화·격화하고, 나아가 극심한 자연고갈 및 환경파괴라는 파국적 결말을 초래할 것은 불문가지이다. 그러니까 인간사회의 평화로운 존속은 결국 식민주의 혹은 식민주의로 대변되는 약육강식적 사회관계의 청산에 달려 있다는 것은 틀림없는 사실이다.

2

프란츠 파농(1925-1961)은 서른여섯 해라는 짧은 일생 동안 20세기의 사회혁명이나 변혁운동 진영 중 그 어느 누구보다도 강력하게 식민주의의 타파가 갖는 역사적 의미를 명쾌히 설명하고, 반식민지 운동에 직접 뛰어들어 투쟁하다가 일찍 세상을 떠난 탁월한 지식인·혁명가였다.

그는 1925년에 카리브해의 섬 마르티니크에서 원주민 중산층의 아들로 태어났다. 그러나 마르티니크가 프랑스의 식민지였던 관계로 어린 시절부터 프랑스식 교육을 받고, 나중에는 프랑스군의 병사가 되어 2차 대전을 겪는다. 그 후 프랑스에서 의과대학에 들어가 공부를 한 다음, 정신과 의사가 되어 정신치료 분야에서 중요한 연구논문을 발표하는 것과 함께 정신병원에서의 치료방법에 대한 주목할 만한 개혁을 시도하는 등, 장래가 촉망받는 유능한 청년 의사로 지냈다. 이렇듯 존경받는 의사로서 프랑스 사회 내에서의 유복한 삶이 보장되어 있었지만, 그러나 1956년에 이르러 그는 이 모든 경력과 유복한 환경을 던져버리고 알제리혁명에 전사로서 투신한다.

돌이켜보면, 알제리혁명에 참가하기까지의 파농의 생애는 개인적으로 우수한 식민지 부르주아지의 아들이 걸어간 삶의 한 전형적인 궤적을 보여준다고 할 수 있다. 그리고 그러한 삶에서 중요한 것은 개인적인 성공이라는 관념이다. 모든 억압적인 사회의 공통적인 현상은 거기에 공동적 이익의 추구라는 관념은 희박하다는 점이다. 누가 얼마나 머리가 좋으냐, 어느 정도까지 성공의 사다리를 올라갔느냐, 사람의 됨됨이가 어떠냐 등등, 이런 것들은 언제나 사람의 생존을 사회적 전체성 속에서 보지 못하는 곳에서 개인의 삶의 성패를 저울질하는 중심적인 척도로 작용한다.

파농의 전반기 인생에서도 대개 이런 기준이 크게 작용했음이 틀림없다. 다만 파농에게 조금 색다른 면이 있었다면, 그가 의사가 되려는 생각으로 의과대학을 선택한 사실에 암시되어 있듯이, 자기 고향 사람들에게 얼마간 쓸모 있는 일을 하면서 살아야겠다는 젊은 시절 특유의 이상주의가 어느 정도 일찍부터 작용하고 있었다는 점일 것이다(여기에는 여러가지 설명이 있을 수 있겠지만, 시인 에메 세제르가 파농의 중학교 때 선생이었다는 점도 빠뜨려서는 안될 것 같다. 에메 세제르는 그 무렵 이미 중요한 시인으로 활동하고 있었을 뿐만 아니라, 마르티니크의 운명의 개선을 위해 정치적인 활동에도 뛰어들고 있었다. 1952년에 발간된 파농의 첫 저서《검은 피부, 흰 가면》이 에메 세제르의 강한 영향 밑에서 써졌다는 점도 여기서 기억할 필요가 있을 것이다).

또, 그의 첫 저술에 드러나 있듯이 파농이 적어도 식민지에 있어서 흑백 간의 부자연스러운 관계에 대한 남달리 예민한 의식을 가지고 있었던 것은 분명하다. 그러나《검은 피부, 흰 가면》의 집필 당시를 포함하여, 알제리 독립전쟁에 참가하기까지 파농의 생활은 대체로 식민주의의 기본적 틀 안에서의 삶을 긍정하는 식민지 지식인의 개인적인 성공의 경력을 보여준다는 것이 사실이다.

《검은 피부, 흰 가면》은 1948년에 집필된 것으로, 흑백 관계가 빚어내는 어두운 심리적 상처를 해부하고 있는 괄목할 만한 저술이다. 이 책에서 다루어진 흑백 간의 왜곡된 인간관계, 백인의 위선, 흑인의 극심한 열등감 등등의 사회적 배경은, 말할 것도 없이, 식민지 마르티니크의 상황에 근거한 것이다. 읽기와 쓰기를 처음 배우기 시작하던 어린 시절의 파농의 공책에 자주 등장한 것은 "나는 프랑스 사람이다"라는 말이었다. 이것은 그가 어린아이로서 읽기와 쓰기를 배우기 시작했을 때 가장 처음 익힌 말의 하나였던 것이다.

식민지 정부의 공무원이었던 파농의 아버지는 마르티니크 사회에서 중산층에 속해 있었다. 이런 소수 중산층 집안의 아이들을 제외하면 대부분 사탕수수밭 일꾼들의 아이들이 다니던 초등학교의 교실에는 으레 보르도의 포도 수확과 그르노블의 겨울스포츠 장면이 찍힌 사진들이 걸려 있었다. 아이들은 프랑스 역사를 마치 자기 자신들의 역사인 것처럼 배우고 있었던 것이다. 파농과 그의 형제자매들은 집에서 프랑스 노래를 배웠다. 이따금 실수를 하면 어른들로부터 '깜둥이처럼' 행동해서는 안된다고 호되게 주의를 받았다.[1)]

《검은 피부, 흰 가면》은 위와 같은 소년시절의 개인적인 체험을 토대로 하여, 일반적으로 식민지인들에게서 볼 수 있는 부자연스러운 행동과 뒤틀린 심리를 가열하게 그려내고 있다. 그리하여 그것은 비단 마르티니크뿐만 아니라 식민지적 상황 일반 혹은 나아가서는 이와 근본적으로 유사한 지배/피지배의 관계 속에 갇혀 내면적으로 심히 일그러진 삶을 영위하고 있는 오늘날의 대다수 인간이 처한 보편적인 실존적 상황을 예리하게 증언·분석하고 있는 중요한 지적 성과로 받아들여지고 있다.

그러나 냉정하게 평가한다면, 유감스럽게도, 《검은 피부, 흰 가면》은 일부는 시적이기도 하고 일부는 철학적이기도 한 애매한 논문이 되어버린 감이 없지 않다. 이 책의 전반적인 문체는, 말을 다소간 멋지게 하려고 하는 데서 연유한 것으로 보이는 모호함, 현학 취미, 시적 수사의 남용, 서구 철학자와 심리학자들로부터의 과도한 인용 등등으로 상당히 부자연스럽게 되어 있다. 파농은 헤겔, 사르트르, 아들러와 융 등등, 거의 전적으로 서구의 학자·철학자들의 권위를 빌려서 비서구 식민지인들의 심리적 상황을 해명하려고 한 것이다. 따라서 이 책에는 전체적으로 진실에 자연스럽게 접근하는 소박성과 서사적 객관성이 상당히 결여되어 있는 반면에 오히려 파농이라는 한 우수한 흑인 청년의 예민한 감수성과 박식함이 두드러지게 노출되어 있다는 인상을 준다. 실제로, 1953년에 《검은 피부, 흰 가면》의 출판을 주선하였던 프랑시스 장송 같은 프랑스 지식인에게는 이 책이 중요한 것은 그 충실한 내용 때문이라기보다 오히려 그것이 흑인이 쓴 책으로는 놀랄 만큼 박식을 드러내는 저술로 비쳤기 때문이었던 것으로 보인다.[2)]

그러나, 정작 중요한 것은 이 책이 드러내는 좀더 근본적인 약점이다. 그것은 이 책 전체를 통해서 파농의 시선이 정치적 현실이 아니라 심리적 현실에 압도적으로 쏠려 있다는 점이다. 가령 다음과 같은 파농의 발언을 보자.

> 나는 사르트르나 아라공과 같은 백인의 사회 속에 스스로를 해체하고 융합되기를 바랄 뿐이다. …흑인 국민이라든가 니그로의 민족성이라든가 하는 것은 도대체 무슨 뜻인가? 나는 프랑스인이다. 나는 프랑스의 문화, 프랑스의 문명과 프랑스 국민에 대해 관심을 갖고 있다. 우리들은 자신이 아웃사이더로 간주되는 것을 거부한다. 우리들은 프랑스의 드라마 한가운데로 참여하고 있는 것이다. …나는 프랑스의 미래, 프랑스의 가치, 프

랑스 민족에 개인적인 관심을 갖고 있다. 흑인제국, 그것이 나에게 무슨 상관이란 말인가?

이것은 나중의 파농 자신의 입장에도 전혀 상반되는 발언이다. 물론 이런 종류의 발언은 실제 이 책에서 그렇게 빈번히 나오는 것은 아니지만, 그렇다고 해서 이것이 우발적인 발언이라고 할 수도 없다. 또, 이런 발언이 나오게 된 원인을 파농 개인의 단순한 인식 부족으로 돌릴 수만은 없다는 것도 분명하다. 무엇보다도 이것은 식민지 출신의 유능한 지식인이 얼마나 깊게 식민주의 현실에 동화될 수 있는가, 그리고 그 과정에서 얼마나 큰 식민정책의 압력이 작용했는지를 암시해주는 것으로 읽힐 수 있는 대목이다. 식민주의자들은 선택된 '원주민들'에게 그들이 비록 '열등한' 민족 출신이지만 개인적으로는 얼마든지 서구문화에 편입될 수 있는 재능과 소질을 가지고 있다고 격려하고 부추김으로써 그들의 식민 현실에의 동화를 적극적으로 유도한다. 개인적으로 능력과 의지만 있으면 언제든 교육의 기회를 누릴 수 있고 문화적인 생활을 향유할 수 있다는 것을 약속하는 이러한 동화정책은 결국 식민지를 보다 철저히 착취하기 위한 술책이라는 것은 말할 필요가 없다.

《검은 피부, 흰 가면》의 언어가 모호한 이유의 하나는, 이 책의 첫 장에 이야기되어 있듯이, 식민사회에서 서양 말의 사용이 갖는 의미에도 관련되어 있다. 파농은 식민지 중산층의 허위의식과 속물근성을 언급하면서, 그들이 얼마나 토착어를 경멸하고 프랑스어를 애호하는가를 길게 이야기하고 있다. 하지만 적어도 《검은 피부, 흰 가면》에 국한해서 본다면, 누구보다 파농 자신이 이러한 '속물근성'을 떨쳐버리지 못하고 있는 것으로 보인다.

그러나 그러한 약점에도 불구하고 이것이 중요한 책이라는 것은 틀림없다. 이 책은 식민주의의 전체적인 구조와 조직적인 수탈 방법—예컨대 이곳에서 생산된 설탕이 식민 본국의 공장에서 가공되어 다시 돌아와 비싸게 팔린다든지 하는—에 대한 충분히 철저한 인식을 보여주지는 않지만, 적어도 식민 현실이 초래하는 삶의 비참에 대한 감각은 예민하게 드러내고 있다. 마르티니크인들이 요구하는 것은 오직 하나, 자신들이 인간답게 살 기회를 달라고 "바보들과 착취자들"에게 요구하는 것이다—라고 파농은 말한다. 식민주의 자체의 청산 없이 인간답게 살 기회가 오리라고 믿는다는 점에 이 무렵의 파농의 한계가 있었다고 할 수 있지만, 하여튼 인간답게 살 권리에 대한 요구가 열렬하다는 점만은 이 책에서 뚜렷이 살아 있다. 이 책의 중요성은, 책의 도처에서 느낄 수 있듯이, 파농이 열렬한 마음으로 이야기하고 있다는 점에 있다고 할 수 있다. 인간이 위엄 있게 살아야 한다는 요구가 그처럼 강렬한 것이 될 수 있었던 것은, 말할 필요도 없이, 파농이 대단히 자존심이 강한 젊은 지식인이었기 때문이다.

3

《검은 피부, 흰 가면》은 스물세 살 먹은 식민지 지식청년의 자의식의 해부만을 보여주는 것이 아니다. 이 책에서 우리는 때때로 사태를 투시하는 극히 명징한 발언을 만나게 되는데, 다만 이것이 충분히 연속적으로 발전되지 않고 단편적인 통찰로 끝나버린다는 점에서, 이 첫 작품의 한계를 짐작하는 것이다. 가령, 이 책의 마지막 장에는 다음과 같은, 나중의 파농에게서 자주 듣는 생각이 간명하게 표현되어 있다.

우리는 이성에 호소하거나 인간의 존엄성을 존중하라는 호소가 현실을

> 변혁할 수 있다고 믿을 만큼 그렇게 천진난만하지는 않다. 르 로베르의 설탕농장에서 일하는 니그로에게 해결책이 있다면, 그것은 오직 하나, 투쟁하는 것이다. 그러나 그가 맑스주의적 분석 혹은 관념론적 분석의 결과로서 이러한 투쟁에 착수하고 이 투쟁을 계속하는 것은 아니다. 자기의 인생을 착취와 빈곤과 기아에 대항하여 싸우는 전투의 형식 이외에는 달리 상상할 수조차 없기 때문이다.

호소가 아니라 투쟁만이 참다운 해결책이다 — 이것은 제3세계 식민해방의 사상가로서 파농의 기본명제이다. 《검은 피부, 흰 가면》에서는 조금 느닷없이 나왔고, 그래서 그 발언을 뒷받침할 수 있는 체험과 이론의 바탕이 의심스러웠던 이러한 생각은 파농이 알제리혁명에 본격적으로 가담하고 현실정치의 가차 없는 진실을 경험함으로써 그의 가장 단단한 주장의 하나를 이루게 된다.

알제리혁명에 대한 파농의 참여 과정은 극히 구체적인 체험을 통하여 진행되었다. 1953년에 정신과 의사 자격을 얻은 지 얼마 되지 않았을 때, 파농은 프랑스 노르망디 지방의 어느 병원에 근무하면서, 가능하면 자기 고향으로 가서 일을 해보고 싶다는 생각을 하게 된다. 그러나 이 무렵의 마르티니크에는 현대 의학 중에서도 첨단 분야인 정신치료를 위한 의료기관이 없었다. 그래서 그는 아프리카 방면으로 가기로 작정하였고, 그런 시도의 하나로 세네갈의 생고르 대통령에게 편지를 내어 세네갈의 의료기관에 근무하고 싶다는 희망을 전했으나, 아무런 응답이 없었다. 그러다가 마침 알제리의 블리다에 있는 한 정신병원의 책임의사 자리가 하나 비어 있음을 알게 되었고, 곧 그곳으로 부임하게 된다.

블리다의 병원에서 파농이 열중한 것은 정신치료 방법을 개선하는 일이었다. 병원의 환경 전체가 정신치료에 미치는 영향이 결정적이라는 가정하에서, 그는 죄수처럼 묶여 있는 환자들의 신체를 자유롭게 하고, 환자들 상호 간, 환자와 간호사, 환자와 의사 간의 관계를 지시와 복종이 아닌 협력과 이해의 관계로 전환하는 데 부심하였다. 그러나 혁신적인 노력에 언제나 따르게 마련이듯이, 파농은 병원의 원장을 위시한 다른 유럽인 의사들로부터 경원을 당하게 된다. 그리하여 여기서 싹튼 불화로 말미암아 1956년에 파농은 병원을 떠나지 않을 수 없게 되지만, 실은 그보다 더 중요한 것은 그가 그 무렵 막 시작된 알제리 혁명운동과 의사로서 처음 인연을 맺게 되었다는 사실이다.

블리다의 병원에 근무하는 동안 파농에게 주어진 새로운 경험의 하나는 과거 어느 때보다 식민주의의 정체를 분명하게 인식할 수 있게 된 점이었다. 그는 거기서 프랑스 식민주의에 의해 알제리 원주민들이 끝없는 빈곤과 모욕과 학대에 시달리고 있음을 직접 목격했고, 무엇보다도 정신과 의사로서 그에게 중요했던 것은 식민주의적 사회관계가 유발하는 갖가지 '정신질환'에 직접 대면함으로써 갖게 된 체험이었다. 거기서 직접 경험한 정신적 질병들에 대한 풍부한 사례와 그에 대한 분석은 《대지의 저주받은 자들》(1961) 속의 한 장을 구성하고 있지만, 특기할 것은 이러한 정신질환의 사례들을 직접 접촉하는 과정에서 파농이 그 질병들의 사회적·정치적 배경이 무엇인지 심각하게 묻게 되었다는 점이다. 그리하여 그는 자신이 의사로서 인간의 상처를 치유하는 일에 열중하지만, 이 상처를 대규모로 유발하는 원인, 즉 식민지 현실이라는 정치적 상황의 변혁 없이는 의사로서의 그의 활동이 근본적으로 무의미하다는 것을 깨달은 것이다.

1954년 11월, 알제리 민족해방 전쟁이 정식으로 발발하였다. 아직 블리다의 병원에 근무 중이던 파농은 전투 중에 부상당한 알제리 혁명군의 전사들을 비밀리에 간호하고 치료하기 시작하였다. 이 경험으로 그와 알제리혁명과의 사이에 직접적인 관련이 맺어진 이후, 1961년 12월에 백혈병으로 숨을 거두기까지, 하루 네 시간이 못 되는 수면시간을 제외하고는 의사로서 또 혁명 지도자로서의 임무를 수행하기 위하여 전력을 다 바쳐 헌신한 그의 생활의 기본 골격이 만들어졌다.

알제리혁명과 마르티니크 출신 흑인 지식인 파농의 개인적 생애와의 결합은 파농 개인뿐만 아니라 식민주의의 극복이라는 난제를 안고 있는 현대세계에서 대단히 중대한 사건이 되었다. 알제리혁명에 대한 파농의 헌신적인 봉사는 실로 다면적이었다. 그는 의사로서의 요긴한 역할을 중단하지 않은 채, 혁명정부의 공보담당관, 신문 편집인, 그리고 가나주재 대사 등, 갖가지 임무를 동시적으로 수행하면서 당면한 알제리 독립투쟁에 직접 뛰어들었고, 그때그때의 상황에 대응하여 수많은 논설을 집필했다. 그리고 무엇보다 격렬한 투쟁의 와중에서 쓴 두 권의 기념비적인 책을 통해서 식민주의 극복의 원칙과 전략을 감동적인 필치로 밝혀 놓았다.

알제리혁명에의 참여를 통하여 파농은 무엇보다 폭력에 대한 자신의 의견을 적극적으로 개진하였다. 파농은 식민 현실 타파의 유일한 수단으로 폭력적 저항을 긍정한다. 이러한 파농의 입장에 대하여 그것이 파시스트적인 발상이라고 비난하기 전에, 우리는 파농이 말하는 폭력이란 과연 무엇이며, 어째서 그가 그 폭력을 긍정하지 않을 수 없게 되었는지, 그것을 조심스럽게 살펴볼 필요가 있다.

우선 분명한 것은 파농의 '폭력론'에는 어떠한 종류이건 신화적인 요소, 밀교적인 어둠의 낌새가 없다는 점이다. 거기에는 단지 현실정치의 움직임에 대한 냉정한 판단이 들어 있고, 식민주의를 극복하려는 강한 의지가 있을 뿐이다. 그가 '폭력'을 긍정하게 된 배후에는 무엇보다도 압제를 인간화하려는 여하한 노력도 무의미하다는 것을 깨달은 파농 자신의 절실한 체험이 있었던 것이다.

> 식민주의는 생각하는 기계도 아니고 이성적 능력을 갖춘 신체도 아니다. 그것은 본질적으로 폭력이며, 더 큰 폭력 앞에서만 항복할 것이다.

이것은 1961년 봄 석 달 사이에 집필된 《대지의 저주받은 자들》에서 파농이 한 말이지만, 중요한 것은 그 발언이 단순한 관념적 논리가 아니라 매우 절실한 체험을 바탕으로 한 것이라는 점이다. 파농은 대화나 설득이라는 수단을 가지고 민족해방을 꾀하려는 시도의 어리석음에 대하여 언급하면서 다음과 같이 강조한다. 즉, 식민주의의 타파에는 어떠한 타협도 있을 수 없고, 만일 식민주의가 더러 양보하는 듯이 보이는 경우 그것은 사실상 식민지 민중의 투쟁에 따른 결과이지 결코 그냥 양보하는 것이 아니다, 따라서 만일 아프리카 어디에선가 격렬한 투쟁 없이 해방되는 식민지가 있다면, 그것은 가령 알제리와 같은 곳에서의 치열한 혁명전쟁이 가져다준 부산물이라는 것을 명확히 인식하지 않으면 안된다. 그리고 나아가서 파농은, 투쟁 없이 획득한 독립에는 식민주의와의 타협의 결과인 반식민성(半植民性) 혹은 매판적 요소의 존속이라는 역사적 퇴행 현상이 반드시 수반된다는 것을 명쾌한 논리로 설명하였다.

사르트르는 이 책의 서문에서, 어떤 성급한 개인적 기질이나 불행했던 유년시절로 말미암아 파농이 폭력을 말하게 된 것이라고 믿는다면 큰 잘못이라고, 흔히 투쟁의 현장에서 멀리 떨어진 채 생각하는 인텔리들의 상투적인 해석을 경계하는 말을 하고 있다. 그러니까 오직 현실에 대한 냉정한 관찰과 해석이 중요하다는 것이다. 사르트르는 나아가 서구의 자유주의 지식인들의 위선을 지적하면서, 그들은 유럽인의 생존의 기초야말로 따져보면 "폭력의 변증법" 위에 서 있다는 가장 기본적인 사실을 망각하거나 외면하고 있다고 말한다.

> 지난 세기 동안 중산계급은 노동자들을 탐욕적인 생물로 보았다. 탐욕적인 욕심으로 불법적인 행동을 일삼는 생물로서 말이다. 그러나 중산계급은 주의 깊게 이 야수들을 우리 자신과 같은 종(種)에 포함시켰다. 혹은 적어도 그들이 자유로운 인간, 다시 말하여 노동력을 파는 데 있어서 자유로운 존재로 간주하였다. 영국에서도 프랑스에서도 휴머니즘은 보편적이라고 주장되었다.

폭력적 행동을 증오스럽다고 하는 사람들의 휴머니즘이라는 것이 기실은 하층민이나 식민지 민중에 대한 극단적인 폭력에 기초해 있다는 지적은 유럽 휴머니즘의 전통에 내재하는 근본적인 함정을 가차 없이 폭로하는 것이다. 이런 점에서 보자면, 식민주의 유럽인의 폭력과 파농이 말하는 폭력은 그 성격이 완전히 이질적이라고 하지 않을 수 없다. 파농에게 폭력은 궁극적으로 '인간해방'을 겨냥하는 것임에 반하여 서양 근대사 전개의 숨은 발전원리인 폭력은 인간에 대한 억압으로 일관돼 있었고, 지금도 그렇다고 할 수 있다. 식민주의자에 의한 폭력은 식민지 민중을 단지 노예상태 속에 가두려는 것을 목적으로 하는 것이 아니라 근본적으로 식민지 민중의 비인간화를 도모한다. 다시 사르트르는 말한다.

> 어느 누구도 죄를 저지르지 않고는 자기의 동료 인간을 노예로 만들고 강탈하고 죽이지는 못하기 때문에, 그들(유럽인)은 원주민은 우리의 동료 인간이 아니라는 원칙을 세운다.… 합병된 나라의 주민들을, 정착자들이 짐승으로 취급하는 것을 정당화할 수 있도록 하기 위하여, 우수한 원숭이

의 수준으로 격하할 것을 지시하는 명령이 내려진다.

식민주의에 의한 이러한 억압은 식민지 민중들 속에 열등감과 증오심을 유발하고, 또 민중들 상호 간이나 개인의 자의식 속에 폭력적인 분위기를 자아낸다. 그리하여 사회 전체를 파괴적인 심리적 공간으로 만든다. 이런 분위기가 형성되는 근원을 도외시한 채 현상적인 결과만을 보면서 원주민의 성격이 포악하다든지 거칠다든지 하는 그릇된 인류학적 지식이 통하게 되는 것도 대개 이런 상황에서이다.

이런 상황의 극복을 위해서도 폭력은 필요하다는 것이 파농의 생각이었다. 식민주의의 타파라는 공동의 목표 밑에서 식민지 민중이 무장봉기를 하여 식민세력과 투쟁을 벌이는 과정에서 지금까지 개인 각자의 내면에 들어 있던, 그리고 서로서로를 향해 겨냥되고 있던 증오심은 깨끗이 씻겨버린다는 것은 알제리 혁명투쟁에 의해 풍부하게 증명되었다. 파농은 식민지의 민중이 혁명을 통하여 자신들의 뿌리 깊은 열등감과 절망과 마비로부터 벗어나는 것을 지켜보았다. 민족해방 투쟁이라는 대의(大義)에 몸을 바침으로써 개개인은 이제 두려움을 떨쳐버리고, 인간으로서의 자존심을 회복하는 것이다.

실제, 파농이 무장투쟁의 필요성을 말한 것은, 그것이 식민주의의 굴레를 벗어나는 유일한 방책이라는 생각 때문이기도 하였으나, 투쟁적 행동을 통하여 식민지의 민중이 새로운 인간으로 태어날 수 있는 가능성에 주목하였기 때문이다. 우선, 식민주의가 본질적으로 식민지의 인간과 땅을 나누고 떼어 놓는 분리의 원리임에 반하여 해방투쟁은 민족의 구성원을 긴밀히 결속하는 통합의 원리가 된다. 식민통치는 흔히 식민지 내부를 최대한 분열시키고 부족주의를 강화함으로써 식민지의 봉건적 유습과 미신적 풍습을 더욱 심화한다. 그렇기 때문에 해방투쟁은 식민세력의 축출과 함께 식민사회의 봉건적 사회관계와 악습의 타파에도 기여하는 것이다.

파농에 의하면, 해방투쟁은 식민지 민중들에게 민주적 훈련을 위한 훌륭한 기회를 제공한다. 식민주의의 극복과 민족해방이라는 과제가 투쟁이 진행됨에 따라 모든 민중의 가장 절실한 기본 과제임이 발견되고, 그렇게 되면 어떤 특정한 지도자가 해방자라는 이름으로 우상화되기 어렵게 되기 때문이다. 어제까지 민중들은 책임 있는 일을 스스로 결정한 경험이 없었으나, 실제로 무기를 들고 싸우는 동안에 자기 민족의 운명이 자기들 각자의 손에 달려 있음을 실감하게 되고, 그럼으로써 모든 일에 대한 최종적인 결정책임자는 결국 자신들임을 확인하게 되는 것이다. 이유는 간단하다. 그들은 누가 시켜서 혁명에 뛰어든 것이 아니라 생존의 필요상 자발적으로 뛰어들었기 때문이다.

4

파농은 식민주의와의 투쟁이 주권회복이라는 일차적인 목표에 접근하는 다른 한편으로, 그 투쟁은 또한 식민지 내부의 인간 및 사회관계에 큰 변화를 초래한다는 사실을 주목하였다. 이에 대한 풍부하고 생생한 관찰을 기록한 것이 《혁명의 사회학》이다. 1959년에 출판된 이 책의 원제 '알제리혁명 5년'이 가리키는 것과 같이, 이 책은 혁명투쟁 5년 사이에 일어난 알제리 민중사회의 여러 다양한 변화들을 점검함으로써 혁명의 정당성을 입증하고, 그것을 투쟁 중인 알제리 민중과 세계에 널리 알리기 위하여 집필된 것이다. 이 책에는 알제리 사회의 변화를 보여주는 사례들이 꽤 구체적으로 분석되어 있는데, 이 분석은 그 깊이와 보편성에 있어서 오늘날 제3세계가 겪고 있는 시련들에 대하여도 생생한 연관성을 갖고 있는 것으로 보인다. 파농은 책의 서문에서 다음과 같이 말하고 있다.

> 세계를 변화시킴과 동시에 인간 자신도 변화한다는 명제가 현재의 알제리에서만큼 극명하게 나타난 적은 없다. 알제리인의 이 역사적인 시련은 그들이 자신들에 대해 갖고 있던 의식뿐만 아니라 자기의 옛 지배자와 세계에 대한 의식마저도 바꾸어 놓은 것이다.

그렇다면 혁명투쟁 과정에서 과연 무엇이 어떻게 달라졌는가? 이 책은 다섯 편의 에세이로 구성되어 있다. 첫 번째 에세이 〈베일을 벗는 알제리〉는, 옷을 착용하는 방식이야말로 한 사회의 특성을 가장 잘 드러내는 표지가 된다는 간단한 가정에서 출발하여, 아랍 여성들의 전통적 복식, 즉 '베일'을 둘러싼 변화를 흥미진진하게 분석한다. 베일은 무슬림 사회의 전통적 관습으로서 봉건적 질곡의 대표적 상징이라고 할 수도 있다. 그러나 식민지 상황에서는 그것은 오히려 민족적 전통을 대표하는 강력한 상징물이 되었으므로 식민당국은 다양한 술책으로 여성의 베일을 벗기려고 기도하였고, 이에 맞서서 여성들은 베일을 완강히 지키는 것을 식민주의에 대한 저항의 일부로 여겼다. 그리하여 거의 한 세기에 걸친 식민통치 기간에 식민주의자들은 베일을 벗기려고 온갖 노력을 다했으나 성공할 수 없었다. 그런데 알제리 혁명투쟁이 시작된 지 다섯 해 사이에 그 베일을 여성들이 자발적으로 내던지게 된 것이다. 왜? 혁명이 진행되는 동안 여성들도 자연스럽게 투쟁에 가담하게 되었고(식민구조는 전통적인 가족제도에 큰 손상을 끼쳤고, 이 손상에 가장 심한 피해를 입은 여성들이 식민통치를 종식시키기 위한 투쟁에 과감하게 뛰어들었다), 혁명의 투사로서 그들에게 맡겨진 갖가지 역할을 수행하기 위해서는 베일을 벗지 않으면 안될 상황에 빈번히 직면했던 것이다. 예를 들어, 임무를 수행하기 위해서 유럽인 거주 지역을 왕래해야 할 경우에는 유럽 여성들과 쉽게 구별되는 '베일'을 벗고 다니지 않을 수 없었다. 그리고 무엇보다 남자들과 어깨를 나란히 하여 함께 투쟁을 하는 동안, 어느새 베일에 함축된 봉건적 남녀관계가 자연스럽게 청산되어버렸다. 이리하여 식민지 상황에서 베일이 지니고 있던 터부적인 성격은 사실상 사라졌고, 그 결과 실제로 투쟁에 참여하지 않은 여성들까지도 베일을 벗어버리게 된 것이다.

그러나 베일을 벗는다는 것이 알제리 여성 자신들에게는 결코 쉬운 일은 아니었다. 왜냐하면 베일은 오랜 세월에 걸쳐 형성된 뿌리 깊은 습성이었고, 따라서 그것은 여성 자신의 신체의 일부나 다름없었다. 그렇기 때문에 알제리 여성에게 베일을 벗는다는 것은, 때로는 자신의 "신체를 뒤틀어 놓는" 것을 의미하였다.

> 베일을 쓰지 않으면 그들은 마치 육신이 토막토막 잘려 나가고 정처 없이 떠다니는 듯한 느낌을 갖는다. 사지가 한없이 길어지는 것 같기도 하다. 그들이 길거리로 나서야 할 경우에는, 상당 기간 동안, 통과해야 할 거리를 정확히 측정하지 못하는 잘못을 범한다. 베일 벗은 육체는 마치 도망가고 분해되는 것 같다. 그들은 어울리지 않는 옷을 입고 있다는 느낌, 혹은 심지어는 발가벗고 있다는 느낌을 갖는다.

여성들이 베일을 벗어던지고 자연스럽게 행동할 수 있게 된 상황을 두고 파농은 "자기 육체를 완전한 혁명적 방식으로 재조정하게" 되었다고 표현한다. 이것은 별로 과장된 표현이라고 할 수 없다(투쟁의 전략적 필요성 때문에 다시 여성들이 베일을 착용하게 되는 때도 있었다. 각종 무기 및 비밀문서를 은밀히 운반하는 데 베일이 도움이 되었기 때문이다. 그러나 이때의 베일은 이미 "배타적인 전통의 껍질"이 벗겨진 베일이었다).

베일에 관련된 변화는 단순히 옷을 착용하는 관습상의 변화를 의미하는 것이 아니다. 그것은 식민주의의 극복인 동시에 봉건적 관습의 타파로 연결되는 매우 구체적이고 흥미로운 이야기일 뿐만 아니라, 투쟁의 중요성을 한번 더 입증하는 이야기가 된다. 파농의 또 하나의 에세이 〈알제리인 가정〉은 이 점을 재확인해준다. 아랍 사회의 가족구조는 전통적으로 엄격한 가부장제와 철저한 남성지배 원칙에 기초해 있었다. 그런데 혁명투쟁의 과정에서 이러한 가족관계가 보다 민주적이고 평등한 관계로 전환하게 된 것이다. 즉, 식민주의에 대한 민족적인 항쟁은 전통적인 가족관계—부부 관계, 부모와 자식, 형제자매들 간의 관계—를 예속적인 관계로부터 동지적인 관계로 발전하도록 유도한 것이다. 혁명 이전에는 아버지 앞에서 고개도 들지 못하던 딸이 유격대로 들어가서 숲이나 동굴 속에서 잠을 자고, 남자 옷차림에 총을 들고 몇 달 동안이나 제벨(산)을 떠돌아다니는 일이 생긴다. 간혹 딸이 산에서 내려와 그동안 지냈던 일을 이야기할 때, 아버지는 이제 여자는 모름지기 침묵을 지켜야 한다는 생각 따위는 하지 않는다. 또 유격대에서의 딸의 행실에 관해 질문할 필요성 같은 것도 느끼지 않는다. 관심이 없어서가 아니라 날마다 생명을 걸고 살아가는 여성에게 신중을 기하느냐고 묻는 것은 기괴하게 느껴지기 때문이다. 새로운 행동양식에 적응하고 있는 딸을 낡은 기준으로 판단하는 것은 부적절하다는 것을 인정하지 않을 수 없는 것이다.

남녀 관계와 부부 사이에도 변혁이 일어났다. 무엇보다도 남성 독재의 상황이 종식되고, 여성은 남성의 애완물이라는 낡은 관념은 발붙일 데가 없어졌다. 이전에는 단지 동거인에 불과하였던 부부 관계가 그들의 결혼생활에 투쟁의 체험이 섞이게 됨으로써 동지적인 관계로 되고, 부부생활의 최종적인 목표를 자신들 내부에서 찾는 폐쇄적인 관계를 넘어서게 된다. 그리하여 알제리에는 이전에 비하여 보다 자유롭고 개방적인, 강화된 가정이 출현하게 된 것이다(실제로 오늘날 알제리의 사회 및 가족관계가 파농이 진단한 것과 같은 경향으로 발전하였는지는 의심스럽다. 1969년에 출판된 어떤 책의 저자는 그 무렵 알제리 여성들 대부분이 베일을 쓰고 있음을 목격하였다.[3] 그러나 이런 사실 때문에 파농이 말하려고 했던 진실이 무효화되는 것은 아니다. 물론 파농이 전통적 관습의 완강함을 과소평가한 것은 분명해 보인다. 그러나 민족해방이 문화혁명 혹은 사회혁명을 수반하거나, 수반해야 한다는 파농의 생각 자체는 틀린 것이라고 할 수 없다. 잘못이 있다면 알제리혁명이 문화적 혁명에 도달하는 것을 어렵게 만든 숱한 내적·외적 제약에 있다고 해야 할 것이다. 그럼에도 불구하고, 1969년경 알제리 전체 대학생의 약 35퍼센트가 여성들이라는 사실[4]은 혁명의 중요한 성과로 봐야 할 것이다).

《혁명의 사회학》에는 또 식민지 민중의 현대 과학 및 기술에 대한 태도를 보여주는 두 편의 에세이가 들어 있다. 제2차 세계대전 전에 알제리의 라디오 수신기의 95퍼센트는 유럽인 소유였고, 모든 방송은 프랑스어를 사용하였다. 프랑스 국영 라디오의 한 지역방송에 해당하는 '라디오 알지에'는 알제리 전체 주민의 10퍼센트를 차지하고 있는 유럽인들을 위한 방송이었다. 이 방송의 목적은 도시에 거주하는 유럽인들에게는 그들이 프랑스 영토 내에 있다는 안도감을 갖게 하고, 농장을 경영하는 시골의 유럽인들에게는 그들이 고립되어 있지 않다는 느낌을 불어넣어주려는 것이었다. 아랍인들은 그런 라디오를 전적으로 외면하였다. 첫째, 그것은 점령자들의 것이며, 둘째 아랍의 전통적인 생활습관에서는 라디오와 같은 전파매체는 악마적인 것으로 간주되고 있었다.

그러나 혁명이 시작된 이후, 라디오는 아랍인의 생활에 필수적인 것으로 되었다. 왜냐하면 라디오는 알제리 민중에게 알제리혁명의 생생한 상황을 접할 수 있게 하는 유일한 대중전달매체였기 때문이다. 신문이 있었으나 알제리에서 쉽게 구할 수 있는 신문은 프랑스 식민당국이 발간하는 신문이었고, 프랑스 본국에서 발간되는 진보적 신문들은 알제리 민중이 접근할 수 있는 범위 바깥에 있었다. 그리고 가장 중요한 것은, 알제리의 다수 민중은 아직 문맹이었다.

그리하여 알제리혁명 지도부의 '투쟁하는 알제리의 소리'가 창설되었고, 창설되자마자 이 방송은 단시간 내에 알제리 각처의 풀뿌리 민중에게 확산되었다. 알제리의 민중은 혁명에 관한 소식이나 이야기를 듣는 것으로써 스스로 "혁명과 함께 존재하고 그 혁명을 존재하도록 만들었다." 그들은 1954년 이전까지 금기가 되어 있었던 라디오라는 기술이 그들의 운명을 근본적으로 바꾸어줄 혁명의 주요 도구가 된다는 것을 깨달은 것이다. 그리하여 알제리에는 라디오에 대한 급격한 수요가 일어난다. 그러자 진상을 알게 된 식민당국은 아랍인에 대한 라디오 판매를 금지하고, '투쟁하는 알제리의 소리'는 전파방해를 피하여 이리저리 끊임없이 장소를 옮기지 않으면 안되게 되었다. 알제리 농촌에서는 농민들이 그 방송의 메시지를 단 한두 마디라도 듣기 위해서 한 시간 내내 잡음투성이의 금속성 울림에 귀를 기울이는 일이 허다했다.

현대 의학에서도 비슷한 변화가 일어났다. 혁명 이전까지는 현대 의학에 대한 민중의 반응은 부정적이었다. 오랜 전통으로 인한 습관 때문에도 그러했지만, 서양의학이 실제로 효과적이라는 것을 알고 난 다음에도 "점령자의 가치관이라면 설령 그것이 택할 만한 실제적인 가치가 있는 것일지라도 완강히 거부하는" 식민사회 특유의 배타성 때문에 이른바 현대 의학에 대한 거부 반응은 완강한 것이었다. 이러한 '불합리한' 태도에 대해 흔히 서구의 사회과학자들은 '원주민의 심리'라든지

'근본 성격' 따위의 그럴듯한 학문적 개념을 만들어 설명하려 하지만, 그것은 식민사회의 본질에 대한 무지에 연유한다고 파농은 말한다. 그러나 같은 종류의 의술이라고 하더라도, 해방투쟁이라는 상황 속에서 그 의술이 민족진영의 의사들에 의해 사용될 때, '원주민'의 반응이 크게 달라지는 것을 파농은 자신의 체험을 통해서 너무나 잘 알고 있었다.

〈의학과 식민주의〉는 이러한 현상을 흥미롭게 기록하고 있는 에세이이다. 그리하여 이 에세이에서 파농은 과학의 비정치성은 존재하지 않는다는 사실을 강조한다. 파농에 의하면, 유럽인 의사들은 부상을 당한 알제리인들에 대한 치료를 빈번히 거절했고, 유럽인 약사들은 약을 팔려고 하지 않았다. 알제리인 부상자들은 몇 시간을 사정하고 다녀도 탈지면 100그램을 살 수가 없었고, 에테르를 구하지 못해 마취도 안된 상태에서 수술을 받아야 하는 부상자들이 허다했다. 요컨대, 적어도 식민지에서는 인류에게 봉사하는 과학, 즉 '비정치적인 과학'은 존재하지 않았다.

또 하나 주목할 만한 것은, 원주민 의사와 민중과의 관계이다. 식민지 민중은 일반적으로 자기들의 동족이면서 정복자의 지식과 기술을 습득한 사람들에 대하여 상반된 감정을 갖고 있다. 한편으로 원주민 전문가는 자기 동족의 재능의 우수성을 실증하는 증거가 되지만, 다른 한편으로는 그는 식민지 민족의 특수한 심리적 범주 너머로 도피한 사람으로 간주된다. 즉, 원주민 전문가는 서구화된 원주민인 것이다. 또, 원주민 의사는 자기의 교육배경과 전문지식 때문에 자기 나라의 전통의술에 대하여 적대적인 태도를 갖기 쉽고, 심리적으로 자신은 자기 동포들과는 달리 '이성적인' 세계에서 살고 있다는 기분을 갖고 있다. 그리하여 원주민 의사에 대한 민중의 반감, 그리고 원주민 의사의 자기 문화에 대한 경멸이 상승작용을 일으켜, 결과적으로 원주민 의사와 환자의 만남이 매우 어렵게 되는 착잡한 상황이 벌어지는 것이다.

그러나 이와 같은 원주민 의사와 민중과의 관계는 의학에 국한된 현상이 아니다. 파농 자신이 식민지 출신 의사이자 지식인인 것을 고려하면 식민지 지식인을 일방적으로 비난하기 위하여 그가 이런 이야기를 하고 있지는 않다는 것이 확실하다. 중요한 것은, 민중의 이해와 지식인의 이해가 일치되는 지점을 발견하는 것이다. 그러한 일치가 이루어지지 않는 한, 식민지 지식인의 식민지 민중에 대한 배신의 가능성 혹은 적어도 그와 민중과의 불편한 관계는 계속될 수밖에 없다. 이에 대한 가장 정당한 해결책은 결국 파농 자신이 선택하고, 알제리에서 실제로 많은 의사와 지식인들이 선택했던 길—지식인이 민중과 함께 동지적인 관계 속에서 민족해방을 위한 투쟁에 헌신하는 것이다.

> 민족해방전쟁 이전에는 점령자의 들러리로 취급받던 알제리 의사, 원주민 의사가 민족집단에 가담하였다. 메쉬타의 남녀들과 땅바닥에서 함께 자고, 민중이 겪는 극단적 사건들을 체험함으로써 알제리인 의사는 알제리라는 몸의 한 지체가 되었다. 그는 이제 의사가 아니고, '우리의' 의사가 된 것이다.

알제리 해방투쟁이 일단 종결된 지도 벌써 오래되었지만, 오늘날에도 파농이 중요한 것은 그의 사상이 극히 깊이 있고, 근본적이며, 대의에 바탕을 둔 것이기 때문이라 할 수 있다. 파농은 알제리혁명에서 단순히 특정 민족의 독립투쟁 과정만을 목격한 것이 아니다. 그는 알제리혁명이 식민주의의 독소로 인해 병들고 썩은 오늘의 세계와 인간의 전면적 갱신에 이바지할 수 있는 것이 되어야 한다고 생각했다. 그는 이기심에 지배당하는 여하한 종류의 속 좁은 생각이나 행동 일체를 거부하였다.

그리하여 그는 알제리혁명이 타민족에 대하여 '배타적인 태도'를 취하고, 그것을 발전시키는 것을 크게 경계하였다.

그러니까 파농에게는, 점령자를 내쫓는 일이 전부가 아니었고, 투쟁의 궁극적인 목표는 어디까지나 민주적인 사회의 건설이었던 것이다. 파농은, 혁명은 양심적인 사람이면 누구든지 인종과 종족의 구별 없이 찬동하고 합류할 수 있는 대의에 충실할 때만 그 진정성을 획득할 수 있다고 생각했다. 그래서 그는 기회 있을 때마다 알제리혁명 과정에서 유럽인의 일부가 보여준 혈통을 초월한 행동을 찬미하는 발언을 했다(당연한 일이지만, 반대로 알제리인 가운데서 정복자들에게 협력하는 사람들도 적지 않았다).

그리하여 파농은《혁명의 사회학》말미에 알제리 태생의 프랑스 청년이 알제리혁명에 가담하게 된 자신의 이력을 서술하는 글을 첨부해 놓았는데, 이것은 매우 감동적인 글이다. 원래 알제리혁명에 대한 이 청년의 첫 반응은, 만일 혁명이 성공한다면 자기들은 어떻게 될 것인가 하는 걱정이었다. 이것은 실제로 대부분의 유럽인 정착자들의 공통된 걱정이었고, 그 때문에 알제리 민족세력에 대한 그들의 탄압은 더욱 혹독한 것이 되었다고 할 수 있다. 그러나 이 양심적인 프랑스인 청년에게는 유럽인의 이기심 때문에 알제리 민중이 희생을 당해야 한다는 것은 참을 수 없는 일이었다. 그는 알제리인의 투쟁이 정당하다고 생각했다. 그리고 이 청년의 생각은 그것이 정당한 것이라면 자기도 그 투쟁에 참가하는 것이 마땅하지 않은가 하는 데까지 나아간다. 그러나 다른 한편으로는, 그것이 외국인들을 배척하는 신정주의(神政主義)적이고 봉건적인 회교국을 건설하려는 혁명이라면 자신의 참가는 무의미한 것이라고 생각한다. 그에게는 투쟁할 만한 가치가 있는 대의명분이 필요했다. 그 명분은 민주적인 사회의 건설이라는 것 말고는 있을 수 없다. 민주주의의 건설이라면, 그것은 아랍인과 유럽인을 결속시킬 수 있는 공동의 목표가 되기에 충분하다고 그는 판단한 것이다. 이 청년은 알제리혁명에 실제로 가담하기 직전의 자신의 상황을 다음과 같이 묘사하고 있다.

> [프랑스에서] 내가 발견한 것은 떳떳하지 못한 나의 마음뿐이었다. 매일같이 신문에는 내 친구들이 체포된 기사, 처형된 기사가 실려 있었다. … 나는 내 주변 사람들에게 항의하도록 만들고, 그들이 문제를 이해하도록 만들면서 나름대로 투쟁하려고 애를 썼다. 그러나 정력의 낭비일 뿐이었다. 파리 사람들의 관심사는 오직 저녁나들이, 보고 싶은 연극, 석 달 전에 계획을 짜야 하는 바캉스 따위가 고작이었다. 결국 나는, 자식들을 알제리로 보내어 인간을 고문하도록 만들고 하찮은 상점을 돌보기에 여념이 없는 이 모든 프랑스인을 경멸하고 그들에게 혐오감만 갖게 되었다. 나는 내가 프랑스에 속한다고 생각했던 일체의 감정을 떨쳐버렸다. 내 민족은 아무런 이상도 갖지 못한 이러한 부르주아들이 아니라는 사실이 분명해졌다. 매일 제벨에서, 고문실에서, 고통받고 죽어가는 이들이 바로 내 민족이었던 것이다. … 언어, 문화, 이것들은 사람을 한 민족에 귀속시키기에는 충분치 못하다. 그 이상의 무엇, 즉 공동의 생활, 공동의 체험과 추억, 공동의 목적이라는 것이 필요한 것이다.

5

민족의식만으로는 충분치 못하다—이 주제는 《대지의 저주받은 자들》에서 특히 강조되어 있다. 파농은 민족의식이 사회·경제적 의식을 수반해야 한다는 점을 되풀이해서 말했다. 식민주의의 극복이 진정한 결실에 이르기 위해서는 민족 내부에서의 민주적 사회관계가 동시에 실현되어야 한다는 것이다. 《대지의 저주받은 자들》의 중심 부분에서 파농은 독립 이후 구축해야 할 사회적 재편성의 원칙을 밝히는데, 사실상 여기에 제3세계 정치사상가로서 파농의 핵심적 중요성이 있다고 할 만하다. 파농의 정치사상은 철두철미 '풀뿌리 민중이 중심이 된 민주주의 사회'에 대한 비전에 입각해 있다.

파농의 분석에 의하면, 식민사회는 대체로 농민·도시노동자·룸펜 프롤레타리아 등의 다수 대중과 소수의 중산층 및 지식인으로 구성되어 있다. 식민주의는 식민지 사회의 정상적인 발전을 저지해왔고, 그 때문에 산업화는 이루어지지 않았으며, 산업노동자라는 계층도 존재하지 않는다. 그러므로 가장 기본이 되는 계층은 농민일 수밖에 없고, 파농이 민중이라고 일컫는 것도 대부분 농민들이다.

파농에 의하면, 식민사회에서 농민은 기본적인 사회계층일 뿐 아니라 민족해방 투쟁에 있어서도 중심적인 세력이다. 이러한 관점은 일견 정통적인 주류 사회사상의 견해와 어긋나는 것으로 보인다. 즉, 서구의 사회사상에서는 일반적으로 농민은 사회진화의 과정에서 가장 보수적인 성향을 지닌 집단으로 생각되어왔다. 농민들은 대체로 개인주의적이고 좁은 세계관에 갇혀 있으며 퇴행적인 관습에 집착하고 있는 존재라는 것이다. 그러나 파농의 견해로는 이것은 산업화된 서구사회에 국한된 현상이다. 식민사회의 생산의 주된 양식은 농업이고, 식민지 대중 대다수가 종사하는 일도 역시 농업인 것은 엄연한 사실이다. 그리고 무엇보다 식민지의 농촌에는 서구 세계에서는 오래전에 소멸된 공동체적 생활양식이 아직도 살아 있다. 물론 여기에는 미신적인 풍습이나 봉건적인 관계도 존재하고 있다. 하지만 적어도 서구 산업사회를 압도적으로 지배하고 있는 개인주의적 논리는 식민지의 농촌공동체에서는 아직 낯선 것이다. 식민사회에서 개인주의라고 한다면, 오히려 맹아적인 형태로 존재하는 도시노동자들 사이에서나 볼 수 있다. 식민사회의 구조로 볼 때, 소작인의 처지로 전락한 대다수 농민들의 형편에 비하면, 도시노동자들의 처지는 상대적으로 한결 낫다고 할 수 있다. 택시운전사, 전차 차장, 광부, 부두 노동자, 간호원, 통역사 등등, 이러한 식민지 프롤레타리아들은 어떤 점에서 공무원이나 소상인 등의 중산층과 더불어 식민지 전체 상황에서는 특권계층에 속한다고 파농은 말한다.

경제·사회적 지위로 볼 때도 그러하지만, 지리적 조건상 농촌은 독립투쟁의 중심적인 거점을 제공한다. 따라서 농촌에는 반(反)식민투쟁의 추억이 간직되어 있게 마련이다. 시험에서의 합격이나 출세 따위에 골몰해 있는 도시의 아이들과는 달리 농촌 아이들의 꿈 속에는 민족적 영웅들과 자신이 하나가 되어 있다. 해방투쟁의 지도자들은 대개 도시의 대중이 아니라 농민들 속에서 그들의 신념에 응답하는 최초의 반향을 듣는 경험을 한다. 도시인들은 그들이 누리는 상대적으로 특권적인 사회·경제적 조건 때문에 식민주의를 극복하기 위한 무장봉기의 필요성을 그다지 절박하게 느끼지 않기 때문이다. 그리하여 흔히 투쟁은 농촌에서 시작되고 여기서 시작된 투쟁이 도시로 확대되어 가는 것이다.

도시로 확대되어 가는 투쟁을 매개하는 것은 도시의 룸펜 프롤레타리아들이다. 파농의 이와 같은 분석—일부이지만 룸펜 프롤레타리아가 혁명적인 역할을 한다는—은 다시 서구적인 사회사상의 관점에 반하는 것이라고 할 수 있다. 하지만 식민지의 룸펜 프롤레타리아는 농촌에서도 살지 못하여 도시로 밀려난 극단적으로 열악한 형편에 처한 존재들이다. 그러므로 그들은 어쨌든 상황을 변경하는 행동이라고 생각하기 때문에 혁명투쟁에 가담한다는 것이다. 그러나 이 집단은 원칙에 의해 행동하는 존재가 아니기 때문에 흔히 식민주의자들에게 이용당할 수 있고, 나아가 민족세력을 배반할 수도 있다는 점을 파농은 간과하지 않는다.

《대지의 저주받은 자들》에서 가장 상세히 분석되어 있는 것은 식민지 부르주아지—혹은 민족부르주아지—이다. 이들 중산층은 식민사회에서 정치적으로 가장 의식화된 계층이다. 그래서 혁명의 지도자들이 대개 여기에서 배출되지만, 다른 한편으로 민중을 가장 쉽게 기만하고 배신할 가능성이 높은 계층이다. 파농은 독립 이후 민주화의 성패 여부는 이 계층의 움직임에 달려 있다고 보았기 때문에 이들에게 각별히 주목하고 있다.

파농은 민족부르주아지의 득세를 막는 것이야말로 진보의 유일한 길이라고 힘주어 말한다. 식민사회에서 중산층이라고 하는 존재는 식민체제하에서 고등교육을 받거나 상업에 종사하던 사람들인데, 이들의 심리의 특징은 한마디로 '장사꾼의 심리'이다. 따라서 이들은 나라의 독립을 자기들의 개인적 이익을 위해 이용하려 들기 쉽고, 그 결과 새로운 형태의 식민주의, 즉 신식민주의를 불러들이는 장본인이 된다. 그들은 기꺼이 서구 부르주아지의 현지 대리인이 되어 민족산업이라는 이름 밑에서 서구인들이 즐길 휴양지와 오락시설과 숙박소를 짓고, 자기 나라를 사실상의 '서구의 매음굴'로 만드는 데도 주저함이 없다. 그러니까 '저개발사회'에서 민족부르주아지라는 것은 하등 유익한 존재가 아니다.

흔히 사회사상가들 사이의 논쟁거리의 하나는, 한 사회의 발전 과정에서 부르주아사회라는 단계를 건너뛸 수 있느냐 하는 것이다. 여기에 대해 파농은, 이 문제는 논리가 아니라 오직 혁명적 행동에 의해 답변될 수밖에 없다고 말한다. '저개발사회'에서의 부르주아지는 서구 역사에서 자본주의를 주도적으로 이끌어온 부르주아 계층과는 달리 경제적으로도 기술적으로도 전혀 무능한 집단이다. 근면하고 활동적이며 세속적인 세계관을 지니고 있었던 서구의 초기 부르주아지는 자본을 축적하고 자기들의 이데올로기를 만들어냈으며 최소한의 번영을 자기들의 사회에 가져다주었다. 그러나 저개발국가에서는 이러한 계층이 존재하지 않는다. 저개발사회의 부르주아지는 재빨리 부자가 되는 요령만을 터득한, 서구 부르주아지의 희화화된 복사판에 불과하다. 흔히 그들이 치부의 수단으로 가장 능숙하게 이용하는 분야는 중개상인데, 이는 독립 이전에는 유럽인들이 차지하고 있던 분야이다. 중개시장은 그것을 독점한 자에게는 가장 손쉬운 치부 수단을 제공하지만, 다수 민중에게는 치명적인 수탈 수단이 될 뿐이다. 그래서 파농은 모든 중개상의 국유화를 주장한다.

그런데 국유화는 국가기관에 의한 통제를 의미하는 것이 되어서는 안 된다고 파농은 강조한다. 공무원이라는 또 다른 형태의 부르주아지에 대한 깊은 불신감에다가 일체의 독재 가능성을 배제해야 한다는 생각 때문에 그렇게 강조하는 것이다. 그러니까 방법은 하나, 즉 모든 권력과 경제기구들을 민주적 기초 위에 조직하는 것 이외에는 저개발사회의 진정한 발전의 가능성은 없다고 할 수 있다. 어떤 경우이든, 중요한 것은 민중이 공공의 업무에 관심을 가질 수 있는 상황을 만들어내야 하고, 그래서 민중 스스로가 자기들의 운명을 결정할 수 있도록 돼야 한다. 이런 논리의 연장선에서, 파농은 중앙집권화를 배격하고 지방분권화의 필요성을 강력히 주장하는데, 그 점에서 우리는 파농이 구상하는 것이 결국 진정한 '참여민주주의'라는 것을 알 수 있다.

이에 관련해서, 파농은 정당의 존재이유와 기능에 관해서도 길게 설명하고 있다. 그는 정당이 중산층 중심으로 구성되어 있으면, 그 정당은 민중의 이익에 반해서 행동하기 쉽다는 점을 지적한다. 물론 그렇다고 해서 정당의 존재가 필요 없다는 것은 아니다. 오히려 파농은 저개발국일수록 정당이 중요하다고 생각한다. 하지만 그가 생각하는 정당은 결코 권력기구도 아니고, 행정부에 장악된 도구도 아니다. 정당은 풀뿌리 민중이 그것을 통해서 자기들의 권위와 의지를 행사하는 수단이다.

이와 같이 파농의 뇌리에서는 나라의 진정한 권력의 주체는 풀뿌리 민중이라는 것, 정치와 사회생활의 활력의 원천은 민중의 자유로운 토의와 결정에 있다는 생각이 잠시라도 떠나는 일이 없다. 그리하여 정당의 존재이유도 결국 이러한 자유로운 토의와 결정을 효과적으로 돕는 일에 있다고 생각한 것이다. 정당은 정부의 명령을 하달하는 책임을 지는 행정기구가 아니라 어디까지나 대중을 대변하는 결사체이다. 이 목적을 수행하기 위해서, 첫째 정당은 그 조직이 극단적이라 할 만큼 지역적으로 분권화되어야 하고, 둘째 정당 지도자는 행정권력을 일절 소유하지 말아야 하며, 셋째 무엇보다도 정당의 활동의 중심지가 도시가 되어서는 안된다. 식민지 상황에서나 독립 이후에나 저개발국의 도시, 특히 수도는 "진정한 민족생활에 마치 낯선 신체처럼 붙어 있는 전적으로 인공적인 생활공간이다. 따라서 수도의 역할은 민족생활 전체에서 가급적 근소한 비중을 차지해야 한다"라는 독특한 제안을 내놓으며 파농은 "저개발국가에서는 정당 지도자들은 마치 페스트를 피하듯이 수도를 피해야 한다"라고 역설한다.

말할 것도 없이, 이상과 같은 정당의 개념에 도달하자면 무엇보다 민중의 자치능력이 전제되어야 한다. 일반적으로 부르주아 지식인들은 민중의 자치능력을 의심하지만, 그것은 진정한 민주사회를 실현하는 데 가장 해로운, 따라서 무엇보다 먼저 불식되지 않으면 안되는 근거 없는 편견이라고 파농은 지적한다. 파농의 이런 관점은 결코 현실을 모르는 이상주의에서 나온 것이라고 할 수는 없다. 왜냐하면 그것은 그 자신이 알제리혁명 투쟁 과정에서 실제로 몸으로 겪은 풍부한 체험에 근거한 것이기 때문이다. 파농은 민중의 자치능력을 누구보다도 강력히 신뢰한 사상가였다.

알제리혁명이 알제리 지식인들에게 봉사한 것의 하나는 혁명으로 인해서 그들이 민중과 접촉하게 되고, 민중의 극단적인 빈곤을 보게 되었으며, 동시에 민중의 지성이 깨어나고 의식이 상승하는 모습을 보았다는 점이다.

민중과의 직접적인 접촉은 파농 자신의 문체에도 큰 변화를 일으켰다는 점을 여기서 지나가면서 언급할 필요가 있다. 《검은 피부, 흰 가면》이 빈번히 불필요하게 모호하고 난해한 문체를 보여주고 있다면, 혁명 참가 이후의 파농의 문체는 취급하는 테마의 성격에도 영향을 받았겠지만, 훨씬 자연스럽고 생생한 것이 되었다. 파농은 난삽한 언어는 일종의 가면(假面)이며, 그 가면은 민중을 약탈하려는 의도를 숨기고 있다는 생각을 하기에 이르렀다. 사실, 지식인에게 중요한 것은 의사 표현을 효과적으로 명료하게 하는 것이지 자신의 박식과 지적 교만을 전시하는 것은 아니다. 그러니까 진심으로 민중에게 이야기할 의도가 있다면 쉽게 설명할 수 있는 방법이 없지 않다는 신념을 갖는 것이 중요한 것이다.

파농에 의하면, 제3세계의 미래는 민중의 정치의식 수준에 달려 있다. 이 수준을 높이는 것은 정치적 연설의 기회를 많이 만든다고 되는 게 아니다. 파농의 말을 빌리면 "민족사를 민중 각자의 개인사의 일부로 만드는" 일이 진정한 독립의 길이다. 그런 의미에서도 지역분권화는 필수적이지만, 국가건설의 긴급성을 내세워 민중의 자결권을 축소시키는 사태를 예방하기 위해서도 지역분권화는 선결과제라고 하지 않을 수 없다.

중요한 것은 [소수의] 사람이 계획을 짜고 일의 집행을 결정하지 않고 설사 두세 배의 시간이 걸릴지라도 전체 민중이 계획하고 결정하는 것이다. 설명하는 데 소모된 시간, 노동자를 인간으로 대접하느라고 '잃어버린' 시간은 일의 집행 과정에서 벌충할 수 있다. 대중은 그들이 어디로 가고 있는지, 어째서인지를 반드시 알아야 된다. 민중의 의식이 불완전하고 초보적이며 혼돈된 것인 한, 미래는 닫힌 책에 지나지 않음을 정치가는 간과하지 말아야 한다.

요컨대, 다리 하나를 건설하는 일에도 그것이 건설작업에 임하는 사람들의 의식을 풍부하게 하지 않는 한, 그 다리는 건설되지 말아야 한다는 것이다. 만일 다리의 건설이 위로부터 '낙하'될 때, 그것은 모든 정치적·경제적 권력이 민중의 이익에 반하는 소수 계층에 장악되어 있다는 것을 단적으로 말해주는 증거가 된다고 파농은 말한다.

같은 원칙에 입각하여 파농은 군대와 스포츠에 관해서도 중요한 견해를 밝힌다. 군대에 관한 그의 기본적인 생각은 명쾌하다. 즉, 군대는 무엇보다 민중교육기관이 되어야 한다는 것이다. 파농이 경계하는 것은 군대가 민족생활에 통합되지 않고 자율적인 집단으로 되는 것이다. 그렇게 되면, 군대는 민주주의를 크게 위협하는 세력이 될 것이라는 게 파농의 관측이자 우려였다.

스포츠에 관해서 말하자면, 신생 독립국의 정치가들이 흔히 열중하는 일이 과시적인 기념관이나 체육관의 건설이라는 것을 감안한다면, 새로운 나라를 설계하는 데 있어서 빠뜨릴 수 없는 문제가 스포츠라고 할 수 있다. 파농의 원칙은 이 경우에도 변함이 없다. 즉, 신생 독립국이 해야 할 일은 전시적인 체육관의 건설도, 전문적·직업적 선수들의 양성도 아니다. 나라다운 나라에 필요한 것은 직업적 스포츠맨이 아니라 운동도 할 줄 아는 의식화된 시민이다. 도시 중산층을 위한 오락과 기분전환거리로서의 스포츠는 상업주의에 함몰되기 쉽다. 새로운 나라의 시민들은 자기 나라에서 매 순간 무슨 일이 일어나는가를 늘 예의주시하고 있어야 한다. "우리는 예외적인 인간을 개발하거나 영웅을 추구해서는 안된다. 우리는 민중을 높이 들어 올려야 한다. 우리는 그들의 두뇌를 발달시키고, 그들에게 사상을 채워주고, 그들을 변화시켜 인간으로 만들어야 한다."

제3세계의 문화에 관한 이론에서도 파농의 기본적 자세는 일관되게 지속된다. 그가 힘을 기울여 쓴 〈민족문화론〉은 진정한 민족문화란 자기 전통에 집착하는 문화가 아니라 민중생활의 진보에 봉사하는 것임을 역설하고 있다.

파농에 따르면, 식민사회에서 문화인·지식인이 자기망각에 빠졌다가 자기의 정체성을 깨닫고 '민족문화'에 헌신하게 되는 과정은 세 단계로 나누어 묘사될 수 있다. 첫째는 서구문화에 완전히 함몰되어 자기정체성에 대한 의식을 잃어버린 상태이다. 둘째는 서구문화와 자신을 동일시하는 의식상실의 상태에서 깨어나는 단계이다. 그는 여태까지의 자기 모습에 부끄러움을 느끼며 서구문화에 경도되었던 만큼의 정열로 자기 사회의 고유문화에 경도되기 시작한다. 이것은 이른바 네그리튀드(Negritude)운동 단계라고 할 수 있다. 파농은 네그리튀드의 역사적 필연성에 대해서는 일단 수긍한다. 그러나 그는 이것이 아프리카 지식인의 문화운동의 올바른 이념이 될 수는 없다고 생각한다. 네그리튀드는 원래 에메 세제르와 레오폴 상고르 등, 프랑스 식민지 출신 흑인 시인들에 의해 주창된 것인데, 오랫동안 백인에 의해 멸시를 받아온 흑인문화에 대한 자긍심을 회복하려는 운동이었다. 이 운동은 철저한 양분법의 원리에 기초해 있었다. 즉, 유럽문화는 늙고 형식적이며 억압적인 데 반하여 흑인문화는 젊고 생동적이며 자유로운 것이라는 생각이 강조되었다. 거기에는 백인의 '두뇌적인' 문화에 대하여 흑인의 '직관적인' 문화야말로 보다 근원적이고 창조적이라는 신념이 결합되어 있다. 그러나 이러한 신념이 다분히 정서적인 것이라는 점은 의문의 여지가 없다. 파농의 견해로는, 네그리튀드운동이나 혹은 어떤 고유의 문화를 고집하는 태도는 결국 특수주의나 '엑조티시즘(exoticism)'으로 빠질 수밖에 없다. 더욱이 전통에 집착하려 하거나 버려진 전통을 다시 부활시키려는 욕망은 결국은 민중에 대하여 적대적인 태도로 발전하기 쉽다. 왜냐하면 고유의 문화전통에 대한 집착은 민중이 이미 거기로부터 빠져나온 과거의 질곡 속으로 되돌아가려는 시도를 의미하기 때문이다.

주목해야 할 것은, 가령 네그리튀드에서 보는 바와 같은 흑인문화에 대한 무조건적인 긍정은 기실 유럽문화에 대한 무조건적인 긍정과 표리일체의 관계를 이루고 있다는 사실이다. 요컨대, 그것은 대상만 바뀌었을 뿐이지 식민주의적 문화관을 고스란히 답습하고 있는 것이라고 할 수 있다. 따라서 새로운 문화, 즉 억압이 아니라 해방에 기여하는 문화를 구상하는 데는 네그리튀드는 부적절한 문화 개념으로 간주될 수밖에 없는 것이다.

생각해보면, 흑인 고유의 공통한 문화라는 것은 현실에 실제로 존재하는 것이라기보다 단지 네그리튀드 시인들의 관념 속에서만 존재하는 것이기 쉽다. "세네갈과 기니의 민족문화가 공유하는 공통한 운명은 없다. 그러나 둘 다 같이 프랑스 식민주의에 지배당하고 있다는 공통한 운명은 있다. 식민주의라는 공통한 운명의 적을 타파하는 노력, 이것이 아프리카와 제3세계를 결속시킬 수 있는 유일한 현실이다." 이러한 인식은 파농의 민족문화론의 셋째 단계에서 필수적이다. 단적으로 말하여, 파농에게 있어서 이 단계의 문화, 즉 진정한 민족문화란 식민주의를 타파하려는 투쟁—혹은 민주화를 위한 투쟁—그 자체이다.

식민지 민중이 민족의 주권을 다시 세우기 위하여 행하는 의식적이고 조직적인 활동이야말로 가장 완전하고 명백한 문화적 표현이라고 우리는 믿는다. 투쟁이 성공하여 나중에 문화에 타당성과 활력을 불어넣는 것이 아니다. 문화는 투쟁 기간 동안 차가운 저장소에 보관되는 것이 아니다. 그 전개와 내적 진보 과정에서 투쟁 자체가 여러 길로 문화를 인도하며, 문화를 위하여 전혀 새로운 길을 찾아낸다.

이처럼 파농의 문화관은 매우 단호하다. 파농에 의하면, 문화와 생활을 별개로 간주하는 관점은 전형적인 식민주의적 문화관이라고 할 수 있다. 기실 문화와 생활을 분리된 것으로 보는 상황에서는 문화를 위한다는 명분 밑에서 민중의 생활 자체가 터무니없이 희생당하는 일이 드물지 않다. 그러므로 파농은 우리가 전통적인 문화형식과 이른바 고급문화에 대해 품고 있는 무의식적인 외경심은 불식되어야 한다고 주장한다. 중요한 것은, 부르주아 문화관이나 식민주의 문화관의 지배 밑에서 굳어져온 문화 및 문화 개념을 무조건 숭배하거나 신성화할 것이 아니라 그것들이 우리의 생활에 어떤 기여를 하는가를 끊임없이 물어보는 일이다. 그래서 필요하다면 문화라는 개념 자체를 근원적으로 검토하고 다시 정의(定義)하지 않으면 안된다. 그러니까 가장 중요한 것은 민중 전체의 삶이다, 라는 것이 파농의 민족문화론의 핵심적인 입장이었다.

민족문화는, 민중이 그것을 통하여 자기 자신을 창조하였고 또 자기 자신을 보존하는 행동을 묘사하고 정당화하며 예찬하기 위해 문화의 영역에서 민중이 만들어내는 노력의 총체이다. 따라서 저개발국에 있어서 민족문화는 이 나라들이 수행하고 있는 자유를 위한 투쟁의 한복판에 자리잡아야 한다.

〈민족문화론〉에서 식민주의와의 투쟁과 문화의 접합에 대하여 파농은 여러 구체적인 예를 들고 있는데, 그 가운데 전통적인 민중문학의 하나였던 '이야기'에 일어난 변화에 대한 설명은 특히 흥미롭다. 오랜 세월동안 옛날이야기를 따분하게 되풀이하기만 해온 시골의 이야기꾼들은 1954년 알제리혁명 이후 혁명 과정에서 일어난 갖가지 사건과 에피소드를 이야기하기 시작하였다. 구체적인 이름과 장소는 밝혀지지 않지만 방금 어느 곳에서 일어났던 실제 전투가 이야기꾼에 의해 생생하게 극화되고, 이야기꾼과 청중 사이에 긴장된 분위기가 감돈다. 이렇게 하여 이야기 상황의 전체에 변화가 일어났다. 예컨대 저급한 코미디는 사라지고, 사사롭고 우발적인 고통으로 괴로워하는 개인들에 관한 이야기도 사라졌다. 이야기꾼의 새로운 이야기는 '행동'에 관계하는 것이 된 것이다. 소박한 민중은 이 극적인 이야기를 재빨리 이해했다. 이야기꾼은 그의 상상력을 최대한으로 움직이고, 귀를 기울이는 청중은 불어나며, 그들은 동지적인 분위기에 휩싸인다. 이리하여 새로운 예술형식이 창조되는 것이다. 이것이 새로운 예술이며 민중생활에 생생한 관련을 맺고 있다는 단적인 증거로서, 프랑스 식민당국이 이야기꾼들을 대량으로 체포하기 시작하는 현상이 나타났다. 이전에는 완전히 태평하게 존재하였던 이야기꾼들이 이제는 투사가 된 것이다.

주의해야 할 것은, 민중생활에의 헌신이 민중에 대한 아첨을 의미하는 것이어서는 안된다는 점이다. 억압의 상황에서 살아온 민중이 억압의 구조를 전체적으로 파악하는 것은 어렵고, 따라서 디테일에 몰두하기 쉽다는 점은 결코 간과해서는 안될 문제이다. 브라질의 혁신적 교육이론가 파울루 프레이리가 말했듯이, 현실의 민중의 심리 속에는 이중성이라는 왜곡된 요소가 들어 있게 마련이다. 즉, 민중은 반드시 자유로운 사회를 지향하기보다는 오히려 지배자를 동경하는 심리에 빠져 있기 쉬운 것이다. 파농은 식민주의의 미혹에 빠져 있던 지식인이 자기 나라의 현실을 발견하였을 때 흔히 민중의 어리석음에 직면하여 좌절하는 것을 언급하면서, 압제에서 벗어나기 위한 해방투쟁은 또한 민중의 어리석음에 대한 투쟁을 의미하는 것이기도 하다는 점을 상기시킨다. 결국, 파농이 줄곧 이야기하듯이, 모든 것은 민중의 의식수준에 달려 있는 것이다.

그런데 또 중요한 것은 지식인과 민중 사이의 관계는 상호교육적이어야 한다는 사실이다. 진정한 사회진화의 과정에는 민중과의 대화가 필수적이라고 프레이리는 강조하지만, 실제로 위로부터의 일방적인 변화의 추구는 사회변화가 처음에 노린 목표 자체를 우습게 만들어버리는 것을 역사적 선례들이 생생히 보여주고 있다. 그뿐만 아니라, 인간이란 본래 '말하는 존재'이다. 그러므로 민중과의 대화를 차단하는 것은 민중을 '물건의 지위'로 떨어뜨리는 것과 다름없는 일이다. 그것은 바로 식민주의가 하는 일인 것이다.

파농이 《대지의 저주받은 자들》 전체를 통하여 말한 것은 제3세계가 존재해야 할 방식에 대한 원칙의 천명이었다. 그는 식민주의의 극복이 결과적으로 또 다른 형태의 식민주의로 전락하게 되는 것을 가장 경계하였다. 인간과 휴머니즘에 관해 쉴 새 없이 이야기하면서 세계 도처에서 인간을 말살해온 서구 식민주의의 방식을 제3세계가 모방해서는 안된다고 파농은 역설한다. 그리고 제3세계의 문제는 "다른 대륙의 다른 시대의 사람들에 의해 설정되었던" 사회주의와 자본주의 사이의 선택의 문제도 아니라는 것을 강조했다. 중요한 것은 제3세계가 새로운 사회관계, 새로운 인간의 이념을 독자적으로 발전시키는 것이다.

그러나 파농은 이러한 이념의 궁극적인 실현이 제3세계 민중의 힘만으로는 어렵다는 것을 모르지 않았다. '저개발사회'에는 사회발전에 필수적인 물질적·인적 자원이 크게 결핍되어 있다. 그리하여 파농은 다음과 같이 주장한다. 마치 세계대전 후에 유태인과 연합군 측이 독일에 대하여 변상을 요구했듯이, 제3세계는 서구에 대하여 수 세기에 걸친 약탈에 대한 보상을 요구하고, 서구 국가들은 여기에 마땅히 응해야 한다는 것이다. 이것은 다만 제3세계의 이익을 위해서만이 아니다.

> 우리 시대의 근본적 문제는 사회주의 정권과 자본주의국가 사이의 투쟁이 아니다. 냉전은 종식되어야 한다. 그것은 어디에도 이르지 못한다. 세계 핵화(核化)의 계획은 중지되어야 하고 대규모의 투자와 기술원조가 저개발지역에 주어져야 한다. 세계의 운명은 이 문제에 대한 대답에 달려 있다.

그러나 이 문제의 해결이 유럽과 미국 정부들의 협력과 선의로 될 수 있으리라고 생각할 만큼 파농은 순진하지 않다. 해결의 궁극적인 열쇠는, 제3세계에서 그러해야 하듯이, 서구사회 내부에서도 '비식민화'가 광범하게 일어나느냐 마느냐에 달려 있다. 다시 말하여, 서구사회의 대중이 그들의 사회구조의 변혁에 대하여 진지하게 숙고해야 한다는 것이다. 서구사회의 대중은 자신들도 지배엘리트들 못지않게 과거에는, 그리고 근본적으로는 현재에도 식민지 민중에 대하여 상전의 입장에 있어왔다는 사실을 철저히 성찰해야 한다. 서구 세계의 대중들은 그들이 지금까지 별생각 없이 해온 '잠자는 미녀' 게임을 멈추지 않으면 안된다.

6

파농이 죽은 이듬해, 알제리는 프랑스의 지배로부터 벗어났다. 그러나 알제리를 포함하여 많은 제3세계 지역에서의 그 후의 사회발전은 파농이 구상한 것과는 상당히 다른 방향으로 나간 것으로 보인다. 그러나 그렇다고 해서 파농이 말하려 했던 것의 가치가 조금이라도 줄어들었다고 말할 수는 없다. 물론, 파농은 가령 저개발사회가 추구해야 할 새로운 산업화 노선이라든지 민족부르주아지의 득세를 막기 위한 구체적인 전략 등등에 관해서는 충분히 설명하지 않았다. 그러나 우리는 파농의 책이 알제리혁명이 치열하게 전개되는 와중에 집필되었다는 사실을 기억해야 한다. 그러니까 그것은 해방 후의 사회발전에 대한 상세한 분석과 예측을 위해서가 아니라, 당면한 반(反)식민주의 투쟁의 긴박한 요구에 부응하기 위해서 집필된 것이었다. 무엇보다도 그는 식민주의의 극복이 왜 중요하며, 그 궁극적 목적이 무엇인가를 말함으로써 혁명의 대의를 보다 근원적으로, 또 한층 높은 차원에서 설파하려 한 것이다.

《대지의 저주받은 자들》을 통해서 '식민화된 인간의 소멸'을 역설한 파농의 원칙은 실로 떳떳하고 정당하다. 말할 필요도 없이, 그 원칙은 '인간에 의한 인간의 지배'가 계속되고 있는 오늘날의 세계에서도 그대로 유효한, 살아 있는 원칙이라고 할 수 있다. 파농은 단순한 예언자가 아니었다. 그는 자신이 온몸으로 체득한 실천적 지혜에 입각하여 우리들에게 세계와 인간의 현실을 보는 하나의 견실한 척도를 남겨 놓고 아깝게도 젊은 나이에 세상을 떠난, 위대한 해방사상가였다.

리처드 라이트와 제3세계 문학의 가능성

1

서구적 산업사회의 발전에 관련하여 예술의 운명을 생각할 때, 우리가 맨 먼저 생각하지 않을 수 없는 것은 대부분의 예술적 활동이 상품소비사회 체제 속에서 이루어져왔다는 점이다. 따라서 이러한 과정에서 본질적으로 상품가치와 양립하기 어려운 예술은 점점 고립되고 주변적인 위치로 떨어져 나올 수밖에 없었다.

본격적인 예술이 점차로 고립되어 가는 일방에서 이른바 대중문화가 크게 활개를 치게 되는 현상도 현대 서구사회의 특징적인 문화적 상황으로 볼 수 있다. 그런데 이런 경우 대중문화라는 것은 문자 그대로 대중 자신의 주체적인 문화가 아니라는 사실을 우리는 주의해야 한다. 발달한 기술공학의 성과에 크게 힘입은 대중문화는 대중이 가진 진정한 인간적 욕구를 반영하기는커녕, 오히려 소비사회의 생활양식을 항구화하는 데 필요한 소비심리와 거짓 욕망을 대중적으로 확산하는 데 이바지한다. 따라서 대중문화란 상품소비사회 체제의 존속과 확대에 불가결한 구성요소인 셈이다.

이러한 의미의 대중문화가 크게 위세를 떨치고 또 대중문화의 사회적 기반인 소비사회 체제가 점점 굳어져 가는 상황에서 본격 예술이 사회로부터 고립되고 예술가의 소외감이 점차로 깊어져 간다는 것은 충분히 이해할 수 있는 일이며, 또 어떤 의미에서는 고립화의 경향 자체는 자신이 지지할 수 없는 사회에 대한 예술가의 저항을 표시하는 것이라고 할 수도 있다. 그러나 문제는 그러한 고립된 예술이 예술가들 사이에 익숙한 관습이 되면서 드디어 고립과 소외 자체를 이론적으로 정당화하는 미학이 성립되었다는 데 있다.

이러한 미학을 우리는 모더니즘이라고 불러도 되겠지만, 중요한 것은 명칭이 아니라 그러한 미학 속에 내포된 역사와 인간, 그리고 예술에 대한 기본적 태도이다. 서양의 전위예술 혹은 모더니즘의 미학은 공동체의 정치적·윤리적 관심으로부터 예술을 절연시키고 사람과 사람 사이의 의사소통 수단으로서의 예술의 기능을 흔히 배제한다.

공리주의적 가치가 압도하는 상품사회 속에서 예술의 커뮤니케이션 가능성을 부정하는 일은, 그러한 사회에 동화·흡수되지 않으려는 비타협적 반항으로 생각될 수도 있다. 하지만 이러한 비타협성과 반항의 결과는 자연스러운 소박성의 상실, 다수 민중과의 공감이나 유대의 파괴, 끊임없는 실험을 위한 실험, 해소할 길 없는 괴로운 자의식에 의한 자기몰입을 낳았을 뿐, 그 반항은 체제에 대한 어떠한 근본적인 도전으로 나아갈 수 없었다. 그리하여 역설적이게도, 그러한 반항의 결과로 예술은 도리어 소비사회의 또 하나의 인기상품의 지위로 전락해버린 것이다. 모더니즘의 이러한 운명에 대하여 어느 비평가는 다음과 같이 말한다.

이 새로운, 그리고 따져보면 다시 한번 반정치적인 모더니즘 이념의 부활에 궁극적으로 치명적인 것은 … 소비사회 그 자체 속에서의 모더니즘의 운명이다. 금세기 초에 한때 저항적이었으며 반사회적이었던 것은 오늘날 상품생산의 지배적 스타일이 되었고, 소비사회의 끊임없이 확대되는 생산과 재생산 구조의 불가결한 한 구성요소로 되었다. 쇤베르크의 할리우드 제자들이 영화음악을 쓰기 위해서 전위적인 기법을 사용하고, 미국의 최신 미술 유파의 걸작들이 대형 보험회사와 다국적은행들의 새롭고 화려한 구조물(그 자체 가장 재능 있고 전위적인 건축가들의 작품인데)의 장식용으로 사용되고 있다는 사실 등은 이 상황의 외면적인 징후일 뿐이다. 한때 소란스러웠던 전위예술은 현재의 소비사회에 필수적인 스타일상의 변화를 공급하는 일에 하나의 사회적·경제적 기능을 발견하였다.[1)]

위에서 제시되고 있는 예는 주로 음악과 미술의 경우이지만, 현대 서양 예술의 이러한 비극적인 경험은 문학의 경우에도 그대로 해당된다고 할 수 있다. 오늘날 모더니즘적 미학에 기초한 수많은 시·소설·희곡 가운데서 이른바 소외의 경험을 다루고 있지 않은 문학작품은 극히 드물다. 그런데 이때 이러한 소외의 경험은 역사적인 맥락과 관계없이 마치 항구적인 인간조건의 하나인 것처럼 취급되기가 일쑤이다. 이와 같은 비역사적인 접근방식은 현대의 서구문학에서는 실로 압도적인 세력을 이루고 있는 것으로 보인다.

이 점은 예를 들어, 대부분의 모더니스트들과는 달리 이른바 인간성에 대한 '긍정적 관점'을 보여주는 작가로 평가되고 있는 솔 벨로의 경우에도 예외가 아니다. 벨로의 대표적인 소설《비의 왕 헨더슨》(1959)은 자기 사회에 만연한 비인간주의와 소외의 체험에 절망한 어떤 미국인이 조화로운 삶을 집요하게 추구하는 과정을 묘사하고 있는 작품이다. 그런데 그러한 주인공이 갖가지 모험 끝에 도달하는 조화의 경지는 아프리카의 어느 왕국에서 힘들게 얻은 지혜, 즉 인간이 사자와 같은 맹수와 스스럼없이 친근하게 지낼 수 있는 '유토피아적'인 상황이다. 이것은 시적 비유로서는 어떨지 모르지만, 현대사회의 중심적 체험인 소외로부터의 탈출을 묘사한 것으로는 설득력이 있다고 보기 어렵다고 하지 않을 수 없다.

이와 같은 현대 서구 예술의 지배적인 성격은 제3세계의 예술을 생각하는 데 있어서도 중요한 의미를 갖는다. 오늘날 제3세계라고 지칭할 수 있는 많은 사회는 서구적 방식에 맞선 근본적으로 새로운 문명의 창조에 대한 필요성이 강력히 이야기되고 있는 현장이지만, 다른 한편으로는 부정되어야 할 서구적 가치와 신념이 깊게 '내면화'되어 있는 곳이기도 하다. 이러한 현상은 물론 긴 세월에 걸친 서구문명에 의한 지배의 당연한 결과이지만, 이것을 그대로 두고는 새로운 문명의 창조를 운위하는 것은 무의미하다는 것은 말할 필요가 없다.

물론 모더니즘의 미학 속에는 그 나름의 진보적인 계기가 포함돼 있을 가능성을 배제할 수는 없다. 예를 들어, 오늘날 제3세계 예술을 생생히 대변하는 지역의 하나인 라틴아메리카의 현대 예술사는 서구 모더니즘 예술을 창조적으로 해석·수용함으로써 새로운 삶의 가능성을 발견하는 데 성공한 모범적인 예를 보여주고 있다. 라틴아메리카의 현대 예술가들은 서구 모더니즘 예술의 기본적 메시지의 하나인 산업주의 소비문화에 대한 강한 반감을 통해서 라틴아메리카를 지배해온 북미의 물질문명을 근원적으로 물어볼 수 있는 시각을 확보한 것이다.[2]

그러나 라틴아메리카의 경우는 특수한 문화적 상황을 배경으로 하고 있다는 점을 주의할 필요가 있다. 그곳의 예술가들은 전통적으로 구대륙의 문화를 그들의 예술적 모태로 하였고, 정작 중남미의 원주민인 인디오의 민중문화 전통으로부터는 절연되어왔던 것이다. 그렇다면 라틴아메리카 예술의 자기발견이라는 것은 이제 비로소 시작의 단계라고 할 수 있고, 이 시작 단계에 부분적인 영향을 끼친 서구 모더니즘은 보다 본격적으로 이 지역의 예술이 민중문화와의 접합을 꾀할 때 극복되지 않으면 안될 요소로 등장할지도 모른다.

이렇게 말하는 것은, 현대 라틴아메리카의 진보적인 문학을 대변하는 네루다 같은 시인의 뛰어난 '초현실주의' 예술이, 실은 민중생활의 실감을 보다 깊이 호흡한 결과로서 나온 것이지 단순한 서구 예술의 모방의 결과가 아니라는 점 때문[3]이기도 하지만, 또한 라틴아메리카에는 보르헤스 같은, 극단적으로 서구화된 시인이 존재한다는 사실 때문이기도 하다.

그러나 서구 미학이 경우에 따라서는 창조적인 계기로서 작용할 수 있다는 것을 부인하지 않더라도, 그것이 어디까지나 하나의 계기이지 무비판적으로 받아들일 수 있는 보편적 미학이 아니라는 것은 말할 필요가 없다. 생각해보면, 현대 서구 미학이 정치와 예술의 분리, 공동체로부터의 예술의 고립을 정당화하는 것은 부분적으로는 서구 지식인의 역사적인 절망에 기인한다고 할 수 있다. 사회변혁의 주된 세력으로 오랫동안 간주돼온 대중이 소비사회 체제에 전반적으로 동화돼버렸다는 판단, 또 대중과의 유대의 발견에 있어서의 실패—이러한 것은 적어도 양심적이고 진지한 예술가들의 좌절감을 심화시키는 데 크게 기여하는 요인이 될 수밖에 없다. 이런 배경에서 생각해보면, 현대 서구 미학은 그 자체 바람직한 것은 아닐지라도 자기 나름의 일정한 역사적 근거는 갖고 있는 셈이다.

그러나 일단 제3세계적 상황으로 들어오면, 그러한 근거는 무의미하다고 하지 않을 수 없다. 제3세계 예술가들의 일부가 서구 현대 예술의 근본 가정과 체험을 자신의 것으로 삼는 일이 일어날 때, 그들은 서구인들의 현실인식을 관념적으로 모방하는 것에 불과하기 때문이다. 그런데 실제로 이런 일이 흔하게 일어나는 것이 또한 제3세계의 현실이며, 바로 이 점은 오늘날 전형적인 제3세계적 상황을 특징짓는 주된 요소이기도 하다.

정치나 경제의 차원만이 아니라 문화의 차원에서도, 아니 여기서는 더욱더 제3세계적 관점이 필요한 것은, 제3세계의 주민들 속에 적지 않은 규모로 서구의 지배적인 가치가 정착되어 있고, 이에 대한 근본적인 반성 없이는 제3세계의 참다운 독립은 불가능하기 때문이다. 미국의 흑인 시인 래리 닐의 말을 빌린다면 "제3세계와 미국 흑인이 직면하는 많은 억압은 구미적인 문화적 감수성에 직접적으로 연결되어 있다. 본질적으로 반인간적인 이 감수성은 최근까지 대부분의 흑인 예술가와 지식인들의 심리를 지배해왔다. 이것이 파괴되어야 비로소 창조적인 흑인 예술가가 사회변혁에 의미 있는 역할을 할 수 있다."[4] 그런데 이와 같이 서구적 문화가치와 감수성으로부터의 해방을 주장하는 것은 단순히 자기방어적인 의미만을 갖는 것이 아니라는 점이 주목되어야 할 것이다. 다시 래리 닐은 말한다.

> 새로운 현대 흑인 작가들의 주된 과업은 서구 인종주의 사회 속에서 흑인이 겪는 경험으로부터 나오는 모순에 맞서는 것이다. 현재 이러한 작가들은 서구 미학과 작가의 전통적 역할, 그리고 예술의 사회적 기능을 재평가하고 있다. 이 재평가에 함축되어 있는 것은 하나의 '흑인 미학'을 발전시켜야 한다는 요구이다. 서구 미학이 이제 효력을 상실했고, 서구 미학의 쇠퇴해가는 구조 속에서 여하한 의미 있는 것도 건설하는 것이 불가능하다는 것은, 나도 그들 중 한 사람인 많은 흑인 작가의 의견이다. 우리는 예술과 사상에 있어서 하나의 문화적 혁명을 주창한다. 서구 역사에 내재하는 문화적 가치들은 혁신되거나 파괴되어야 하지만, 우리는 아마 혁신조차도 불가능함을 보게 될 것이다. 실제 필요한 것은 하나의 전체적인 새로운 사상체계이다.[5]

제3세계적 관점이라는 것은 지금까지 세계를 지배하고 낮은 계층의 사람들을 억압해온 지배자의 입장이 아닌, 억압당해온 사람들의 입장에서 세계와 인간 현실을 보자는 것이다. 그러니까 이러한 입장에서 보면, 착취적·낭비적 생활방식의 끝없는 확대재생산을 강요하는 서구식 근대문명과 그 문명을 합리화하거나 변호하는 온갖 신념체계·사상·이데올로기는 비단 제3세계뿐만 아니라 세계 전체의 장래를 위해서도 근본적으로 지양되지 않으면 안된다고 할 수 있다.

2

제3세계적 관점에 선 문화적 노력이 자기 자신의 독자적인 이념과 방법을 발전시켜야 한다는 일반적인 원칙은 방금 이야기한 대로이지만, 여기서 좀더 구체적으로 생각해봐야 할 문제의 하나는, 서구 시민문화의 진보적 전통과 제3세계 문화의 관계이다. 물론 이러한 문제제기 속에는, 서구 시민문화의 전개 속에는 그 목표가 인류 자신의 목표와 일치하는 진보적 전통이 존재한다는 것, 그리고 이러한 전통은 이제 서구의 테두리를 넘어 보편적인 인류사회의 공동유산이 되었다는 사실에 대한 인식이 들어 있고, 다른 한편으로는 이러한 진보적 전통은 현대 서구문화 속에 계승되기보다는 제3세계적 문화 속에 창조적으로 계승될 이유를 더 많이 가지고 있을뿐더러 실제로 계승되고 있다는 생각이 포함되어 있다.

말할 필요도 없이, 제3세계의 문화는 그 자신이 독자적인 세계관에 의지해야 하는 이상, 그것이 아무리 진보적이라 해도 서구문화의 전통에 전적으로 기댈 수는 없다. 오히려 제3세계의 문학과 예술의 당면한 가장 긴급한 문제는 자기 사회의 민중문화의 전통을 발견하고 계승하는 일이라고 할 수 있다. 민중문화는 오랜 세월에 걸친 봉건체제와 외세의 지배 밑에서 억압과 고난을 강요당해온 민중의 삶의 기쁨과 슬픔, 자유를 위한 투쟁의 기억과 희망, 좌절과 꿈이 풍부하게 담겨 있는 공동체적 유산이다. 민중문화야말로 민중이 자기들의 공동적 운명과 공동적 생활을 확인하는 지적·감성적 모태를 이루는 것이다. 제3세계의 문학과 예술의 근본 임무는 바로 이러한 민중문화의 전통에 대하여 살아 있는 관계를 맺는 일일 것이다.

여기서 중요한 것은 '살아 있는' 관계를 맺는 일이다. 우리는 이른바 민족문화의 보존과 창달이라는 이름 밑에서 실제로 행해지는 것이 봉건적 문화유산의 유지와 온존을 꾀하려는 시도로 나타나고 있음을 허다하게 보아왔지만, 이러한 빗나간 노력은 민족문화의 계승이라는 이름으로 지나간 시대의 민중의 것이면 무엇이든지 떠받들려는 시도에도 나타나는 것이다. 이러한 현상은 민족주의적 노력이 쉽사리 빠질 수 있는 함정일지도 모른다. 그렇기 때문에 민족주의적 노력이 진정하게 민주적이고 진보적인 것으로 작용할 수 있도록 하기 위해서도 제3세계적 관점이 필요한 것이다.

제3세계적 관점은 그 자체 속에 민족주의적 차원을 반드시 지닐 수밖에 없으나, 이러한 민족주의가 자기폐쇄적인 것이 아니라 다른 민족사회와의 개방적인 연대 속에 있다는 것을 의식하고 있는 관점이라야 한다. 제3세계의 민족주의가 제3세계적 관점을 자기의 것으로 함으로써 얻는 결정적으로 중요한 것은, 그것이 그러한 민족주의의 구체적인 내용이 충분히 민주적인 것이 되지 않으면 안된다는 것을 명확히 할 수 있다는 사실이다. 옛날의 봉건적 문화유산의 재건이 어째서 진정한 민족주의적 문화 건설로부터 거리가 먼 것인가 하는 것은 길게 말할 필요가 없다. 봉건적 문화의 재건이나 민속문화의 단순한 복원을 위한 노력은 어느 것이든 민중이 이미 그곳으로부터 벗어나려고 필사적인 노력을 한 과거의 질곡 속으로 민중을 되돌려 놓으려는 시도라고 할 수 있다.

민중문화와의 생생하고 의미 있는 접합은 과거의 민중문화 속에 내재되어 있는 민중의 편견과 미신을 극복할 것을 요구한다. 민중문화는 그것이 억압자의 문화가 아니란 점에서 봉건적 문화유산에 비해 훨씬 창조적인 요소를 더 많이 가지고 있음이 틀림없으나, 또한 억압의 환경 속에서 자라온 것이기 때문에 억압자 자신의 세계관과 이데올로기에 의해 일정한 정도로 오염되어 있기도 한 것이다. 그럼에도 불구하고, 민중문화 전통은 오늘의 예술가들에게 창조적인 표현방식과 내용을 공급하는 영감의 주요한 원천이 된다는 것도 사실이다. 민중문화는 그것이 어떠한 모순과 왜곡을 포함하고 있든, 또 어떠한 우여곡절을 거친 것이든, 민중생활의 절실한 필요를 반영하는 것이기 때문에 민중 속의 창조적인 잠재력을 내포하고 있는 세계라고 할 수 있다. 그리고 제3세계 예술의 근본적인 존재방식이 무엇보다 공동체와의 유대를 전제로 하는 것인 한, 제3세계의 예술가들은 자기 사회의 민중을 향해서 이야기하지 않을 수 없고, 또 이를 수행하기 위해서는 그들은 그들 자신의 예술적 충동과 표현 욕구의 보다 근원적인 모태(母胎)라고 할 수 있는 민중문화의 표현양식과 그 양식이 갖는 가능성을 진지하게 숙고하지 않을 수 없을 것이다. 그러나 이 모든 문제는 결국 오늘의 예술가가 자기 시대와 사회의 민중 현실에 대해서 어떠한 입장에 서느냐 하는 것에 귀결된다. 온갖 모순을 포함한 채로 민중생활이야말로 역사의 중심축이라는 것을 생각하면, 왜곡된 민중문화 혹은 심지어 상업주의에 오염된 대중문화도 진정하게 민중적인 문화를 위한 계기로서 작용할 수 있는 잠재력을 내포한 것으로 간주될 수 있는 것이다.

민중문화에 뿌리를 두어야 한다는 점에서 제3세계의 문학과 예술은, 본질적으로 개인주의적인 소시민 지식인의 관점에 크게 의존해온 서구 시민문학이나 예술의 전통과는 뚜렷이 구별될 수밖에 없다. 그러나 이 시민문화의 전통 일반에 속하고 있으면서도 이 전통에 포함된 부정적 한계를 뛰어넘기 위한 끊임없는 노력을 기울인 중요한 흐름을 우리가 간과해서는 안되는데, 이것을 우리는 리얼리즘 전통이라는 이름으로 파악할 수 있다. 오늘날 리얼리즘이라는 용어는 그것이 매우 다의적으로 사용돼왔기 때문에 그 의미가 불분명하다는 비판이 있지만, 그렇다고 해서 우리는 리얼리즘이라는 개념을 가지고 서구 시민문화의 진보적 요소를 보려고 하는 노력을 포기할 수는 없다. 우리에게 정말 관심 있는 문제는 리얼리즘이라는 용어를 사용함으로써 시민문화의 어떤 요소를 적절하게 특징짓는 일이 가능하다는 사실이다. 이미 유럽문학의 흐름에 대하여 일정하게 역사적인 이해와 평가를 시도한 여러 중요한 비평 속에서 리얼리즘이라는 용어는 적어도 그것이 시민문학의 진보적 경향을 대변하는 문학을 가리킨다는 점에서는 큰 오해의 여지를 남겨두지 않을 만큼 충분히 적절히 사용돼왔다고 할 수 있다.

제3세계의 독자적인 미학을 발전시키는 일에 리얼리즘으로 대변될 수 있는 서구 시민문화의 진보적 전통은 어떤 연관성을 가질 수 있는가?[6] 이것은 물론 단순한 이론이 아닌, 실제의 작품 창작과정을 통하여 그때 그때마다 새롭게 정해질 수밖에 없는 문제이다. 예술에 어떤 주어진 이론과 법칙이 있는 게 아닌 이상, 예술에서는 예술가 자신의 주관적 및 객관적 조건들이 모든 것을 결정하기 때문이다.

리얼리즘이 본래 서구 예술 전통에서 나온 것이면서도 제3세계적 관점 속에서 창조적으로 계승될 수 있다고 하는 것은, 그것이 이미 서구라는 제한된 한계를 벗어나 인류 전체의 이익에 합치될 수 있는 정신과 방법을 내포하고 있다고 볼 수 있기 때문이다. 이렇게 말하는 것은 물론 서구 시민문학 속의 리얼리즘은 그 시대적·세계관적 제약으로부터 발생하는 명백한 한계를 갖고 있음에도 불구하고, 그것이 또한 현실적인 생명력을 보유하고 있다는 점을 지적하려는 것이다.

우리가 리얼리즘의 근본 성격을, 객관적 세계인식에 근거하여 인간다운 삶에 대한 강한 정열을 보여주는 것을 주요 특징으로 하는 예술적 경향이라고 잠정적으로 정의할 수 있다면, 실제로 이러한 경향이 근대 서구 시민문학 속에서 얼마나 철저한 수준으로까지 전개되었는가라는 점과는 별개로 그러한 경향이 존재해왔다는 것은 틀림없는 사실이며, 따라서 그 경향은 오늘의 제3세계 문학의 가장 근본적인 요구에 부합하는 것이라고 할 수 있다. 생각하면, 제3세계의 과제는 충분히 자율적이고 민주적인 공동체를 건설하는 것이라고 하겠지만, 이 목표에 도달하는 길은 외부로부터의 위협을 극복하면서 동시에 자기 자신 속의 비민주적·봉건적 요소를 부정하는 노력을 포함할 것이다. 그러므로 이러한 노력에는 반드시 엄밀하고 객관적인 현실인식이 필요하고, 미신과 편견을 거부하는 합리적 관점이 크게 요구될 수밖에 없다.

제3세계적 관점에는 불가피하게 민족주의적 차원이 그 본질적인 구성요소의 하나를 차지할 수밖에 없지만, 이 민족주의라는 것은 그 속에 자기방어적인 동기와 목표를 지니고 있다는 것도 사실이다. 그 결과, 민족주의적 자기방어의 노력이 물질적 결핍에 대한 대체물로서 흔히 열광적 민중주의를 불러일으키는 원인이 되고, 낭만주의적 문화를 조장하기도 한다는 지적은 타당하다고 할 수 있다.[7] 이러한 지적은 민족주의라는 현상을 자본주의의 불균등 발전의 산물이라고 해석하는 이론 가운데서 나오는 것이다. 말할 것도 없이, 제3세계의 민족주의도 그것이 민족주의인 한에서는 민족주의 일반에 해당되는 여러 특징을 내포하고 있을 수밖에 없다. 그런데 여기서 강조되어야 할 것은 제3세계적 관점의 근본적 의의이다. 제3세계적 관점은, 만일 그것이 진정한 것이라면, 자기 속의 민족주의에 대하여 맹목적인 충성을 하는 것이 아니고 그 민족주의의 역사적 의의와 한계를 아울러 의식하는 관점이 되지 않으면 안된다. 즉, 제3세계적 관점은 끊임없이 자기를 되돌아보는 긴장된 의식을 요구하는 것이지, 결코 신성불가침한 초역사적인 실체로서의 민족을 인정하는 것이 되어서는 안되는 것이다.

그런 의미에서, 민족이라는 신화적인 실체를 때때로 확인해야 할 필요성 때문에 민족주의가 나오는 것이 아니라, 한 사회집단으로서 특히 나쁜 운명을 공동으로 겪어온 역사적 체험이 바탕이 되어 그 운명을 타개하기 위한 노력 가운데서 민족주의라는 개념이 불가피하게 도입된다는 것은 제3세계적 관점에서 볼 때 훨씬 쉽게 이해될 수 있다. 제3세계적 관점은 특정 민족사회에만 국한될 수 없는 것인 만큼, 자기객관화를 가능하게 하는 힘으로 작용한다고 말할 수 있다.

지금까지의 민족주의에 관한 언급은 제3세계의 민족주의적 노력의 일부로서의 민족문화는 자기 속에 세계사의 움직임에 대한 넓은 시각을 포함함으로써 비로소 창조적인 것이 될 수 있다는 점을 말하기 위해서였다. 이런 맥락에서 생각할 때, 제3세계 예술에 대한 리얼리즘의 관계는 단지 형식적인 것이 아닌 보다 깊은 본질적 차원에서 맺어지게 된다는 사실이 한결 뚜렷이 드러난다.

리얼리즘이라는 것은 예술의 피상적 수법이나 스타일을 가리키는 것이 아니고, 또 공식적 문학·예술사에서 규정하듯이 단순한 문예사조를 가리키는 것도 아니다. 물론 우리는 리얼리즘이라는 용어를 사용할 때, 자연주의적 기법이라든지 당대의 구체적인 생활 현실에 대한 각별한 주의집중이라든지 하는 리얼리즘의 형식적·외면적 특성을 염두에 두는 것이 사실이다. 그러나 이러한 외면적인 특성 때문에 우리는 리얼리즘의 좀더 근본적인 성격, 즉 역사와 인간에 대한 적극적인 정신과 태도를 자연스럽게 드러내는 그 특성을 간과해서는 안된다.

알다시피, 리얼리즘은 르네상스 이래 서구 시민문화의 전개 과정에서 가장 창조적이고 또 진보적인 예술 경향을 대변해왔다. 이것은 이 경향에 속하는 대표적인 작가들, 셰익스피어, 블레이크, 괴테, 발자크, 디킨스, 톨스토이 등에 의한 작품이 서구 시민문화의 정점을 이루는 업적이라는 점만으로도 쉽게 납득된다. 그런데 우리는 여기서 이 위대한 리얼리스트들이 어떠한 역사적 상황에서 어떠한 목적을 가지고 예술에 임했던가를 확실히 보지 않으면 안된다. 물론 여기서 이들 작가들을 개별적으로 상론할 수는 없지만, 한 가지 분명한 사실은 그들이 시민사회의 발전 과정의 다양한 단계 중의 어떤 특정 상황을 몸소 경험하고 이 상황이 뜻하는바 인간적인 가능성과 제약을 역사적인 관점에서 정열적으로 탐구했다는 사실이다. 따라서 저마다 시민적 가치의 열렬한 옹호자가 되고, 때로는 시민적 가치의 왜곡에 대한 엄격한 비판자가 되며, 경우에 따라 이 양자를 동시적으로 포괄하기도 하였다. 그리고 이때 리얼리즘의 작가가 시민적 가치의 옹호자가 되거나 그 가치의 왜곡에 대한 비판자가 되는 경우, 그것은 그가 시민사회 자체에 대한 어떤 변호론적 입장 때문이 아니라, 시민적 가치가 내포하는 보편적인 인간해방의 가능성을 민감하게 포착했기 때문이라는 점을 기억할 필요가 있다. 다시 말해서, 이들을 참다운 리얼리스트로 만든 가장 중요한 요인은 그들 각자가 그때그때의 주어진 시대적 한계 내에서 인간다운 삶의 가능성을 최대한도로 모색했다는 점이다. 리얼리스트들은 그들 자신이 대체로 시민계급 출신이었으나, 적어도 작품상으로 또 대부분은 인간적으로도 자기 자신의 계급적 입장을 초월하였다.

그런데 이러한 리얼리즘문학 전통의 형성에 기여한 작가들은 그들 자신이 구체적인 현실 속에서 살았던 사람들인 만큼 주어진 시대의 제약을 완전히 벗어날 수 없었고, 따라서 일정한 사상적·세계관적 한계를 노출하는 것은 불가피했다. 그러나 그러한 한계 내에서 그들의 문학은 그때그때의 역사적 단계에서 존재할 수 있는 최고의 세계관을 보여준다. 이것은 이들의 예술이 항상 자기 시대의 가장 근본적이고 핵심적인 인간문제를 강렬하게 반영하고 있다는 점에서 확인할 수 있다.

르네상스 이래 서구사회에는 시민계급의 상승에 의한 새로운 경제생활, 사회조직 그리고 사회관계의 변혁에 따른 하나의 근본적인 문제가 있었다. 오랜 세월 동안 사람의 운명과 공동체의 존재방식을 규정해왔던 봉건주의적 사회경제 조직은 자본주의의 발흥에 의해서 점차로 붕괴되고, 시민계급이 주도하는 새로운 사회형태와 신념과 풍속이 인간생활을 지배하게 되는 것이 가장 간단하게 파악된 서구 근대사의 윤곽이라는 점은 우리가 아는 바와 같다. 말할 것도 없이, 봉건주의야말로 대다수의 인간에게 가장 본질적인 질곡이었던 이상, 이러한 질곡으로부터의 해방을 성취시킨 자본주의는 역사적으로 볼 때 '진보적인' 역할을 수행한 것은 틀림없다. 그리고 봉건주의의 타파라는 역사적 과업도 일시에 혹은 단시일 내에 이루어진 것도 아니었다. 서구사회가 봉건주의와 봉건 잔재를 완전히는 아니라 하더라도 적어도 제도상으로 청산하기 위해서는 여러 세기에 걸친 자본주의경제의 성장, 또 이와 관련하여 몇 차례의 혁명에 의한 정치적 해결이 필요했다. 르네상스로부터 적어도 19세기 전반기까지의 서구 역사는 봉건주의에 대한 투쟁으로 점철된 시민혁명의 역사였던 것이다.

봉건주의와의 오랜 투쟁 과정에서 서구의 시민계급은 인간과 사회에 대한 독자적인 이념을 형성하고 있었다. 어느 모로 보나 근대 시민사회의 단초라 할 수 있는 르네상스시대에 이미 전인적인 인간 이상이 표명되었고, 프랑스대혁명 과정에서 공식화된 자유·평등·우애의 이념은 혁명에 앞선 수 세기 동안 서구의 뛰어난 휴머니스트들, 특히 18세기 계몽주의 철학자들에 의해서 정립된 세계관의 표명이었다. 그런데 이러한 이념은 비록 그것이 시민계급의 등장으로 형성된 것이라 할지라도 이미 그 내용의 보편성 때문에 어느 특정 계급만의 이상에 그치는 것일 수는 없었다. 실제로 여러 차례의 시민혁명은 시민계급만의 힘으로 이루어진 것도 아니다. 시민적 인간 이상에 공감한 대다수 민중의 참가 없이는 혁명의 성취는 불가능했던 것이다. 그러니까 봉건주의에 대한 대항이라는 점에서 시민계급의 이익과 민중의 요구는 일치했던 셈인데, 이런 일치가 지속되고 있었던 한에 있어서는 시민계급은 역사의 선진적인 입장을 대변할 수 있었다.

그러나 우리가 알다시피, 시민계급이 자신의 이념에 스스로 반하는 날이 온다. 프랑스에서는 이른바 시민계급의 영웅적인 시대라고 일컫는 대혁명기와 나폴레옹시대가 끝나는 왕정복고로부터, 영국에서는 1832년의 선거법 개정에 의해서 중산계급이 경제적으로뿐만 아니라 사실상의 정치적 주도세력으로 등장하면서부터 시민계급은 종래의 '진보적인' 입장을 버리고 기왕에 획득한 자신의 정치적·사회적 특권을 배타적으로 향유하기를 기도하였고, 그럼으로써 보편적 인간해방이라는 자신의 본래의 이상을 배반하는 세력으로 변신하기 시작한다. 여태까지는 전체적으로 볼 때 시민계급은 봉건세력에 대한 투쟁 속에서 다수 민중과 생활상의 요구와 이념을 함께 나눈다는 측면이 우세하였지만, 그리하여 민중과 손을 잡고 싸울 수 있었지만, 지금부터는 오히려 시민적 이념의 실질적인 구현을 요구하는 밑으로부터의 압력에 대항하기 위하여 봉건잔재 세력과 제휴하는 일도 서슴지 않게 되는 것이다.

그리하여 프랑스를 포함한 유럽 대륙 여러 국가에서는 1848년의 민중혁명에 대한 성공적인 진압과 더불어, 그리고 영국에서는 산업혁명의 필연적인 결과로 등장한 차티스트운동 등의 대규모 노동운동이 19세기 중엽을 고비로 좌절되는 동안에 서구 시민계급의 초기 이상은 완전히 허구적인 것으로 변질되고 만다. 그리고 그 이후의 서구사회의 발전은 갈수록 이상과 현실이 점점 더 크게 벌어지는 상황으로 전개된 것은 우리가 다 아는 바와 같다. 시민계급에 의해 주도돼온 산업문명과 경제체제가 자기 자신을 확대할수록 인간적 위기와 사회적 모순을 증대시키고, 드디어는 세계 도처의 수많은 사회집단의 자율성을 유린하고 무수한 인간적 희생을 강요하는 폭력이 되었다는 점보다 더 결정적으로 시민사회의 자기배반을 보여주는 증거는 없다고 할 수 있다.

그런데 생각해보면, 시민적 이상의 발전과 그 이상에 대한 배반이라는 이러한 모순적인 관계는 무엇보다 시민사회 전개 자체의 기본적인 논리에 내재되어 있는 피할 수 없는 귀결이었다. 우리는 이 점을 르네상스의 역사적인 의미를 간단히 살펴보는 것으로 어느 정도 설명할 수 있을 것이다. 르네상스는 고대 그리스의 폴리스와 더불어 서구 근대의 철학자·예술가들에게 전인적인 인간, 조화된 삶이 비교적 풍부하게 실현되었던 하나의 이상적인 공간으로 간주되었고, 그들의 사회가 도달해야 할 규범으로 여겨져왔다. 물론 실제로 어느 정도까지 그러한 조화의 삶이 보편적이었는가 하는 의문은 있지만, 르네상스시대가 드물게 보는 조화와 행복의 순간이었다는 것은 틀림없어 보인다. 그런데 여기서 주목할 것은, 그 르네상스적 조화라는 것이 사실상 하나의 특이한 사회경제적 조건을 그 자신의 물질적 기초로 하고 있었다는 점이다. 다시 말해서, 봉건주의에서 자본주의로 이행하는 과정에서 나타난 부르주아적 생산의 최초의 형태가 르네상스의 기반이었던 셈이다.[8)]

(우리는 르네상스가 유럽 전역이 아닌 일부 특정 지역에 한정되었고, 그나마 이 지역들에 있어서도 르네상스는 곧 봉건체제의 부활에 의해 퇴조를 보였다는 사실을 잊어서는 안된다. 봉건주의의 극복이냐 부활이냐가 역사적으로 아직 판가름이 나지 않았던 시대 상황은 봉건체제로부터의 해방의 의의를 자각한 르네상스인들의 활동에 비상히 강렬한 혁명적 에너지를 부여하는 것이었는지도 모른다. 그러나 온갖 우여곡절에도 불구하고 부르주아적 생산양식이 끝내 서구사회를 지배하게 되는 과정에서 르네상스가 그 초기 형태를 보여준다는 점은 의문의 여지가 없다.) 르네상스시대의 인간이 역동적이고 다면적인 자기실현을 추구할 수 있었던 것은 우선 봉건적 제약으로부터 벗어날 수 있게 한

부르주아적 경제 덕분이었지만, 다른 한편으로는 바로 이 경제가 아직 미분화된 원시적인 형태로 존재하고 있었다는 점이 또한 르네상스인의 전인적 삶을 가능케 했던 주요 요인이었음을 우리는 주목할 필요가 있다. 그러니까 부르주아경제의 나중의 발전 과정에 필연적으로 수반된 극단적 분업과 소외는 르네상스시대에는 아직 낯설었던 것이다. 따라서 르네상스는 새로운 경제사회의 초기 형태에서 희망적인 약속을 보고 낙관적인 신념을 갖는 일이 가능했지만, 그러한 희망이나 신념은 르네상스 자신의 기초 자체가 더욱 성장·확대됨에 따라 무너질 수밖에 없는 것이었다.

실제로 르네상스적 인간이념은 시민사회의 발달에 따라 점점 협소한 것이 되었는데, 가령 17세기의 부르주아 정치사상가 홉스에 이르면 전인적 조화의 인간이념은 완전히 사라지고, 그 대신 현실에 존재하는 이기적인 인간이 '정상적인 인간'으로서 그의 정치철학의 준거가 된다. 자연상태의 인간 관계를 만인의 만인에 대한 전쟁 관계라고 묘사한 홉스의 눈에는 사람이란 누구든지 이기적인 동기에 의해 행동하는 것으로 보였지만, 그는 이러한 인간형이 기실은 항구적인 것이 아니라 배타적 이윤추구가 압도적으로 된 새로운 사회적 현실 속에서 발전된 것임을 도외시했던 것이다.

홉스류의 인간 이해는 시민사회의 나중의 발전 단계에서 좀더 일반적인 것이 되는데, 그것은 시민사회가 르네상스적 인간이념을 실현할 수 있는 가능성으로부터 점점 더 멀어짐에 따른 결과였다. 때때로 르네상스적 이상에 동경심을 품은 사람들 중 일부는 자기들의 시대를 이상과 현실 사이의 괴리라는 추상적 용어를 가지고 설명하려 했다. 그리하여 이상과 현실은 원래 양립할 수 없다거나 이상적인 세계는 개인의 내면이나 예술작품 속에서만 존재할 수밖에 없다는 관념주의가 뿌리를 내리는 것이지만, 이러한 관념화 혹은 르네상스적 이념의 형식화는 그것이 자기 시대의 특정한 현실을 절대화하고 변경 불가능한 것이라고 생각하기 때문에 나온 것이었다.

시민사회가 르네상스적 이념을 방기하거나 순전히 형식화하는 가운데서 여기에 반발하고 르네상스적 조화의 이상을 역사 속에서 재건하려는 움직임도 계속되었다. 그러한 노력의 최초의 뜻깊은 예는 아마도 루소일 것이다. 루소는 "역사적 인간 개념, 역사 속의 인간에 대한 개념을 발전시키고 인간과 부르주아적 인간과의 동일시를 극복하려고 한 최초의 중요한 기도를" 한 사람이다. 루소의 이러한 기도는 관념적 철학의 산물이 아니었다. 그것은 "루소가 자기 시대의 진보를 바라보는 데 갖고 있던 특수한 평민적 태도와 관점에 뿌리박고 있었다."

> 현재와 현재 속에 숨어 있는 미래(부르주아적 미래)의 씨앗을 다 같이 거부하고 봉건적 가치체계와 부르주아적 가치체계 및 그들의 실제 도덕에 필사적으로 반항하면서 루소는 한 사람의 혁명적 정신으로서의 그 자신이 요구하는 인간 이상을 건져내고, 인간들은 항상 이와 같았던가, 어떻게 그리고 어째서 인간들이 이렇게 되었는가라고 물음으로써 쓰라린 마음과 함께, 있는 그대로의 인간들을 볼 수 있게 되었다. 이런 방식으로, 즉 역사적인 용어로 물음을 제기함으로써 그는 인간 개념과 인간 이상의 재통일에 대한 열쇠를 발견했다. 그리하여 '보다 가치 있는' 이상적인 인간공동체가 아직 혹은 완전히 타락하지 않은 공동체들로부터 진화할 수 있다고 생각되었다. 그러나 아직 이 열쇠는 자물쇠를 열 수 없는 것이었다. 우리가 말한 대로 루소에게는 아직 과거만이 역사로 비친 것이다. 인간 개념과 인간 이상이 다시 통일을 이루기 위해서는 현재와 미래도 역사로서 인식될 수 있어야 했다.[9]

루소 자신 시민사회의 성장 없이는 존재할 수 없었던 사람이고, 또 그가 적대한 '계몽사상가'들에 대한 관계에 있어서도 그 자신이 누구보다 철저한 계몽사상가 중 한 사람이었다는 점을 반드시 고려해야 하는 것처럼, 우리는 루소의 평민적 관점이라는 것도 시민사회의 근본적인 한계를 벗어나지 않았다는 점, 따라서 그의 역사적 관점도 시민사회와 본질적으로 다른 공동체를 내다볼 수 있게 하는 정도까지 미치는 것은 아니었다는 점을 주목해야 한다. 루소가 흔히 회고적인 낭만주의 철학·예술의 선구자로 간주돼온 것도 실상 이런 점에 근거해서일 것이다. 그러나 비록 그것에 한계가 있는 대로, 시민사회의 틀 속에서 시민사회의 진보성과 근본적인 제약성을 동시에 보았다는 점은 중대한 의미를 갖는다고 할 수 있다.

루소의 경우는, 서구의 리얼리스트 예술가들에게 주어졌던 기본적인 과제를 요약하는 것이라고 해석될 수 있다. 앞서 이야기한 대로 리얼리즘문학은 시민사회의 발전과 함께 성장했지만, 시민사회에 대한 리얼리즘의 관계는 단순한 거부도 단순한 옹호도 아니었다. 대체로 봐서 리얼리즘문학의 시민사회에 대한 입장은, 물론 시민사회 발전의 정도에 따라 다르다고 봐야 하지만, 봉건체제의 파괴라는 점에서는 긍정적이면서 동시에 시민사회의 모순적인 삶에 대하여는 크게 비판적이었다고 할 수 있다. 시민사회의 모순을 특히 역사적인 관점에서 파악한다는 점에서, 즉 그들이 자기 자신의 시대를 역사적인 진화의 연장으로서 인식한다는 점에서, 루소나 뛰어난 리얼리스트들은 다른 많은 관념론적 낭만주의적 사상가들과 거리가 멀었다. 우리가 셰익스피어나 발자크의 문학 속에서 흔히 보는 생생한 활력과 인간적인 체취의 풍성함 같은 것은 기본적으로 이들이 자기 시대의 현실을 사람이 만들어온, 또 사람에 의해 다시 만들어져갈 역사적인 경험으로 파악한 데에 크게 연유한 것이었다.

리얼리즘의 이러한 역사적 현실인식은, 봉건제하에서는 상상도 할 수 없을 만큼 근대 시민사회의 사회관계가 유동적으로 되었기에 가능해진 것이다. 그러니까 인간 운명의 변경 가능성이야말로 역사적 세계인식의 전제가 된다고 할 수 있겠는데, 이러한 인식 내용이 갖고 있는 또 하나의 중요한 측면은 인간의 정신생활과 물질생활의 불가분리적 관계에 대한 인식이다. 실제로 의식의 '존재 피구속성'이라는 지식사회학의 명제나 사유의 이데올로기적 성격에 대한 엄밀한 반성이 학문적으로 논리화되기 이미 오래전에 리얼리스트들의 문학은 인간의 정신적·관념적 활동의 물질적 기초를 주목하였는데, 그것은 그들의 탁월한 인간경험의 형상화에 반영되고 있었다. 우리가 익히 보아왔듯이 리얼리스트 작가들의 실감 넘치는 형상화는 그들의 예술이 관념적인 차원이 아닌 물질적 이해관계에서 유발되는 인간의 정열과 소망과 갈등을 충실히 그림으로써 가능했던 것이다. 시민사회라는 것이 어떤 정신적 관념의 산물이 아니라 어디까지나 경제적 생활에 일어난 커다란 변화의 결과이고, 시민사회에서의 사회적 이동과 삶의 역동성을 지배하는 원천적인 요인이 인간의 물질적 이해관계의 변화에 있었다고 한다면, 이러한 변화의 움직임이 개인적으로나 사회적으로나 현저하게 눈에 띄는 시대에 살고 있었기에 저 리얼리스트들은 인간행동과 의식의 물질적 차원을 본능적으로 포착할 수 있었을 것이다.

다 같은 시민문학의 범주에 속하면서도, 특히 독일문학이 영국이나 프랑스의 리얼리즘에 비하여 일반적으로 리얼리티가 부족하고, 관념적이며 때로는 지나치게 내면지향적인 것은 독일에 있어서의 자본주의경제의 뒤늦은 발흥, 그에 따른 시민계급의 허약한 입장에 그 가장 큰 이유가 있는 것으로 해석할 수 있다. 요컨대 물질적 변화의 낮은 정도는, 그것을 더 많이 경험한 사회의 작가들이 인간경험에 대한 훨씬 더 동적이고 총체적인 관점으로 나아가는 게 가능했음에 비해서 독일에서는 좀 더 추상적이고 관념적인 현실인식이 우세하게 만든 것이다. 셰익스피어의 연극이 철저하게 현실적인 이해관계와 정념에 얽매인 인간행동을 매우 구체적인 상황 속에서 드러내는 것에 비하여, 실러의 극을 전개시키는 주요한 원리가 대부분 현실에 뿌리박지 않은 사상이나 이념으로 구성되어 있다는 것[10]도 단순히 두 예술가의 개인적인 차이가 아니라 두 예술가가 속한 시대와 사회의 차이에서 오는 현상이었음이 분명하다.

예술에서의 형상화는 단순한 기법상의 문제가 아니라 근본적으로 일정한 역사적 경험의 산물이라는 것은 방금 말한 대로인데, 이러한 연관에서 우리는 리얼리즘이 인간의 사회적 삶에 대한 원숙한 관점의 표현이라는 생각[11]에 쉽게 동의할 수 있다. 개인의 삶은 근본적으로 공동체의 성격에 좌우된다는 것, 공동체의 성격은 다시 역사적으로 규정되며, 역사는 궁극적으로 인간의 물질적 생활방식과 거기에 수반하는 이해관계에 따라 전개된다는 것을 리얼리즘문학은 그 형상화의 제일의적인 원리로 삼았던 것이다. 문학이 옛날부터 개별적인 인간경험이 갖는 보편적인 의의를 추구해온 것은 사실이지만, 특히 리얼리즘문학은 인간경험의 관념적인 측면에 국한되지 않은 총체적인 관련—개성의 발달과 환경과의 관련, 정신생활과 물질적 이해관계와의 긴밀한 상호 작용 등등—에 주목함으로써 한 시대의 전체적 상황 속에서 갖는바 개별적인 경험의 진실한 의의를 포착하는 데 성공을 거두었다.

예를 들어, 발자크의 작품 《잃어버린 환상》(1843)의 주인공 뤼시앵의 출세의 욕망과 좌절의 경험을 우리는 우선 한 개인의 진실하고 실감나는 삶의 체험으로 읽을 수 있다. 혁명기의 시민사회는 뤼시앵과 같은 하층계급의 재능 있는 젊은이들에게도 사회적 성공의 가능성을 약속하였고, 여기에 고무된 젊은이들이 정작 그러한 시민사회의 약속에 따라 사회적 상승을 실지로 기도했을 때는 이미 혁명기의 이상을 배반하기 시작한 사회, 즉 상층 부르주아지에 의한 배타적인 지배체제로 굳어져 가고 있던 사회는 그들의 기도를 용납할 수 없었던 것이다. 그러나 발자크와 같은 작가의 뛰어난 리얼리즘은 이처럼 한 개인의 운명 속에 일반적인 시대의 성격을 전형적으로 포착하는 데서만 발휘되지 않는다. 그는 이러한 전형성을 형상화하는 데 있어서 무엇보다 당대 사회의 핵심적인 역사적 성격을 포착한다. 다시 《잃어버린 환상》을 예로 든다면, 뤼시앵이 출세하려고 하는 것은 시인으로서 명성을 얻고 안정된 생활을 누리려는 것인데, 그가 시인으로서 출세하려고 하는 사회는 철저히 돈이 지배하는 사회, 즉 예술도 단지 상품으로만 그 가치가 저울질되는 사회가 되어버린 것이다. 돈의 위력은 봉건체제의 몰락을 가져왔으나, 그것은 또한 인간의 온갖 정신적·지적 활동을 상품으로 만들어버렸다. 따라서 이러한 사회에서 출판업자의 주된 고려가 문학작품의 예술적 가치가 아니라, 그것의 상업성·수익성이 되는 것은 당연한 일이다. 그러므로 뤼시앵의 실패는 궁극적으로 그 자신의 시인적 재능의 유무가 아니라 상품사회의 권력구조에 의해서 결정된 것이다.

위에서 살펴본 것처럼, 리얼리즘문학에 있어서 '전형성'이라는 것은 사회생활의 평균치를 말하는 것도 아니고, 또 남달리 기괴한 경험을 그리는 것을 의미하지도 않는다. 발자크의 예나 혹은 다른 리얼리스트들에게서 풍부히 볼 수 있는 것처럼, '전형'은 한 시대와 사회의 삶의 가능성과 한계를 자기 자신의 개인적인 삶의 가능성과 한계로서 경험하는 인물을 창조하는 것을 뜻한다. 그러니까 리얼리즘에 있어서의 전형성의 창조는 개인과 사회의 유기적인 관련에 대한 총체적인 인식의 반영일 뿐만 아니라, 한 시대의 본질적인 성격에 대한 통찰을 보여주는 것이다. 인간적 삶의 가능성과 한계를 핵심적으로 규정하는 본질적인 요소와 다른 나머지 부차적인 요소들을 가려보는 일은 리얼리즘의 불가결한 요소이다. 바로 이 점 때문에 당대 사회 현실의 어떤 측면을 꼼꼼하게 그린다고 해서 다 리얼리즘문학이 되는 게 아닌 것이다. 또 현대 서구문학을 우리가 리얼리즘으로부터 후퇴했다고 해석하는 것은, 그것이 인간경험의 본질적인 요소와 비본질적인 요소를 구별해 보는 능력을 상실하고 있다는 판단 때문인 것이다.

만사를 상대주의적 관점에서 보고, 진리에 대해 회의적인 태도를 보이며, 그 결과 인간과 역사에 대한 허무주의적 자세를 취하는 오늘날 크게 유행하고 있는 지적·예술적 경향과는 달리 리얼리즘이 아직 튼튼하게 살아 있던 시대의 작가들은 무엇이 자기 시대의 본질적인 문제인가를 분명하게 파악하고 있었다. 실제로 위대한 리얼리즘 작가들이 현대 작가들과 비교해서 드러내는 현저한 차이의 하나는, 설사 그들이 돈을 버는 일에 적지 않은 흥미를 가졌다 하더라도 결코 직업적인 예술가로서의 전문적 관심사에 골몰하지는 않았다는 사실이다. 그들은 무엇보다 '전문가'이기 이전에 한 사람의 인간이나 시민으로서 공동체의 보편적 관심사에 충실한 사람들이었다(이런 근본적 입장은 리얼리즘의 자연주의적 서술방법을 해명해주는 열쇠이기도 하다. 예술형식에서 실험정신과 혁신적 노력의 가치는 부정될 수 없다. 하지만 현실의 복잡성을 효과적으로 표현하기 위해서라는 명분으로 인간적으로 견디기 어려울 정도의 과도하게 긴장되고 뒤틀린 문체를 구사하는 것은 예술의 제일의적 기능인 의사소통을 저해한다는 점은 말할 것도 없고, 그것이 흔히 자폐적 미학에 입각한 인공적인 세계라는 데 큰 문제가 있다고 할 수 있다. 오늘날 서구문학에서는 통속적 소설을 제외하고는 자연주의적 문체를 거의 찾아보기 어렵게 되었는데, 이것은 흔히 주장되듯이 자연주의적 기법이 그 수명을 다했기 때문이라기보다는 현대 서구문학이 진정하게 진보적인 문학전통으로부터 멀어졌기 때문이라고 보는 것이 타당할 것이다. 리얼리즘의 소박하고 자연스러운 언어는 결코 손쉽게 얻어지는 게 아니라 오랜 역사적 경험과 투쟁을 거쳐 가능해진 것이라는 점을 우리는 기억해둘 필요가 있다. 리얼리즘은 일반적인 인간해방의 계기를 성취한 초기 시민계급의 인간 및 사회 이상을 철저히 밀고 나가는 과정에서 시민계급 자신의 좁은 이해관계의 테두리를 넘어서 정치와 문화의 과두적 지배체제를 반대하는 과정에서 자연주의적 문체를 익혔던 것이다. 그러므로 리얼리즘의 소박한 언어는 현대의 서구 미학에서 주장되는 것처럼 단순히 부르주아적 세계관의 산물이라고 간주될 수는 없다. 오히려 현대 서구문학이 흔히 보여주는 반자연주의적 서술방식은 민중적인 예술과 사회에 대한 진정한 열망을 방기한 것을 드러내는 하나의 증거일 수 있다).

리얼리스트들이 근본적으로 책임 있는 시민으로서 시대 현실을 보았다는 것은, 그들이 아직은 분업화의 정도가 심하지 않은 시대에 살고 있었기 때문일 것이다. 그런데 바로 그러한 시민적 시선이야말로 그들이 공동체의 정치적·사회적 변화에 대하여 정열적인 관심을 기울일 수 있었던 원동력이기도 했다. 리얼리즘문학에 있어서 가장 중요한 것은 바로 이 정열적인 관심이라고 할 수 있다. 이로 인해 리얼리즘문학은 현실도피나 허무주의로 빠지지 않고, 늘 역사에 대한 적극적 자세를 보여줄 수 있었던 것이다.

그런데 리얼리스트의 이러한 정열적인 관심의 좀더 구체적인 역사적 배경은 무엇이었을까? 그 주관적인 요인은 위에서 말한 대로 리얼리스트들의 책임 있는 시민적 자세였다고 하겠지만, 그보다 더 중요한 객관적 요인은, 그들이 초기 시민계급의 이상이 왜곡된 형태로나마 보존될 수 있었던 상황 속에서 활동했다는 사실일 것이다. 예를 들어, 《적과 흑》(1830)은 혁명기의 이상을 망각한 왕정복고시대의 거짓과 위선을 가차 없이 비판하고 있는 소설이라고 하겠는데, 가령 주인공 쥘리앵 소렐

이 소설의 마지막에 당대 지배계급을 향하여 격렬한 반항의 목소리를 낼 수 있었던 것은 적어도 작가 스탕달에게는 비록 거짓되고 타락했을지라도 아직은 시민적 이상을 실현할 수 있는 가능성이 완전히 소멸되지는 않은 것으로 느껴졌기 때문이라고 해석할 수 있다.[12)]

그러나 시민사회가 새로운 또 하나의 억압체제로 발전하면 할수록 작가들의 정열적인 관심은 어쩔 수 없이 점점 약화되어 간다. 이러한 점은 벌써 디킨스나 발자크와 같은 리얼리스트들이 작가생활의 말기에 이르면서 깊은 환멸감을 느낀다는 사실에서 그 첫 징후를 드러내고 있었다. 그리고 그 후 대략 19세기의 후반에서 오늘날에 이르기까지, 몇몇 소수의 중요한 예외적인 경우를 제외하고는 대체로 서구문학은 전기 시민문학의 리얼리스트들이 보여준 정열과 원숙한 관점으로부터 점점 멀어져 왔다고 할 수 있다.

리얼리즘의 이와 같은 쇠퇴는 서구 리얼리즘에 내포된 어떤 근본적인 한계와도 관련이 없지 않을 것이다. 앞서 루소의 경우에서 본 것처럼, 리얼리스트들은 시민사회의 진보성과 한계성을 동시에 간파하고 있다는 점에서 여타의 체제변호론적 혹은 낭만주의적인 관념적 저항에 머물고 있는 문학과는 달리 진정한 '진보'의 전통을 형성하고, 그럼으로써 그 전통은 서구 시민사회라는 한정된 공간을 넘어 지속적인 생명력을 가질 수 있게 되었다고 할 수 있다. 그런데 다시 루소의 경우처럼, 리얼리스트들은 시민사회의 모순을 변경 가능한 문제로 파악하면서도 그것을 단지 개량적 차원을 넘어 질적으로 차원이 다른 삶을 구상할 수 있는 비전으로 발전시키는 데는 무능력을 드러낸다. 이것은 아마 리얼리스트들 자신의 개인적인 한계이기 이전에 시대의 한계였는지도 모른다. 리얼리스트들은 대개 개인적으로는 평민적인 관점에 서 있거나, 적어도 작품상으로는 민주적 관점을 지지하고 있었다.

물론 디킨스와 같은 민중사회의 감수성에 친숙한 작가와 발자크와 같은 귀족주의자를 다 같이 평민적 관점이라는 용어로 포괄한다는 것은 무리한 일이긴 하다. 하지만 발자크가 실제 작품의 성취 속에 자기 자신의 세계관에 반하여 반귀족주의적 자세를 드러내고 있는 것은 사실인데, 그렇다면 그의 경우도 근본적으로는 민주적 관점을 지지하는 것으로 해석할 수 있다. 문제는, 발자크나 스탕달, 심지어 디킨스에게 있어서도 평민적 관점이 충분히 철저하지 않다는 점이다. 당대의 다른 작가들과 비교가 안될 정도로 민중문화의 전통에 친숙해 있던 디킨스가 하층민의 문제를 주로 인도주의적 관점에서 바라본다든지, 당시 이미 큰 규모로 성장해 있던 노동운동의 본질을 깊이 있게 보지 못한다든지 하는 점은, 서구 리얼리즘의 '민주적' 관점이 지니고 있던 근본적인 한계를 암시해주는 것으로 볼 수 있다.

3

제3세계적 관점에서 볼 때 서구 리얼리즘이 드러내는 한계는 그것이 충분히 민주적·민중적이지 못하다는 점에 있지만, 이러한 한계를 좀더 생각해보기 위해서 필요한 것은 이른바 '리얼리즘의 승리'라는 개념이다. 잘 알려져 있듯이 이 개념은 원래 발자크의 문학적 성과를 평가하는 과정에서 나온 개념이다. 정치적 이념상으로 왕통주의자이며, 각성된 귀족에 의한 지배체제의 확립이 자기 시대의 모순을 해결하는 길이라고 믿었던 (소부르주아지 출신의) 발자크는 실제 작품 속에서는 그 자신이 그토록 지지하던 귀족계급의 역사적 몰락의 필연성을 가차 없이 증언하였다. 이처럼 발자크의 예에서 보듯이, 작가가 그 자신의 개인적인 소망이나 편견에 상관없이 객관적 진실을 생생하게 형상화하는 것에 대해서

'리얼리즘의 승리'라는 이름이 붙여졌지만, 실제로 이 용어는 그 이후 문학비평에 있어서 거의 혁명적인 의의를 갖는 것으로 되었다. 즉, 그것은 역사의 진보에 대한 문학의 봉사란 작가의 언표된 신념이나 이데올로기에 의해서가 아니라 작품 그 자체의 객관적인 성취를 통해서 이루어진다는 사실을 명확히 해주고 있기 때문이다.

그런데 여기서 주의해야 할 것은, 리얼리즘의 승리라는 개념을 강조하고, 예술작품의 의도와 실현 사이의 가능한 불일치를 지나치게 강조하는 나머지 예술 창조 과정상의 비의도적·무의식적 측면을 불필요하게 중시할 수도 있다는 점이다. 이런 방식으로 확대되기 시작하면, 이미 리얼리즘의 승리라는 개념이 포괄하는 범위를 훨씬 넘어 예술이란 무의식적·신비적 요소를 많이 포함하면 할수록 바람직하다는 속악한 사이비 예술관도 나오게 마련이다.

이런 종류의 사이비 비평과는 전혀 다른 경우이지만, '리얼리즘의 승리'를 주요 이론적 무기로 삼고 있는, 가령 루카치의 비평이 갖고 있는 어떤 한계는 바로 이 개념에 대한 완고한 집착에도 부분적인 관련이 있는 것으로 보인다. 물론 이 개념에 의해서, 작가 자신의 언명된 정치적 진보주의에도 불구하고 피상적인 현실인식을 넘어서지 못한다고 생각되는 현대의 많은 서구 및 동구 문학의 한계를 명확히 밝히는 것이 가능하였다. 이 비평적 무기는 루카치에게 현대 서구문학의 구조를 검토하는 유효한 분석 수단을 제공하였고, 또 비록 간접적이고 우회적이기는 하나 미학적 스탈린주의에 대한 저항을 가능케 했다.[13] 설사 허위의식을 가진 작가라고 하더라도 작품상에서 역사의 추진 방향을 진실하게 그려낸다면 인류 진보에 공헌한다는 논리는 교조적 미학원칙에 대한 가장 매서운 비판이 될 수 있다. 그러니까 리얼리즘의 승리라는 개념은 예술적 현실인식의 독자적인 성격을 이해하는 데 중요한 단서가 될 수 있는 것이다. 졸라류의 자연주의와 모더니즘 사이에 있는 내면적 연속성을 주목하는 루카치의 통찰은 현대의 문학비평이 발견한 중요한 성과의 하나임이 틀림없지만, 이러한 발견은 자연주의의 복사(複寫)적 현실 재현이나 모더니즘의 상징적 수법이나 둘 다 현실의 본질적인 구조에 대한 총체적인 관점을 결여한 피상적인 현실파악을 넘어서지 못한다는 관찰에 근거한 것이다.

실제로 루카치는 르포르타주나 몽타주 수법과 같은 현대문학에 있어서의 흔한 다양한 형식적 실험에 그다지 동조하지 않았는데, 그것은 이러한 실험적 형식은 디테일에 대한 천착이나 일반적인 상황에 대한 추상적인 개관 이외에 고전적 리얼리즘 소설형식이 보여주는 '구체적 전체성'에 도달할 수는 없다는 생각 때문이었다. 그는 예컨대 르포르타주의 필요성을 무시하지는 않지만 아무리 좋은 르포르타주일지라도, 즉 전체와 부분 사이의 관련을 상당히 보여주는 경우에도, 거기에 취급되는 개별적인 경험은 어디까지나 일반적인 것에 대한 하나의 예증 혹은 도해 이상의 의미를 갖지 않는다고 본다. 그러니까 개인과 사회, 혹은 부분과 전체가 상호의존적인 관계에 있으면서 동시에 각기 독자성을 갖고 있는 것으로 현실을 진실하게 드러내는 고전적 리얼리즘의 '전형성'에 르포르타주는 결코 도달하지 못한다고 생각한 것이다. 또한, 르포르타주와 같은 외면적 객관성에 치중하는 방법과는 반대로 현대문학의 큰 유행을 이루고 있는 이른바 심리주의적 경향 역시 삶의 현실에 대한 균형된 감각을 결여하고 있다는 판단도 역시 리얼리즘의 창조적 모범이라는 그의 기준에 의해 내려진 것이라고 할 수 있다.[14]

여기에 이르러, 우리는 루카치의 리얼리즘론에 근본적으로 동의하면서도 한 가지 의문을 갖게 된다. 즉, 리얼리즘의 표현양식이라는 것이 무슨 마술지팡이 같은 것이기에 이처럼 작가의 주관적인 의도나 선택을 초월하여 객관적인 진리에 다다르는 힘을 갖고 있다는 것인가 하고 물어보고 싶어지는 것이다. 1930년대의 유명한 리얼리즘 논쟁 중에 브레히트가 루카치의 비평을 두고 형식주의적이라고 비판한 것은 바로 이러한 의문에 근거했던 것이라 할 수 있다.[15)]

리얼리즘의 승리라는 개념으로 이야기될 수 있는 문학상의 흥미로운 현상이 실지로 존재한다는 것, 그리고 그것은 리얼리즘의 표현형식(루카치의 경우에는 주로 소설형식)에 크게 연유한다는 것을 우리는 물론 인정하지 않을 수 없다. 그런데 좀더 생각해보면 이는 시민사회의 발전 방식의 특수성에 큰 원인이 있다고 볼 수도 있다. 즉, 서구사회에 있어서 시민사회의 전개는 자본주의라는 새로운 생산양식을 주도한 부르주아지에 의해서 거의 맹목적으로 추진되어온 면이 강하다고 할 수 있다. 때때로 혁명적인 방법에 의해서 사회적 갈등을 해결해야 할 필요가 있었으나, 그러한 갈등도 따져보면 시민계급 자신의 점진적이되 맹목적인 성장의 결과였다.[16)]

요컨대 시민계급은 자기 자신의 의식적인 기도에 따르거나, 자기 자신의 역사적 역할에 대한 투철한 자각에 의해 시민사회를 건설한 것은 아니다. 이와 같은, 스스로 그 의미를 자각하지 못하는 가운데 역사적으로는 (봉건주의에 대해서) 진보적인 계급이 된 시민계급의 발전 과정이야말로 '리얼리즘의 승리'가 가능하게 되는 중요한 객관적 조건을 제공했다고 해석할 수 있지 않을까. 그러니까 만일 시민계급이 명확한 목표를 의식하고 있었더라면 발자크와 같은 뛰어난 개인이 반동적인 정치이념을 가진다는 것은 쉽지 않았을 것이다. 즉, 그가 보수적인 세계관을 가지고도 부르주아계급을 역사의 새로운 주도세력으로 거짓 없이 형상화할 수 있었던 것은, 무엇보다 이 계급이 실제로 물질적인 영향력에 있어서 압도적이었기 때문일 것이다. 그리하여 사회생활의 구석구석까지 이미 자본주의 논리가 영향력을 미치게 된 상황에서 이 계급의 역사적 승리를 보지 않는다는 것이 성실한 작가로서는 도리어 불가능한 일이었을 것이다.

이렇게 생각해볼 때, 리얼리즘의 승리라는 개념은 부르주아 리얼리즘의 위대성과 함께 어떤 한계도 말해주는 것으로 보인다. 즉, 그것은 방금 말한 바와 같이 서구 시민사회의—그것도 어느 특정 시기의—상황 속에서 특히 가능할 만한 까닭이 있었던 만큼, 그러한 현상이 오늘의 제3세계적 상황에서도 자동적으로 되풀이된다는 것은 기대하기 어렵다고 하지 않을 수 없다(작가의 의도와 작품의 실현 사이에 있을 수 있는 불일치 현상은 어디에서나, 언제나 가능하다는 것은 물론이다. 그러나 여기서 이야기하는 발자크적인 리얼리즘의 승리란, 작가의 허위의식에 상관없이 진리를 드러내고 역사의 진보에 공헌하는 문학을 가리킨다고 할 때, 과연 이런 현상이 오늘의 제3세계적 상황에서도 가능하느냐가 문제인 것이다). 발자크적인 현상이 제3세계 문학에서는 일어나기 쉽지 않다고 생각하는 것은, 제3세계는 서구의 시민사회와는 달리 물질적 세력의 맹목적인 자기전개가 아니라 자신의 세계사적 역할에 대한 투철하게 각성된 의식을 그 발전의 원동력으로 하지 않으면 안되는 상황에 처해 있기 때문이다. 그러니까 물질적 힘의 확산이 아니라 무엇보다 '의식의 결정화(結晶化)'가 제3세계의 진정한 발전의 요체가 된다는 것이다. 그러나 이는 물질적 힘의 빈곤을 애매한 도덕적 다짐으로 대치할 수 있다는 이야기가 아니다. 우리는 어떠한 경우에도 물질적 차원이 인간생활에서 차지하는 중요성을 경시할 수는 없다. 하지만 자연과 인간에 대한 무자비한 공격을 수반하고, 물질의 낭비적인 소모를 그 존립의 기초로 해온 서구 산업문명의 공식을 끊임없이 받아들이는 한, 제3세계 자신의 운명이 언제까지나 종속적인 위치를 벗어날 수 없을뿐더러 인류 자체의 생존마저 위태롭게 될 수밖에 없다는 점을 우리는 생각하지 않으면 안된다. 그러므로 제3세계는 지금 서구 근대문명과는 질적으로 다른 새로운 삶의 양식을 모색해야 할 필요에 직면해 있는 것이다.

경제적으로 뒤떨어지고 정치적으로 불안정할뿐더러 때로는 상호분열적이며 문화적으로는 심각한 자기상실에 빠져 있는 것으로 보이는 오늘날의 제3세계의 일반적 상황을 생각할 때, 인류사적으로 새로운 차원의 삶의 양식이 제3세계로부터 모색되어질 수 있고, 마땅히 그러해야 한다는 이야기는 매우 낭만적인 생각으로 여겨질 것이다. 또 오늘의 제3세계의 상황에 갖가지의 미신, 편견, 열등감, 구조적 모순이 포함돼 있음을 생각하면, 제3세계가 새로운 삶의 원리를 발전시키기는커녕 가장 바람직하지 않은 사회로 떨어질 가능성도 없지 않다고 할 것이다.

그런데 제3세계의 창조적인 자기실현이 어디까지나 '의식화'에 달려 있다고 할 때, 그 의식화의 근본 모태는 역시 민중의 생활 현실이다. 그리고 민중의 생활 현실이라는 것이 일견 무정형하고 정의하기 어려운 것이긴 하나 동시에 이것처럼 확실하고 어김없는 현실이 달리 없는 이상, 설사 제3세계 속의 의식의 결정화가 지체되거나 퇴조를 보이는 일이 있더라도 그것은 결국 일시적인 현상일 뿐 역사의 큰 요구를 막을 수 없는 것도 또한 틀림없는 사실이라고 할 수 있다.

중요한 것은 국지적이고 개별적인 현상들을 이러한 역사의 커다란 흐름 가운데서 주시하는 일일 것이다. 서구 시민문학의 진보적 흐름을 대변하는 리얼리즘이 개별적인 경험들과 전체적 시대 상황과의 관련성에 대한 부단한 통찰력을 보여주었다면, 오늘의 제3세계 문학은 훨씬 더 철저하고 의식적인 통찰을 필요로 한다고 할 수 있다. 왜냐하면 서구의 상황에서는 사회적 진화의 원동력이 자기 사회 내부에서 형성된 물질적 세력의 확장에 기초하고, 그것이 그대로 구체적인 생활경험에 반영되는 측면이 강했던 것에 비해서, 오늘의 제3세계에서는 제3세계다운 특징적인 상황을 이루는 온갖 경험과 현상은 본질적으로 자기 사회 내부가 아닌 외부적인 원인에 의해 유발되고 있을 뿐만 아니라 또 그것은 얼른 눈에 보이지 않는 복잡한 중간과정과 매개를 거쳐서 작용하고 있기 때문이다. 따라서 제3세계의 경험의 진실을 붙잡기 위해서는 현상적인 생활실감에 충실한 것만으로는 부족하다고 할 수 있다. 이것은 물론 서구 리얼리즘문학의 경우에도 마찬가지이지만 특히 제3세계 문학에서 더 그러한 것은, 오늘의 상황에서 제3세계의 지식인과 예술가들이 쉽사리 자기망각으로 빠져들 가능성이 매우 높기 때문이다. 이반 일리치는 라틴아메리카의 교육받은 지식인들의 일반적인 행태에 대해 언급하면서, 그들이 자기네 사회의 민중보다 유럽 혹은 북미 중산층의 의식과 감수성에 더 친근감을 느낀다는 점을 지적한 바 있지만, 이는 일반적으로 제3세계의 지식인들이 빠지는 전형적인 함정을 가리키는 것이다.

제3세계의 문학이 진정한 '리얼리즘'에 도달하려면, 서구 리얼리즘의 창조적인 선례를 계승하되 더욱 철저한 의식화가 필요하다는 이야기는, 달리 말하면, 제3세계 문학의 생명은 제3세계적 관점의 철저화, 즉 민중생활에 뿌리를 내리고 있어야 한다는 것을 뜻한다. 위에서 이야기했듯이 오늘의 제3세계의 상황은 과거 어느 때보다도 더 의식적이고 통찰력 있는 관점을 요구하고 있다고 할 수 있는데, 이러한 관점(퍼스펙티브)은 궁극적으로 작가가 자기 사회의 민중에 대하여 취하는 태도에 달려 있음이 분명하다. '퍼스펙티브'의 중요성과 그 민중적 기반에 대해서 미국의 흑인 작가 리처드 라이트(1908-1960)는 다음과 같이 말한다.

> 퍼스펙티브는 작가가 종이 위에 직접적으로 갖다 놓지 않는 시나 소설이나 연극의 한 부분이다. 그것은 거기에 서서 작가가 자기 민중의 투쟁

과 희망이나 고통을 보는 지적 공간 속의 한 고정된 지점이다. 그가 너무 가까이 근접한 결과로 흐릿한 비전이 되는 경우도 있으며, 너무 멀찌감치 떨어져 선 결과로 중요한 것들을 소홀히 하게 되는 경우도 있다. 세계적인 움직임에 제휴하지 않는 작가들이 직면하는 온갖 문제 중에서 가장 성취하기 어려운 것은 퍼스펙티브이다. 어느 스페인 작가는 최근에 자기 시대의 절정에서 사는 일에 관해 말했는데, 퍼스펙티브가 뜻하는 바는 바로 그것이다. 그것은 흑인 작가가 뉴욕의 할렘이나 시카고 남부 지역에서의 흑인의 삶을 볼 때, 지구 인구 전체 중 6분의 1이 노동자 계층에 속하고 있다는 의식을 갖고 보아야 한다는 것을 의미한다. 그것은 남부에서 목화밭을 일구는 흑인 여자와 월스트리트의 회전의자에 앉아 빈둥거리는 남자들 사이의 관계를 흑인 작가가 독자들의 마음속에 창조해야 한다는 것을 의미한다. 흑인 작가들이 퍼스펙티브를 획득하는 것은, 그들이 자기 동족의 고통스러운 운명에 대하여 오랫동안 심각하게 보고 생각하며, 그것을 세계 도처에서의 약소민족의 희망과 투쟁에 비교해 볼 때이다.[17]

아메리카 흑인 작가가 가져야 할 퍼스펙티브에 대한 라이트의 이 설명은 바로 제3세계 작가로서의 흑인 작가의 역할을 염두에 둔 것이지만, 또한 여기에는 모든 진정한 제3세계 문학이 갖추어야 할 최소한의 요건이 암시되어 있다고 할 수 있다. 우선 라이트는 제3세계 문학이 문학으로 성립하기 위해서는 단순한 프로파간다여서는 안된다는 점을, 작품 속에 '직접적으로' 개입하지 않는 퍼스펙티브에 대한 정의를 통해서 말하고 있다. "현대사회의 의미와 구조와 방향에 대한 이론을 결여한 사람은 누구든지 자기가 이해할 수 없거나 통어할 수 없는 세계 속에서 길을 잃은 희생자가 된다"라는 말과 함께 라이트는 문학이 어떤 이론에 대한 직접적인 도해가 아니라는 점을 강조한다. 라이트는 가장 내밀하고 도식적으로 포착하기 어려운 인간 마음의 심부와 인간경험을 '훔쳐볼' 수 있는 '잠재적인 교지(狡智)'를 문학이 갖고 있음을 주목한다. 이러한 라이트의 생각은 문학적 형상화의 본질적인 의의를 밝혀주고 있다. 그리하여 문학의 인간생활에 대한 기여는 무엇보다 문학적 형상화의 성공에 의해서 이루어진다는 점을 강조하고 있는 것이다.

그러나 단순한 이론이나 이데올로기에 충실함으로써 문학적 성공이 이루어지지 않는다는 것은 분명하지만, 그렇다고 해서 문학이 아무런 관점 없이 존재할 수 없다는 것도 명백하다. 문학의 눈에 보이지 않는 이러한 구성원리를 라이트는 퍼스펙티브라고 부르고 있는 것인데, 이 퍼스펙티브로 인해 경험의 본질적 차원과 피상적인 차원이 구별된다고 할 수 있다. 그런데 여기서 주의할 것은, 퍼스펙티브의 원리는 단지 작가 개인의 주관적인 선택에 의해 제공되는 것이 아니라는 점이다. 오늘날 제3세계 문학의 진정한 원근법은, 작가가 자기의 민중의 현실을 자기 사회 전체와 세계적인 움직임 전체에 관련하여 파악하는 것이 가능할 때 얻어질 수 있다고 라이트는 말한다.

라이트의 이와 같은 생각은 흑인 작가로서의 자기 자신의 체험과 입장에 기초하여 이루어진 것이지만, 우리는 여기서 전기 시민문학의 리얼리즘의 입장과 근본적인 유사성을 발견한다. 이것은 리얼리즘의 전통이나 오늘의 제3세계 문학이 모두 정치와 예술의 분리를 거부하고 인간의 보편적 행복의 증진이라는 역사적 대의에 봉사하는, 참다운 뜻에서의 윤리적 행동으로 기능하는 데에서 말미암은 친화성임을 인식한다면, 실은 조금도 이상스러운 현상이 아니다. 그런데 앞에서 되풀이 이야기되었듯이 제3세계 문학의 입장은 서구 리얼리즘문학의 한계를 넘어서려는 점에서 리얼리즘 전통에서보다 훨씬 더 철저히 민중적인 토양에 뿌리를 박고 있는 것이라고 할 수 있다. 이러한 토양에 확고하게 뿌리박고 있을 때, 제3세계 작가는 '자기 시대의 절정'에서 산다고 할 수 있다.

라이트의 퍼스펙티브 개념에 따라, 여기서 우리는 라이트 자신의 문학적 업적을 간단하게 살펴봄으로써 리얼리즘의 제3세계적 전개에 대한 하나의 구체적인 본보기를 보고자 한다. 리처드 라이트는 미국 남부의 농촌 태생으로 소년시절과 청년시절의 초기를 남부 소도시에서 보내고 북부 시카고로 이주하여 흑인 게토 생활의 온갖 곤경을 경험하고, 1930년대와 40년대를 통하여 작가로서 활동한 뒤 프랑스 파리로 건너가 창작과 흑인문제에 대한 정치적 운동에 참여하면서 일생을 보냈다. 라이트의 문학은 종래에 흑인 작가들의 문학 일반이 그렇게 취급되었듯이 미국문학사의 일부, 즉 좀 색다른 변종이긴 하나 본질적으로는 미국적 경험의 한 측면을 대변하는 것으로 이해될 수 있는지도 모른다. 그러나 기성의 백인 비평가들이 라이트와 같은 흑인 작가에 대하여 드러내는 무지나 편견을 볼 때,[18] 그와 같은 접근은 미국문학이라는 것이 과연 무엇인지 그 정의가 재조정되지 않는 한 부적절한 것으로 보인다. 백인 비평가들의 흑인문학에 대한 일반적인 이해의 부족은 무엇보다 라이트와 같은 흑인 작가의 작품이 기성의 백인문학과는 본질적으로 다른 미학적 원칙과 세계관에 기초해 있기 때문일 것이다.

그러니까 라이트를 포함한 현대 흑인 작가들의 업적을 올바르게 평가하기 위해서는 그들을, 좁게는 노예제도 폐지 이후에 성장해온 각성된 흑인들의 인간적 기록과 증언의 전통 속에서, 좀더 넓게는 초기 노예시절부터 흑인사회가 간직해온 구비문학과 민속적 전통 속에서 보는 것이 필요하다. 물론 19세기 후반의 초기 흑인 작가들이나 현대 작가들은 백인문학이나 서양문화 일반으로부터 크게 영향을 받은 것이 사실이다. 라이트의 경우만 하더라도, 그의 문학수업에 직접적인 영향을 끼친 것은 드라이저나 멘켄과 같은 백인 작가와 비평가였다. 라이트의 자전적 소설《검둥이 소년》(1945)을 보면, 소년 라이트가 불우한 성장과정을 겪는 도중에 글자를 익히고 문학의 세계에 접하면서 여러 백인 작가들의 책을 읽는 경험이 그의 개인적인 삶이나 나중에 작가로서 성장하는 데 있어서 얼마나 결정적인 일이었던가를 알 수 있다. 그러나 라이트가 단순히 재능 있는 작가가 아니고 흑인문학의 제3세계적 성격을 명확히 드러내는 데 중요한 공헌을 하는 작가로 된 것은, 흑인으로서의 그 자신의 직접적인 고통의 체험 외에 자신의 운명을 미국 흑인 전체의 운명 가운데서 보고 또 이것을 세계 도처의 억압받는 사람들의 운명의 일부로서 파악하는 데 성공했기 때문이라고 할 수 있다. 그러한 과정에서 라이트의 업적은 객관적으로 볼 때, W. E. B. 듀보이스나 랭스턴 휴스와 같은 앞선 세대의 작가들이 이룩한 흑인문학의 진보적인 전통을 창조적으로 계승하였던 것이다.

라이트는 흑인 자신의 정체성에 눈을 뜬 초기 흑인문학의 전통을 계승하되 초기 흑인문학에 따라다니던 자기방어적 입장을 새로운 차원으로 끌어올린 작가라고 할 수 있다. 라이트 이전의 흑인문학이 모두 그런 것이었다고는 할 수 없겠지만, 초기의 흑인문학은 대체로 백인사회에 대한 도덕적 항변이나 "검둥이도 인간이다"라는 식의 발상에 머물거나 흑인 및 아프리카적 가치를 지나치게 강조·미화함으로써 결과적으로는 백인문화에 대한 지적·정서적 종속관계를 벗어나지 못했다. 흑인문학의 진정한 독립을 위해서는 백인문화에 대한 이러저러한 감정적·부분적 반발이 아닌 백인문화의 본질적 성격에 대한 검토, 즉 노예제도와 인간차별을 그 발전의 불가결한 구성요소로 삼아온 미국 및 서구문명의 근본적 존재방식에 대한 철저한 깨달음이 선행되어야 했다. 라이트는 이러한 깨달음을 그의 문학적 노력 속에 명확한 언어로 표현하고, 그것을 그 자신의 이론적 및 실천적 행동의 바탕으로 삼은 아마도 최초의, 그리고 아직까지 가장 중요한 흑인 작가 중의 한 사람으로 평가될 수 있다.

그런데 여기서 흥미로운 것은, 흑인문학의 제3세계적 관점을 확립하는 데 크게 기여한 라이트의 문학은 현대 서구문학에서 찾아보기 어려운 리얼리즘의 정신과 방법을 되살리고 있다는 점이다. 그것은 무엇보다 그의 문체가 서사시적 소박성을 특징으로 하고 있다는 점에서 드러나는데, 그러한 문체는 라이트의 작중인물들의 개인적 운명의 진실을 그들이 속한 사회의 구조와의 유기적인 관련 속에서 핍진하게 포착·형상화하는 데 강력한 무기가 되어 있다.

그의 대표적 작품《토박이》(1940)에서 라이트는 비거 토머스라는 교육받지 못하고 일정한 직업도 없는 한 흑인 청년의 의식과 경험을 통해서 미국인이되 미국인으로 사는 것이 허용되지 않는 일반적인 흑인의 운명을 극화하고 있다. 소설의 처음 부분에서 토머스의 일상적 생활이 묘사돼 있는데, 여기서 그는 가족이나 친구들에 대하여 극히 부조화적인 관계를 맺고 있는 인물로 그려져 있다. 이러한 묘사는 물론 흑인들의 소외된 삶을 전형적으로 드러내기 위해서이다. 이러한 상황 속에서 이 소설의 중심적인 드라마를 구성하는 사건, 즉 토머스가 한 백인 처녀를 살해하는 사건이 일어난다. 이 사건에서 주목할 것은 그 살인이 전혀 우발적인 계기와 경과를 거쳐 행해진다는 점인데, 이 우발성이야말로 비거 토머스가 한 사람의 흑인으로서 자신의 내부에 끊임없이 쌓아온 신경증적 긴장, 공포, 균형의 상실이 얼마나 큰 것이었던가를 단적으로 알려준다. 그러니까 이것은 그야말로 동기 없는 우발적인 사건이라기보다는 그 진정한 원인이 단지 한 사람의 개인적인 성격적 결함에 그치지 않는 매우 깊고 큰 배경을 갖고 있다는 것을 뜻한다. 따져보면, 토머스의 살인 행위는 그 자신의 일상적 생활의 부조화가 극적으로 표출된 것이라고 할 수 있는 것이다.

그리하여 비거 토머스는 자신이 의식하지 못하는 사이에 백인 지배 밑에서 비단 물질적 희생만이 아니라 막대한 정신적·심리적 손상까지 경험해온 흑인의 일반적인 운명을 그 본질적인 사회적 및 심리적 구조 속에서 명료하게 드러내는 하나의 전형이 되고 있다. 비거 토머스를 두고 지나치게 극단적인 경우라고 백인 비평가들과 일부 흑인들은 생각하는 듯하지만, 그것은 이 소설이 갖는 리얼리즘적 성격과 '전형성'의 개념에 대한 인식 부족에 말미암은 것으로 보인다. 전형이라는 것은 흔하게 볼 수 있는 일상적 경험을 말하는 것이 아니라, 개인들의 운명을 결정적으로 좌우하는 시대와 사회의 본질적인 차원을 명료하게 드러낼 수 있는 인물상을 말하는 것이다.

비거 토머스가 하나의 성공적인 전형이라 할 만한 또 다른 이유는 그 인물이 자신의 행동의 의미에 관한 무지로부터 마침내 어떤 깨달음 혹은 진지한 인식에 이른다는 사실에 있다. 이런 인식은 이 소설 속에서 반드시 명확한 언어로 표현되어 있지는 않은데, 그것은 토머스가 그의 제한된 지적 능력의 테두리 안에서 자신의 느낌을 표현해야 하기 때문일 것이다. 그러나 비록 명료한 언어로 표현되지 않고 있으나 비거 토머스가 자기 나름의 인식에 도달했다는 것은 이 소설의 말미에서 사형 집행을 앞두고 가진 변호사와의 최후의 면담에서 확인된다. 급진적 사상의 소유자인 이 백인 변호사는 토머스가 자신의 범죄를 억압적 사회관계의 한 부산물로 보도록 하려고 여러 가지 말을 하지만, 토머스는 변호사의 그러한 현실해석이 자신의 진실과는 꼭 맞아떨어지지 않는다고 느낀다. 어떤 사회적 명분 때문에 자신이 범죄를 저질렀다는 생각이 그에게는 낯설게 여겨지는 것이다.

> 살인은 옳지 않은 일이고, 또 내가 정말 사람을 죽이고 싶었던 것도 아

니라고 생각해요. 그렇지만 어째서 죽였는가 하고 생각하면, 난 내가 원했던 게 무엇이었던가를 느끼게 돼요.…난 살인을 원한 게 아니에요. 그렇지만 내가 살인을 한 것은 바로 나 자신 때문이에요. 내 속 깊은 곳에서 내가 사람을 죽이도록 시켰어요.…살인을 할 만큼 무슨 실감을 느끼기 전에는 난 이 세상에 정말 살아 있는 것 같지 않았어요. 이건 진실이에요…"[19]

위와 같은 토머스의 말을 듣고 변호사는 당황해 한다. 토머스의 느낌은 백인 변호사의 이해력의 한계를 훨씬 넘어서 있는 것이다. 이것은 토머스에게 살해당한 처녀가 흑인들에게 동정적인 입장을 가지고 있는 진보적인 백인 그룹 멤버였다는 점과 함께 의미심장하다. 다시 말해서, 비거 토머스의 진실은 서구적 급진 사상만으로는 온전하게 포착하기 어려운 차원을 가지고 있는 것이다.

라이트는 《토박이》에 붙인 서문에서, 토머스의 민족주의적 콤플렉스야말로 어떤 다른 것보다도 그의 삶의 '총체적 의미'를 포착할 수 있는 개념이라고 말한다.[20] 물론 비거 토머스의 민족주의적 감정은 혼란스럽고 착잡한 것이며, 또 충분히 민족주의적이라고 할 수도 없다. 그러나 그를 궁지에 몰린 들짐승과 같은 처지에 빠지도록 만들어 살인을 범하게 만든, 백인에 대한 그의 극심한 공포심과 증오감은 의식적인 것은 아닐지라도 기본적으로는 어떤 민족주의적 감정에 근거하는 것임에 틀림없다.

비거 토머스의 이 민족주의적 콤플렉스는, 말할 것도 없이, 미국 사회 내에서의 흑인 민중의 소외된 처지에서 오는 것이다. 서구 산업문명의 발전 과정에서 그 제도의 불가결한 구성요소로서 일찍이 노예가 되고 심한 차별을 당해오는 동안 흑인 민중이 백인문화에 완전히 편입되는 것은 불가능한 일이었다. 그들은 자신들이 아프리카로부터 강제적으로 떨어져 나왔다는 사실을 절대로 잊지 못할 뿐만 아니라, 무엇보다 하나의 인간집단으로서 혹심한 차별과 억압을 받아온 경험으로 인해 그들을 지배해온 체제와 그 문화에 대해서 국외자적인 입장에 머무를 수밖에 없었다. 그러나 다른 한편으로, 그들의 삶을 좌우해온 서구사회 및 그 문화체제로부터 완전히 이탈한 독자적인 삶을 산다는 것도 불가능한 일이었다. 이처럼 지배체제의 안에 있으면서 동시에 바깥에 있는 흑인 민중의 상황[21]은 그대로 제3세계 민중 일반의 상황으로 해석할 수 있는데, 라이트와 같은 작가가 흑인문학의 제3세계적 성격을 확립할 수 있었던 것은 바로 이러한 보편적인 근거 위에 서 있었기 때문이라고 할 수 있다. 따라서 비거 토머스라는 한 무지한 흑인 청년의 비극의 원인이 된 민족주의적 감정은 그것의 제3세계적 차원을 배경으로 해서만 정당하게 포착될 수 있음이 틀림없다. 그러니까 이 소설 속에서 서구적 급진주의를 대변하는 변호사의 시각만으로는 그 진의가 쉽게 헤아려질 수 없는 것은 당연하다고 할 수 있다.

그런데 여기서 생각해봐야 할 것은, 흑인문학 혹은 제3세계 문학에서 하나의 전형으로 기능하는 비거 토머스와 같은 주인공과 작가와의 관계이다. 우리는 위에서 토머스가 자신의 행동의 진실을 제대로 이해하지 못하는 무지한 인물이지만, 온갖 우여곡절 끝에 마침내는 가냘프나마 어떤 종류의 의식화에 도달한다는 점을 언급하였다. 라이트의 소설이 프로파간다가 아니라 하나의 문학작품인 이상, 작가는 자신의 권위 있는 해설에 의지해서 주인공의 의식화를 이끌어낼 수는 없는 일이다. 따라서 소설의 자연스러운 전개 과정을 통해서 무지한 주인공이 어떤 각성에 이르렀다면, 그 각성은 매우 막연한 언어로 표현될 수밖에 없음은 어쩌면 너무도 당연한 귀결일 것이다. 그러니까 라이트의 시대에 이러한 수준 이상으로 비거 토머스와 같은 무지한 흑인의 의식화를 기도한다는 것은, 리얼리즘문학으로서도 합당치 않은 무리를 감행하는 일이었을 것이다. 아마 소설의 말미에서 도달한 이만한 정도의 의식화도 주어진 상황에서 얻을 수 있는 최대한의 수준이었을지도 모른다. 그리고 그것이 가능했던 것은 시대의 객관적인 여건에 못지않게 무엇보다 라이트라는 한 흑인 작가가 인간으로서, 또 예술가로서 성숙한 관점에 도달해 있었기 때문일 텐데, 이것은 주의할 만한 점이다. 즉, 비거 토머스의 행동과 의식의 발전은 그것을 충분히 의식적으로 따져볼 안목을 가진 작가에 의해서 통일적으로 조직되고 형상화됨으로써 하나의 의미 있는 인간적 증언이 된 것이라고 할 수 있는 것이다.

그러나 여기서는 이와 같은 일반적 의미에서의 작가와 주인공과의 관계를 살펴보려는 게 아니다. 제3세계 문학은 그것이 리얼리즘에 도달하려는 한, 근본적으로 다수 민중의 생활경험에 기초하지 않을 수 없고, 그 결과 작가 자신의 지적 수준에 미치지 못하는 주인공들이 자주 등장하는 것은 당연한 현상이다. 그러나 이러한 현상은 제3세계 문학만이 아니라 실은 모든 시대, 어떠한 경향의 문학에도 적용될 수 있다. 우리가 특히 제3세계 문학에서 작가와 그의 무지한 주인공들과의 관계를 주목하는 것은, 이 관계가 다른 어떠한 문학에서보다도 한층 더 친밀하고, 일체화된 관계로 나타난다는 사실 때문이다. 이 점은 서구 리얼리즘문학 속에 등장하는 평민적 인물들과 비교해볼 때도 확인될 수 있다.

예를 들어, 당대의 하층 빈민 출신의 인물을 그의 주요한 작중인물로 즐겨 다룬 디킨스의 경우, 이 인물들에 대한 디킨스 자신의 동정적 관심의 진정성에도 불구하고, 객관적으로 봐서 그러한 인물들에 대한 작가의 최종적 관심은 늘 후견인적인 수준을 크게 벗어나지 않는다. 디킨스는 당대의 다른 작가와는 달리 소년시절의 한때를 공장노동자로 지낸 체험이 있었고, 그리하여 그 자신의 개인적인 행운과 작가로서의 재능이 없었더라면 그도 그때 함께 일하던 소년들이 걸어간 길을 갔을 것임을 그 자신 누구보다 잘 알고 있었기에 빈민계층의 생활 현실에 남다른 관심과 이해를 갖고 있었다. 또, 디킨스의 시대는 산업혁명으로 인해 크게 불어난 산업노동자와 도시빈민들이 극단적인 곤경에 처했던 시대였다. 시대의 객관적인 상황과 그 자신의 개인적 체험, 그리고 거의 기질적이라고 할 만한 그의 평민적 성향 때문에 디킨스는 아마도 19세기 부르주아문학 전체를 통해서도 가장 급진적인 작가가 되었다. 하지만 그러한 디킨스의 문학 속에서도 하층민 인물들의 운명은 늘 부유층 인사들로부터의 시혜나 우연적인 행운에 의해서만 개선되고 있다.

이러한 한계에 대한 근본적 극복은 기실 오늘의 제3세계 문학 속에서만 가능한 것인지도 모른다. 리처드 라이트는 《토박이》의 서문에서 비거 토머스의 콤플렉스는 그대로 자기 자신의 것이었다는 뜻의 말을 하였다. 그 자신은 작가가 되어 토머스에게는 불가능했던 퍼스펙티브를 획득함으로써 상황을 객관적으로 성찰할 수 있는 능력을 갖게 되었으나, 기본적으로 토머스라는 인물이 처한 실존적 상황은 흑인으로 태어나 살아오면서 겪은 작가 자신의 체험과 별로 다를 것이 없었다.

바로 이와 같은 작가와 작중인물의 일체화야말로 제3세계 문학의 리얼리즘적 성취를 보장하는 근본 요소라고 할 수 있다. 왜냐하면 그 자신이 억압당하는 사회집단의 한 사람으로서 억압의 내용을 속속들이 경험하고, 억압으로부터 벗어나려는 강한 동기에 의해서 작가는 자연스럽게 억압의 구조 전체를 조감할 수 있게 되기 때문이다. 그리고 이러한 구조에 대한 성찰은 자신의 문제가 곧 자기가 속한 사회의 민중 전체의 운명에 관련되어 있는 것임을 깊게 인식하게 만들고, 그 결과 어떠한 개인적인 차원의 불행도 오직 전체적인 구조의 변혁을 통해서만 해결된다는 인식에 도달할 수 있게 하는 것이다. 그렇게 하여 제3세계 문학은 특정한 개인, 특정한 사회집단에 한정되지 않는 보편적인 인간해방을 궁극적으로 지향하는데, 이 점에서 그것은 서구 리얼리즘문학의 도덕적 정열을 계승하면서, 그것을 한층 철저하게 강화해나가는 것이라고 할 수 있다.

서구 리얼리스트들이 충분히 철저하게 민중적 관점에 설 수 없었던 것은, 그들의 과제가 오늘의 제3세계 예술가들의 것과는 이질적이었기 때문이다. 그들에게 있어서 긴급한 과제는 시민적 이상의 실현이었다. 그들의 한계는 시민적 이상이 시민사회의 테두리 속에서는 완전히 실현될 수 없다는 사실에 대한 인식이 철저하지 못했다는 점에 있지만, 역사적으로 볼 때 그러한 철저한 인식은 불가능한 것이기도 했다.

괴테는 그의 《빌헬름 마이스터의 수업시대》(1795~1796)에서 봉건적 경제생활 방식이 점차로 후퇴하고 새로운 부르주아적 생산과 사회관계가 증대하여 가는 시대에 조화된 삶이라는 르네상스적 이상이 여하히 실현될 수 있을 것인가에 대한 탐구 과정을 보여준다. 괴테에게 있어서 '아름다운 영혼'으로 일컬어지는 르네상스적 인간 이상은 의식과 자연, 세속적 활동과 조화로운 내면적 생활의 일체화를 의미한다. 그런데 현실에 있어서의 시민적 생활은 이러한 조화 혹은 일체화를 갈수록 어렵게 만드는 것이었다. 전통적인 귀족과는 달리 "시민은 쓸모 있는 존재가 되기 위해서 단 한 가지만의 재능을 계발하지 않으면 안된다. 한 가지 점에서 쓸모 있게 되기 위해서 다른 모든 것을 도외시해야 하기 때문에 그의 인간성의 다양한 부분들 사이에 어떠한 조화도 있을 수 없고, 있어서도 안된다는 것이 당연하게 여겨진다."[22] 그러나 괴테는 교육을 통해서 어느 정도의 조화가 가능하리라고 생각한다. 그리하여 괴테는 자신의 교육사상을 한 작중인물의 입을 빌려 다음과 같이 말한다.

인류를 형성하는 것은 오직 모든 인간이 어우러졌을 때이며, 세계는 모든 힘이 어우러짐으로써 형성된다. 이들은 흔히 서로 갈등을 일으키고 상호 파괴하려고 하지만, 자연은 그들을 통합하고 재생시킨다. 가장 저급한 본능으로부터 가장 고도의 지성에 이르기까지 … 가장 소박한 감각적인 느낌으로부터 가장 심원한 정신적인 활동에 이르기까지 … 이 모든 것은 인간들 속에 있으며, 끊임없이 계발되지 않으면 안된다. 그리고 한 사람 속이 아니라 많은 사람들 속에서 계발되어야 한다. 어떠한 소질도 중요한 것이며 발전되지 않으면 안된다. … 하나의 힘은 다른 힘을 지배하지만, 어떠한 힘도 다른 힘을 형성할 수는 없다. 모든 소질 하나하나에만 스스로를 완성하는 힘이 존재한다.[23)]

인간성의 자유로운 발전과 인간들 상호 간의 조화된 협력 사이의 유기적 관계에 대한 이러한 괴테의 믿음은, 시민사회의 자기모순을 극명히 묘사했던 발자크나 스탕달의 시대와 달리 그의 시대가 아직은 이 모순을 뚜렷이 감지할 만큼 시민사회가 충분히 성숙되어 있지 못한 상태에 있었음을 알려준다고 할 수 있다. 그렇기는 하나 낮은 강도로나마 괴테가 이러한 모순을 느낀 것은 사실이다. 그 때문에 괴테는 《빌헬름 마이스터》에서 '아름다운 영혼'의 삶을 실제로는 매우 특출한 소수인들로 구성된 한정된 공간에서만 어느 정도 실현 가능한 것으로 그리고 있는 것이다. 즉, 조화로운 삶을 추구하기 위한 빌헬름 마이스터의 교육 과정이 마침내 도달한 것은 어디까지나 '부분적인' 조화에 그칠 수밖에 없었던 것이다.

괴테의 《빌헬름 마이스터》가 서구 시민문학에서 성장소설을 대변하는 고전이라면, 리처드 라이트의 자전적 소설 《검둥이 소년》은 제3세계적 성장소설의 고전이라고 할 만하다. 이 작품은 라이트가 성장하여 북부로 이주하기 직전까지 남부지방에서 겪은 유소년기의 경험을 다루고 있다. 이 작품에서 우리는 한 흑인 소년이 흑인으로 태어나 자라고 있다는 바로 그 사실 때문에 겪는 온갖 고통·곤경·억압을 본다. 라이트는 오로지 그 자신의 자존심과 좀더 떳떳한 삶에 대한 열망에 의해서 이러한 억압을 힘들게 견뎌낸다. 여기에 그려진 흑인 소년의 환경은, 다른 조건이 없었더라면, 라이트 역시 비거 토머스와 같은 운명을 겪었을 것이라는 추측을 충분히 가능케 한다. 그러므로 이것은 또 다른 측면에서 접근된 비거 토머스의 이야기, 즉 흑인 민중의 전형적인 이야기라 해도 좋다.

《검둥이 소년》에서 특히 주목할 대목은, 소년 라이트가 문학의 세계에 눈을 뜨고 여러 유럽 및 미국 작가들을 읽으면서 마침내 작가가 되어보겠다는 결심으로까지 이르는 일련의 과정이다. 어린아이 때 어른들이 들려주는 옛날이야기에 크게 매혹되면서 이야기의 세계에 대해서 민감한 반응을 나타내는 것을 시초로 하여, 신문 배달을 하는 동안 우연히 거기서 연재소설을 발견하고 그것을 탐독함으로써 문학의 세계에 관심을 갖게 된 소년 라이트는 점차로 본격적인 문학을 접하게 된다. 그런데 그의 문학에 대한 정열은 위안거리를 거기서 발견하였기 때문이 아니라, 문학의 세계를 통해서 자신의 인생을 새로이 객관적인 시선으로 볼 수 있는 능력을 얻게 되었다는 점에서 비롯되었다. 그리하여 독서를 통해서 그는 점차로 자기와 자신의 주변 사람들을 그 전까지와는 전혀 다른 각도에서 보는 습관을 갖게 된 것이다.

> 독서는 정열이 되어버렸다. 내가 처음 읽은 진지한 소설은 싱클레어 루이스의 《메인 스트리트》였다. 그것은 나에게 우리 사장 제럴드 씨를 미국적인 전형으로 보게 해주었다. 그가 골프가방을 들고 사무실에 들어오

> 는 걸 보면 웃음이 나왔다. 나는 항상 사장과의 사이에 큰 거리감을 느꼈는데, 이제는 아직 거리가 있기는 했지만 좀 친근하게 느껴졌다. 이제 나는 그를 알고 그의 제한된 삶의 한계를 알 수 있다는 느낌이었다. 이것은 내가 조지 배빗이라는 신비로운 인물에 관한 소설을 읽었기 때문에 일어난 현상이었다. 소설의 구상이나 줄거리보다 거기에 나타난 관점에 더 흥미가 있었다. … 소설 덕분에 내가 갖게 된 이 기분은 여러 날씩 지속되었다. 그러나 나는 죄책감을, 내 주위의 백인들이 내가 변하고 있으며 그들을 다른 눈으로 보기 시작했다는 것을 알고 있다는 느낌을 버릴 수가 없었다. … 나는 말이 없어지고 내 주위의 삶에 대해 생각을 많이 하게 되었다. 누구에게라도 내가 이 소설들에서 얻어낸 것을 말하기란 불가능했을 것이다. 그것은 바로 삶에 대한 느낌이었기 때문이다. 내가 살아온 삶은 나를 사실주의와 현대소설의 자연주의에 관심을 갖게 했고, 나는 아무리 읽어도 만족하지를 못했다.[24)]

그리하여 흑인 소년은 "남부의 전 교육제도가 말살하려고 준비해온" 꿈, 즉 "어디엔가 가서 내가 살아 있다는 것을 입증하기 위해 무엇인가를 해야 한다"는 꿈을 키우면서 북부로 갈 계획을 세우는 것이다. 그러나 나중의 라이트 자신의 생애에서 분명하게 드러나지만, 이러한 꿈은 결코 개인적인 입신출세로 이어질 수 없는 것이었다. 물론 작가가 되기 훨씬 전까지의 기록인 《검둥이 소년》 속에서 라이트의 후년의 경력을 찾아낼 수는 없다. 그러나 작가로서의 성숙기에 집필된 이 소년기에 대한 기록은 라이트의 전 생애와 관련해서 읽어야 될 뿐만 아니라, 이미 이 자전적 기록 속에는 후년 라이트가 걸어갈 경력을 암시하는 일정한 방향이 포함되어 있다고 할 수 있다. 호텔보이로 일했던 경험을 이야기하면서 라이트는 당시의 그의 동료 흑인 소년들의 도벽에 관해 다음과 같이 언급하고 있다.

> 흑인과 백인 관계의 본성이 바로 이 끊임없는 도둑질을 키우고 있다는 것을 나는 알고 있었다. 내 주위에 있는 흑인 중에는 아무도 어떤 조직을 만들어 백인 고용주에게 임금인상을 탄원할 생각을 해보는 사람은 없었다. 그런 생각조차도 그들에겐 끔찍한 일이었으며 백인들이 즉각 보복을 가해 올 것을 알고 있었다. 그래서 백인들의 법률에 순응하는 척하며 히죽이 웃고 절을 하면서 닥치는 대로 훔치는 것이다. 백인들은 그것을 좋아하는 것 같았다. … 남부의 백인들은 아무리 희미하게라도 자신의 인간성의 가치를 아는 흑인보다는 도둑질을 하는 흑인을 고용하고 싶어 했다. 그들은 무책임을 장려했다. … 내가 도둑질을 반대하는 것은 도덕적인 이유에서가 아니었다. 내가 그것을 찬성하지 않는 것은 그것이 결국 무익하다는 것, 사람이 자기의 환경과의 관계를 변경시키는 효과적인 방법이 되지 못한다는 것을 알고 있기 때문이었다.[25]

실제로 라이트와 같은 환경에서 성장한 흑인 소년이 살아갈 수 있는 길은 노예적인 생활을 받아들이든가, 원시적인 반항을 통하여 린치를 당하든가 범죄자가 되든가, "섹스와 술에서 초조감과 불안으로부터의 해방을" 찾든가 하는 것이 일반적인 일이었다고 라이트는 말한다. 드물게 무엇이든 전문적인 직업인이 되어 흑인 중산층으로 상승하는 것도 가능한 일이나, 라이트는 "내가 그런 것을 바라도록 생겨먹지도 않았거니와 그러한 야심의 성취는 내 능력이 미치지 못하는 것이었다. 부유한 흑인들은 내게는 백인들이 살고 있는 세계와 다름없이 낯선 세계에 살고 있었다"[26]라고 말한다.

《검둥이 소년》은 자기 민중의 보편적인 경험을 그대로 자신의 체험으로 겪은 작가가, 자신의 문학을 그 자신과 민중의 온전한 삶의 실현을 위한 투쟁에 바친 사람이 민중의 작가로 되기까지의 그의 내면적 성장 과정의 초기 단계를 회상해 보여주는 세계이다. 우리가 이 작품을 성장소설의 하나로 볼 수 있다면, 이 작품은 고전적 성장소설의 모범이라 할 만한《빌헬름 마이스터》와 같은 시민적 리얼리즘의 전통을 현대의 어떠한 다른 문학 경향에 있어서보다도 더 깊은 친화력을 가지고 계승하되, 동시에 서구의 시민적 성장소설이 부닥쳤던 딜레마를 후련히 넘어서는 세계를 보여준다고 할 수 있다. 괴테에 있어서도 이미 빌헬름 마이스터가 그 마지막 단계에 가서는 '체념'에 도달함으로써, 모순적인 사회에 대한 일종의 타협으로 나아갔다고 할 수 있는데, 괴테 이후 여러 시민적 성장문학에서의 주된 흐름은 기존 체제에 대한 순응 혹은 동화의 과정을 보여주는 데 머물렀던 것이다. 인간성의 온전한 발현을 위한 탐구 수단으로서의 성장소설, 혹은 리얼리즘문학이 그 본래의 성격을 회복하기 위해서는 비인간적인 가치의 만연에 의해 오랫동안 망각돼온, 역사와 인간 및 예술에 대한 적극적 태도가 새로운 차원에서 성숙하는 것이 필요했던 것이다. 그리고 그러한 태도는 다음과 같은 한 흑인 시인의 발언에 명료하게 표명되어 있다.

> 진실이란 무엇인가? 좀더 정확히 말하면, 우리는 누구의 진실을 표현해야 하는가? 억압을 당해온 사람들의 진실인가, 아니면 억압적 지배를 행해온 사람들의 진실인가? 이것은 기초적인 문제이다. … 또 오늘의 국내적·국제적 사건들은 우리들이 우리들 자신의 이해관계에 입각하여 평가할 것을 요구하고 있다. 인간이 살아남느냐 하는 문제는 현대적 경험의 핵을 이루고 있음이 분명하다. 흑인 예술가는 가능한 한 가장 강력한 용어로 이와 같은 현실에 스스로 발언하지 않으면 안된다. 세계의 위기라는

맥락 속에서 윤리와 미학은 적극적으로 상호 작용하여야 하며, 보다 더 정신적인 세계에 대한 인간의 요구에 일치하여야 한다. 그러므로 우리들의 예술운동은 윤리적인 운동이다. 즉 억압을 당해온 사람들의 관점에서 볼 때 윤리적이라는 것이다.[27]

대지로 회귀하는 문학

미나마타의 작가 이시무레 미치코

제가 오늘 일본 소설 한 권을 가지고 왔는데, 이 소설을 중심으로 얘기를 좀 해볼까 합니다. 우리나라에서는 《슬픈 미나마타》라고 번역되어 나온 이 작품의 원래 제목은 '고해정토(苦海淨土)'인데, 정확히 말하면 《고해정토》라는 삼부작 중의 제1부입니다. 이시무레 미치코(1927-2018)라는 작가가 쓴 소설입니다. 우리나라에서 얼마나 읽히고 있는지 모르겠습니다만, 제가 보기에는 이 작가야말로 21세기의 '새로운 작가'라는 말을 들을 자격이 있습니다.

근대의 일본 문단에는 나쓰메 소세키를 비롯하여 기라성 같은 작가들이 많이 배출되었죠. 그런데 모두 일류 대학 출신의 엘리트 작가들이에요. 한국문학의 경우도 대학 출신 작가들이 적지 않지만, 일본의 근대문학은 거의 완전히 대학 출신, 그것도 소위 명문 대학 출신들에 의해 주도돼왔다고 해도 과언이 아닙니다. 이것은 근대 일본문학의 큰 특징이 아닌가 싶어요. 그래서 알게 모르게 지식인 중심의 이야기, 엘리트 특유의 세계인식이나 자의식이 지배하는 문학이 주류를 형성해왔다고 할 수 있습니다. 나쓰메 소세키는 말할 것도 없고, 이름 있는 작가들이 거의 대부분 그렇다고 할 수 있습니다. 여기에 비하면 이른바 사소설이냐 아니냐 하는 구별은 부차적인 것이라고 할 수 있습니다. 거의 모든 작가들이 극히 엘리트적인 언어, 서구화된 논리와 이성적인 언어로 세상을 보고, 인간경험을 보는 공통적인 성향을 드러냅니다. 반서구적인 논리를 펼 때도 마찬가집니다. 전통적 일본정신의 부활을 외치면서 할복자살한 미시마 유키오(三島由紀夫)가 죽을 때 군국주의 프러시아 장교복 차림이었다는 것은 매우 의미심장한 대목입니다. 미시마는 천황주의자이되 굉

* 이 글은 2010년 3월 25일, 동대문도서관에서 열렸던 한국작가회의 주최 문학강연회에서 했던 얘기를 정리, 보완한 것이다.

장히 서구화된 엘리트였습니다.

일본문학의 이런 경향은 지금도 본질적으로 달라지지 않은 것으로 생각됩니다. 가령 우리나라에도 잘 알려진 평론가 가라타니 고진이 높이 평가하는 나카가미 겐지나 재일조선인 작가들은 예외인 듯하지만, 따져보면 그들도 결국은 엘리트 작가예요. 좀더 주변부의 소외된 삶을 충실히 반영하려는 비판정신에 있어서는 돋보인다고 할 수 있지만, 그 비판적 정신 역시 엘리트의 언어와 논리를 토대로 하고 있는 게 분명하다고 할 수 있으니까요.

물론, 엘리트문학이라고 해서 중요하지 않다는 얘기는 아닙니다. 그것은 역사적으로 중요한 역할을 해왔다고 봐야지요. 문제는 이게 시효가 끝났다는 거예요. 사실, 일본이 1960~70년대를 거치며 고도 경제성장을 이룩한 이후에는 나쓰메 소세키의 계보를 이어받는 엘리트 작가들의 임무는 사실상 끝났다고 보는 게 타당합니다. 고도 경제성장에 의해서 소비주의 문화가 만연한 상황에서 현실적으로 엘리트 작가들의 진지한 작품이 설 자리가 없다는 그런 단순한 얘기가 아닙니다. 이제는 돌이킬 수 없이 고도 산업사회가 된 상황에서 근대 초기의 비판적 지성이 지녔던 문제의식은 어떻게 보면 시대착오적인 것일 수도 있습니다. 현대사의 큰 역설의 하나는 서구화·산업화를 죽을힘을 다해서 성취해낸 순간 그 결과가 바로 수습하기 어려운 재앙이라는 사실입니다. 이것은 엄청난 충격일 수 있는데, 어쩌면 서구에 대한 열등감을 심하게 앓아온 동아시아 사회가 특히 그렇다고 할 수 있습니다.

문학이 제구실을 하자면 이런 역설을 직시해야 합니다. 물론 쉬운 일이 아니죠. 근대문학의 오랜 습성이라는 게 있으니까요. 우리가 문학이라고 생각해왔고 문학이라고 배워왔던 모든 것이, 사실은 근대주의 논리에 충실한 사고방식을 근저에 깔고 있는 것입니다. '근대문학의 종언'

이라는 테제는 오히려 이런 맥락에서 진지하게 논의될 필요가 있을 거예요.

길게 말씀드릴 시간은 없습니다만, 하여간 이런 상황에서 예외적이라고 생각되는 작가가 있습니다. 그게 바로 이시무레 미치코예요. 나쓰메 소세키가 일본 근대의 엘리트문학을 대표하는 작가라고 한다면, 이시무레는 그 근대의 의미를 근원적으로 묻는 작가이고, 그런 의미에서 고도성장 이후의 대표적인 작가가 아닌가 합니다. 가라타니 고진이 '근대문학의 종언'을 말했을 때, 그는 사실상 문학다운 문학은 이제 끝났다고 보았습니다. 아마 그가 이시무레의 존재를 알아보고, 그 문학의 역사적·문명사적 의의를 간파할 시각을 가지고 있었더라면 좀 생각이 달라졌을지도 모릅니다.

저는 이시무레의 작품을 다 읽지는 못했어요. 일본어 실력이 짧아서요. 현대 일본어로 쓰기는 하지만, 기층민의 언어로 소설을 쓰는 작가의 작품을 이해하기는 매우 힘듭니다. 대략 분위기와 느낌으로 짐작하는 정도입니다. 제가 대학에서 영문학 공부한답시고 한 게 그런 식이었어요. 대충대충 읽었어요. 순전히 글자로만 배운 외국어를 어떻게 다 알 수 있겠어요. 하층민의 구어 같은 건 정말 파악하기 어렵죠. 그렇지만 기분이 통하면 알아볼 수 있어요.

현재 이시무레의 작품은 몇 편이 서양말로 번역돼 있습니다. 서양인들 중에도 관심을 가진 사람이 꽤 있어요. 그런데 그런 서양인은 말할 것도 없고, 대부분의 일본 독자들도 사실은 별로 믿을 만한 독자들은 아니에요. 왜냐하면 그런 독자들은 대개 이시무레를 공해문제에 민감한 작가 정도로 보고 있기가 쉽기 때문입니다. 실은 전혀 그렇게 보아서는 안될 작가이거든요.

아까 이 소설의 제목이 원래 '고해정토'라고 말씀드렸죠. 한국의 요즘 젊은 세대가 한자를 거의 모르니까 출판사들이 책 제목에 한자 쓰기를 극도로 두려워합니다. 제 생각엔 한글전용정책의 후유증이 심각한 것 같아요. 왜 귀중한 한자 유산을 다 버리려고 하는지 알 수가 없어요. 한자를 옛날처럼 기본적인 것이라도 익히면 적어도 동아시아 사람들끼리는 필담으로 다 의사전달을 할 수 있을 텐데 말입니다. 동아시아의 이 귀중한 문화적 공통 유산을 우리만 내버리는 것 같아서 정말 아쉬워요. 아까 얘기로 돌아가지요. 어쨌든 '고해정토'라고 한글로 써놓으면 무슨 말인지 모른단 말이에요. 그러니까 책을 출판하면서 '슬픈 미나마타'라고 이름을 고친 것 같아요. 그런데 문제는 이렇게 제목을 변경함으로써 이 작품이 갖고 있는 핵심적인 메시지를 완전히 놓쳐버렸다는 점입니다. 이것은 공해문제를 주제로 한 소설도, 환경보호를 얘기하는 소설도 아닙니다. 그보다 훨씬 더 깊은 얘기를 담고 있는 작품입니다.

미나마타, 근대의 표상

물론 '슬픈 미나마타'라는 한국어판 제목에 드러나 있다시피, 이 소설은 미나마타 사건을 다루고 있습니다. 그것은 아시아뿐만 아니라 전 세계적으로도 떠들썩하게 알려진, 근대적 산업활동으로 인한 미증유의 재앙이었습니다. 굉장히 큰 충격과 센세이션을 일으킨 역사적인 사건이죠. 1950년대 말에 터져 나왔는데, 사실 기본적으로는 아직도 미해결인 상태로 진행 중인 사건이에요. 일본 규슈에 있는 구마모토(熊本)현에 조그만 항구도시가 있습니다. 옛날에는 한가로운 어촌이었다고 합니다. 그곳이 미나마타예요. '미나마타(水俣)'라고 할 때, '마타(俣)'라는 한자 표기는 우리나라에서는 잘 안 쓰는데, 일본말에서는 강줄기나 바다 물길이 갈라지는 곳을 뜻한다고 합니다.

미나마타 사건은 대부분의 아시아 사람들이 대체 산업화가 뭔지, 산업문명이 뭔지 채 실감도 하기 전에 터져 나온 가공할 만한 산업재해였습니다. 그 미나마타의 바다를 끼고 조업하고 있는 일본질소비료회사가 수십 년 동안 산업폐기물을 그 만(灣)으로 유출해왔던 거예요. 화학비료를 만드는 공정 중에서 나오는 유기수은을 그냥 바다에 방류해왔던 거죠. 처음에는 몰랐지만 그것이 점점 쌓여서 그 연안 바다에 사는 해양생물들의 생체 속에 계속 축적이 되었고, 그걸 일상적으로 먹었던 어부들, 주민들 그리고 짐승들이 그 독성물질의 피해를 입게 된 겁니다. 처음에는 마을의 고양이들이 어느 날부터 갑자기 이상하게 몸을 비틀고 춤을 추면서 바닷물에 텀벙 빠져 자살을 하는 일들이 속출하더니, 드디어 사람들에게 언어장애가 생기고, 움직이지도 못하고, 중추신경이 마비되고 비참한 모습으로 죽어가는 그런 사태들이 벌어진 겁니다.

1956년에 비로소 그게 모두 유기수은중독 증상이라는 사실이 밝혀졌지만, 이것을 질소비료회사와 일본 정부가 공식적으로 인정하기까지는 또 많은 시간이 걸렸습니다. 15년이 넘게 걸려 공식적인 인정을 받았지만, 이번에는 개개인들에 대한 배상문제를 두고 지루하고 고통스러운 재판을 해야 했어요. 그게 실은 아직까지도 계속되고 있다고 합니다. 항상 이렇습니다. 병든 환자나 그 가족이 비료공장의 수은 때문에 그 병에 걸렸다는 것을 구체적으로 객관적으로 증명할 방법이 사실 없어요. 정황증거일 뿐이죠. 사람이 병에 걸리는 원인은 수없이 많아요. 같은 환경, 같은 조건 속에서 살아도 체질이 다르면 병에 안 걸릴 수도 있어요. 산업재해가 발생하면 기업주나 정부는 늘 이런 근본적인 약점을 파고들어서 오리발을 내미는 게 아주 상습화되었어요. 명백한 사실인데도 불구하고 직접적인 인과관계를 증명하기가 어려우니까 재판과 배상문제가 한없이 질질 끄는 거예요.

국가와 기업은 오리발을 내미는 게 뿌리 깊은 체질이에요. 어디서나 그래요. 이런 사건들이 세계 전역에 걸쳐서 지금도 흔하게 벌어지고 있어요. 늘 피해자들은 당하기만 하고, 당연히 받아야 할 보상을 받지도 못하고, 받더라도 너무나 늦게 그것도 쥐꼬리만 한 보상금을 받는 게 고작이에요. 산업사회라는 시스템은 이렇게 늘 약자들을 희생시키지 않고는 단 한순간도 버티지 못하는 괴물입니다.

어쨌거나 미나마타 사건은 선례가 없는 탓도 있고, 사진으로 보아도 그 환자들의 모습이 너무 비참해서 뉴스를 보는 사람들이 큰 충격을 받고, 세계 각지에서 저널리스트들이 몰려들어 취재도 하고, 아주 저명한 사진작가들도 장기간 상주하면서 기록사진을 찍고 그랬습니다. 저도 학생시절에 이 뉴스를 듣고, 사진도 보고 했던 기억이 납니다. 젊었을 적에 들어서 그런지 그 인상이 강하게 뇌리에 박혀서 지금도 산업재해라고 하면 이 미나마타부터 먼저 떠올라요.

일본질소비료공장이 창립된 것은 1901년이라고 합니다. 그 자회사가 예전에 우리나라에 있었어요. 식민지 조선 땅에 있던 흥남질소비료회사예요. 노구치 시타가우(野口遵)라는 사람이 설립한 회사죠. 압록강을 막아서 물길을 바꾼 다음 댐을 세워서 수력발전소까지 만든 게 바로 이 사람이에요. 어떻게 보면 아주 스케일이 컸던 사람이죠. 아마 당시에 물길 바꾸면서 별로 조사 같은 것도 안하고 밀어붙였겠죠.

그런 사람이 조선 땅에 또 질소비료공장이라는 거대 공장을 세웠어요. 그 공장의 정식 명칭은 조선질소비료주식회사로 돼 있어요. 1927년에 함경남도 함흥군 운전면 운남리 1번지에 자본금 1,000만 엔으로 설립이 되었습니다. 원래 어촌이었다고 합니다. 조선 사람들이 살고 있었죠. 그런데 이 회사가 용지를 매수할 때 경찰관 입회하에 이루어졌다고 합니다. 이게 무슨 말이겠어요?

이 작품 속에 나오는 얘긴데, 작가가 조사를 해보니까 1937년에 일본질소비료공장에서 편찬한 회사 역사책이 있었어요. 그걸 뒤져보니까 그렇게 나와 있다는 거예요. 역사책이라는 것은 아주 거짓말은 못 하잖아요. 왜곡하더라도 어느 정도 기초적인 사실은 적을 수밖에 없죠. "경찰관 입회하에 이루어졌다"는 말은 결국 주민들의 저항을 많이 받았다는 뜻이죠. 당시 공장 부지가 들어서던 땅은 조선인 가옥 30호 정도가 있었고, 교통이 불편한 곳이었다고 합니다. 아마도 그래서 거의 자급자족하면서 살고 있었겠지요. 바다에서 고기 잡고, 땅에서 작물을 길러서 말이죠. 이시무레는 조선 사람들의 토지 매수에는 매우 복잡하고 성가신 문제들이 적지 않았을 것이라고 생각합니다. 당연한 얘기지요. 거의 틀림없이 공권력이라는 이름으로 폭력을 휘두르며 저항하는 주민들을 쫓아냈겠지요. 예전이나 지금이나 조금도 달라진 게 없어요.

그러니까 2009년 용산참사의 역사는 뿌리가 깊어요. 국가와 결합한 자본가에 의한 토지수용 때문에 풀뿌리 민중이 피눈물을 흘려야 하는 상황 말입니다. 그렇지만, 주류 역사에서는 이런 문제가 늘 스쳐 지나가는 에피소드에 불과해요. 민중의 입장에서 보면 이것은 생사가 걸린 문제인데도 그래요.

지금도 그런데, 당시 식민지 상황에서 함경도의 한 시골 마을에서 벌어진 이런 일이 무슨 큰 주목을 받을 수 있었겠어요? 그 당시 언론이라는 것도 제약이 많았을 것이고, 작가라고 해도 하루하루 살아가는 게 고달픈 시절이었으니까요. 세월이 많이 흐른 뒤라고 하더라도, 그래도 누군가가 그것을 기억하고, 그 의미를 다시 음미해본다는 게 중요하죠. 미나마타 사건을 다루는 도중에 식민지 조선 벽지의 민초가 겪었을 운명을 이 작가가 떠올려보는 것은, 그게 본질적으로 미나마타 백성들의 운명과 하나도 다를 게 없다고 보기 때문입니다.

광독사건과 다나카 쇼조

그런데 주목할 것은 이시무레의 이러한 근대문명 비판에는 중요한 사상적 배후가 있다는 사실입니다. 실제로 그걸 작품 속에서 작가 자신이 몇 번이나 언급하고 있어요. 아시는 분도 있겠지만, 일본이 근대국가체제를 굳혀 가던, 지금부터 100년 전쯤 러일전쟁 무렵에, 아시오 구리광산 광독사건(足尾銅山 鑛毒事件)이라는 게 있었어요.

근대적 산업을 일으키고, 또 전쟁까지 수행해야 하는 상황에서 구리는 매우 요긴한 광물이었습니다. 다양한 용도로 쓰이지만 무기를 만드는 데도 구리는 필수적이죠. 나중에 일본의 큰 재벌이 된 후루카와(古河)라는 사람이 당시 일본 정부의 허가를 받아 구리광산 채굴권을 독점적으로 확보합니다. 옛날부터 구리를 채굴하던 광산이었지만, 이제는 대규모 근대적 광산 시스템을 도입한 거죠. 그런데 구리가 독성이 굉장히 강한 물질이잖아요. 대량생산체제가 갖추어지자 광산 아랫마을들에서 아우성이 일어납니다. 구리의 생산과정에서 유출된 독성물질로 농작물이 말라 죽고, 가축들이 병들고, 게다가 한번씩 홍수가 나면 범람하는 물을 통해서 그 광독이 인근 지역까지 퍼져서 광범위한 재해를 유발한 것입니다. 그런데 이런 재해도 당시 전쟁을 수행하고 빠르게 산업시스템을 건설하던 일본 전체의 분위기 속에서 쉽게 묻혔을 가능성이 큽니다. 그러나 그렇게 되지 않고 지금도 굉장히 중요한 역사적 사건으로 기억되고 있는데, 그것은 한 사람의 지독한 투쟁 덕분입니다.

다나카 쇼조(1841-1913)라는 인물인데, 혹시 들어보셨어요? 일본 근대사상사에서 꼭 언급되는 인물인데, 굉장히 중요한 사람이에요. 요즘 동아시아 공동체에 관해서 얘기하는 사람들이 많은데, 그런 생각을 하는 사람들이라면 더욱더 깊이 공부해보아야 할 인물이라고 생각합니다. 앞으로는 싫으나 좋으나 근대적 국민국가라는 틀을 넘어가야 할 것인데, 그러자면 민족이라는 테두리를 떠나서 정말로 존경할 만한, 보편적인 가치를 위해 헌신한 인물들의 삶과 사상을 기억하는 일이 굉장히 중요합니다.

다나카 쇼조는 국회의원까지 지낸 인물입니다. 초기에는 유학을 신봉하는 집안에서 유교적 윤리를 체득하고 성장한 사람입니다. 본래 성격이 불의를 참지 못하고 의인적인 면모가 강했다고 그래요. 청년시절에 이미 마을에서 관리들의 부당한 행패, 부조리한 행정 같은 것을 보면 참지 못하고 저항하다가 옥살이도 몇 차례나 했어요. 그런데 옥살이를 하면서 기독교를 발견했어요. 우연히 성서를 읽은 다음에, 읽고 또 읽고서는 크게 감복하고 평생 두터운 기독교 신앙을 갖고 살았다고 합니다. 그러니까 유교와 기독교라는 두 개의 세계관이 한 인물 속에서 혼합된 셈이지요. 그런 양반이 아시오광독사건을 물고 늘어져요. 죽을 때까지 집요하게 물고 늘어집니다. 국회의원이 된 다음에 국회활동 전부가 이 문제를 거론하고 해결책을 강구하라고 정부에 요구하는 것으로 일관하고 있어요. 아까도 말했지만, 당시의 분위기에서 굉장히 용기를 필요로 하는 행동이었습니다. 어떻게 보면 전쟁을 그만두라는 얘기이고, 근대국가로 가는 길을 포기하라는 요구일 수도 있으니까요.

당시 일본 국회는 제국의회였어요. 주권이 국민에게 있다는 것을 인정하지 않고, 나라의 주인이 천황이라는 것을 천명하고 있는 제국헌법에 의거하여 성립한 국회였습니다. 그러나 아무리 엉터리 헌법이라 하더라도 헌법은 헌법이에요. 헌법이라는 이름을 듣자면 최소한의 합리성과 논리를 갖추고 있어야 하거든요. 다나카 쇼조는 바로 이런 헌법을 적극적으로 활용해야 한다고 생각했습니다. 왜냐하면 비록 주권은 천황에게 있다고 명시돼 있지만, 신민(臣民)들의 삶을 편하게 하고, 신민들의 생명권을 보장한다는 게 헌법의 요지란 말이에요. 그래서 그는 이 제국 헌법의 논리에 근거하여 물고 늘어져요. 그는 일본 국민이 모두 하루도 빠짐없이 헌법을 읽어야 한다고 주장하면서, 아시오광독사건은 백성을 사랑하시는 천황의 뜻에 어긋나는 것이다, 따라서 헌법 위반이다, 그러니 책임자를 처벌하고 구리광산을 폐쇄해야 한다고 끊임없이 주장했습니다. 그런데 일본 정부는 도저히 이런 주장을 들어줄 수 없죠. 정치적인 영향력이 큰 광산재벌의 경제적인 이해관계도 있지만, 구리광산은 군수물자를 조달하는 곳이었으니까요.

이른바 국익과 민익(民益), 즉 국가의 권리와 민중의 권리 사이의 대립이 이 다나카 쇼조라는 한 인물을 통해서 극한적으로 드러난 셈이죠. 그러다가 결국 국회에서 자기 뜻이 통하지 않으니까 국회의원직을 내던져버려요. 그리고 곧장 광독피해를 당하고 있는 마을 현장으로 들어갑니다. 정부에서는 이 사람이 하도 집요하게 문제를 제기하니까 편법을 써서 광산 아랫마을들을 국가에서 수용을 해서 저류지(貯留池)를 만들려는 계획을 합니다. 그래서 거기에 광산의 독성물질을 가두어두겠다는 거지요. 그렇게 되면 결국 마을은 수몰을 면치 못합니다. 그래서 다나카 쇼조는 수몰위기에 처한 마을로 직접 들어가 거기서 버티면서 마을을 철거하려는 당국에 맞서 싸워요. 그리고 최후까지 버티다가 그 마을에서 결국 생애를 마칩니다.

그런 투쟁 중에 중요한 사건이 있었는데, 1901년 12월 10일, 다나카 쇼조는 육십이 된 나이에 천황한테 직소(直訴)를 했어요. 일본에는 아주 예전부터 '직소'라고 하는 관습이 있었다고 합니다. 억울한 일을 당하거나 공의(公義)를 위해서, 봉건영주라든지 번주(藩主)와 같은 통치자에게 중간 절차를 거치지 않고 직접 아뢰는 행동이지요. 이게 말처럼 쉬운 것은 아닙니다. 이것은 결국 통치자나 그의 참모들의 부당한 처사를 지적하는 일이기 때문에 간접적으로 통치자를 비판하는 행동이거든요. 그래서 직소를 듣고 그 내용이 합당한 경우에는 일을 바로잡은 뒤에도, 통치자는 직소를 올린 사람을 사형에 처했다는 거예요. 그게 일본의 오래된 전통이었다고 합니다. 일종의 하극상이라고 간주한 거지요. 그런 전통을 다나카 쇼조가 모를 리 없지요. 아닌 게 아니라, 나중에 밝혀진 거지만, 그는 직소를 결행하기 전날 가족 앞으로 유언장 비슷한 것을 작성해 두었어요. 그러고는 마침 천황의 행차가 예정되어 있는 길에서 기다리고 있다가 천황의 수레가 다가오자 소리를 지르며 달려 나가 상소문을 들이밀었어요. 그리고 순간적으로 경비병과 뒤엉켜 길바닥에 나뒹그러졌어요. 이게 언론에도 보도되고 세상이 발칵 뒤집혔습니다. 천황도 물론 그 현장을 보았겠지요. 나중에, 전직 국회의원인 데다가 사사로운 이익을 위한 행동도 아니라는 게 확실하니까 천황이 특별히 용서를 해서 처벌은 면했습니다. 그런데 그것은 나중 일이고, 원래 직소를 결심했을 때 그 자신은 죽음까지도 각오했던 거죠. 대단한 사람입니다.

글도 많이 남겼습니다. 전집이 수십 권 정도로 정리돼 나와 있습니다. 일본에서는 어지간한 인물이면 그에 관한 온갖 기록을 다 모아서 전집도 만들고 사상가로 기리는 것이 보통입니다. 그러나 이 다나카 쇼조는 지금 읽어보아도 대단해요. 글이 힘이 넘쳐요. 대사상가라고 불러도 어색하지 않아요. 전문적인 문필가도 아니고, 책상에 정좌해서 글을 쓸 여유가 있는 생애를 보낸 사람도 아니지만, 투쟁의 현장에서 그때그때마다 기록하고, 매일매일 일기를 충실히 썼던 것 같아요.

그가 남긴 글을 보면 그는 이미 근대문명의 궁극적인 방향을 알고 있었던 것 같습니다. 이대로 간다면 파국은 필연적이라고 생각했던 게 분명합니다. 그리고 근대국가라는 것은 근본적으로 산업자본과 결합되어 민초들에게는 혹독한 폭력이 된다는 걸 알고 있었어요. 그래서 끊임없이 그는, 그러한 재앙을 막기 위해서 일본 국민이 전부 매일 헌법을 읽고 자신의 권리를 주장할 줄 알아야 한다고 역설합니다. 그리고 이미 그때 근대문명의 핵심적인 어둠을 꿰뚫고 있었어요. 그의 생각으로는 "참다운 문명은 산을 황폐하게 만들지 않고, 마을을 파괴하지 않고, 사람을 죽이지 않는 것"입니다. 그런데 "고래의 문명을 야만으로 돌리는" 근대문명은 실은 "허위 장식이며, 사욕(私慾)이며, 노골적인 강도(强盜)"라는 것입니다. 인도의 간디보다도 훨씬 앞서서 이런 얘기를 했어요.

그러니까 이런 훌륭한 선각자가 있었기에 나중에라도 그 정신을 잇는 작가가 출현할 수 있는 것이지요.

민중의 역사와 기록

여기서 조금 다른 얘기지만, 누구랄 것 없이 우리들 한국인은 기록들을 잘 하지 않습니다. 아까 흥남질소비료공장 얘기를 했지만, 그런 사건이 우리 근현대 역사 속에 무수히 존재해왔을 거란 말이에요. 그렇지 않겠어요? 지금은 하도 많이 겪었으니까 사람들이 그 의미를 어느 정도는 알고 있어요. 물론 운명처럼 받아들이는 사람들도 많지만, 하여튼 세상에서 흔히 말하는 발전이니 진보니 하는 게 구체적인 현실에서는 풀뿌리 공동체의 파괴로 나타난다는 것은 대개 알고 있거든요. 그런데 저 식민지 조선, 시골 마을에 어느 날 난데없이 비료공장을 짓는다면서 조상대대로 살던 땅에서 나가라고 하는 말을 들은 사람들의 심경은 어떠했겠어요? 그런 날벼락이 어디 있었겠어요? 그런데 우리는 그때 그런 상황에 처했던 사람들에 관한 생생한 기록이 없어요. 문학의 종언이다 뭐다 그런 데 신경 쓰지 말고, 글 쓰는 사람들이라면 우선 그런 얘기들을 기록하는 데 충실해야 하는 것 아닐까요?

여기가 작가회의 회원들이 모인 자리니까 한마디하고 싶은 게 있습니다. 지금은 '한국작가회의'라고 하지만, 원래는 '민족문학작가회의'라고 불렀잖아요. 그런데 명칭을 변경할 때에는 물론 그럴 만한 이유가 있었겠지요. 그렇지만 한 나라의 중요한 작가, 시인, 평론가들의 회의체라고 하는 단체가 자신의 명칭을 바꾸면서 투표를 해서 바꾼다는 게 말이 되는 얘긴지 모르겠어요. 저는 참석해본 적도 없고 작가회의가 어떻게 돌아가는지도 모르지만, 그래도 명색이 문학인들의 조직이라면 역사적인 문장이 나와야 되지 않겠어요? 이 시점에서 왜 '민족문학'이라는 이름은 더이상 적합하지 않다고 생각하는지, 당당한 문장으로 논쟁을 하는 게 옳지, 그냥 손쉽게 투표라는 형식을 빌려 결정을 내린다는 것은 말이 안 되는 얘기라고 생각합니다. 적어도 문학인들이 할 행동은 아니라고 봐요. 우리는 역사적인 문헌을 남길 책임이 있는 사람들이라는 자각이 중요해요. 결과적으로 어떤 명칭이 되건 그건 중요하지 않다고 생각합니다. 우리들이 기록과 문건을 너무 등한시한다는 게 문제예요. 지금에 와서 왜 민족이라는 말이 어색하거나 부적합하다는 느낌이 드는지, 그 상황을 깊이 있게 점검하고 토의한다는 게 중요하잖아요.

최근에 이명박 정부의 비위를 맞추려는 의도이겠지만, 문학예술위원회인가 하는 데서 작가회의에 대해서 말도 안되는 답변을 요구했을 때도 그래요. 광우병 우려가 있는 미국산 쇠고기 수입 반대를 위한 촛불집회 참석 여부를 문제 삼아 작가들에게 지원금을 지급하겠다느니 말겠다느니 하는 행위는 물론 유치하고 가증스럽기 짝이 없지요. 그렇지만 이걸 그냥 욕이나 하고, 화를 내는 것으로 대응해서는 안되잖아요. 품위 있는 글을 써야죠. 그래서 이 시점에서 이 나라의 양식 있는 사람들이 느끼는 절망감을 표현하고, 그것을 기록으로 남겨 둬야죠. 시인은 시만 쓰고, 소설가는 소설만 써야 한다는 생각은 착각 중에서도 가장 어리석은 착각이에요. 좋은 시인, 좋은 작가는 잡문을 쓰는 사람입니다. 루쉰을 보세요. 거의 전부가 잡문이잖아요. 루쉰의 글 가운데 우수한 창작은 몇 편 안되잖아요. 우리가 루쉰을 보면서 감탄하고 배우는 게 다 그의 '잡감문(雜感文)' 때문이에요. 이 잡감문이 아니었다면 루쉰이 중국의 혼돈과 어둠에 맞서서 그처럼 가열하게 싸우는 것은 불가능했을 겁니다.

기록이 없으면 결국 역사가 없는 민족인 거예요. 《조선왕조실록》 가지고 너무 좋아할 것 없어요. 중요한 것은 기록된 '민중의 역사'가 얼마나 있느냐 하는 것입니다. 제가 재직했던 영남대의 몇몇 교수들이 최근에 '민중생활사'라는 기획단을 조직해가지고 몇 년간 학술진흥재단의 지원을 받아서 근현대의 우리나라 민초들이 어떻게 살아왔는지 그걸 재구성해보려고 노력했습니다. 더 세월이 지나면 완전히 망실돼버리니까 지금 고령인 분들을 찾아다니면서 녹취를 한 거죠. 과거에 농사도 짓고, 장사도 하고, 이발사도 하고, 유랑극단을 따라다니기도 하고, 동대문에서 설렁탕을 팔기도 했던 사람들의 생애를 채록해보려는 작업이지요. 민중의 역사를 기억하는 방법은 그런 구술을 통한 역사일 수밖에 없으니까요. 그 녹음된 것을 풀어서 계속 책을 간행하고 있는데, 저도 조금 읽어봤어요. 재미도 있지만, 문제가 많아요. 구술사(口述史)라는 게 쉽지 않습니다. 제일 큰 문제가 고령자들의 기억이 부정확할 뿐만 아니라 자기 삶을 회상하면서 끊임없이 미화한다는 점이에요. 자기도 모르게 기억을 왜곡시키고 있어요. 그래서 진정한 민중생활사를 보기가 힘들어요.

그런 것을 생각하면, 우리의 정신문화라는 게 굉장히 빈곤하다고 말하지 않을 수 없습니다. 우리가 진짜 부끄러워해야 할 게 그거죠. 우리가 여기까지 오는 데 엘리트들만이 있었던 게 아니잖아요. 조선시대 말기부터 식민지시대에 이르기까지 제가 가장 중요하게 생각하는 것은 이 땅에서 살았던 민초들의 구체적인 일상생활의 역사예요. 그 무렵의 우리나라 사정에 대해서는 당시 조선에 와서 생활했던 몇몇 선교사들의 기록이 고작이에요. 조선 사람의 손으로 기록된 것은 거의 없어요. 조선의 지식인들은 이런 것들은 논할 가치가 없다고 생각했겠죠. 지금도 우리는 무의식중에 그렇게 생각하고 있을지도 모릅니다. 그러다 보니까 우리는 '민중의 얼굴'을 잘 몰라요. 그러면 그걸로 끝나는 게 아닙니다. 그것은 지식인이 민중의 세계에 접근하기 어려워진다는 이야기일 뿐만 아니라, 민중이 스스로의 삶을 모르게 된다는 뜻이기도 합니다.

제가 이 책《슬픈 미나마타》를 보면서 느끼는 게 그런 겁니다. 지금 우리나라에 정말 이시무레 미치코 같은 경력과 관심과 열정을 가진 작가가 있다고 합시다. 그가 밑바닥 민중의 삶과 내면을 이렇게 리얼하게 그릴 수 있겠느냐? 저는 불가능할 거라고 생각해요. 자료가 없어요. 지금 농촌이나 어촌에 가서 사람들 만나서 이야기해보세요. 이미 도시 사람 이상으로 도시화되어 있습니다. 텔레비전 같은 것 때문에 이제는 방언 쓰는 사람들도 드물어요. 그런데 왜 이런 기록들이 중요하냐 하면 소위 근대적인 가치로는 이제 나아갈 길이 없기 때문입니다. 한때 포스트모더니즘이니 탈근대주의니 하며 학계와 지식사회에서 요란하게 떠돌아다닌 것은 지식인 엘리트들 몇몇의 머릿속에서 나온 추상적인 논리일 뿐, 전혀 생명력이 없는 거예요. 요새는 그거 이야기하는 사람도 별로 없잖아요. 중요한 것은 풀뿌리 포스트모더니즘이에요. 포스트모더니즘이라는 말도 필요 없어요. 원래 풀뿌리는 삶 그 자체가 비근대적 가치 세계 속에서 쭉 영위되어 왔으니까요.

도(道)의 실현과 근대국가

이시무레 미치코는 이 비근대의 논리에 아마도 가장 철저한 작가가 아닌가 싶어요. 《슬픈 미나마타》는 단순한 반(反)공해 소설이 아니에요. 원래 이 작품은 소설 취급도 못 받았습니다. 이게 1969년에 처음 출판되었을 때, 일본의 주요 평론가들과 작가들은 이 작품을 논픽션으로 간주했습니다. 그때 무슨 문학상을 받았는데, 논픽션 부문의 수상 작품으로 선정되었어요. 그렇게 기성문단의 오해를 살 만도 했습니다. 왜냐하면 아까 보았듯이 홍남질소비료공장에 관한 회사 측 자료로부터의 긴 인용이라든지, 미나마타병 환자들에 관한 병원의 진단 기록, 의사들의 증언 내용, 회사 측이나 당국자, 정치가, 언론들의 이 문제에 관한 발언, 보도 내용 등등을 사실 그대로 옮겨 놓고 있는 부분이 꽤 많거든요.

그럼에도 이것은 어디까지나 소설입니다. 이 소설은 일곱 개의 장으로 나누어져 있고, 각 장은 피해자 개개 인물에 관한 독립적인 에피소드로 구성되어 있지만, 전체적으로 이들 이야기를 꿰뚫고 있는 것은 '미나마타'의 문명사적·인류사적 의미에 관한 집요한 천착, 근원적인 질문입니다. 미나마타 사건으로 희생당한 사람들에는 남녀노소가 다 들어 있고, 심지어 태아까지 감염되어 태어날 때부터 불구자로서 비참한 인생을 보내야 하는 사람들도 적지 않습니다. 작가는 이런 희생자들을 실제로 만나보고 개인마다 얽혀 있는 사연을 주의 깊게 듣고, 그것을 자신의 스타일로 풀어내는 그런 방법을 쓰고 있습니다. 사건의 시간적인 순서도 뒤바뀌기 일쑤고, 비현실적인 신화, 꿈 이야기가 계속 나오면서 어느 것이 현실인지 몽환의 세계인지 잘 구별이 안될 만큼 뒤섞여서 전달되고 그래요. 그런데 이런 기법은 서양의 현대소설에서 배운 게 결코 아닙니다. 그것은 작가 자신이 태어나 자란 땅의 민초들이 살아온 삶의 방식을 충실히 재현한 것이라고 할 수 있어요.

나중에 밝혀진 흥미로운 이야기지만, 이 작품을 보면 마치 작가가 희생자들을 일일이 만나서 꼼꼼히 취재한 것을 나중에 살을 붙여서 재구성한 게 아닌가 하는 인상을 받는데, 사실은 그렇지 않다는 거예요. 이 이야기를 하자면 작가의 출신배경에 대해서 좀더 심층적인 이해가 필요합니다.

이시무레의 고향, 구마모토(熊本)는 일본에서도 좀 특이한 곳이라고 할 수 있습니다. 메이지유신 이후 근대 자본주의국가로 빠르게 돌진해 가던 정치·문화의 주류에 대항하여 본원적인 인간 가치를 지키려 했던 이상주의적 사상가, 실천가들의 근거지의 하나였습니다. 예를 들어, 역사 교과서에서는 대표적인 정한론자(征韓論者)로 기록하고 있는 사이고 다카모리도 이 구마모토와 인연이 깊어요. 사이고 다카모리는 원래 사쓰마(薩摩)번의 하급 무사 출신으로, 메이지유신의 주역 중 한 사람이라는 것은 잘 알려진 사실입니다. 그런데 사쓰마번은 지금의 가고시마(鹿兒島) 지방으로, 구마모토와는 지척입니다. 사이고 다카모리가 나중에 메이지 신정부에서의 직책을 버리고 고향으로 물러나와 세이난(西南) 전쟁이라는 반정부 반란을 일으켰을 때에도 구마모토는 그의 주요 거점이었고, 또 그가 최종적인 패배를 당하고, 자결을 한 곳도 구마모토였습니다.

그런데 이 사이고 다카모리라는 인물이 참 흥미로운 사람이에요. 단순한 정한론자라고 가볍게 처리하고 넘어갈 수 있는 인물이 아니에요. 사실 요즘 일부에서는 그를 정한론이 아니라 오히려 견한론(遣韓論)을 주창한 사람으로 봐야 더 정확하다는 견해도 있어요. 당시는 조선과의 새로운 외교관계 수립이 유신정부의 최대 현안이었습니다. 그런데 조선 정부가 '천황'이라는 표현이 가당치 않다고 일본 쪽의 외교문서를 일절 받아들이지 않았거든요. 사실 일본이 조선을 집어삼키는 것은 나중의 일이고, 당시는 아직 새 국가의 틀을 잡는 데 경황이 없었던 시기였습니다. 그때 기록을 보면 일본 정부에서는 조선과의 관계가 꽉 막혀 있는 게 굉장히 고민거리였던 것 같아요. 국가체제가 근본적으로 변경되었고, 이걸 이웃나라에 통보를 해야겠는데, 이게 안되니 심한 가슴앓이를 한 거죠.

물론 당시 막번(幕藩)체제가 무너짐으로써 몰락한 사무라이들의 불만이 컸고, 이것을 해소하는 방법으로 조선 침략을 생각한 사람들도 있었습니다. 또 역사가들도 흔히 그렇게 썼습니다. 그러나 정한론이라는 것은 그때 갑자기 생긴 게 아니라, 일본에서 오랜 역사를 가지고 있었고, 또 몇몇 특정 인물에 국한된 논리도 아니었습니다. 그런데 자료를 좀 자세히 들여다보면, 적어도 사이고 다카모리는 우리가 정한론자라고 할 때 쉽게 연상하는 그런 호전적인 인물과는 거리가 먼 사람이었던 것 같아요. 오히려 그는 외교문제는 어디까지나 평화적으로 다루어야 한다는 생각에 철저했던 게 아닌가 싶어요. 그래서 정부의 최고 실권자인 자신이 직접 위험을 무릅쓰고 조선에 갔다 오겠다고 견한사(遣韓使)를 자청했던 거죠. 그런데 이게 당시 일본의 최고 실력자들 사이의 권력 헤게모니 쟁탈이라는 복잡한 역학관계 때문에 끝내 받아들여지지 않자, 사이고 다카모리는 사직을 하고 고향으로 돌아옵니다. 그리고 얼마 후, 메이지유신 10년째 되는 해에 사무라이들의 반란 지도자가 되었습니다.

여기서 더 자세히 언급할 수는 없지만, 중요한 것은 사이고 다카모리가 권력에 대한 개인적 야심 때문에 이 반란을 지도한 것은 아니라는 거예요. 세이난전쟁 자체는 확실히 이른바 불평사족(不平士族)의 신체제에 대한 불만이 분출된 사건이라고 할 수 있습니다. 그러나 사이고 다카모리 자신은 이 전쟁을 사전에 면밀히 준비하거나 조직하지 않았습니다. 상황의 논리에 의해서 거의 떠밀리다시피 해서 결국 반란의 지도자가 될 수밖에 없었던 거죠. 그러니까 처음부터 그는 이 전쟁에서 승리를 할 것이라고는 생각지 않았어요. 패배할 것을 잘 알고 있으면서도 싸우지 않을 수 없는 상황, 이걸 자신의 운명으로 받아들인 거죠.

이런 행동은 얼른 이해하기 어려운 게 사실이에요. 한때는 구체제를 무너뜨리는 데에 앞장을 섰고, 그 결과로 신정부의 최고 실력자 지위에까지 갔던 사람입니다. 그런 그가 어느 날 홀연히 그 지위를 버리고 귀향해서는 자신이 세운 정부를 반대하는 전쟁을 일으킵니다. 게다가 그 전쟁은 아무 승산도 없는 전쟁입니다. 모순덩어리죠. 왜 그랬을까요? 물론 그 인물 자신의 내면으로 들어가보지 않으면 잘 알 수가 없죠. 그러나 여러 가지 자료를 보면 어느 정도 짐작이 가능합니다. 우선 그는 시대의 추세로 볼 때 구체제의 붕괴는 필연적이라고 생각했고, 그래서 메이지유신을 성공시키기 위해서 온몸을 바쳤습니다. 하지만 그는 새로운 국가체제가 단순히 서양식 물질문명을 모방하는 것이 아니라 어디까지나 '도(道)'를 실현하기 위한 수단이 되어야 한다고 생각한 것으로 보입니다. 그에게서는 유학의 민본주의 이념에 충실한 매우 양심적인 사무라이의 체취가 느껴져요. 그래서 자신의 희망과는 자꾸 멀어지는 현실 속에서 점점 낙담할 수밖에 없었던 게 아닌가 싶어요. 어떤 기록을 보면, 그는 자신의 동료들, 즉 신정부의 권력자들이 개인적인 사치를 하거나 동경 거리를 마차를 타고 거들먹거리고 지나가는 모습을 굉장히 역겨워했다고 합니다.

어떻게 보면, 사이고 다카모리라는 인물은 낭만적인 혹은 몽상가적인 기질이 농후한 사람이었다고 할 수 있어요. 그러니까 자신의 희망이나 이상과는 반대방향으로 전개되는 현실의 정치, 즉 근대적 자본주의 독재국가 체제로 굳어져 가고 있는 현실에서 심한 좌절감을 느낄 수밖에 없었던 거죠. 그 자신이 논리적으로 파악하지는 못했어도, 그는 이미 근대국가 형성의 가장 초기 단계에서 이 근대국가체제의 근본적인 '어둠'을 본능적으로 간파하고 있었는지 모릅니다. 다시 말해서, 근대국가와

‘도(道)’는 본질적으로 양립 불가능한 것이라는 것을 통감했는지 모릅니다. 그러나 이미 시대의 대세를 막을 도리는 없죠. 거기에 그의 근원적인 절망이 있었던 게 아닌가 싶어요.

사상의 원점

그러나 현실적으로는 패배할 수밖에 없음에도 불구하고, 인간정신이라는 것은 그렇게 간단히 죽어버리는 게 아닙니다. 사이고 다카모리가 죽은 뒤에 이상사회를 꿈꾸는 자들의 맥은 잠복된 형태로나마, 특히 구마모토 주변 일본의 서남지방에서 꽤 지속되어온 게 아닌가 합니다. 제가 좋아하는 전후 일본 시인 중에 다니카와 간(1923-1995)이라는 사람이 있어요. 동경대학을 나온 소위 엘리트 지식인인데, 청년시절에 폐결핵에 걸려서 고향인 구마모토로 돌아와요. 그러고는 서클촌(村)이라는 문예운동을 하고, 노동운동에도 활발히 참여하면서 1960년대에 신좌익운동이 한창일 때 젊은이들에게 굉장히 큰 영향을 끼칩니다. 그런데 그의 혁명사상의 핵심이 뭐냐 하면, 동아시아적 농민공동체의 복원을 통한 사회주의 건설이었습니다. 통상적인 맑스주의의 입장과는 현격한 차이가 있죠. 그는 상부상조의 원리에 의한 협동과 자치의 공동체를 자신의 이상으로 삼고, 그것을 ‘원점’이라고 불렀습니다.

그때 그가 벌인 문예운동에 참가했던 멤버 가운데 한 사람이 바로 이시무레 미치코였습니다. 이시무레는 본래 이렇다 할 학력도, 경력도 없는 여성이었어요. 예전에 실과(實科)학교라는 게 있었는데, 가난한 집 자녀들이 주로 다닌 학교였습니다. 그런 학교 출신으로 전쟁 말기에는 자기가 졸업한 학교에서 임시 교사로 잠시 근무한 게 경력의 전부였어요. 그런데 어렸을 적부터 혼자서 단가(短歌)를 짓기 좋아하는 취미가 있었고, 그게 빌미가 되어 다니카와 간이 운영하는 문학교실 같은 데서 만났겠죠. 그러니까 별 볼 일 없는 시골 밑바닥 출신 아줌마가 당대 일본의 문제적인 시인을 만나서 문학과 사회에 대해 눈을 뜨게 된 셈이죠.

그런데 여기서 또 언급해야 할 사람이 있는데, 와타나베 교지라는 평론가입니다. 우리나라에서는 별로 알려져 있지 않은 이른바 재야의 지식인인데, 아주 중요한 이야기를 많이 하는 사람입니다. 그의 저서는 특히 전근대에서 근대로 이행하는 과정에서 일본 사회가 얻은 것과 잃은 것이 무엇인가를 추적하는 데 뛰어난 통찰을 보여줍니다. 아까 제가 사이고 다카모리에 관해서 잘 알지도 못하면서 이런저런 얘기를 했는데, 그것도 실은 대개는 이분의 책에서 본 것을 밑천으로 한 겁니다. 그런데 이분도 구마모토 사람이에요. 평생 지방에서 살면서 한 번도 대학이나 제도권 연구기관에 소속하지 않고, 독립적인 저술활동과 시민강좌를 해온 평론가예요. 그런데 이분이 젊었을 적에 작은 잡지를 편집하고 있었는데, 그때 투고되어온 작품에서 이시무레의 천재성을 이미 알아보았다고 해요. 그 인연으로 이시무레의 문학적 성장을 옆에서 쭉 지켜본 사람이니까 작가와 친밀한 사이가 되었죠.

그래서 《슬픈 미나마타》가 나온 뒤에 한번은 물어보았다고 합니다. "당신 작품에 나오는 인물들이 굉장히 내밀한 부분까지 자신의 이야기를 하고 있는데, 당신이 취재 도중에 어떻게 그렇게 자세한 이야기를 들을 수 있었느냐?" 그러니까 처음엔 어물어물하더랍니다. 그러다가 결국 고백을 하는데, 그 환자들이 그렇게 자세하게 이야기를 해준 게 아니라는 거예요. 사실, 아픈 사람들이 그렇게 구구절절 자상하게 이야기를 들려줄 형편도 아니지요. 작가 자신도 실은 기껏해야 작중인물들을 한두 번씩밖에 만나지 못했고, 몇 마디 정도밖에 들을 수 없었다는 거예요. 그런데 이 소설에는 굉장히 자세하게 나옵니다. 여러 해 동안 같이 친숙한 생활을 해도 캐낼까 말까 한 내밀한 이야기들이 많이 나와요. 그런데 한두 번 어설프게 만나서는 절대로 들을 수 없는 이야기를 어떻게 썼느냐는 추궁에 대해서 작가가 뭐라고 답변했느냐 하면, “내가 만난 그 환자나 가족이 마음속으로 생각하고 있는 것을 글로 옮기면, 그렇게 되는 걸요.” 그러니까 작가는 외면적인 취재를 한 게 아니라 자신의 작품의 주인공들이 될 사람들의 내면으로 들어갔고, 그 내면에서 그들과 마음이 완전히 일치했다는 뜻이죠. 다시 말해서, 그 환자들의 고통과 번뇌를 자신의 고통, 번뇌로 느꼈다는 거죠. 결국 샤먼이라는 이야기입니다.

샤먼으로서의 비근대 작가

그러니까 작가는 한 사람의 무당으로서 글을 쓴 거예요. 이시무레는 무당이 될 만한 소질도 풍부한 사람이었습니다. 어릴 때 할머니와 함께 살았는데, 이 할머니가 거의 치매에 가까운 상태였다고 해요. 어린 소녀가 집안 어른들이 다 외면하고 돌보지 않는 할머니와 같이 지내면서 인간의 근원적인, 어떻게 해볼 도리가 없는 막막함이랄까, 절망적인 고통을 그냥 몸으로 깊이 내면화했던 것 같아요. 평론가 와타나베 교지는 《슬픈 미나마타》에 대해서 “이 작품은 이시무레 미치코의 사소설이며, 이것을 낳은 것은 그녀의 불행한 의식이다”라고 지적했습니다.

언젠가 와타나베는 작가생활 초기에 이시무레의 집을 찾아가본 적이 있었습니다. 가난한 가정생활을 하는 주부에게 자신만의 서재 같은 게 있을 리 없죠. 한쪽 골방에 다다미 반 장 정도의 공간에 책을 쌓아둔 채, 그 옆에 조그마한 밥상을 하나 놓고 쭈그려 앉아 글을 쓰고 있더라는 겁니다. 창문이 있기는 한데, 워낙 비좁은 공간에 책과 물건들이 잔뜩 쌓여 있다 보니 대낮인데도 깜깜한 방이었다고 합니다. 식구들하고 격리될 수 있는 유일한 공간이 그 어둠의 공간이었던 거죠. 그 공간에서 이시무레는 신들린 듯이 글 쓰는 일에 열중해 있었습니다. 한 사람의 평범한 가정주부가 그렇게 글을 쓰지 않으면 안될 만큼 크나큰 충동을 느끼고 있었던 것은 무엇 때문인가. '불행한 의식' 때문이에요.

행복한 인간은 글을 쓰지도 않고, 쓸 수도 없어요. 쓸 이유가 없죠. 요즘 우리 주변에 늙어서까지 치열하게 글을 쓰는 사람도 드물지만, 글이라고 발표되는 것을 봐도 다들 편하고 한가로운 얘기들이에요. 절실한 얘기들이 아니에요. 그러니 엄밀히 말해서 문학이 아니죠. 예전에는 고생들 했지만 이제는 이만큼 살게 되었노라고, 다들 편하게 생각하고 사는 것 같아요. 4대강이 저렇게 죽어가고 있는데 이른바 문단의 대가라는 분들이 아무 말이 없는 것을 보세요. 절망적인 기분이 없다는 증거예요.

아무튼, 이시무레에게 있어서 '불행한 의식'은 어렸을 적부터 싹트고 자랐던 것 같아요. 정신이든 육체든 장애를 가지고 사는 사람들에 대한 본능적인 관심과 애정, 이런 게 할머니와 같이 고통스럽게 지낼 수밖에 없었던 소녀시절의 체험에서 비롯된 거죠. 그 때문에 그는 미나마타의 희생자들을 그냥 지나치지 못하고, 끊임없이 그들에게 돌아가서 그들의 내면의 소리에 귀를 기울이고, 또 기울일 수밖에 없었던 것 같아요.

그런데 자신의 아저씨, 아주머니, 언니, 동생 같은 사람들이 오염된 바다의 물고기를 먹고 모두 죽거나 평생 장애자가 되어 괴로움 속에 살 수밖에 없게 됐다고 해서, "이제 우리는 행복한 인생이 끝장났다"라는 식으로 접근해서는 단순한 고발문학밖에는 안됩니다. 반공해 소설밖에 안되는 거죠. 그러나 이시무레는 환자들의 내면의 심층으로 들어갑니다. 사람이 견디기 어려운 고통이나 좌절을 경험하면 의식이 굉장히 날카로워집니다. 괴로움이 깊을수록 의식은 극한적인 한계까지 가닿기 마련이에요. 그런데 그 극한에서 오히려 사람은 굉장히 풍요로운 생명감각에 도달할 수도 있습니다. 한 사람의 작가이자, 무당으로서 이시무레가 자신의 작중인물들을 대변해서 전하고자 한 것은 결국 이 생명감각, 생의 근원적인 행복과 풍요에 대한 믿을 수 없을 정도의 생생한 감각이라고 할 수 있습니다.

고해정토

미나마타병에 걸리기 전에 바다를 터전으로 해서 살았던 사람들은 늘 자연 속에서 지냈습니다. 그들의 일상은, 비유가 아니라 실제로, 물과 흙과 공기와의 끊임없는 직접적인 접촉 가운데서 영위되었던 거죠. 그러니까 도시인들로서는 상상하기 어려운 생명에의 근원적인 감각이 그들에게는 살아 있습니다. 민초들의 삶을 묘사할 때, 계급적 모순이나 사회적 모순을 그려내는 것도 물론 중요하지요. 그러나 궁극적으로 그런 외면적인 접근만으로는 절대로 포착할 수 없는 핵심적인 차원이 있습니다. 이것은 도시 출신의 작가가 해낼 수 있는 게 아닙니다. 농촌 출신이라 하더라도 쉬운 게 아니에요. 예를 들어, 농촌 현실이나 떠돌이 노동자의 삶에 관해 뛰어난 이해력을 보여준 이문구 같은 작가도 이런 차원까지는 도달하지 못했다고 할 수 있어요. 작가가 아무리 자상한 관심을 가지고 아무리 유연하게 접근한다 하더라도 늘 '흙' 속에 뿌리박고 살아가는 삶과의 생생하고 유기적인 접촉이 없는 한, 근원적인 생명감각을 포착해내는 것은 불가능합니다.

그러나 이시무레는 타고난 무당입니다. 이 작가가 미나마타의 비극 가운데서 포착해낸 것은 이 살아 있는 생명감각이 빚어내는 역설적인 상황입니다. 극한적인 절망과 고통 속에서 하루하루 생명을 연장해 가고 있는 환자들을 통해서, 말하자면 고해정토(苦海淨土)의 원리를 발견한 거죠. 즉 지독한 절망과 고통이 도리어 축복이 되는 상황 말입니다. 이시무레는 치유 불가능한 병고의 고통과 절망의 한가운데서 환자들이 여태까지 당연하게 여겨왔던 자신들의 삶을 돌이켜보면서 지극히 순결한 영혼의 정화를 경험하는 과정을 묘사합니다. 그 과정에서 그들은 자신들이 누려온 토착적 삶이야말로 어디에도 비할 바 없이 지복(至福)의 삶이었다는 것을 깨닫습니다. 몇 구절 인용해볼까요.

불교에서 말하는 것처럼 위만 안 보고 살면 더는 부족한 게 없지. 어부보다도 좋은 직업도 없지. 우리 같은 일자무식인 사람한테는 세상에서 이것만큼 좋은 일도 없을 거요. 우리 집에 딸린 밭이나 정원 같은 바다가 저 앞에 언제나 있고, 물고기들이 언제 나가봐도 있으니까.

밤이 되면 가장 생각나는 것은 역시 바다야. 바다가 제일 좋았어. 봄부터 여름이 되면 바닷속에도 온갖 꽃들이 만발하지. 우리 바다는 얼마나 아름다운지 몰라! 바닷속에도 명소라는 게 있어. 빙 한 바퀴 돌면 익숙해진 우리 코에도 여름이 시작될 무렵의 바다 향기가 풀풀 풍기거든. '회사' 냄새하고는 차원이 다르지.

도쿄 사는 사람들은 얼마나 불쌍해요. 평생 신선한 생선 맛도 모르고, 햇볕도 제대로 못 쐬고, 불쌍하게 살다가 늙어가겠네. 우리가 봐도 도쿄 사람들 정말 불쌍해. 도미도 청어도 물들여서 팔고 있다잖우. 그에 비하면 우리 어부들은 천하의 부러울 것 없는 생활 아닌가.

바다 내음 중에서도 봄색이 짙어진 파래가 물기 마른 바위 위에서 햇볕에 구워지는 냄새라니!

기록을 보면 미나마타의 어부들과 그 가족들은 곡물은 별로 안 먹었다고 합니다. 날생선과 감자, 그게 주식이었다고 해요. 그렇게 언제나 바다생선을 물리지도 않고 먹던 사람들이었으니까 결국 수은중독에 걸리고 만 거죠. 환자들 가운데는 자신이 생선을 먹은 일은 없어도, 이미 태아 때 감염되어 평생을 비참하게 살아야 하는 사람들도 적지 않다고 합니다. 그러나 어쨌든 비록 이제는 다만 기억 속에서일망정 바다를 의지해서 지내던 예전 생활에 대한 회상은 더할 수 없는 기쁨을 주는 게 사실이고, 이 기쁨으로 환자들의 고통은 견딜 만한 것이 되는지도 모릅니다.

물론 바다생활이 다 즐거웠던 것은 아니겠지요. 또 이 소설에 묘사된 바다생활이 대개 환자들의 기억 속의 장면들로 구성돼 있기 때문에 그것들은 많은 경우 현실과 거리가 있을 것입니다. 현실적으로 바다생활이란 심한 중노동을 수반하는 삶이라고 봐야겠지요. 그러나 농사짓고, 고기 잡는 일이 중노동이고 고통뿐이라면 그런 생활이 천년, 만년 계속되어왔을 리가 없습니다. 아마도 고통과 괴로움뿐이었다면 벌써 농경이나 어로(漁撈)는 끝이 났을 겁니다. 그러나 농사를 지어 봐야 손해만 보게 되는 상황에서도 농촌을 떠나지 못하는 사람이 생각보다 훨씬 많습니다. 그리고 어쩔 수 없이 농사나 고기잡이 일을 접고 고향을 떠날 수밖에 없게 되면 대개의 농민이나 어부는 피눈물을 흘립니다. 왜 그럴까요. 결국 농민이나 어부의 노동과 생활에는 근대식 공장노동이나 도시의 월급쟁이들이 절대로 이해할 수 없는 차원이 존재한다는 얘깁니다.

오늘날 한국 작가들 중에서 이런 차원을 주목해서 표현하는 사람이 있는지 모르겠어요. 그런데 실은 이게 인생에서 가장 중요한 차원이란 말이에요. 밑바닥 노동자나 농민의 의식과 삶을 대변한다는 작가라 할지라도 대개는 이념적 갈등이나 계급문제를 중심으로 보는 이른바 좌파적 상상력을 넘어서지 못해요. 왜냐하면 엘리트적 사고습관에 길들여진 작가가 정작 자연 속에서 자연의 일부로서 살아가는 사람들의 정서와 의식의 내면을 알 턱이 없으니까요.

미나마타의 어부들은 "옛날부터 도미는 임금님이 드시는 생선이라 했는데, 우리 어부들은 평생 맨날 도미 먹고 맨날 임금생활 하고 있다"고 말합니다. 그러면서 그들은 "비록 누더기 같은 옷이지만 찢어진 것은 기워 입고, 하늘이 먹여주신 것을 먹고, 조상을 섬기고, 신들을 받들고, 다른 사람 원망하지 않고, 남이 하는 일을 진심으로 축하해주면서" 살아왔다고 합니다. 이런 자족감과 평화로운 심성의 근원은 무엇일까요.

말할 것도 없이, 바다에 대한 무한한 신뢰 때문이겠지요. 그들은 바다가 설마 죽을지도 모른다는 생각은 꿈에도 하지 않고 살아왔던 것입니다. 그리고 동시에 어촌마을 삶의 공동체적 성격을 빼놓을 수 없습니다. 고기 떼가 몰려온다는 소리가 들리면 어부들은 하던 일을 전부 멈추고 집을 뛰쳐나와서 어영차 어영차 배를 타고 바다로 나가서 함께 고기잡이를 합니다. 그런 식으로 살아왔는데, 언제부터인가 "고기 떼가 온다!"며 동네방네 퍼지던 외침소리가 사라지고 적막한 마을이 돼버렸어요. 그러고는 "입원해 봐야 대책이 없는" 병에 걸려, "평생 병신으로 살든가, 죽든가" 할 수밖에 없는 사람들로 폐허가 돼버린 거죠.

인간정신의 쇠약

한번 망가진 자연과 공동체는 회복이 거의 불가능합니다. 그런 과정에서 망실된 삶은 돈 몇 푼으로 보상할 수 있는 게 절대로 아닙니다. 이시무레에 의하면, 근대국가란 기본적으로 기민(棄民), 즉 밑바닥 민중을 내팽개치는 정책을 일관되게 추구하는 체제입니다. "산업공해가 변방의 촌락을 정점으로 발생했다는 것은 자본주의 근대산업이 체질적으로 하층계급에 대한 모멸과 공동체 파괴를 심화시켜왔다"는 것을 단적으로 보여주는 현상입니다.

그러나 더 기막힌 것은 이 체제 밑에서 길들여진 사람들의 '비인간성' 입니다. 미나마타의 비극 중에서 가장 기막힌 대목은 재해의 주범인 일본질소비료회사라는 대기업의 종업원들과 시민들의 반응입니다. 그들은 미나마타병이 큰 사회적 이슈가 됨에 따라 행여 회사의 입지가 흔들릴지 모른다는 불안 때문에 환자들과 그 가족, 친지들에 대하여 몹시 적대적인 태도를 취합니다. "시민들 사이에 미나마타병 환자 111명과 미나마타 시민 5만 4,000명 중 어느 쪽이 더 중요한가"라는 냉혹한 논리가 '들불처럼' 확산되고, 시가 주최한 희생자들을 위한 위령제에도 이시무레 자신을 제외하고는 일반 시민은 단 한 명도 참석하지 않습니다. 미나마타병이라는 현상이 결코 남의 일이 아니라 언젠가는 모든 사람의 피할 수 없는 운명이 될 수 있다는 논리도 이 지역사회에서는 전혀 먹혀들지 않는 것입니다.

이런 '황량한 현실'은 결국 오늘날 "인간정신이 극도로 쇠약해졌기" 때문이라고 작가는 어떤 대담에서 말하고 있습니다. 여기서 '인간정신의 쇠약'이 구체적으로 어떤 것인지 생각해보기 위해서 이 소설에 나오는 장례 행렬의 한 대목을 인용해보죠.

> 내 고향인 이 지방에는 한 세대 전까지만 해도… 명정 하나 세우지 못한 초라한 장례라도, 길 한가운데를 엄숙하게 행진하면 마부는 말을 멈추고, 자동차는 뒤로 물러서주었다.… 죽은 사람들 대부분은 살아 있는 동안 다소간 불행하지 않을 수는 없었지만, 일단 죽은 사람이 되면 숙연한 친애와 경의의 뜻이 담긴 장송의 예우를 받았던 것이다.… 지금 1965년 2

월 7일, 미나마타병의 마흔 번째 사망자인 아라키 다츠오 씨의 장례 행렬은 굉음을 울리며 연달아 질주해 가는 트럭에 길을 내주고 질척한 흙탕물을 뒤집어쓰면서 국도의 가장자리를 위태롭게 비틀비틀 숨죽이며… 묘지를 향해 걸어가고 있었다.

그런데 다른 한편으로는 이 세상은 여전히 참으로 아름다운 곳입니다. 이런 역설이 참 기막혀요. 인간의 손으로 세계는 벼랑 끝으로 다가섰는데, 그리하여 목숨들은 도처에서 처참하게 죽어가거나 학대받고 있는데, 세상은 변함없이 그 근원적인 아름다움의 빛 속에 존재하고 있는 거예요. 이시무레가 미나마타병으로 거의 조금도 몸을 움직일 수 없게 된 어떤 환자를 찾아서 병원을 방문했을 때의 묘사입니다.

1959년 오월 하순, 뒤늦게나마 내가 처음으로 미나마타병 환자에게 시민의 한 사람으로 병문안 갔던 것은 사카가미 유키가 있는 병실이었다. 창밖으로 보이는 곳곳에는 겹겹이 어지러운 아지랑이가 일렁이고 있었다. 진한 정기를 내뿜고 있는 신록의 산들과 정답게 굽이굽이 돌아 흐르는 미나마타강이며, 강변과 무르익기 직전의 보리밭, 아직 꽃대에 꽃을 달고 있는 푸른 콩밭, 이런 풍경을 건너다볼 수 있는 이곳 2층 병동의 창이란 창에서는 일제히 아지랑이가 피어오르고, 오월의 미나마타는 꽃향기 가득한 계절이었다.

얼마나 아름다워요. 이 글을 읽으면서 저는 우리 고향 생각을 했어요. 물론 지금은 자취도 없이 사라진 고향의 풍경, 오로지 내 마음속에만 그리움으로 남아 있는 풍경이죠. 그 풍경 속에 오늘날 근대문명이라는 제단에 희생물로 바쳐진 약자들이 지금 크나큰 고통을 겪으며 꼼짝없이 누워 있는 것이죠.

강과 꽃과 인간 영혼

좋은 문학은 결국 삶에 대한 근본적인 긍정이라는 메시지를 담고 있습니다. 아무리 지독한 악마의 정신이 지배하고 있더라도 끝끝내 꺾이지 않는 인간정신이 있고, 아무리 할퀴고 짓밟아도 끝끝내 소멸될 수 없는 근원적인 기운이 있다는 것을 우리가 믿을 수 있게 하는 게 좋은 문학과 예술의 몫입니다.

지금 4대강이 파괴되는 것을 생각하면 너무 기가 막힙니다. 여러분도 현장에 한번 가보세요. 이제 우리는 강은 사라지고 거대한 수로만 존재하는 나라에서 살 각오를 해야 할 것입니다. 강은 없어지고 수로만 있게 될 것이라는 얘기는 얼마나 참혹한 얘기예요? 그러나 그것을 알아듣는 사람이 많지 않습니다. 그러나 문학을 하는 여러분은 그게 무슨 말인지 금방 이해하실 것으로 믿습니다. 강의 생태계가 파괴되고, 물이 오염되고, 농경지가 없어지고, 홍수위험이 높아지고 등등, 그런 것보다도 문학을 하는 사람으로서 가장 용인하기 어려운 것은 인간정신에 대하여 강이 끼쳐왔던 근원적인 의미가 소멸된다는 사실일 겁니다.

결국 '미나마타'와 다른 얘기가 아닙니다. 이제 우리는 강이 주는 시적인 아름다움을 알지 못한 채 황량하기 짝이 없는 인생을 살아가게 될 것입니다. 사실, 우리나라 산하(山河)만큼 정답고 아름다운 데가 어디 있어요? 지금 제가 아는 어떤 분은 강을 살릴 수만 있다면 강물에 뛰어들어서 자결이라도 하고 싶어 합니다. 강에서 얻는 무슨 공리적인 이익을 생각해서가 아니라, 강 그 자체의 신비함이 자아내는 근원적인 아름다움에 굉장히 민감한 분이에요. 그래서 강이 저렇게 처참하게 훼손되고 있는 것을 못 견뎌 하는 거예요. 작가 이시무레 미치코의 심정도 다르지 않을 거예요. 그가 자연을 묘사할 때의 어조와 문체를 보면 그걸 확연히 느낄 수 있습니다. 아직 꽃대를 달고 있는 푸른 콩밭, 물새가 유유히 날아오르는 강변 모래톱, 이런 것 사라지면 인간다운 삶은 끝이에요.

이시무레는 근대라는 것 자체를 '원죄'라고 규정합니다. 하나도 틀린 얘기가 아니죠. 얼마 전에 어떤 책을 보니까 강에서 살아가는 물고기들이 그냥 단순히 때가 되어 산란하는 게 아니라고 해요. 어떤 물고기들은 꼭 진달래가 피는 것을 보고 산란을 한답니다. 물론 생리적으로 그 시기 봄철에 산란하도록 돼 있다는 뜻일 수도 있지만, 실은 좀더 깊은 의미가 있다고 저는 생각합니다. 물고기도 진달래가 피기를 기다리고, 진달래로 온 산천이 붉게 물들여지는 것을 보면서 환희를 느끼는 게 틀림없어요. 적어도 시인, 작가, 예술가라면 세상 만물이 이렇게 서로 연결되어 있으면서 교감하고 있다는 것을 예민하게 느껴야 합니다.

예전에 제가 번역한 글이 하나 있는데, 루이스 멈퍼드라는 문명비평가의 글이에요. 거기에 보면, 지구상의 장구한 생물 진화 과정에서 파충류 다음에 포유동물이 등장하게 되는데, 이 포유동물이 나타날 때에 동시에 지구상에 꽃이 폭발적으로 출현했다는 설명이 있어요. 저는 이게 우연이 아니라고 봅니다. 우리가 꽃을 보면 자연히 기쁨을 느끼고, 뭔가 생명이 고양되는 느낌을 갖는 게 일반적인데, 그것은 내가 가진 지식이나 지성 때문이 아니라 내 자신이 기본적으로 포유동물의 하나이기 때문이라는 얘기죠. 이 사실을 우리는 겸허히 받아들일 필요가 있어요. 그러니까 꽃을 없애고, 식물을 훼손하고, 나아가서 모든 생물의 기초적인 서식지인 습지와 강을 파괴한다는 것은 진화생물로서의 우리들 자신의 존재 자체를 근원적으로 부정한다는 뜻입니다.

근대의 논리를 넘어가는 진정으로 새로운 문학을 꿈꾸는 시인, 작가라면 결국 이러한 진화생물로서의 인간의 위상, 즉 만물이 근원적으로 연결되어 있다는 샤먼적 감각이 살아 있어야 할 것입니다. 그렇게 되면 4대강의 파괴는 바로 인간다운 삶, 인간 영혼의 붕괴라는 것을 금방 이해하게 됩니다.

인간은 원래 비참한 현실 속에서 자신의 꿈을 현실화하려는 꿈을 간절히 꾸는 법입니다. 그런 의미에서 모든 진정한 문학은 몽상의 기록이자, 일종의 기도(祈禱)라고 할 수 있을지 모릅니다. 지금은 어디를 둘러보아도 희망이 보이지 않는 시대 상황입니다. 이런 캄캄한 상황에서 문학이 무엇을 할 것인가, 얼른 답하기 어려운 질문입니다. 그러나 저는 이시무레 미치코의 문학에서 중요한 암시를 얻을 수 있다고 생각합니다.

주석

블레이크의 급진적 상상력과 민중문화

1) Jacob Bronowski, *William Blake and the Age of Revolution*, London: Routledge & Kegan Paul, 1972, p. 86. E. P. Thompson은 다음과 같이 말하고 있다. "As the Jacobin current went into more hidden underground channels, so his own prophecies bacame more mysterious and private."(*The Making of the English Working Class*, Harmondsworth: Penguin Books, 1968, p. 192)

2) "Annotations to Watson"(1798). 블레이크의 텍스트는 산문은 Geoffrey Keynes가 편집한 *Blake: Complete Writings*(Oxford: Oxford University Press, 1966)를, 시는 David Erdman의 텍스트에 W. H. Stevenson이 주석을 붙인 *Blake: The Complete Poems*(London: Longman, 1971)를 사용하였음. 자주 인용될 작품들인 *Visions of Daughters of Albion*, *The Four Zoas*, *Milton*, *Jerusalem*은 각각 *VDA*, *FZ*, *M*, *J*로 줄여 인용함.

3) T. S. Eliot, *The Sacred Wood: Essays on Poetry and Criticism*, London: Methuen, 1920, p. 137~43.

4) Kathleen Raine, "Blake's Debt to Antiquity", *The Sewanee Review*, Vol. 71, No. 3(Summer 1963), pp. 352~450.

5) M. H. Abrams, *Natural Supernaturalism: Tradition and Revolution in Romantic Literature*, New York: Norton, 1971, p. 363.

6) 노스럽 프라이, 임철규 옮김,《비평의 해부》, 서울: 한길사, 1982, p. 487.

7) Raymond Williams, *Politics and Letters: Interviews with New Left Review*, London: Verso, 1981, p. 109.

8) Bronowski(1972), p. 143.

9) David Erdman, *Blake: Prophet against Empire*, Garden City, NY: Anchor Books, 1969, p. 6.

10) E. P. Thompson(1968), p. 56.

11) Joseph Wittreich, *Angel of Apocalypse : Blake's Idea of Milton*, Madison: University of Wisconsin Press, 1975, p. 186.

12) Christopher Hill, *Milton and the English Revolution*, London: Faber & Faber, 1977, pp. 69~160.

13) C. Hill, *The World Turned Upside Down: Radical Ideas During the English Revolution*, Harmondsworth: Penguin Books, 1975, p. 15.

14) C. Hill(1977), p. 94에서 재인용.

15) Northrop Frye, *Fearful Symmetry: A Study of William Blake*, Princeton: Princeton University Press, 1969, p. 159.

16) C. Hill(1977), p. 334.

17) 같은 책, pp. 113~4.

18) E. P. Thompson(1968), p. 51.

19) 같은 책, pp. 53~5.

20) M. H. Abrams(1971), p. 38에서 재인용.

21) E. P. Thompson(1968), pp. 104~5.

22) C. Hill(1975), pp. 132~3에서 재인용.

23) David Punter, "Blake: 'Active Evil' and 'Passive Good'", David Aers, Jonathan Cook and David Punter, *Romanticism and Ideology: Studies in English Writing 1765~1830*, London : Routledge & Kegan Paul, 1981, p. 15.

24) David Aers,"Blake: Sex, Society and Ideology", 같은 책, p. 38.

25) Eli Zaretsky, *Capitalism, the Family & Personal Life*, New York : Harper & Row, 1976, p. 53.

26) Bronowski(1972), p. 146 참고.

27) Peter Clark, "The Alehouse and the Alternative Society", *Puritans and Revolutionaries*, D. Pennington and K. Thomas eds., Oxford: Oxford University Press, 1978, pp. 47~72.

28) Douglas Hay, "Property, Authority and the Criminal Law", Douglas Hay, Peter Linebaugh, John G. Rule, E. P. Thompson, Cal Winslow, *Albion's Fatal Tree: Crime and Society in Eighteenth-century England*, Harmondsworth: Penguin Books, 1977, p. 49.

29) E. P. Thompson(1968), pp. 200~1.

* 이 글의 초고는 〈블레이크와 민중문화〉라는 제목으로 《리얼리즘과 모더니즘－서구 근대문학론집》(백낙청 엮음, 창작과비평사, 1984)에 발표되었다.

디킨스의 민중성과 그 한계

1) 디킨스의 문학을 일관하는 이러한 '순진성과 밝음'의 근본 성격에 주목하면서 그의 초기로부터 후기에 이르는 전체적 문학과정에 대한 간명한 해설을 시도한 논문으로서 백낙청, 〈디킨즈 소설 속의 빅토리아조 신사〉, 《世界의文學》 1981년 봄호를 볼 것.

2) Arnold Kettle, "Dickens and the Popular Tradition", *Zeitschrift für Anglistik und Amerikanistik*, Vol. 9, 1961, pp. 229~52.

3) 조지 엘리엇의 '시오니즘'은 그의 작품 《대니얼 데론다(*Daniel Deronda*)》에 드러나 있다. 시오니즘이 19세기 서구인들의 비서구지역 주민들에 대한 제국주의적 태도와 연결돼 있다는 것은 특히 Edward Said, *The Question of Palestine*, New York: Vintage Books, 1980에 자세히 이야기되어 있다.

4) David Craig, "Introduction", Charles Dickens, *Hard Times*, Harmondsworth: Penguin Books, 1969, p. 11.

5) *American Industrial Ballads*, New York: Folkways Records, 1956에 실려 있는 노동요의 하나. 여기서는 위의 David Craig의 글에서 재인용했음.

6) F. R. Leavis and Q. D. Leavis, *Dickens the Novelist*, Harmondsworth: Penguin Books, 1972, pp. 251~81 참고.

7) E. P. Thompson, *The Making of the English Working Class*, Harmondsworth: Penguin Books, 1968의 특히 제8장 참고.

8) 개스켈 부인의 작품에 대해서는 Louis Cazamian, *The Social Novel in England 1830~1850*, London: Routledge, 1973의 자상한 해설에서 도움을 받았음.

9) Cazamian은 '산업소설'의 기준에 철저한 나머지 《어려운 시절(*Hard Times*)》의 문학적 성취를 간과하고 있다.

10) 《어려운 시절》의 집필 경위 및 논설 〈스트라이크에 대해서("On Strike")〉에 관한 논의는 Humphry House, *The Dickens World*, Oxford University Press, 1950, pp. 204~11 참고.

11) Raymond Williams, *The English Novel from Dickens to Lawrence*, London: Chatto & Windus, 1973, p. 35.

12) David Craig의 위의 글, 같은 책, p. 17 참고.

13) E. P. Thompson, "Time, Work-Discipline, and Industrial Capitalism", *Past & Present*, No. 38(December, 1967), p. 91. 이 글 이외에 톰슨은 새로운 노동조건이 끼치는 생활과 문화의 변화에 대해서 *The Making of the English Working Class*의 도처에서 이야기하고 있는데, 특히 이 책 가운데 인용되어 있는(p. 324) 한 노동자의 증언은 흥미롭다. "나는 전에는 루덴든교회의 뜰을 굽어보는 조그마한 방에서 일했다. 나는… 식사시간 때 벌판과 숲으로 나가서, 여름 새들의 노래에 귀를 기울이거나 루돈강의 흐르는 물을 바라보기도 했다.… 때때로 몽상에 잠겼다가 어느 버림받은 사랑에 병든 처녀가 무정한 바람결에 울음을 터뜨리는 소리에 놀라 깨기도 했다. 그러나 그런 때는 이제 지나가버렸다. 나는 요란한 기계 소리 복판에서 계속적으로 일을 하지 않으면 안된다."

14) E. J. Hobsbawm, *Industry and Empire: From 1750 to the Present Day*, Harmondsworth : Penguin Books, 1969, p. 91.

15) Arnold Kettle(1961)에서 재인용.

16) Raymond Williams(1973), pp. 40~1.

17) F. R. Leavis and Q. D. Leavis(1972), p. 253.

18) 같은 책, 같은 곳.

19) Raymond Williams, *Culture and Society 1780~1950*, Harmondsworth: Penguin Books, 1963, p. 105. 그러나 윌리엄스는 이 초기 저서에서의 디킨스에 대한 평가를 후기 저서인 *The English Novel from Dickens to Lawrence*에서는 수정하고 있는 것으로 보인다.

20) Dario Melossi & Massimo Pavarini, *The Prison and the Factory: Origins of the Penitentiary System*, London: Palgrave, 1981, pp. 36~9.

21) E. P. Thompson(1968), p. 376 참고.

22) David Craig, 위의 글, 같은 책, p. 21.

23) *Hard Times*(Penguin edn, 1969)에 붙인 David Craig의 주석 참고. pp. 317~20.

24) David Craig, 위의 글, 같은 책, p. 17.

25) 이것은 버나드 쇼의 말임.

26) 영국 근대사의 이런 문제에 관한 본격적인 토론의 하나는 Tom Nairn, *The Break-up of Britain: Crisis and Neo-nationalism*, London: Verso, 1977의 제1장 "The Twilight of the British State"에서 볼 수 있다.

27) 백낙청, 위의 논문을 볼 것.

28) David Lodge, *Working with Structuralism*, London: Routledge & Kegan Paul, 1981, p. 45. David Lodge는 디킨스의 이러한 대중극적 표현방법은 '산업문제'를 색다른 각도에서 '낯설게 보이게' 하는 일종의 브레히트적인 소격효과의 의미를 가진다고 말한다. 이것은 그럴듯해 보이는 지적이긴 하지만, 디킨스 작품의

역사적·사회적 맥락에 대한 로지 자신의 무관심에 관련해서 보면, 별반 내용 없는 '기발한' 아이디어로 생각된다.

29) John Forster, *The Life of Charles Dickens*(Vol. 1), New York: Charles Scribner, 1969, vol. 1, p. 32.

30) E. P. Thompson(1968), p. 809.

31) Francis Hearn, "Toward a Critical Theory of Play", *Telos*, Vol. 30(1976), p. 151.

32) Hearn, 위의 글, p. 152.

33) 이 용어는 레이먼드 윌리엄스(Raymond Williams)가 자주 사용하는 것으로, 디킨스에 관련해서는 그의 책(1973) p. 55를 볼 것.

34) F. R. Leavis and Q. D. Leavis(1972), p. 261.

35) 같은 책, pp. 260~61.

36) R. Williams(1973), p. 53.

37) E. P. Thompson(1968), p. 64.

38) E. J. Hobsbawm(1969), p. 88.

39) E. P. Thompson(1968), p. 603.

* 이 글의 초고는 〈'어려운 시절'의 민중성〉이라는 제목으로 《서구 리얼리즘 소설 연구》(백낙청 엮음, 창작과비평사, 1982)에 발표되었다.

인문적 상상력의 효용 — 매슈 아놀드의 교양 개념에 대하여

1) 백낙청, 〈민족문학과 외국문학 연구〉, 《우리문학》 제1호, 대구: 물레, 1986, pp. 171~2.

2) Matthew Arnold, "Literature and Science", *The Portable Matthew Arnold*, Lionel Trilling ed., New York: Penguin Books, 1980, p. 423.

3) Perry Anderson, "Components of the National Culture", *New Left Review* I /50(July-August, 1968), pp. 3~57.

4) 같은 책, p. 12.

5) 같은 책, p. 6.

6) 같은 책, p. 50.

7) 같은 책, p. 55.

8) F. R. Leavis, "Literature and Society", *The Common Pursuit*, Harmondsworth: Penguin Books, 1966, pp. 182~194.

9) P. Anderson(1968), p. 55.

10) Raymond Williams, *The English Novel from Dickens to Lawrence*, London: Chatto & Windus, 1973, p. 13.

11) Raymond Williams, *Culture and Society 1780~1950*, Harmondsworth: Penguin Books, 1963.

12) 이 문제에 관해서는 주로 위의 Anderson의 글과 Tom Nairn, *The Break-Up of Britain*, London: Verso, 1977의 제1장 "The Twilight of the British State"를 참고로 한다.

13) P. Anderson(1968), p. 13.

14) 같은 책, p. 56.

15) T. S. Eliot, *The Use of Poetry and the Use of Criticism*, London: Faber & Faber, 1967, p. 104.

16) F. R. Leavis, "Arnold as Critic", *The Critic as Anti-Philosopher*, London: Chatto & Windus, 1982, p. 57.

17) 같은 책, p. 56.

18) Norman Podhoretz, "The Arnoldian Function in American Criticism", *Scrutiny*, vol. 18(June, 1951), p. 65(Francis Mulhern, *The Moment of 'Scrutiny'*, London: Verso, 1981, p. 246에서 재인용).

19) Gaylord LeRoy, "Literary Study and Political Activism", *Weapons of Criticism: Marxism in America and the Literary Tradition*, Norman Rudich ed., New York: Ramparts Press, 1976, p. 83.

20) 같은 책, p. 85.

21) Lionel Trilling, *Matthew Arnold*, New York: Meridian Books, 1955, p. 137.

22) Matthew Arnold, "Preface to Poems, Edition of 1853", *The Portable Matthew Arnold*, p. 187.

23) 같은 책, p. 239.

24) 같은 책, p. 267.

25) Morris Dickstein, "Arnold Then and Now: The Use and Misuse of Criticism", *Critical Inquiry*, Vol. 9, No. 3(March, 1983), p. 489.

26) Georg Lukacs, *Writer and Critic, and Other Essays*, Arthur Kahn trans., London: Merlin Press, 1978, p. 84.

27) 이 문제에 관해서는 Hans-Georg Gadamer, *Truth and Method*, London: Sheed & Ward, 1981, pp. 10~19를 참고로 한다.

28) 같은 책, pp. 14~17.

29) G. ルカーチ, 〈シラーの美學に寄せて〉, 《ルカーチ著作集 7：マルクス主義美學のために》, 白水社, 1969, p. 131.

30) Georg Lukacs, *Goethe and His Age*, London: Merlin Press, 1979, pp. 57~58.

31) Matthew Arnold, *Culture and Anarchy*, J. Dover Wilson ed., 1869, rpt. Cambridge: Cambridge University Press, 1969, p. 48.

32) Trilling(1955), p. 237.

33) 같은 책, p. 239.

34) Arnold(1869), p. 95.

35) Patrick Parrinder, *Authors and Authority: A Study of English Literary*

Criticism and its Relation to Culture 1750~1900, London: Routledge & Kegan Paul, 1977, p. 134.

36) Arnold(1869), p. 70.

37) 같은 책, p. 101.

38) 같은 책, p. 105.

39) Raymond Williams, "A Hundred Years of Culture and Anarchy", *Problems in Materialism and Culture*, London: Verso, 1980, pp. 3~8.

40) Arnold(1869), p. 204.

41) Williams(1963), pp. 132~3.

42) Gadamer(1981), p. 248.

43) Matthew Arnold, *Democratic Education*, R. H. Super ed., Ann Arbor: University of Michigan Press, 1962, p.22.

44) *The Portable Matthew Arnold*, p. 223.

45) Agnes Heller, *Renaissance Man*, London: Routledge & Kegan Paul, 1978, p. 55.

46) Mikhail Bakhtin, *The Dialogic Imagination*, Austin: University of Texas Press, 1981 중 특히 "Epic and Novel"을 참고.

47) Arnold(1869), p. 97.

48) Terry Eagleton, *Literary Theory: An Introduction*, London: John Wiley & Sons Inc., 1983, pp. 22~30.

49) Janet Batsleer, Tony Davies, Rebecca O'Rourke and Chris Weedon, *Re-writing English: Cultural Politics of Gender and Class*, London: Routledge, 1985, p. 23.

50) Matthew Arnold, "The Function of Criticism at the Present Time", *The Portable Matthew Arnold*, p. 264.

51) Edward W. Said, *The World, the Text, and the Critic*, Cambridge, Mass.:

Havard University Press, 1983, p. 11.

52) E. P. Thompson, *The Poverty of Theory*, London: Merlin Press, 1978, p.367.

53) Carlo Ginzburg, *The Cheese and the Worms : The Cosmos of a Sixteenth-Century Miller*, London: Penguin Books 1984, p. xviii.

54) Michel Foucault, *Discipline and Punish: The Birth of the Prison*, New York: Vintage Books, 1979, pp. 195~228.

55) 같은 책, p. 206.

56) Peter Dews, "Power and Subjectivity in Foucault", *New Left Review* I/144 (March-April 1984), p. 95.

57) Michel Foucault, *The Order of Things*, London: Penguin Books, 1970, p. 387.

58) Gerald Graff, "The Myth of the Postmodernist Breakthrough", *The Novel Today: Contemporary Writers on Modern Fiction*, Malcolm Bradbury ed., Glasgow: Fontana Books, 1977, p. 249.

59) E. P. Thompson, "Homage to Thomas McGrath", *The Heavy Dancer*, London: Pantheon, 1985, p. 286에서 재인용.

* 이 글의 초고는 〈인문적 상상력의 효용—매슈 아놀드의 교양개념에 대하여〉라는 제목으로 《외국문학》 제12호(1987년 3월)에 발표되었다.

리비스의 비평과 공동체 이념

1) Perry Anderson, "Components of the National Culture", *New Left Review* I/50(July-August, 1968), pp. 3~57.

2) 대표적인 것은 Terry Eagleton이 그의 *Literary Theory: An Introduction*,

University of Minnesota Press, 1983, pp. 17~53의 제1장 "The Rise of English"에서 취하고 있는 입장이다.

3) Francis Mulhern, *The Moment of 'Scrutiny'*, London: Verso, 1981, p. 323.

4) F. R. Leavis, *For Continuity*, Cambridge: Minority Press, 1933, p. 172.

5) F. R. Leavis, *Valuation in Criticism and Other Essays*, Cambridge: Cambridge University Press, 1986, p. 31.

6) 같은 책, p.35.

7) F. R. Leavis, *Nor Shall My Sword: Discourses on Pluralism, Compassion, and Social Hope*, London: Chatto & Windus, 1972, p. 79.

8) F. R. Leavis(1986), p. 134.

9) 같은 책, p. 142.

10) F. R. Leavis and Denys Thompson, *Culture and Environment*, London: Chatto & Windus, 1964, p. 12.

11) F. R. Leavis(1972), p. 60.

12) 같은 책, p. 60.

13) 같은 책, pp. 84~95.

14) Paul Goodman, *New Reformation: Notes of a Neolithic Conservative*, New York: Random House, 1970, p. 12.

15) F. R. Leavis(1972), p. 27.

16) F. R. Leavis and D. Thompson(1964), pp. 1~2.

17) 레이먼드 윌리엄스는 옛 공동체가 "penury, poverty, misery"의 공간이기도 했다는 것을 리비스가 간과하고 있다고 비판한다. Raymond Williams, *Culture and Society 1780~1950*, Harmondsworth: Penguin Books, 1963, pp. 246~56.

18) F. R. Leavis(1972), p. 94.

19) F. R. Leavis, *The Critic as Anti-Philosopher*, London: Chatto & Windus, 1982, p. 126.

20) 같은 책, p. 126.

21) F. R. Leavis, *The Common Pursuit*, Harmondsworth: Penguin Books, 1966, p. 189.

22) F. R. Leavis(1986), pp. 132~33.

23) 같은 책, p. 133.

24) 같은 책, p. 134.

25) F. R. Leavis(1966), p. 192.

26) F. R. Leavis and Q. D. Leavis, *Dickens the Novelist*, Harmondsworth: Penguin Books, 1972, p. 285.

27) 같은 책, p. 301.

28) F. R. Leavis(1972), p. 19.

29) F. R. Leavis, *English Literature in Our Time and the University*, London: Chatto & Windus, 1969, p. 107.

30) F. R. Leavis(1972), p. 15.

31) 같은 책, p. 20.

32) F. R. Leavis, *Thought, Words and Creativity: Art and Thought in Lawrence*, London: Chatto & Windus, 1976, p. 89.

33) 같은 책, p. 90.

34) 같은 책, p. 45.

35) 같은 책, p. 156.

* 이 글의 초고는 〈리비스와 공동체의 이념〉이라는 제목으로 《안과밖》 제8호(2000년 4월)에 발표되었다.

식민주의와 '대지의 저주받은 자들' — 프란츠 파농에 대하여

1) Peter Geismar, *Fanon: the Revolutionary as Prophet*, New York: Grove Press, 1969, p. 15.

2) 같은 책, p. 53.

3) 같은 책, p. 114.

4) 같은 책, p. 195.

* 이 글에서 다룬 파농의 저작은 다음의 판본을 사용했다.

Frantz Fanon, *Black Skin, White Masks*, New York: Grove Press, 1967.

프란츠 파농, 성찬성 옮김, 《혁명의 사회학》, 서울: 한마당, 1979(*L'An V de la Révolution Algérienne*(1959)의 한국어역본).

Frantz Fanon, *The Wretched of the Earth*, New York: Grove Press, 1968.

* 이 글의 초고는 〈식민주의의 극복과 민중〉이라는 제목으로 《창작과비평》 통권 제53호(1979년 가을)에 발표되었다.

리처드 라이트와 제3세계 문학의 가능성

1) Fredric Jameson, "Reflections in Conclusion", *Aesthetics and Politics*, London: New Left Books, 1977, p. 209.

2) ジャック・ジョゼ(著), 高見英一・鼓直(譯), 《ラテンアメリカ 文學史》, 白水社, 1975, pp. 54~58 참고.

3) 네루다의 초현실주의가 갖는 이러한 민중적 성격에 주목하여, 백낙청은 "네루다에게는 초현실주의라는 것이 사실주의의 한 수단으로 되어 있다고까지 말할 수 있다"라고 말한다(《인간해방의 논리를 찾아서》, 시인사, 1979, p. 204).

4) Larry Neal, "The Black Arts Movement", *The Black American Writer*(Vol.

II), C. W. E. Bigsby ed., Baltimore: Penguin Books, 1971, p. 189.

5) 같은 책, p. 188.

6) 이 문제는 이미 여러 해 전부터 우리 문학비평에서 간접적으로나마 중요한 테마로 인식돼왔는데, 좀더 직접적인 최근의 언급은 백낙청의 《인간해방의 논리를 찾아서》, pp. 168~224에서 찾아볼 수 있다.

7) 톰 네언, 〈민족주의의 양면성〉, 《민족주의란 무엇인가》, 창작과비평사, 1981, p. 234.

8) 르네상스의 역사적 성격에 대한 해석은 Agnes Heller, *Renaissance Man*, London: Routledge & Kegan Paul, 1978 중, 특히 서론 부분을 참고.

9) 같은 책, p. 21.

10) Adolfo S. Vazquez, *Art and Society: Essays in Marxist Aesthetics*, London: Monthly Review Press, 1973, p. 132.

11) Raymond Williams, "Realism and the Contemporary Novel", *The Long Revolution*, Harmondsworth: Pelican Books, 1973, p. 305.

12) 아르놀트 하우저, 백낙청·염무웅 옮김, 《문학과 예술의 사회사 – 현대편》, 창작과비평사, 1974 중, 〈1830년의 세대〉 참고.

13) *Writer and Critic, and Other Essays*, Arthur Kahn ed., London: Merlin, 1970에 붙인 루카치 자신의 서문 참고.

14) Georg Lukacs, "Reportage or Portrayal?", *Essays on Realism*, Rodney Livingstone ed., London: Lawrence and Wishart, 1980, p. 45~75.

15) Bertolt Brecht, "On the Formalistic Character of the Theory of Realism", *Aesthetics and Politics*, trans. and ed. by Ronald Taylor, London: New Left Books, 1977, pp. 70~6.

16) *Ideology in Social Science*, Robin Blackburn ed., London: Fontana, 1972, p. 200.

17) Richard Wright, "Blueprint for Negro Writing", *Richard Wright Reader*, Ellen Wright and Michel Fabre eds., New York: Harper and Row, 1978, pp.

45~6.

18) Richard Gilman, "White Standards and Negro Writing", *The Black American Writer*(Vol. I), C. W. E. Bigsby ed., Baltimore: Penguin Books, 1971, pp. 35~50 참고.

19) Richard Wright, *Native Son*, Harmondsworth: Penguin Books, 1977, p. 461.

20) 같은 책, p. 27.

21) 이와 같이 '안에 있으면서 동시에 바깥에 있는' 제3세계 민중의 위치는, 서구의 상황에서 발전해온 예술의 표현형식과 예술의 사회적 존재방식만으로는 제3세계 민중의 실감과 예술적 욕구를 온전하게 반영할 수 없는 중요한 요인이다. 물론, 소설이나 현대의 여러 시청각 매체는 인간경험의 역동성과 다차원성을 포착하는 유력한 수단으로 성장해왔다. 그런데 제3세계 민중의 생활은 외로운 독서 행위나 수동적 관객으로서보다도 공동체의 축제적 경험으로서의 미학적 경험에 더 친근성을 느낀다. 이 점은 제3세계가 아직 서구적 발전 단계에 미치지 못한 결과로 인한 역사적 미분화의 한 징후라고 볼 수도 있지만, 다른 한편으로는 서구문명 속에서는 찾아보기 어려운 본질적으로 건강하고 소박한 인간가치를 제3세계가 더 풍부하게 갖고 있음을 알려주는 현상으로 볼 수도 있다. 이것을 여하히 생산적으로 발전시킬 것인가 하는 것은 제3세계의 정치와 문화가 해결해야 할 과제라 하겠지만, 참다운 발전이라는 것은 민중 자신이 자기 문화의 주체적인 역할을 담당할 수 있는 경우여야 한다는 것은 더 말할 필요가 없다.

22) 《빌헬름 마이스터의 수업시대》 제5권 제3장.

23) 같은 책, 제8권 제5장.

24) 리처드 라이트, 김종철·김태언 옮김, 《검둥이 소년》, 홍성사, 1979, p. 306.

25) 같은 책, p. 245.

26) 같은 책, p. 310.

27) Larry Neal(1971), p. 180.

* 이 글의 초고는 〈제3세계의 문학과 리얼리즘〉이라는 제목으로 《한국문학의 현단계》(김윤수·백낙청·염무웅 엮음, 창작과비평사, 1982)에 발표되었다.

대지로 회귀하는 문학 — 미나마타의 작가 이시무레 미치코

* 이 글은 《녹색평론》 통권 제114호(2010년 9-10월)에 발표된 것을 일부 수정·보완하였다.

색인

ㄱ

가다머, 한스 게오르그(Gadamer, Hans-Georg) 158
가라타니 고진(柄谷行人) 317, 318
개스켈, 엘리자베스(Gaskell, Elizabeth Cleghorn) 95~97
—《메리 바턴(*Mary Barton*)》 95, 97
고드윈, 윌리엄(Godwin, William) 35
골드스미스, 올리버(Goldsmith, Oliver) 135
괴테, 요한 볼프강 폰(Goethe, Johann Wolfgang von) 153~154, 160, 212, 277, 308~309, 313
—《빌헬름 마이스터의 수업시대(*Wilhelm Meisters Lehrjahre*)》 160, 308~309, 313

ㄴ

나쓰메 소세키(夏目漱石) 316~318
나카가미 겐지(中上健次) 317
네루다, 파블로(Neruda, Pablo) 269
닐, 래리(Neal, Larry) 270~271

ㄷ

다나카 쇼조(田中正造) 323~327

다니카와 간(谷川雁) 335

듀보이스, 윌리엄 에드워드 부르크하르트(Du Bois, W. E. B.) 301

드라이저, 시어도어(Dreiser, Theodore) 300

디즈레일리, 벤저민(Disraeli, Benjamin) 95

디킨스, 찰스(Dickens, Charles) 86~136, 145, 198, 215, 217~219, 224, 277, 290~291, 306~307

—〈스트라이크에 대해서("On Strike")〉 98

—《어려운 시절(*Hard Times*)》 90~136

—《음울한 집(*Bleak House*)》 89

디포, 대니얼(Defoe, Daniel) 135

ㄹ

라이트, 리처드(Wright, Richard Nathaniel) 297~313

—《검둥이 소년(*Black Boy*)》 301, 309~312

—《토박이(*Native Son*)》 302~307

랭커스터, 조지프(Lancaster, Joseph) 111~112

레인, 캐슬린(Raine, Kathleen) 29

로렌스, 데이비드 허버트(Lawrence, D. H.) 46, 92~93, 144, 215, 217~220, 222~226

—《무지개(*The Rainbow*)》 224

—《연애하는 여자들(*Women in Love*)》 218, 222

로크, 존(Locke, John) 72

루소, 장 자크(Rousseau, Jean Jacques) 72, 75~76, 283~284, 290

루쉰(魯迅) 329

루이스, 헨리 싱클레어(Lewis, Henry Sinclair) 310

—《메인 스트리트(*Main Street*)》 310

루카치, 죄르지(Lukács, György) 153, 156~158, 172, 178, 292~294

리비스, 프랭크 레이먼드(Leavis, F. R.) 92, 127~131, 140, 142~145, 147~149, 153, 175, 186~226

—《검토(*Scrutiny*)》 186

—《교육과 대학(*Education and the University*)》 209

—《대중문명과 소수문화(*Mass Civilisation and Minority Culture*)》 201

—〈문학과 사회("Literature and Society")〉 211

—《문화와 환경(*Culture and Environment*—*The Training of Critical Awareness*)》 201~202

—〈비평가로서의 아놀드("Arnold as Critic")〉 148

—《사고, 말, 창조성(*Thought, Words and Creativity*)》 224

—《영시의 새로운 태도(*New Bearings in English Poetry*)》 218

ㅁ

만하임, 칼(Mannheim, Karl) 167

—《이데올로기와 유토피아(*Ideology and Utopia*)》 167

맥그래스, 토머스(McGrath, Thomas) 183

멈퍼드, 루이스(Mumford, Lewis) 346

멘켄, 헨리 루이스(Mencken, Herny Louis) 300

밀, 존 스튜어트(Mill, John Stuart) 107, 162~163, 212, 223

밀턴, 존(Milton, John) 33~34, 37~38, 41~45, 49, 170

—《실낙원(*Paradise Lost*)》 38, 44

—《언론자유론(*Areopagitica*)》 38, 42~43

ㅂ

바흐친, 미하일(Bakhtin, Mikhail) 78, 171~172
발자크, 오노레 드(Balzac, Honoré de) 277, 284, 286~287, 290~291, 294~295, 309
—《잃어버린 환상(*Illusions Perdues*)》 286~287
백낙청(白樂晴) 138~139
번연, 존(Bunyan, John) 211
—《천로역정(*The Pilgrim's Progress*)》 211
버크, 에드먼드(Burke, Edmund) 156, 163
벤담, 제러미(Bentham, Jeremy) 110, 181, 217, 219~220, 222, 225
벨로, 솔(Bellow, Saul) 268
—《비의 왕 헨더슨(*Henderson the Rain King*)》 268
보르헤스, 호르헤 루이스(Borges, Jorge Luis) 269
볼테르(Voltaire) 72
브라우닝, 로버트(Browning, Robert) 150
브레히트, 베르톨트(Brecht, Bertolt) 294
브로노프스키, 제이컵(Bronowski, Jacob) 34~35
블레이크, 윌리엄(Blake, William) 22~83, 92, 145, 164, 215~222, 224, 277
—〈런던(*London*)〉 65
—《밀턴(*Milton*)》 33, 72~73
—《순진과 경험의 노래들(*Songs of Innocence and of Experience*)》 216
—《시적 소묘(*Poetical sketches*)》 216
—《앨비언의 딸들에 관한 환상(*Visions of Daughters of Albion*)》 26, 59~60
—《예루살렘(*Jerusalem*)》 48, 53, 55~56, 62~63, 66~68, 71, 77, 79~81
—《천국과 지옥의 결혼(*The Marriage of Heaven and Hell*)》 44, 77~78
—《프랑스혁명(*The French Revolution*)》 74
— "The Everlasting Gospel" 77
— *The Four Zoas* 50, 60~62, 64, 66, 79, 82
— "The Garden of Love" 71

— "The Human Abstract" 73
— "The Little Vagabond" 69
— "The Song of Los" 58

ㅅ

사르트르, 장 폴(Sartre, Jean Paul) 232, 238~239
사이고 다카모리(西鄕隆盛) 332~335
사이드, 에드워드(Said, Edward Wadie) 179
상고르, 레오폴 세다르(Senghor, Léopold Sédar) 258
세제르, 에메(Césaire, Aimé) 230, 258
셰익스피어, 윌리엄(Shakespeare, William) 119, 124, 153~155, 171, 173, 209~210, 212, 214~215, 217, 225, 277, 284, 286
셸리, 퍼시(Shelly, Percy Pysshe) 164, 216
소포클레스(Sophocles) 154
스노, 찰스 퍼시(Snow, C. P.) 202, 204
스미스, 애덤(Smith, Adam) 47
—《국부론(*The Wealth of Nations*)》 47
스탕달(Stendhal) 290~291, 309
—《적과 흑(*Le Rouge et le Noir*)》 289
스터트, 조지(Sturt/Bourne, George) 207
—《수레 제조공의 가게(*The Wheelwright's Shop*)》 207, 209
《스펙테이터(*Spectator*)》 215
실러, 요한 크리스토프 프리드리히 폰(Schiller, Johann Cristoph Friedrich von) 152, 286

ㅇ

아놀드, 매슈(Arnold, Matthew) 30~32, 139~180, 212

—《교양과 무질서(*Culture and Anarchy*)》 31, 168

—〈문학과 과학("Literature and Science")〉 139

—〈시의 연구("The Study of Poetry")〉 160

—〈에트나의 엠페도클레스("Empedocles on Etna")〉 152~153

—〈현대에 있어서 비평의 기능(*The Function of Criticism at the Present Time*)〉 155

—〈호머의 번역에 관하여("On Translating Homer")〉 171

아놀드, 토머스(Arnold, Thomas) 166

아라공, 루이(Aragon, Louis) 232

아리스토텔레스(Aristoteles)

—《시학(詩學)》 153

아이스킬로스(Aeschylos) 155

앤더슨, 페리(Anderson, Perry) 141~142, 144~145, 147, 189~193

—〈국민문화의 구성요소들("Components of the National Culture")〉 189

어드먼, 데이비드(Erdman, David) 35

—《윌리엄 블레이크—제국에 맞서는 예언자(*Blake : Prophet Against Empire*)》 35

엘리엇, 조지(George, Eliot) 89

엘리엇, 토머스 스턴스(Eliot, T. S.) 27~29, 32, 127, 148, 166, 213~214, 218

—《네 개의 사중주(*Four Quartets*)》 213

—〈이스트 코커("East Coker")〉 213

오웰, 조지(Orwell, George) 99

와타나베 교지(渡邊京二) 336~337

워즈워스, 윌리엄(Wordsworth, William) 46, 145, 216

웨슬리, 존(Wesley, John) 68~69, 132

윈스턴리, 제라드(Winstanley, Gerrard) 51
윌리엄스, 레이먼드(Williams, Raymond) 130~131, 144~145, 164, 169, 189
—《문화와 사회(*Culture and Society*)》 145
이글턴, 테리(Eagleton, Terry) 175~176
이문구(李文求) 339
이시무레 미치코(石牟礼道子) 316~347
—《고해정토(苦海淨土)/슬픈 미나마타》 316~347
일리치, 이반(Illich, Ivan) 297

ㅈ

장송, 프랑시스(Jeanson, Francis) 232
제임슨, 프레드릭(Jameson, Fredric) 189
졸라, 에밀(Zola, Émile) 293

ㅊ

채드윅, 에드윈(Chadwick, Edwin) 110
초서, 제프리(Chaucer, Geoffrey) 160, 170

ㅋ

칼라일, 토머스(Carlyle, Thomas) 89, 93, 116, 145
콜리지, 새뮤얼 테일러(Coleridge, Samuel Taylor) 46
크롬웰, 올리버(Cromwell, Oliver) 39

ㅌ

《태틀러(*Tatler*)》 215

테니슨, 앨프리드(Tennyson, Alfred) 150

톨스토이, 레프 니콜라예비치(Tolstoi, Lev Nikolaevich) 277

톰슨, 데니스(Thompson, Denys) 201

—《문화와 환경(*Culture and Environment—The Training of Critical Awareness*)》 201~202

톰슨, 에드워드 파머(Thompson, E. P.) 35~36, 40, 47, 133~134, 183

—《영국 노동계급의 형성(*The Making of The English Working Class*)》 36

ㅍ

파농, 프란츠(Fanon, Frantz) 228~264

—《검은 피부, 흰 가면(*Black Skin, White Masks*)》 230~235, 256

—《대지의 저주받은 자들(*The Wretched of the Earth*)》 236, 238, 250~251, 253, 262, 264

—〈민족문화론("On National Culture")〉 258~261

—〈알제리인 가정("The Algerian Family")〉 244

—〈의학과 식민주의("Medicine and Colonialism")〉 247

—《혁명의 사회학(*Sociology of a Revolution*)》 241, 245, 249

파스테르나크, 보리스(Pasternak, Boris Leonidovich) 142

페이터, 월터(Pater, Walter Horatio) 156

페인, 토마스(Paine, Thomas) 35, 47~48, 112

—《인권론(*Rights of Man*)》 47

포프, 알렉산더(Pope, Alexander) 215

푸코, 미셸(Foucault, Michel Paul) 179~182

—《감시와 징벌(*Discipline and Punish*)》 181

프라이, 노스럽(Frye, Northrop) 29~32, 43
프레이리, 파울루(Freire, Paulo) 261~262
플로베르, 귀스타브(Flaubert, Gustave) 127, 218
핀다로스(Pindaros) 154

ㅎ

헉슬리, 토머스(Huxley, Thomas Henry) 139
헤이, 더글러스(Hay, Douglas) 73
홉스, 토마스(Hobbes, Thomas) 53, 282
훔볼트, 빌헬름 폰(Humboldt, Friedrich Wilhelm von) 158
휴스, 랭스턴(Hughes, James Mercer Langston) 301
힐, 크리스토퍼(Hill, Christopher) 38, 40
—《뒤집혀진 세상—영국혁명기의 급진적 사상들(*The World Turned Upside Down: Radical Ideas during the English Revolution*)》 38

저자

김종철(金鍾哲)

1947년 1월 경남 함양에서 태어나, 진주의 남강 변에서 자라던 유년시절에 6·25전란을 겪었다. 전쟁 이후 마산에서 초·중·고등학교를 다녔다. 서울대학교 문리과대학·대학원에서 영문학을 읽고, 공군사관학교의 교관으로 군복무를 했다. 제대 후 숭전대학교, 성심여자대학, 영남대학교 등에서 교편을 잡았다. 1970~80년대에는 문학평론 활동을 하다가, 1991년에 격월간 《녹색평론》을 창간하여 에콜로지 사상과 운동의 확대를 위한 활동에 열중해왔다. 2004년에 대학의 교직을 그만두고 《녹색평론》의 편집·발간에 전념하면서, 2011년 3월 후쿠시마 원전 사고를 계기로 한국 최초의 '녹색당' 창립을 위한 활동에 참여하였다. 또, 2004년 이후 10여 년간 '일리치읽기모임'이라는 이름으로 시민자주강좌를 개설·진행했다.

저서에 《시와 역사적 상상력》(1978), 《시적 인간과 생태적 인간》(1999), 《간디의 물레》(1999), 《비판적 상상력을 위하여》(2008), 《땅의 옹호》(2008), 《발언 I, II》(2016) 등이 있고, 더글러스 러미스의 《경제성장이 안되면 우리는 풍요롭지 못할 것인가》(2002), 리 호이나키의 《정의의 길로 비틀거리며 가다》(2007) 등의 책을 우리말로 옮겼다.

大地의 상상력

삶-생명의 옹호자들에 관한 에세이

초판 제1쇄 발행 2019년 4월 15일
제3쇄 발행 2020년 9월 25일

저자 김종철
발행처 녹색평론사

주소 서울시 종로구 돈화문로 94 동원빌딩 501호
전화 02-738-0663, 0666
팩스 02-737-6168
웹사이트 www.greenreview.co.kr
이메일 editor@greenreview.co.kr
출판등록 1991년 9월 17일 제6-36호

ISBN 978-89-90274-86-1 03840

* 책값은 뒤표지에 표시되어 있습니다.